Martin Mosebach
Was davor geschah

AF176927

*Martin Mosebach*, geboren 1951 in Frankfurt am Main, war zunächst Jurist, dann wandte er sich dem Schreiben zu. Für seine Romane, Erzählungen und anderen Bücher erhielt er zahlreiche Auszeichnungen, etwa den Kleist-Preis, den Großen Literaturpreis der Bayerischen Akademie der Schönen Künste, den Georg-Büchner-Preis und die Goethe-Plakette der Stadt Frankfurt. Er lebt in Frankfurt am Main.

# Martin Mosebach

# Was davor geschah

Roman

dtv

Von Martin Mosebach ist bei dtv außerdem lieferbar:
Das Bett
Rotkäppchen und der Wolf
Das Beben
Stadt der wilden Hunde
Der Mond und das Mädchen
Taube und Wildente
Die Richtige

Der Autor dankt dem Wissenschaftskolleg zu Berlin
für Gastfreundschaft und Unterstützung.

Neuausgabe
© 2025 dtv Verlagsgesellschaft mbH & Co. KG
Tumblingerstraße 21, 80337 München
produktsicherheit@dtv.de
Die Erstausgabe erschien 2010 im Carl Hanser Verlag, München.
Umschlaggestaltung: dtv
Umschlagmotiv: N. Heidelbach
Satz: C.H.Beck.Media.Solutions, Nördlingn
Nach einer Vorlage von Gaby Michel, Hamburg
Druck und Bindung: Druckerei C.H.Beck, Nördlingen
Printed in Germany · ISBN 978-3-423-14935-8

# 1.

## Musikalische Introduktion

»Wie war das ...?«

»Wie war was?«

»Als es mich noch nicht gab?«

»Das war, als ich ein halbes Jahr allein in Frankfurt lebte ...«

»Wie war das, als du allein in Frankfurt gelebt hast?«

»Ach, das war nichts Besonderes, das war so ...«

Eine Wohnung habe ich schnell gefunden, einfach weil ich die erste beste genommen habe. Nein, nicht die erste beste. Es war buchstäblich die erste, die man mir zeigte, und ich habe sofort zugegriffen, obwohl sie zu teuer für mich war. Das Licht in dem Zimmer, das zur Straße hinausging, hat mich verführt. Keine auffällig schöne Straße, nebenbei. Häuser, kurz vor dem Ersten Weltkrieg gebaut; erstaunlich, daß das billige Bauen, die dünnen Mauern, die mickrigen Proportionen da schon angefangen hatten, obwohl der große Paukenschlag, der die Verwüstung der Städte einleitete, noch gar nicht herniedergedonnert war; er schwebte noch in der Luft über dem Fell, und doch hatten die Bauherren und Architekten das Neue schon gerochen und zogen daraus ihre kapitalvermehrenden Schlüsse. Aber das Licht in dem großen Zimmer, das hatten sie nicht geplant. Das wurde von einer riesenhaften Kastanie hervorgebracht, die auf der anderen Straßenseite stand, so hoch wie die dreistöckigen Häuser, aber von den Lasten ihrer Laubmeere gebeugt, sie wölbte sich über der Fahrbahn und neigte sich meiner Wohnung entgegen, man glaubte, vor dem schmalen Balkon meines Zimmers geradezu in ihre gefächerten hellgrünen Blätter greifen zu können. Die Kastanie war wie ein gigantischer Schwamm, der das flüssige Sonnenlicht in sich hineinsaugte und auf den sanften Druck des Sommerwindes hin wieder abgab, hellgrün gefärbt wie das Wasser in einem großen alten Glas. Das ganze Fenster war von der wäßrig wogenden Blättermasse ausgefüllt, das Kastanienlaub, unten breit und rund, am Stiel spitz zusammenlaufend und an einem einzigen Punkt aufgehängt, war in stiller Bewegung, das dem Atmen eines Körpers glich. Eines Körpers, der scheinbar voluminös und undurchdringlich war, in Wahrheit aber nur aus Luft bestand und aus den zarten Laubmembranen.

»Es ist hier allerdings recht dunkel«, sagte der Hausmeister, der mir die Wohnung aufgeschlossen hatte. Nein, dunkel war es nicht, sondern dämmrig wie in einer von Sonnenpünktchen gesprenkelten Laube. Gegen Abend – vom geröteten Himmel war freilich nichts zu sehen – vertiefte sich für eine kostbare halbe Stunde das Grün, das frisch Grasige wurde satter, smaragdfarben, und enthielt noch genügend schweres Licht, als das Zimmer schon ganz in die Nacht versunken war. Dies Licht strahlte jetzt aber nicht mehr, sondern wurde körperlich, es blieb im Leib der Krone eingeschlossen, wie das Licht sehr früher Kirchenfenster nur die Glasstücke erglühen läßt, aber die Kapelle nicht ausleuchtet. An meinem ersten Abend in der Wohnung setzte ich mich auf einen Stuhl in der Mitte des Zimmers und sah auf das Fenster wie auf eine Filmleinwand. Ich glaubte, niemals in einem schöneren Zimmer gewesen zu sein.

Die Straße war leicht gebogen, das ging noch auf den Feldweg zurück, der hier durch Wiesen geführt hatte, bevor das ganze Viertel in einem Wurf geplant worden war. Daß der Baum älter als die Häuser war, verriet nicht nur seine Höhe, sondern auch das Vorgartenmäuerchen zu seinen Füßen, das respektvoll um ihn herum führte. Dies kleine Zeichen der Bewunderung für seine Schönheit bewies, daß die Planer sich damals nicht als göttergleich empfanden, als besäßen sie das Privileg, Welten zu schaffen, als habe es vor ihnen nichts gegeben. Der Baum durfte aus einer vergangenen Ländlichkeit in die städtische Gegenwart hineinragen, und inzwischen war auch die neue Zeit zwar nicht alt, aber doch schon ältlich geworden, und der Baum steckte immer noch voller Lebenskraft und war alt und jugendlich zugleich, unter seiner grünen Hülle eine Heimat für tausend kleine Lebewesen. Vor allem aber für eines: Das machte sich aber erst am nächsten Abend bemerkbar.

Bei der ersten knappen Flötenphrase war es mir schon klar: dies war keine Amsel und keine Meise. Diese Stimme gehörte nicht einem der Singvögel, die sonst in dieser Stadt umherflatterten, Spatzen gab es erstaunlich wenige, dafür aber dicke Tauben, Krähen und Elstern, das Großgeflügel trug wahrscheinlich seinen Anteil Schuld am Verschwinden der kleinen. Dieser Flötenton aber war etwas ganz anderes als das Piepsen, das sonst aus einem Vogelkörperchen dringt. Es ließ mich aufhorchen, so wie das Parkett die Ohren spitzt, wenn in einer Oper die Diva ihre ersten Töne hinter der Kulisse singt, gedämpft und fern, und doch weiß jeder: Das ist sie – jetzt geht's los. Was da aber vor meinem Fenster hinter den Kaskaden herabstürzender Blätter nun losgehen sollte, dies hielt mich mindestens ebenso in Bann wie der Gesang der Operngöttin ihren Verehrer. Der weiß ja, was er erwarten darf, und hofft nur, daß sie so schön singen wird wie auf ihrer besten Aufnahme, die er auswendig kennt. Ich hingegen war unvorbereitet, oder besser, es gab in mir nur eine Vorstellung aus der Literatur, eine von Lyrik gezüchtete

Phantasie ohne größeren Wirklichkeitsgehalt als der Vogel Phönix – und doch, sie genügte, denn sie beschwor tatsächlich etwas Außerordentliches. Und so wußte ich, während die Dämmerung sich von der Hinterwand des Zimmers allmählich im Raum ausbreitete und das Laub draußen nur noch für sich selbst leuchtete: Das ist eine Nachtigall.

Sie hat einen Alt, dachte ich, wie man über eine Sängerin spricht. Und wirklich war dies Flöten nicht mit der Hervorbringung eines Musikinstruments aus Holz oder Silber vergleichbar, obwohl es so rein klang, so ungemischt und schlackenlos, wie man das mit einer Mechanik, einem Apparat verbindet. Aber man hat gewissen Sängerinnen nicht umsonst den Ruhmesnamen einer Nachtigall verliehen, das bestätigte sich jetzt. Eine bestimmte äußerst künstliche und kunstvolle Gesangstechnik des neunzehnten Jahrhunderts, inzwischen gänzlich aus den Opernhäusern verschwunden, zum letzten Mal vielleicht von Amelita Galli-Curci beherrscht, war ohne Zweifel vom Nachtigallengesang inspiriert. Töne, von denen man nicht glauben kann, daß sie von menschlichen Lippen, Zungen, Zähnen, Gaumen und Kehlen gebildet werden, sondern die als glattgeschliffene, zarte Körper im Menschenleib wohnen und ihn zuweilen wie ein Schwarm silberner Fische mit dem Atem zu verlassen scheinen, während die Sängerin selbst in verzauberter Unbeweglichkeit dies tönende Wunder bestaunt. Jetzt erst eröffnete sich mir in ganzer Fülle das Wort »Gurgel«. Die Nachtigall war ganz Gurgel, und aus dieser Gurgel sprudelte es und schluchzte es, gurrte und jubelte es in kühnen Läufen, die zu Koloraturen wurden und in sattem Schnarren wie aus dem Innern einer feuervergoldeten Pendule endeten. Der Name, der den Gesang der Nachtigall am genauesten erfaßte, war ihr französischer: Rossignol, ein rollendes R wie aus ihrer Kehle, die köstliche Tiefe des Alt und der kapriolierende

Aufstieg der Phrase in die Lüfte, alles war in den drei Silben eingefangen.

Denn es war zum Staunen: Sängerinnen, die Vergleichbares leisteten, hatten ihre Körper schwer und unförmig werden lassen, und das geschah keineswegs in ästhetischem Widerspruch zu ihrer Stimme, denn die flötenhafte Schwerelosigkeit war auch das Ergebnis von Kraft. Von der Nachtigall wußte ich nur, daß sie winzig sei, bräunlich, wie einer der selten gewordenen Spatzen, aber schlanker, ein wenig gestreckter, kindlich-edler. Ich vermutete, daß ich sie nicht finden würde, so ausdauernd ich auch in die grünen Fluten starrte. Sie saß dort im Innern allein, wie ein einsamer Sängerknabe unter der Peterskuppel, sie machte in Ermangelung eines klangtragenden Körpers den ganzen Baum zu ihrem Resonanzraum. Und ihre Kraft entsprach diesem Riesenraum.

Die ganze Straße lag in jenem tiefen Schweigen, wie es in manchen Augenblicken nur in Großstadtstraßen möglich ist, die unversehens erscheinen können, als habe eine Katastrophe sie entvölkert. Herrschte dies Schweigen nur, damit die Kraft der Nachtigall sich ungestört entfalte? Ihr Gesang war eine Demonstration dieser Kraft. Zuerst bewunderte ich die goldene volle Tiefe der Töne, aber dann kam eine kurze Stille, eine Atempause, die eine noch kräftigere Salve vorbereitete. Ein müheloses Schmettern und Triumphieren lag jetzt in ihrem Gesang, ich meinte den Willen zu spüren, durch Unermüdlichkeit und sich immer weiter steigernde Anläufe zu verblüffen. Ihr Gesang wurde zu einem Ausdruck der Unbesiegbarkeit. Das war kein Lockgesang. Die Nachtigall bedurfte keines weiteren Wesens, sie pfiff nicht listig oder verzweifelt, um auf sich aufmerksam zu machen, sie sang, wie ein Stern strahlt in der kosmischen leeren Nacht. Ob glücklich oder unglücklich – das waren keine Kategorien für die Nachtigall. Ihre Sehnsucht war erfüllt, sie bedurfte keiner Hoffnung, kein Augenblick in ihrem Leben war vorstellbar, der sie über den gegenwärtigen Zustand hinausführen würde.

Gedichte hatten mich auf die Nachtigall vorbereitet, Hafis und Brentano, aber nun, als ich die Nachtigall endlich hörte und erfuhr, welche Lautfülle sich hinter diesem Namen verbarg, der nur ein Signalwort zur Erzeugung einer bestimmten poetischen Atmosphäre gewesen war, erschien es mir unversehens als hochgefährlich, die Nachtigall in ein kunstvolles lyrisches Zeilengespinst hineinzupflanzen. Nie mehr würde ich vergessen, was eine Nachtigall wirklich war: kein Gewürz, kein Parfum, kein Symbol, sondern eine Gewalt, deren bloße Nennung jedes Gedicht aus dem Gleichgewicht brachte, das schwanke lyrische Boot mußte kentern, wenn die körperlose Nachtigall an Bord ging, wenn sie aufstieg als das eigentliche, das unübertreffliche Chef d'œuvre, ein Lebewesen, das mit seiner Kunst identisch war und pulsierend und stolz jedes Kunstwerk übertraf.

Hörte sie niemals auf? Ich erinnere mich nicht an das Ende des Gesangs. Ich war so gebannt, daß ich darüber einschlief – dies war einmal der keineswegs untypische Fall, daß nicht die Langeweile, sondern das Entzücken in den Schlaf hinübergleiten ließ, während die Sängerin sich immer noch steigerte und die vorangegangenen Triumphe zum Fundament für noch größere Siege machte.

Dann war ich zwei Tage verreist, und als ich am dritten Tag, wieder gegen Abend, nach Hause kam und in meine Straße einbog, empfing mich dort eine eigentümliche Helligkeit und Reinlichkeit, die ich als Stimmung nicht in Erinnerung hatte. Auch im Abendlicht sah die Straße aufgeräumt bis zur Blankheit aus, ihre perspektivische Verjüngung war wie mit einem Kurvenlineal gezeichnet. Dann wurde es mir klar, nach einem zeitlosen Augenblick der Verwirrung: Der Baum war weg – seine Schattenmassen lagen nicht mehr über der Straße. War da überhaupt ein Baum gewesen? Das Gartenmäuerchen führte immer noch um die Stelle herum, an der er gewurzelt hatte. Aber es umrahmte jetzt einen mit der Motorsäge abgeschnittenen Stumpf. Die Ränder waren hellgelb, aber das Mark des Stammes sah aus wie zerkrümelter Tabak. Der Stamm war offenbar gänzlich verfault gewesen. Wäre der Baum umgestürzt, er hätte vermutlich meinen Balkon in die Tiefe gerissen.

## 2.

## *Der geheimnisvolle Mieter*

Ich sagte schon, daß die kleine Wohnung, in die ich gezogen war, in einer stillen, für mich eigentlich zu teuren Gegend lag, ältere und Nachkriegsmietshäuser wechselten sich in der Straße ab, eine sterile Stille lag über ihr, kein Bierlokal und kein Lebensmittelladen war in der Nähe, es gab eigentlich wirklich keinen Grund, hierher zu ziehen, es war auch nicht nahe zur nächsten U-Bahn-Haltestelle. Das scheint zu einer deutschen Stadt zu gehören: Große Regionen der Totheit, eine Art urbaner Holzwolle, in die die belebteren Teile eingepackt sind und in denen alle Bewohner sich miteinander verabredet haben, möglichst unsichtbar zu bleiben.

Gegenüber hatte sich wohl einmal ein Schlüsselgeschäft etabliert, das vor kurzem umgezogen war, nur die Leuchtreklame – ein großer Sicherheitsschlüssel, von einer roten Neonlinie umgeben – war an dem Haus zurückgeblieben und wurde immer noch allnächtlich angeschaltet. Dieser rotglühende Schlüssel war nun zu einer Fassadendekoration geworden, die eine vieldeutige Botschaft verbreitete – vielleicht die Warnung, den Schlüsselbund niemals auf die glühende Herdplatte zu legen? Seitdem der große verfaulte Baum gefällt worden war, der mit seinem Laub den rotglühenden Schlüssel beinahe vollständig verdeckt hatte, fiel von diesem roten Licht etwas in mein Zimmer, ein schwacher, unbestimmt theatralischer Schein, der den leeren Raum möblierte; ich schlief gern dabei ein, und wenn ich nachts erwachte, umgab mich die Stimmung einer altmodischen Dunkelkammer.

Das Haus war groß, enthielt hauptsächlich aber Zweitwohnungen, die meisten Mieter habe ich nie gesehen, es gab Tage, an denen die Verlassenheit dieses Hauses auch dann spürbar wurde, wenn ich meine Räume gar nicht verließ und mich inmitten der leeren Gehäuse um mich herum fühlte wie der Portier eines Bürohauses am Wochenende. Aber das war mir gerade recht so. Zu den wenigen Dingen, die ich gelernt habe, gehört es, jene Wochen und Monate der Stille zu schätzen, die man erlebt, wenn man in eine neue Stadt zieht und dort keinen Menschen kennt. Alleinsein, sich seinen Gedanken hingeben, wenig sprechen, sogar ein wenig Trübsal blasen – wenn man das erst einmal als wiederkehrendes Erlebnis begriffen hat, dann kann man ihm eine Dichte abgewinnen, in der man die Zeit geradezu tropfen hört. Noch nicht einmal die Bücher hatte ich ausgepackt, lag nur einfach, wenn es dunkel wurde, auf dem Bett und sah den Schatten zu, die manchmal durch den roten Schlüsselschein, das kühle Feuer dort draußen wanderten. Die Geräuschlosigkeit des Hauses steigerte sich dann in ein leises Rauschen wie aus einer Muschel, und auf diesem Rauschen trieben einmal eine Stimme, einmal ein leise bullerndes Motorrad oder ein knappes, sofort ersticktes Bremsenquietschen wie Korken auf schneller Strömung an mir vorbei. Kleine Vorfälle erhielten Gewicht und ließen mich grübeln. Was ich sonst nie beachtet hätte, wurde mir zu einem Rätsel wie ein Traumbild, dem man nach Erwachen noch eine Weile nachhängt. Spuren nachgehen, Indizien sammeln, um sich daraus ein Bild verborgener Vorgänge zu machen, sich in versteckte Verhältnisse, die nur in winzigen Erschütterungen an die Oberfläche der Wirklichkeit gelangen, hineinzuphantasieren, das war mein verantwortungsloses und selbstverständlich ganz planlos betriebenes Vergnügen.

Wenn ich meine Wohnungstür aufschloß, drang hinter

der benachbarten, sehr großen und hohen, mit graviertem Milchglas versehenen Flügeltür, die offenbar in eine geräumige Wohnung führte, ein Quieken hervor, als spiele dort jemand mit einem Gummitier. Zunächst gab es kein Namensschild an dieser Tür, dann prangte eines Tages ein offenbar altes Messingtäfelchen daran: »Frhr. v. Sláwina« hieß der Mensch, bei dem es so aufgeregt quiekte. Ein Name aus der Sphäre der Donaumonarchie, wie ich vermutete, dazu paßte auch das große Hirschgeweih, das in dem sonst unmöblierten Entrée aufgehängt war. Sekundenlang sah ich seine Spitzen durch den geöffneten Türspalt, dann fiel die mit drei Riegeln beschwerte Tür ins Schloß.

Eines Abends standen dann zwei leere Rotweinflaschen vor der Tür, schon aus der Ferne minderwertig wirkend, mit obskuren Etiketten, Wein, wie man ihn nachts an einer Tankstelle kauft. Das Haus, in das ich eingezogen war, galt in der Makler-Sprache als »gepflegt« – man hätte auch von kompromißloser Unpersönlichkeit sprechen können. Leere Flaschen standen vor den anderen Wohnungstüren jedenfalls nicht herum, und diese beiden Phantasie-Schloßabfüllungen verharrten lange auf ihrem Platz, bis sie am Samstag abend schließlich verschwunden waren. Hätte ich mich nicht in meinem milden Einsamkeitsrausch befunden, ich hätte diese Flaschen unter dem altmodischen Messingschild »Frhr. v. Sláwina« gar nicht wahrgenommen, ich bin selber sehr unordentlich, ich wäre der letzte, der sich für leere Rotweinflaschen vor ander Leuts Türen interessiert, aber nun geriet mir alles zum Stilleben, das zur Betrachtung einlud.

Etwas später begegnete ich auf der Treppe einer alten Frau mit langen grauen Haaren, die nicht frisch gewaschen waren. Sie war sehr zart und gebeugt, trug einen sandfarbenen Kaschmirpullover und Hosen und blickte mich schüchtern, ja geradezu demütig an, als bestehe die Gefahr, daß ich Auskünfte von ihr verlangte. Sie hatte einen kleinen zierlichen Dackel an der Leine, einen Zwergdackel mit übergroßen Rehaugen und flinken Bewegungen, aber ebenso ängstlich wie seine Herrin, ein teurer Hund, so kam mir vor, eine seltene Züchtung, der die für ihn hohen Stufen mit geschmeidigen schlangenartigen Bewegungen gleichsam hinauffloß. An diesem Tag stand eine zersprungene grüne Plastikente vor der Tür des Freiherrn, ein schwimmuntüchtiges Badewannenspielzeug. Gab es in der großen Wohnung ein Kind? Gehörte das Quietschen zu einem Dreijährigen, zu dem Hund oder zu der Ente? Bei diesen Fragen verweilte ich ein wenig, ich stellte mir sogar die Greisin quietschend vor, aber das wollte nicht gelingen, bei ihr lag ein leises Wimmern näher. Später sah ich ein paarmal einen rothaarigen, angelsächsisch wirkenden Mann in fein gestreiftem Geschäftsmannsanzug aus der Wohnung kommen, er ließ die Tür besonders satt scheppernd ins Schloß fallen, es teilte sich im Geräusch mit, wie schwer die Tür armiert war. Der Mann wirkte unangenehm berührt, als er mich sah, er wandte den Kopf ab und grüßte nicht; vor der Tür standen jetzt übelriechende Mülltüten, die auch Pizzakartons mit angenagten Resten enthielten. Im ganzen Treppenhaus verbreitete sich der Geruch der gewürz- und ölgetränkten Pappkartons, die ältere Frau im ersten Stock, die nur selten da war, mußte ausgerechnet von ihrer Reise nach Hause kommen, als diese kalte Pizzawolke im Treppenhaus hing, und machte Lärm, vergeblich allerdings, auf Telephonate und Klingeln rührte sich in der Wohnung nichts. Sie ließ dann die Müllsäcke von ihrer Putzfrau hinuntertragen. War der rothaarige Angelsachse vielleicht doch Baron Sláwina? Ich kam von dieser Vermutung wieder ab, als ich ihn mit dem Briefträger englisch sprechen hörte; wie befriedigt war ich, daß dies Buttermilchgesicht wirklich mit der englischsprachigen Welt verbunden war. Es klangen nun auch gelegentlich Klavierakkorde durchs Treppenhaus, in wiederholten Anläufen übte sich jemand in Sláwinas Wohnung in einer Liszt-Mazurka. In diesen Läufen war der Ehrgeiz zu spüren, sich nicht zu betrügen, die schwierige Stelle mit einem dissonanten Akkord wirklich zu bewältigen und nicht in seliger Dilettantenart darüber hinwegzugleiten – ich versuchte, diese Verbissenheit physiognomisch mit der Erscheinung des rothaarigen Angelsachsen zu verbinden, der bei Begegnungen wegblickte – stand dies Abwenden nicht doch in innerer notwendiger Verbindung mit einem einsamen Kunstheroismus? Unten im Eingang wartete ein Rollstuhl mit einem Etikett der Singapore Airlines – darauf die Adresse: »Mrs. Tamara Kakabadze, c/o Sláwina«. Im Briefkasten fand ich die Nachricht, ein Paket für mich sei bei Sláwina abgegeben worden, mit einer Telephonnummer. Mehrmals rief ich bei meinem Nachbarn an, durch dessen breiten Flur die Klavierläufe rauschten, aber niemand nahm ab. Erst am nächsten Abend meldete sich eine weibliche Stimme, jung, zerstreut, mit englischem »Hello?«, verträumt fragend, als sitze die Sprecherin in einer tiefen Grotte und prüfe dort einsam das Echo. Ich kam kaum dazu, nach meinem Paket zu fragen.

»It's outside«, unterbrach sie mich in fernem Singsang, der sich auf »tut mir leid« reimte – nein, das war ganz gewiß keine Angelsächsin, die kam von weit her – aus Asien, woher auch der Rollstuhl herbeigeflogen war? Wie eilends ich auch zur Tür stürzte, ich kam zu spät. Draußen lehnte das Bücherpaket, wie von Zauberhand herbeigebracht, und das Schloß der Nachbartür klickte – nicht zugeschmissen, wie bei dem Mann, sondern zugehaucht – ich stellte mir vor, die Sprecherin habe den Nachmittag im Bett verbracht, im Dunkeln womöglich, und gehe jetzt bei hereinbrechender Dämmerung erst ins Bad. Auf keinen Fall gehörte die Stimme zu der dicklichen Philippinin mit den pockennarbigen Wangen und dem Samthaarreif, die Samstag morgens mit Mülltüten beladen aus der Wohnung kam und sämtliche Schlösser mit Schlüsseln von einem großen Schlüsselbund rasselnd wie ein Burgtor verschloß. Die Frau antwortete nicht auf meinen Gruß und sah mich nur mit durchdringendem Ernst an. Diese Verschlossenheit kam ihrer Profession entgegen, Hausbesorger sollen diskret sein. Aber natürlich wartete ich auf die Frau mit der weichen, singenden Stimme und wurde gefoppt und enttäuscht – immer andere Leute kamen aus der Wohnung, nur sie nicht, die ich vermessener- und unrealistischerweise an ihrer Stimme auch physiognomisch glaubte erkennen zu können. War der ältere, dunkelbraunhäutige, indisch-paschtunische Sportsmann mit dem hängenden weißen Schnurrbart und den Schweinslederlippen ihr Vater? Ich konstruierte eine Familie um Sláwina herum, die Greisin mit dem zarten Dackel war seine Schwiegermutter, der Paschtune sein Schwiegervater, der rothaarige Angelsachse sein Schwager aus erster Ehe, aber diese Schlüsse überzeugten mich selber nicht, sie glitten aus meiner Phantasie rasch wieder davon. Denn in welchem Verhältnis standen die beiden jungen Männer in Jeans zu der Frau mit der weichen Stimme? Ich habe beide nur von hinten gesehen, sie hatten Tüten dabei, in denen es klirrte, ein Junge mit nacktem Oberkörper öffnete ihnen – schwupp, waren sie verschwunden. Hatte man die vier leeren Sektflaschen, die am nächsten Tag vor der Tür standen, in ihrer Gesellschaft geleert? Erst drang nichts anderes als Klavierläufe und Quieken aus der Wohnung, dann hörte auch das auf, und das einzige Lebenszeichen aus der Sláwina-Wohnung war nun ein großer Wasserfleck an der Wand des Treppenhauses, dort mochte wohl das Bad liegen – oder sickerte das Wasser doch vom Stock darüber?

Eines Morgens stand der Hausverwalter mit einem Handwerker im Treppenhaus und schüttelte beim Anblick des Flecks den Kopf. Er habe dem Herrn Sláwina eigens gesagt, daß er die Sauna nicht benutzen dürfe – die Sauna sei nie dicht gewesen, trotz zahlreicher Reparaturen, sie müsse dort wieder herausgerissen werden und bis dahin – in diesem Augenblick öffnete die Philippinin die Tür, sandte uns einen mißtrauischen Blick zu, runzelte die Stirn und begann, alle Schlösser der Wohnungstür abzuschließen. Wo sei Herr Sláwina? fragte der Hausverwalter, und sie gab zur Antwort: »Sláwina no, Sláwina no, Sláwina nix« – einem Haiku ebenbürtige Verse, und stieg mit unbewegter Miene die Treppe hinab.

Es gibt Geheimnisse, die uns nicht mehr fesseln, wenn sie allzu unauflöslich bleiben, und Anstrengungen, die über mein spekulierendes Kombinieren vor dem Einschlafen hinausgingen, hatte ich ohnehin nicht im Sinn, um zu erfahren, wie in der Nachbarwohnung gelebt wurde. Meine Abende wurden abwechslungsreicher, ich machte Bekanntschaften in der Stadt und fing an, mich zu verabreden und auszugehen. Titus Hopsten lud mich in sein Elternhaus ein, und von da an war ich nur noch selten zuhause, denn seine Schwester Phoebe zog einen ganzen Schweif von Leuten hinter sich her, die alle freundlich und neugierig auf ein neues Gesicht waren. Eines Abends stand ein junger Türke in Lederjacke auf den Eingangsstufen meines Hauses, weißhäutig und schwarzhaarig, er streckte die Nase in die kühle Luft, als nehme er Witterung auf, um dann ins Leben hineinzustoßen wie ein Adler, ganz und gar mit dem Lebendigsein beschäftigt, oben fiel die Sláwina-Tür charakteristisch schwer ins Schloß, der junge Mann streckte sich, sprang die Stufen hinab und rannte los. Vorn lag die Zukunft, das Vergangene ließ er hinter sich zurück.

»So müßte man immer leben«, dachte ich, aber wer da bei Sláwina ein und aus ging, das war mir inzwischen gleichgültig. Und es dauerte dann auch noch Monate, bis ich den Freiherrn von Sláwina endlich selber sah.

# 3.

## *Das Mädchen im Zug*

Eine regelrechte Einladung konnte man Titus Hopstens Aufforderung, ich möge am Sonntag nachmittag hinaus ins Haus
seiner Eltern kommen, dort seien »ein paar Leute«, wahrlich
nicht nennen, aber unter Verwendung des Wortes »einladen«
den Halbfremden dort hinaus zu bitten, hätte er wahrscheinlich hoffnungslos spießig gefunden. Ich konnte mir bei diesem jungen Mann mit dem verwöhnt-hübschen, ein wenig
spitzen Gesicht ein grundsätzliches Mißtrauen gegen jede
Art von Formeln vorstellen, als sei alles, was man so sagen
könne, im Grund unmöglich. Wir standen in einer nach Büroschluß überfüllten Bierkneipe, es war ein Getümmel von
dunklen Anzügen, aber die Krawatten waren zum Teil schon
abgelegt, denn es war ein geradezu verrückt heißer Tag,
wie er, so lernte ich bald, in Frankfurt nicht selten ist. Die
Hitze brachte eine Ausnahmestimmung hervor, die Leute, die
nicht erschöpft waren, gerieten außer Rand und Band. Er
allein schien von der Hitze unberührt. Er schwitzte nicht, als
bestehe seine Haut aus einer wärmedämmenden Substanz.
Tatsächlich war die Hand, die er mir zur Begrüßung reichte,
klein und leicht. Eine Zufallsbekanntschaft, und er gab mir
während der ganzen Unterhaltung das Gefühl, als sei er darauf aus, mir so schnell wie möglich zu entkommen, nachdem
wir ein paar gemeinsame Bekanntschaften festgestellt hatten. Das Telephon verdarb ihm die Stimmung, seine bemühte
Freundlichkeit verschwand, sowie er sich seinem Apparätchen zuwandte und lakonisch und nicht ohne Schärfe hin-

einsprach. Dann schenkte er mir wieder ein herzliches, geradezu freundschaftliches Lächeln, und dann schweifte sein Blick auch schon wieder unruhig und unbestimmt verärgert über die Menge, keinesfalls als suche er jemanden, sondern als befinde er sich nicht in einer Kneipe, sondern auf einem Empfang, der ihn langweile, den er aber nicht sofort wieder verlassen könne. Er schaffte es, die Einladung nach Falkenstein und den Austausch unserer Telephonnummern nach einem Manöver aussehen zu lassen, mich loszuwerden, wie es ja meist gehalten wird, als bestehe geradezu eine Übereinkunft, die verbiete, eine überlassene Telephonnummer jemals anzurufen. Und ich wäre wohl kaum auf den Gedanken gekommen, auch nur abzusagen, wenn ich in meinem Alleinsein nicht inzwischen begonnen hätte, ein allererstes leises Ungenügen am Fehlen von Gesellschaft zu empfinden.

So saß ich denn am nächsten Tag im Vorortzug. Neugierig war ich schon, der Name Hopsten war meinen Kollegen nicht unbekannt. Das waren »gute Leute«, wie es in einer bezeichnenden Mischung aus Moral und Berechnung hieß, und ganz frei war auch ich nicht von dieser Mentalität – grundsätzlich, wie ich mit bescheidenem Stolz sagen kann, aber eben doch. Ich habe dafür sogar den Beweis. Mir gegenüber saßen in der Bahn eine jüngere und eine ältere Frau, nein, ein Mädchen und eine vielleicht vierzigjährige, reichlich verwüstete Person. Kein Zweifel, die beiden gehörten zusammen. Ich empfand etwas Verwandtschaftliches in dem kunstvoll verfilzten Haarwust des Mädchens und dem womöglich sogar absichtsvoll schlampig gelb gefärbten Haar der Frau. Sonst gab es wahrlich keine Ähnlichkeit. Die Ältere hatte ein graues Gesicht und dicht beieinander stehende Augen, »dumm und heimtückisch«, sagte ich mir genießerisch, während die Junge ein Engelswesen war, mit einer Haut, die wahrscheinlich schon errötete, wenn ein zu heftiger Windhauch sie traf. Die Lippen, die kleinen Ohren, die kleine Nase, alles war vollendet ausformuliert, kindlich und zugleich fertig. Ich ließ meine Augen wandern – dort war die Abstoßende, hier war die Bildschöne, dort war die Schmuddelige, hier war die Apfelfrische, dort die Erschöpfte, hier die noch nie mit Mühen in Berührung Gekommene. Beide waren gleich angezogen, in Jeans und weißem T-Shirt, nein, das der Älteren war beschriftet, mit einer vitalistischen Parole, die ihrem Zustand hohnsprach: Viva España, auf dem nicht kleinen, sichtbar von einem Büstenhalter verwahrten Busen, während die Junge ebenso sichtbar ohne einen solchen auskam, die Hügelchen standen so ebenmäßig, als sei Canova eben doch Naturalist gewesen. Aus meinen Worten geht hervor, daß ich mich vollständig schamlos am Anblick der beiden weiden konnte – ja, die früh alternde Schlampe, sie gehörte unbedingt zu dem Genuß hinzu, sie schuf den Kontrast, der aus einer bloß appetitlichen Hübschheit der Jungen eine deutlich darüber hinausgehende Schönheit machte.

Warum ich so unbedenklich glotzen durfte? Die beiden waren beschäftigt, und zwar äußerst gespannt, die Umwelt war für beide versunken. Die Ältere war über ihren nackten Fuß gebeugt und betastete nachdenklich und mißtrauisch den gelben Nagel ihres linken großen Zehs. Nur noch ein kleiner roter Farbrest verriet, daß sie diesen wulstigen, in Hornringen zu einer tierischen Kralle ausgewachsenen Nagel vor Wochen noch lackiert hatte. Aber jetzt war seine Stunde gekommen, jetzt sollte er, nach eingehender Untersuchung, doch schließlich beschnitten werden. Nun wollte aber der kleine Nagelknipser den in unheimlichem Wachstum verdickten Nagel nicht recht packen, immer neu setzte sie an, und immer wieder entglitt das Horn den zierlichen Schneiden. Die Junge hingegen hatte sich eine kleine Wunde am Zeigefinger zugezogen – ja: herrlich, sie hatte sich einen

Apfel geschält, und das rote Blut war auf das weiße Apfelfleisch getropft! –, und nun war sie mit dem Stand der Heilung offenbar unzufrieden. Die warm durchblutete gesunde Haut arbeitete nicht so schnell, wie sie das erwarten durfte. Sie hatte das Pflaster abgezogen und betrachtete die rötliche Fingerspitze mit gerunzelten Brauen und leichtem Kopfschütteln, als tadele sie jemanden. Sanft drückte sie die Fingerbeere. Blut kam keines mehr. Aber es tat auf jeden Fall gut, den Finger ein bißchen mit Speichel zu befeuchten. Ernsthaft wie ein trinkender Säugling sog sie an dem wunden Finger, ein therapeutisches Saugen, das zu ihrem Verwundern aber den Zustand der Unversehrtheit nicht augenblicklich wiederherstellte.

Wie verrückt, das sagte ich mir geradezu mit Selbstverachtung, daß ich hier nun auf dem Weg zu irgendwelchen reichen Leuten war, die ich gar nicht kannte und deren Sendbote Titus keine besonders herzliche Gastlichkeit verhieß, anstatt jetzt kurz entschlossen alles zu tun, wenigstens mit allen Mitteln zu versuchen, das Wochenende mit diesem Mädchen zu verbringen. Es war ja offensichtlich, daß diese junge Proletarierin – ein starkes, im Kontrast zu den Hopstens gewähltes Wort –, oder besser, dieses ins Proletariernest geratene Mädchenkind mich unendlich mehr beschäftigen und reizen würde als alles, was mir in dem Hopstenschen Reservat begegnen mochte. Nein, nicht das Haar und nicht die Kleider machten die beiden für mich zu Zusammengehörigen, es waren die stillen Tätigkeiten der beiden, das Nebeneinander wie von zwei Schneiderinnen oder von zwei Montagearbeiterinnen, die in eine komplizierte Tätigkeit versunken waren, das weiß ich noch heute. Ja, noch mehr: Richteten sich die beiden etwa nach gemeinsam bestandenen Kämpfen wieder her? Ich bin noch heute überzeugt: Hätte die Junge mich nur einmal angesehen, ich hätte sofort das Wort an sie gerichtet. Aber hielt sie nicht in Wahrheit so schön still, damit ich sie in Ruhe betrachten konnte? Eine Station vor der Endstation, meiner Station, stiegen beide aus, im letzten Augenblick, auf dem Bahnsteig sah ich sie grußlos auseinandergehen, sie hatten überhaupt nichts miteinander zu tun.

Es dauerte eine Weile, bis ein Taxi kam, dann folgte die Fahrt durch die Villenviertel, die den kleinen mittelalterlichen Ort mit seiner Burg umgaben, dann kam offenes Land, weite leuchtende Wiesen, schließlich ein weißes schiffsartig von Terrassen und Balkons umgebenes Haus, in eine Geländefalte wie zwischen grüne Wogen gedrückt, mit ziemlich langer Auffahrt, kein Name am Briefkasten, das war das Haus Hopsten. Am Eingang kam mir das Mädchen aus dem Zug entgegen, jetzt in einem winzigen Sommerkleid, das die Beine ganz frei ließ. Ich war nicht sicher, ob sie mich nicht doch erkannte. Das Pflaster um den Finger war frisch und reinlich.

*»Bei diesem Nichtwiedererkennen blieb es aber doch nicht? Ich muß dir gestehen, ich schätze solche Liebe-auf-den-ersten-Blick-Geschichten nicht so sehr. Steckt nicht meist einfach Wahllosigkeit oder sogar Läufigkeit dahinter?«*

*»Oft genug hast du sicher recht. Aber ich erzähle tatsächlich eine Liebe-auf-den-ersten-Blick-Geschichte, oder besser ihre Vorgeschichte, Liebe auf den ersten Blick hat nämlich manchmal auch eine Vorgeschichte, so widersprüchlich das klingt.«*

Daß Phoebe Hopsten mich nicht wiedererkannte oder nicht wiedererkennen wollte oder, mit einem gewissen Recht, unser Zusammentreffen im Zug einfach zu uninteressant fand, um noch einmal darauf zurückzukommen, ließ sie nicht unfreundlich werden. Sie strahlte, aber sie strahlte eben in viele Richtungen. Haus und Garten waren von Menschen erfüllt, alle mit Gläsern in den Händen, alle, so schien es, in der Hitze schon leicht berauscht. Im Zug hatte ich sie ganz in sich versunken erlebt, in selbstgewählter Isoliertheit, die sich jedes Ansprechen verbat, aber jetzt, da ich sie durch die Menge der Gäste tänzeln sah, jedem einzelnen für einen winzigen Augenblick entzückt zugewandt, war sie noch viel unansprechbarer geworden. Ich musterte die jungen Männer, die meisten eher in ihrem als in meinem Alter, wer wohl Rechte auf sie besitzen mochte, aber immer, wenn ich einen sistiert zu haben glaubte, war sie schon bei einem anderen, dem sie die Hand mit dem kleinen Pflaster in den Nacken legte oder sich für einen Atemzug anschmiegte. Meine Fehleinschätzung im Zug verwirrte mich immer noch stark. Ich hatte sie der schrecklichen Frau mit dem Fußnagel wirklich zugeordnet, ich hatte mir ein, wie ich jetzt feststellen durfte, wirklich schlüssiges Bild von ihrem Milieu gemacht, und das war ein die Phantasie anspornendes, belebendes Bild gewesen, ich kam mir als ihr Entdecker vor, wie ein Mann, der eine Perle im Schweinekoben gefunden hat. Nun fiel es mir schwer, mich davon zu verabschieden. Phoebe war ein goldenes Mosaiksteinchen, das in ganz verschiedene Entwürfe hineinpaßte, so redete ich mir jetzt ein, nein, ich hatte mich nicht geirrt, sie war in ihrer Erscheinung sozial eben nicht festgelegt, sie ging in mehreren vollkommen entgegengesetzten äußeren Zusammenhängen gleich plausibel auf – paßte sie etwa zu ihren Eltern? Das waren doch ohne Zweifel hochrespektable Leute, aber bei ihr kam noch etwas hinzu, etwas weniger Respektables, so meinte ich sicher zu sehen. Und zum Sehen hatte ich Zeit, ich schwamm als Fisch durch diesen schönen Teich und ließ mich nur hier und da in ein Gespräch ziehen. Zunächst mit einem sehr amüsanten, etwas dicklichen Orientalen, Joseph Salam hieß der und kannte ebenfalls niemanden hier, und dann durfte ich sogar mit dem Ehrengast sprechen, dem alten Schmidt-Flex – du hörst richtig, mit weißer Mähne, genauso bedeutend aussehend wie in der Zeitung, in seinem Gefolge die schweigsame Ehefrau, ein trübsinniger Sohn und die sehr hübsche Schwiegertochter, ein solcher Mann tritt nie allein auf.

## 4.

## *Kunstwerke am Swimming-Pool*

Der Sonntag nachmittag verlief, wie die Hopsten-Familie das schätzte. Gerade auch im gesellschaftlichen Stil bewiesen die Familienmitglieder Einigkeit: Viele Leute sollten dasein, in einem lässigen Kommen und Gehen, nur zum Teil eingeladen, an schönen Tagen sagte man sich einfach bei den Hopstens an, auch das Mitbringen von Freunden war gern gesehen, jedenfalls wenn man Rosemaries Geschmack traf. Sie war ungeniert darin, fühlen zu lassen, ob ihr die Mitgebrachten gefielen oder mißfielen, man sprach allgemein von Rosemaries »erfrischender Offenheit«, wie das auch dann hieß, wenn die Deutlichkeit die Grobheit streifte. Wie Pilger um einen Tempelteich in Indien lagerten die Gäste um den Swimming-Pool, ein eher flaches Becken noch aus den zwanziger Jahren, das sie schwarz hatte kacheln lassen, in Helga Stolziers Lieblingsfarbe, wobei sie inzwischen selbst glaubte, türkise oder himmelblaue Schwimmbassins schon immer häßlich gefunden zu haben. Wie in feine Tinte tauchten die Körper in dieses Becken, es war immer eine kleine Überraschung, sie unter Wasser dann in heller Nacktheit aufleuchten zu sehen. Rosemarie Hopsten trug einen schwarzen einteiligen Badeanzug mit kleinem Beinansatz, der ihre kräftige, an eine Maillol-Skulptur erinnernde Figur mit deutlicher Taille und den geschwungenen Hüften prächtig herausstellte; sie tauchte und warf beim Auftauchen das nasse Haar mit einem Schwung aus der Stirn; als sie auf der Aluminiumleiter aus dem Becken stieg vor den Augen ihrer in Liegestühlen ruhenden und plaudernden Gäste, schimmerte der triefende Stoff wie ein Robbenfell, die Wassertropfen umsprühten sie blinkend, es war ein triumphaler Aufstieg aus feuchten Tiefen, die Gespräche rissen ab, man betrachtete sie, und die forcierte Munterkeit mancher Zurufe verriet, daß da jemand versuchte, seiner Bewunderung Herr zu werden. Rosemarie war mild gebräunt, sie achtete darauf, nicht ledern zu werden, über ihrer schönen festen Haut lag auch, als sie abgetrocknet war, ein feines Glitzern wie von Tautropfen. Bernward Hopsten erhob sich mit der für ihn bezeichnenden hölzernen Steifheit, er trat gegenüber seiner Frau genauso auf, als sei sie eine fremde Dame, mit ruhigem Lächeln, nahm ihr das nasse Handtuch ab und reichte ihr ein Glas Weißwein. Ein perfektes Paar, dachte ich, diese Höflichkeit nach so vielen Jahren und bei derart verschiedenen Temperamenten. Rosemarie war die einzige, die ins Wasser ging, es war warm, aber nicht heiß, und Silvi Schmidt-Flex im winzigen Bikini hielt die mädchenhaften Glieder in die Sonne, mit geschlossenen Augen und ohne sich am Gespräch zu beteiligen. Sie hatte erklärt, das Wasser sei zu kalt – »Siehst du«, sagte Bernward zu seiner Frau, aber die antwortete geradezu schroff, im Juni werde bei ihr kein Schwimmbad geheizt. Das war ein vernünftiger Standpunkt, und ungastliche Sparsamkeit konnte den Hopstens wahrlich niemand vorwerfen. Aus einer großen Silberschüssel ragten mehrere Weißweinflaschen, dieser Wein war frisch und säuerlich und trank sich wie Wasser, Phoebe hatte schon ein paarmal neue Flaschen aus dem Haus geholt. Joseph Salam war es gelungen, den alten Schmidt-Flex in ein Gespräch über den Balkan zu verwickeln, obwohl der Schwiegervater Silvis sich zunächst unnahbar zeigte und Salam sogar recht unverhüllt mit ironischen Blicken musterte; sein lebenslang bewährter Instinkt, Personen, die nicht im Hauptstrom politischer Wohlachtbarkeit schwammen oder sonstwie durch Geld und Einfluß ausgezeichnet waren, augenblicklich herauszuspüren und wegzuschieben, warnte ihn deutlich. Ihm mißfielen auch die sich unter Salams engem Sporthemd abzeichnenden Wölbungen von Muskulatur und Fett, aber aus einem tiefen Liegestuhl ist so leicht kein Entkommen. Salam beugte sich über ihn, trank den Wein mit großen Schlucken, ließ den alten Schmidt-Flex seinen Weinatem riechen und gab sich im übrigen sehr souverän, auch bereit, zu den trockenen Bröckchen, die sein unwilliger Gesprächspartner ihm hinstreute, ein herzliches Gelächter anzustimmen. Er gab vor, in den grundsätzlich unkomisch gemeinten Äußerungen des Alten eine Komik zu entdecken, die der dann doch nicht verleugnen mochte – wer besteht schon darauf, nicht so geistvoll zu sein, wie das offenbar vermutet wird? Schließlich war die Reserve dahingeschmolzen, obwohl Schmidt-Flex senior keinen Wein trank.

»Ich kannte Tito gut«, sagte er eben. Wäre er dem Marschall nicht begegnet, hätte er gesagt: »Wir haben uns komischerweise nie getroffen.« Salam nickte erfahren.

»Ja, der hatte den Balkan begriffen...«

»Oder aber gerade nicht begriffen.« Schmidt-Flex geriet jetzt ins Pädagogische, damit war seine Selbstbeherrschung dahin.

»Köstlich«, Salam seufzte genießerisch, »er hatte ihn eben gerade nicht begriffen.« Aber das darauf folgende Lachen dämpfte er behutsam, um den alten Schmidt-Flex nicht ungeduldig zu machen. Hans-Jörg Schmidt-Flex, der Sohn, saß neben seiner Mutter, beide machten keinen Versuch, ihren Überdruß zu verbergen. Die Mutter war stoisch, unendliche Stunden, in denen sie sich in Gesellschaft gelangweilt hatte, zogen an ihrem inneren Auge vorüber, der Tag, an dem sie glaubte, vor Langeweile aus der Haut fahren zu müssen – er mochte mehr als dreißig Jahre zurückliegen –, an dem sie fürchtete, vor Langeweile zu ersticken, war auch dabei, auch jenes eigentümliche Gefühl von Abgestumpftheit und leerer Leichtigkeit, das zurückblieb, als sie diesen Augenblick der Panik überwunden hatte, es war ihr treu geblieben und hatte ihr Leben erträglich gemacht. Hans-Jörg war in anderer Lage. Er langweilte sich nicht, denn er langweilte sich nie, mißmutig folgte er den Gesprächen, sein Gesicht schien auszudrücken: »Mein Gott, was für Dummheiten, so kann man das wirklich nicht sagen«, vielleicht müßte er sich irgendwann doch noch einmischen, zum unpassendsten Moment natürlich und mit Worten, die ihn ins Unrecht setzen würden.

Vielleicht ist es ein Fehler, sich menschlicher Gesellschaft allzu sehr zu nähern, vor allem wenn sie, aus einer gewissen Entfernung jedenfalls, einen solch zauberhaften Anblick bietet. Das Grün der Wiesen, die sich jenseits des jetzt im hohen Gras beinahe unsichtbaren Zaunes fortsetzten, in sanften Hügeln, Wellungen und Schwellungen – vor zehn Jahren hatten hier noch Kühe geweidet –, der Blick hinab zum Turm der Kronberger Burg und dahinter im rauchfarbenen Dunst auf die Mainebene mit den im Sonnenlicht herausblitzenden Fassaden der verglasten Hochhäuser war wie ein großes Landschaftsgemälde, ja es glich jetzt einem der besten Werke der Kronberger Malerschule aus dem neunzehnten Jahrhundert, auf denen die Himmel immer ein wenig zu blitzeblau und die Wolken wie aus Schlagsahne sind, und mitten in den smaragdgrünen Samt wie Juwelen gebettet diese aus der Ferne so anmutig und heiter wirkenden Menschen, ja, am Gartenzaun stehend und auf diese Gesellschaft blickend, die sich in der bewegten Oberfläche des schwarzen Swimming-Pools spiegelte, dachte ich an Goethes Mandarine, die »am Wasser und im Grünen, fröhlich trinkend, geistig schreibend« den Frühlingstag verbringen. Aber um die alten und älteren Leute herum, die »Erwachsenen« eben, wie eine achtzehnjährige Freundin Phoebes ganz unschuldsvoll sagte, gab es noch sieben oder neun Jungen und Mädchen aus Titus' und Phoebes Generation – ich blieb bei der Zahl unsicher, weil sich alle so ähnlich sahen, oder sollten mir meine fünfunddreißig Jahre schon einen Altersblick auf eine mir im Ganzen fremd gewordene Generation verschafft haben? Alle hatten schönes Haar und perfekte Zähne, alle waren sie schlank und trainiert, die Jungen in gestreiften Hemden und Jeans hatten alle das hübsche, ein wenig mausehafte Gesicht von Titus mit dem unerschütterlichen Ernst in den Augen, Phoebe allerdings war durch ihren Haarwust, ihre goldene Filzmähne von den anderen Mädchen unterschieden, eine solche Arbeit machte sich nicht jede. Alle rauchten, was von den Erwachsenen niemand tat, als fürchteten sie die Mißbilligung des alten Schmidt-Flex, der sich nicht scheute, Raucher zu einem Privatissimum beiseite zu nehmen, um ihnen die ihnen gewiß noch unbekannten Gefahren des Rauchens zu eröffnen. Rosemarie und Joseph Salam habe ich bei anderer Gelegenheit durchaus mit Zigaretten gesehen.

Was die Szene aber zu einer neuartigen Schönheit gelangen ließ, das war die moderne Technik, das Mobiltelephon, das jeder der jungen Menschen mit sich führte und das von fern betrachtet Bilder hervorbrachte, wie sie im täglichen Leben für Jahrhunderte höchstens auf dem Theater zu erleben waren. Und selbst da schon länger nicht mehr. Denn von dem großen klassizistischen Alphabet ausdrucksvoller Körperhaltungen hat man sich seit langem verabschiedet. Die sprechenden Haltungen der antiken Kunst, in Renaissance und Barock gefeiert, die kühnen Drehungen des Körpers, die ausgestreckten Arme, das Kauern, das Den-Kopf-in-den-Nacken-Legen, die Gesten des Hauptverhüllens, der Melancholie und der Trauer, alle diese den Körper ausstellenden und den stummen Leib zu Beredsamkeit weckenden Haltungen, man sieht sie in Museen in Gold gerahmt, aus der Natur sind sie verschwunden. Nein, sie waren es, waren es bis zur Erfindung des Mobiltelephons. Bis dahin versank der einsame Mensch geradezu in sich selbst wie in einen Topf. Die Mienen wurden verschlossen bis zur Ausdruckslosigkeit. Sprach den Einsamen dann jemand an, mußte er aus seinem dumpfen Brunnen auf die Erde zurücksteigen, die Maske ablegen und zu seiner lebendigen Person zurückfinden. Jetzt sah ich dort drüben ein Mädchen, das abseits saß, das blonde Haar über die Stirn hängen ließ und mit den Locken spielte, eingerollt wie in einen hohlen Baum in einer versonnenen, tiefen Heiterkeit, und nun löste sich das Händchen aus den Locken und fuhr gespreizt in der Luft herum. Ein anderes Mädchen stand am Wasser und blickte hingerissen auf ihr Spiegelbild, die Beine hatte sie wie eine Tänzerin ineinandergedreht, der Kopf war auf die Schulter gesunken und die Hand beschrieb leichte Schmetterlingswellen in die Lüfte. Beide telephonierten, und das Apparätchen, das soviel Schönheit hervorbrachte und den Traum der Antike Wirklichkeit werden ließ: die lebendige Statue, blieb dabei fast unsichtbar. Ihre vorher teilnahmslosen Mienen waren jetzt gleichsam angezündet, die Wangen röteten sich, die Augen glänzten, eine neue Spannung erfüllte die Körper. Näher bei mir schritt – ja, es war ein Schreiten mit langen Beinen – ein junger Mann auf und ab und drehte sich hin und wieder auf den Absätzen. Seine Hände machten rhetorische Gesten, dann versenkte er sie in die Hosentaschen, stand wippend auf Zehenspitzen, legte den Kopf in den Nacken, der Sonne entgegengestreckt, dann fuhr es wie ein Schuß in den gerade gereckten Körper, er beugte den Kopf, er ging in die Knie – hätte ich doch nur ein einziges Mal einen Hamlet-Monolog so intensiv und in

allem Ausdruck so beherrscht gesehen. Der Junge trug Kopf-
hörer und war deshalb noch freier in seinem Stolzieren,
beide Arme hatte er zum Sprechen zur Verfügung. Aber das
Schönste sah ich erst, als es zum allgemeinen Aufbruch kam,
und es war diesmal nicht das Telephon, sondern eine Digi-
talkamera, was diese Schönheit möglich machte. Bernward
stand unten am Tor, er hatte Gäste zu ihren draußen parkenden Autos begleitet, und nun rollte ihm das Kabriolett
der jungen Schmidt-Flex entgegen, die oben vor dem Haus
hatten parken dürfen. Hans-Jörg saß am Steuer, seine trüben
Augen waren hinter Sonnengläsern verborgen, er war ein
Mann der Ausrüstungen, des Zubehörs, und er trug auch
durchlöcherte Autohandschuhe, neben ihm aber stand in
einem wehenden weißen Leinenhemd, das über die Schulter
gerutscht war und den Spaghettiträger des Bikini-Oberteils
auf der bräunlichen Schulter freigab, Silvi und hielt mit den
beiden nackten Armen ebendiesen Photoapparat in die
Lüfte, den Blick fest auf das Bildfensterchen gerichtet, sie
war wie ein schwebender Engel, eine Siegesgöttin mit golde-
nem Kranz in der Hand. Bernward stand still und sah mit
entzücktem Lächeln auf diese Erscheinung. Als sie neben
ihm anhielten, sagte Silvi: »Ich glaube, ich habe ein gutes
Bild von dir gemacht.«

*»Jetzt bin ich aber enttäuscht – ich dachte, ich erfahre etwas
über deinen Herrn von Sláwina, und statt dessen schwärmst
du mir von allen möglichen Damen vor.«*

*»Nein, Sláwina ist noch nicht an der Reihe. Es wäre aber
falsch, ihn einfach wieder zu vergessen.«*

*»Dann ist dein Sláwina wohl eine Art Konserve, die erst
im Bedarfsfall geöffnet wird …?«*

## 5

## *Eine weiße Feder*

Die Salons der Hopstenschen Villa hatten zur Zeit der Erbauung des Hauses anders ausgesehen, wie, davon gab der Bildband aus den zwanziger Jahren, der auf dem Büchertisch für die Gäste deutlich sichtbar ausgelegt war, eine gewisse Vorstellung, allerdings mehr durch die Bildunterschriften als durch die undeutlichen, etwas verwaschenen Photographien auf dem vergilbten Papier. Die Bauherren damals hatten offenbar einen Schritt aus düsterem wilhelminischem Prunk in die nicht minder prunkvolle Dunkelheit eines starkfarbigen Art déco getan und die nicht besonders großen Räume in tresorartig üppige Kabinette verwandelt. Was sich auf den Photos grauschwärzlich präsentierte, waren einmal Lapislazuli-Kamine, blattvergoldete Plafonds und Wandbespannungen aus Pergament gewesen. Davon war nichts ans Ende des zwanzigsten Jahrhunderts gelangt, aber Rosemarie Hopsten wollte sich von der Vergangenheit durchaus inspirieren lassen. Helga Stolzier stieß bei Betrachtung des bewußten Bildbandes, der Bernward in einem Antiquariat in die Hände gefallen war, einen kleinen Entzückensschrei aus. Es kann durchaus sein, daß ihre mattschimmernden grauen Stucco-Lustro-Wände und die mit schwefelgelbem Ziegenleder bezogenen schwarzen Lacksessel den Erbauern gefallen hätten. Damals, soviel war einem Photo zu entnehmen, hatte ein Picasso der Blauen Periode in dem Zimmer gehangen, wo jetzt ein großer Botero einen zum Ballon aufgepumpten südamerikanischen General zeigte, der aussah, als foltere er seine

Feinde nicht mit Elektroschocks, sondern mit Schlagsahne. Die Fülle kostbarer kleiner Sachen, die auf Tischchen, Fensterbänken und dem Kaminsims aufgestellt waren, machte den Raum zu einem idealen Wartezimmer, während vor den Fenstern sich die grünen Wiesen parkartig ausbreiteten, als hätten niemals Kühe auf ihnen gestanden.

Rosemarie Hopsten hatte mich allein gelassen, sie habe draußen noch etwas zu erledigen. Was, das erfuhr ich leicht, denn der Wirtschaftsraum, in dem eine zierliche schwarze Brasilianerin mit rosa Brille auf der Nase bügelte, lag nicht so weit, daß die dort geführte Unterhaltung unhörbar geworden wäre. Die Hausfrau klang verärgert, aber die Brasilianerin sprach ebenfalls mit erhobener Stimme. Ich brauchte gar nicht die Ohren zu spitzen, um den Wortwechsel zu verfolgen.

»Warum sind Sie gestern nicht gekommen?«

Die Brasilianerin sprach nicht gut deutsch. Sie sei krank gewesen.

»Warum haben Sie dann nicht angerufen?«

Das sei nicht gegangen, wie sie schon gesagt habe – »der Akku war leer«.

Moderne Menschen sagen einander nicht ins Gesicht, daß sie den anderen für einen Lügner halten, aber diese Rücksicht oder Vorsicht hatte bei Rosemarie eine Gefühlsstauung zur Folge: Sie glaubte dem Mädchen kein Wort und geriet noch mehr in Zorn.

»Wenn Sie nicht mehr kommen wollen, dann sagen Sie es offen.«

Sie habe schon mehrmals gesagt, daß sie kommen wolle, jetzt wieder das Mädchen, aber wenn sie krank sei, dann gehe es eben nicht.

»So geht das nicht weiter ... anrufen kann man immer ...«

Der Dialog hatte einen Rondo-Charakter, schraubte sich

aber bei jeder vollendeten Umdrehung ein Stück höher. Jetzt fiel eine Tür ins Schloß, die Stimmen kamen nur noch gedämpft und unverständlich. Ich war wieder mir selbst und den Objekten dieser Schatzkammer überlassen.

Da räusperte sich jemand, ein eigentümliches Glucksen folgte. Jetzt erst entdeckte ich einen großen, wie eine chinesische Pagode geformten Käfig. Darin saß ein blütenweißer Kakadu. Er hatte den Kopf auf die Seite gelegt und sah mich an, während es in dem schieferfarbenen Schnabel leise knackte und knusperte, als habe er gerade ein Maiskörnchen aus der Porzellanschale seiner Sitzstange zu sich genommen.

Später erfuhr ich, wie der Kakadu ins Haus gekommen war: nicht aus Tierliebe, sondern weil Rosemarie in der Komposition ihrer Umgebung etwas Kostbar-Lebendiges vermißte, etwas, das sich bewegte, auch ohne daß man es aufzog. Sogar an ein großes Aquarium mit seltenen Fischen hatte sie einen Augenblick lang gedacht, aber Helga riet davon ab: Und wenn es noch so edel sei – ein Aquarium wirke im Ergebnis dann doch immer spießig. Aber ein wundervoller Vogel?

»Federn sind jetzt sehr aktuell.« Von Helgas Seite stand einem Kakadu nichts im Wege. Und kaum war er im Haus, erwies sich, daß er genügend unvorhersehbare Lebenskraft besaß, um sich einen Platz unter den Hausbewohnern, nicht unter den Bibelots zu erobern. Rosemarie war von seinem Anblick befriedigt, und Bernward begann ihn zu lieben. Sogar an der zarten Fahne warm-süßen, nicht unangenehmen Geruchs von Vogelkot, der nun gelegentlich den Raum durchzog, nahm keiner Anstoß. Den Freunden des Hauses war es ein vertrautes Bild, den Kakadu auf Bernward Hopstens Schulter zu sehen, mit dem schneckenhausartigen steinernen Schnabel, der trotz seiner Rundung bös zuhacken konnte, nah an den ungeschützten weichen Lippen.

Wahrscheinlich hatte der Vogel mich schon eine Weile beobachtet, denn sein Kopf war unbewegt, der schwarze Augenknopf war auf mich fixiert. Konnte man mit diesem Knopf eigentlich etwas sehen? Er war wie mit festem schwarzen Seidenzwirn in die aufgepuffte Federfülle hineingestickt, den Boutons vergleichbar, mit denen Polsterer die unter den Stoff gestopfte Füllung arretieren. Das Federweiß war so rein, als sei das ein Kunstkakadu, und um solcher Tugend willen war er schließlich angeschafft worden, er sollte ein lebendes Kunstobjekt sein, und das war er, allerdings in weit höherem Maß, als Rosemarie sich das hatte vorstellen können. Um Brust und Schultern lag kurzes Flaumgefieder wie ein Hermelincape, aber als er jetzt die Flügel öffnete – Taubenflügel, Engelsflügel –, offenbarte er prachtvoll starke Schwingfedern, jede wie gemalt so perfekt – ihm aber nicht perfekt genug. Er konnte sich zum Toilettemachen nicht hinter einen Wandschirm zurückziehen – ein schwarz-goldener Lackschirm wäre ihm angemessen gewesen –, aber in seiner hemmungslosen Genauigkeit beim Durchpflügen des vollkommenen, duftig-festen Gefieders lag auch Schamlosigkeit, sogar Eitelkeit oder womöglich Verachtung. Er war ein Künstler, der im Atelier einem staunend ahnungslosen Besucher ein Bild zeigt, das ganz fertig aussieht, und der sich daraufhin erst richtig an die Arbeit macht. Der runde Schnabel mit dem beträchtlichen Überbiß war sein wichtigstes Instrument, obwohl ich nicht begriff, wie mit dieser runden Zange überhaupt etwas präzis gepackt werden konnte, aber er war die vertrackte Konstruktion eben von Jugend auf gewöhnt und handhabte sie souverän; gnadenlos durchharkte er sein Gefieder; wenn sich der Kopf den blauschwarzen Füßen näherte, war es, als sehe er auf seine Armbanduhr. Für diesen Kopf gab es keine anatomischen Festlegungen, er konnte überall sein. Auf erotischen Holzschnitten aus Ja-

pan – schon wieder fiel mir Japan ein, obwohl der Kakadu
doch aus Australien stammt – stecken die Liebespaare, stets
vollständig bekleidet, in den aufgeblähten Kimonos derart
kunstvoll ineinander, daß man ihre Köpfe und Hände, ihre
Füße und Geschlechtsteile in der textilen Aufplusterung wie
auf Vexierbildern suchen muß, und genauso war es hier:
ein geradezu wüstes Aufschütteln, ein Auseinandernehmen
des ganzen Körpers, der Vogelleib verlor gänzlich seine eben
noch geglättete Form und sah aus, als habe eine Katze ihn
gewürgt, unblutig allerdings, die Federpracht strahlte flek-
kenlos. Und einen Lidschlag später war jede Feder wieder
zurückgekehrt an ihren Platz. Er saß eine Weile unbewegt,
als gelte es die neugewonnene Skulptur erst einmal auszukosten, die Rückkehr aus der Erscheinung eines zerfledderten
Balges zu endgültig erscheinender Form. Und nun richtete
sich, als werde in seinem Innern an einem Faden gezogen,
die hellgelbe, bisher fest an den Hinterkopf geschmiegte
Krone auf, ein leuchtender Irokesenkamm, der sonnenartig
über ihm strahlte. Dann legte er in seinem Königsschmuck
den Kopf zurück und stieß einen Schrei aus, eine funkensprü-
hende Kreissäge war auf Beton gestoßen und kreischte bis
zum Zerspringen des Sägeblatts.

Ich meinte, die Tür werde nun aufgerissen und jemand
hereinstürzen, als sei ich dabei, dem Kakadu Gewalt anzu-
tun, aber nichts rührte sich. Von fern drang es weiter rondo-
haft in den Salon, man war diese Schreie hier gewöhnt, sie
waren in diesem Haus eine andere Form von Stille, ein Zeichen, daß weiter nichts geschah. Ich trat an den Käfig, der
Kakadu hopste auf seiner Stange etwas zurück. Nein, sein
Auge war kein Knopf, es war nicht stumpf, es glitzerte wie
ein Teertropfen im Schnee, ich stellte mir vor, daß alles, was
dies Auge sah, an ihm kleben blieb wie winzige Fruchtflie-
gen. Nach der Lärmeruption fand der Kakadu zu einer ele-

ganten Geste. Aus seinem Gefieder löste sich eine einzelne weiße Feder und segelte sanft auf den mit Maiskörnchen bedeckten Käfigboden. Sie landete so nah an den Käfigstäben, daß es mir leicht gelang, sie herauszuziehen. Eine Weile sollte sie in meiner Brieftasche liegen, dann war sie eines Tages weggeflogen.

Mich befiel eine verrückte Vorstellung: Dieser ganze grauschimmernde Salon in seiner Stucco-Lustro-Erlesenheit, im smaragdgrünen Wiesenland gelegen, dieses gelbe Ziegenleder, diese Elfenbeinschnitzereien, das frisch geputzte Silber, der aufgepumpte General, dies alles bildete einen Schrein für diesen Kakadu. Um ihn herum war dies alles gesammelt und aufgebaut. Er war die Seele des Hauses, ihm waren Rosemarie und Bernward Hopsten, natürlich auch Phoebe und Titus, untergeordnet oder zugeordnet, wie eine einem Idol gewidmete Priesterschaft. In schrecklicher, aber auch erhabener Einsamkeit hockte er im Allerheiligsten seines Käfigs, dem Herzen des Hauses, und beschäftigte sich ausschließlich damit, immer aufs neue zu zerfallen und zum Chaos zu werden und immer wieder aus dem Chaos zurück zur Gestalt zu finden, körperloser Balg und heile Vogelstatue in unablässigem Wechsel. Und zwischendrin der Fanfarenstoß seiner furchterregenden Stimme, die anzeigte, was es geschlagen hatte: unüberhörbare Erinnerung an die Kreissäge, die über unser aller Köpfen hing.

Rosemarie Hopsten trat ein. Der Streit hatte sie erfrischt. Sie erschien kraftvoll und jugendlich. Phoebe sei etwas dazwischengekommen – ich war dankbar für diese lapidare Absage, offenbar wollte sie mich nicht mit Erfindungen abspeisen. Rosemarie aber lud mich zum Bleiben ein. Wir tranken Tee, und sie erklärte mir, nicht ohne geschickte Ironie, die einzelnen Gegenstände ihrer Sammlung.

## 6.

## *Bernward & Rosemarie*

Hatte ich je zuvor ein vollkommeneres Ehepaar als Rosemarie und Bernward Hopsten gesehen? Ein ruhigeres und unverbrüchlicheres Zusammengehören, eine Gelassenheit in der Loyalität, eine Sicherheit, nichts Eigenes aufgeben zu müssen und dennoch dem andern nichts Wichtiges vorzuenthalten? Und dabei in der Öffentlichkeit niemals mehr Zärtlichkeit, als daß Bernward höchst locker einmal den Arm um Rosemaries Schulter legte, sie sich für einen winzigen Augenblick an ihn schmiegte und sich sofort wieder befreite, das war ein müheloses Auseinandergleiten wie einst beim Rock-'n'-Roll Tanzen in den Studentenjahren. An einem Sommernachmittag, um den Swimming-Pool war eine vielköpfige Gesellschaft versammelt, wurde ich Zeuge, wie Bernward von einer Reise nach Chicago zurückkehrte – keineswegs ramponiert nebenbei, er hatte sich am Flughafen wohl schon rasiert, und überhaupt gehörte zu seiner Trockenheit, ja Ausgetrocknetheit, nicht so leicht verklebt und verschwitzt zu erscheinen. Seine Gepflegtheit war gleichsam bombenfest, man konnte ihn sich freilich auch nicht rennend und keuchend vorstellen, alles geschah bei ihm hübsch langsam und mit der Präzision eines geübten Billardspielers. Rosemarie trat am Rand des Swimming-Pools wie auf einer Bühne zu ihm hin und ließ das große Publikum an Heimkehr und Begrüßung des Ehegatten teilhaben – bei der Andeutung einer Umarmung wich Bernward mit ironischem Lächeln zurück und sagte: »Bitte Abstand, ich war noch nicht in der Badewanne«, und sie erwiderte dies Lächeln, voll Einverständnis und Intimität. Es wirkte gar nicht geziert, eher als habe man keinen schmuddeligen Ehealltag einreißen lassen und pflege immer noch die Behutsamkeit der Tage allerersten Kennenlernens. Was mir gleich auffiel bei dieser Familie, die sich so gern vor aller Augen als geschlossene Korporation präsentierte – Titus und Phoebe weitgehend noch zuhause wohnend, bei allen Einladungen mischten sich die Freunde der Kinder mit denen der Eltern: welchen Abstand die Eltern von den Kindern wahrten. Es war, als hielten sie auf lustige Weise gegen die Kinder zusammen, der jugendliche Ernst der schönen, eleganten Geschöpfe stand in komischem Gegensatz zu den spöttischen, lachlustigen Eltern, die, jeder auf seine Weise, sich vor anderen über die unerwachsene Strenge und Strebsamkeit ihrer Nachkommen amüsierten. Kein Familienmief hing über der Villa Hopsten, die Generationen lebten diskret miteinander, es war eine Freude, das anzusehen; es gab ja auch viel Gelegenheit dazu, ich stellte bald fest, daß die selbständige und gegen ihre Eltern sehr reservierte Phoebe nur zusammen mit Eltern und Bruder zu haben war. Diese beiden Kinder hatten es sich offenbar zur Aufgabe gemacht, die Würde ihres Elternhauses hochzuhalten. Sie wirkten nicht, als gefalle es ihnen, wenn Rosemarie gelegentlich in ein deutliches Rheinisch verfiel, da standen in der Familie zwei Konzepte unversöhnlich gegeneinander: Ein Selbstbewußtsein, das sich auf ein großes, in der Provinz erworbenes Vermögen stützte, und eine neue Weltläufigkeit, die Wurzeln als etwas ansah, was mit genauem Schnitt zu kappen war. Auch bei Bernward hörte man ja, woher er kam, wenn es einem der Vorname nicht bereits verraten hätte, aus dem Münsterland, von einem alten Großbauernhof, den sein älterer Bruder noch immer führte, ein sehr stattlicher Besitz, der mit Bernwards selbstverständlicher Zustimmung zusammengehalten worden war. Die Nähe von viel Geld, in der er von Kindheit auf gelebt hatte, hatte ihn dazu gebracht, alle Vermögensfragen von einem abstrakten und grundsätzlichen Standpunkt aus zu betrachten, ohne je zu fragen, worin denn im konkreten Fall sein eigener Vorteil liegen möge – auf welche Konten sich der planvoll anwachsende Segen verteilte, was davon bei ihm selbst hängen blieb, das beschäftigte ihn nicht. Also ein glänzender Verwalter des Vermögens seiner Frau – ich muß gestehen, ich habe, nachdem ich Titus kennengelernt hatte, bei uns in der Bank einmal in das Hopstensche Portefeuille geschaut, und nach diesem Blick erschien mir die Familie doch zunächst in anderem Licht – oder, um Rosemaries beständigen Kommentar zu zitieren, wenn über das Geld von irgendwelchen Leuten gesprochen wurde: »Darauf kommt es ja eigentlich gar nicht an, *but it adds.*« Der väterlichen Gelassenheit stand der Sohn in seiner etwas spitznasigen Hübschheit stets ein wenig gereizt gegenüber, als verfüge er über brandheiße Informationen, angesichts derer sich diese Gelassenheit schlechterdings nicht rechtfertigen lasse. Seine dunklen Augen nahmen leicht einen stechenden Ausdruck an. Er verfolgte die Unterhaltung häufig mit Unruhe, die ihn mit den Knien zappeln ließ, schließlich schlug die innere Qual solcher Anspannung in eine Zerstreutheit um, die beinahe schon etwas Ungezogenes hatte, wenn er etwa angesprochen wurde und sich keine Mühe gab, zu verbergen, daß er soeben aus weiten Fernen zurückkehre, wo er sich lieber aufgehalten habe. Ohne ihre Kinder waren die Hopstens ein eindrucksvolleres Paar – dann vor allem erschien Rosemaries nicht leichtgewichtige Schönheit, ihre matriarchalische Schwere in dem üppigen Reichtum eines Maillol-Modells, ihre ausgesucht schönen Kleider taten ein übriges hinzu, nie der Mode folgend, einem für sie entwikkelten Privatstil entsprechend – bei den Kleidern hatte Helga Stolziers Einfluß begonnen. Was Helga für sie war, das war sie für ihren Mann, nicht ebenso sicher allerdings wie das erfindungsreiche Modevorbild. Sie kaufte ihm teure, an einen idealen englischen Stil angelehnte Sachen, die aber nicht wirklich englisch waren – ich bin überzeugt, daß Titus die Augenbrauen zusammenzog, wenn er seinen Vater mit einem Schal sah, in dem das Futter seines Regenmantels noch einmal auftauchte, womöglich noch um ein Regenhütchen aus demselben Karo ergänzt. Von Bernward war in dieser Hinsicht nicht der kleinste Widerstand zu erwarten, er zog die gelben und roten Kaschmirpullover, die sie ihm hinlegte, mit dem Gefühl der Dankbarkeit an, sich derart umsorgt fühlen zu dürfen. Die strengen Urteile dieses Sohnes – stets nur der Tenor, nie eine Begründung – hörte er mit dem nachsichtigen Lächeln väterlichen Stolzes an, der noch im Konflikt befriedigt feststellt, wie erfreulich die Nachkommenschaft sich entwickelt.

Und waren die Kinder nicht wirklich zum Staunen schön? Die Haut, das dichte, mattglänzende Haar, die blanken Augen, die schimmernden Zähne, die Gesundheit und Geradegewachsenheit der beiden waren von einer Qualität, wie es sie in Rosemarie und Bernward Hopstens Generation einfach nicht gegeben hatte. Bei beiden Kindern war klar, daß sie niemals auf jenen Photographien hätten erscheinen können, auf denen die Ausgebombten und Verschleppten, die Flüchtlinge und Gefangenen des letzten Jahrhunderts zu sehen waren. Deren Aussehen stimmte, so war mir immer vorgekommen, mit ihrem schlimmen Schicksal überein, es hatte ein bedeutungsschwerer Reflex künftigen Unheils auf ihren blassen Zügen gelegen, und das selbst auf Bildern, die noch aus dem Frieden stammten. Phoebe und Titus würden mit hoher Wahrscheinlichkeit in ihrem ganzen Leben niemals verschleppt; ihre Lebenspläne – besaßen sie wirklich schon solche? – würden, das schwor ich bei ihrem Anblick, nie von böser Gewalt mit Füßen getreten werden. Wer ausgestattet war wie sie, an dem perlte die Kraft des kollektiven Verhängnisses einfach ab. Rosemaries große, dunkel leuchtende Augen waren auf ihre Kinder übergegangen, das war doch offensichtlich, aber sie wirkten in diesen reinen, appetitlichen Gesichtern ganz anders, kühler und zahmer, und ich war mir bei beiden nicht ganz sicher, ob sie mit diesen Augen immer alles wahrnahmen – war die sie umgebende Welt nicht viel zu unbedeutend, um mit Blicken erfaßt und wirklich ins Bewußtsein hineingezogen zu werden? Wo war Bernwards Anteil in diesen Gesichtern geblieben? Sein Kopf war viereckig wie ein Laib Pumpernickel, dieser Eindruck war durch einen Haarschnitt noch verstärkt, der sein Haar wie ein Toupet auf den Kopf geklebt erscheinen ließ, ein Haarbrettchen grenzte sein Gesicht mit den eckigen Kinnbacken nach oben hin ab, aber seine Züge waren fein, wie mit zartem Stift gezeichnet, und das Lächeln – ein nachdenkliches, gleichsam grundsätzlich-innerliches Lächeln – verschwand von den schmalen farblosen Lippen fast nie. Vielleicht lächelte er selbst im Schlaf noch vor sich hin. Rosemarie hätte das seit einigen Jahren aber nicht mehr bestätigen können. Sie las gern nachts beim Schein eines Lämpchens und schlief dafür in den Morgenstunden länger, während Bernward recht früh aufstehen mußte, um pünktlich in Frankfurt im Büro zu erscheinen. Bei einem Familienmitglied verstand sich das für ihn von selbst, da mußte er einfach der Erste sein, das sagte ihm sein westfälisch-ländliches Pflichtgefühl. Sein Vater schon hatte es sich von keinem Inspektor nehmen lassen, die große Ernte selbst zu leiten – »Es ist was anderes, wenn die Leute einen sehen«, das war eine der väterlichen Maximen, die Bernward in sein Leben als Vermögensverwalter in die

Stadt mitgenommen hatte. Getrennte Schlafzimmer waren bei solch unterschiedlicher Lage der Pflichten die nächstliegende Lösung, und seltsam, seit Rosemarie allein schlief, war es beinahe vorbei mit den nächtlichen Lektüren; sie schlief nun meistens durch und kam morgens oft herunter, um Bernward vor dem Aufbruch noch einen Kaffee zu machen, und sie staunte über diese Entwicklung und ließ ihre Freundin und Beraterin Helga ganz arglos mehrfach an diesem Erstaunen teilnehmen, die ihr wortlos mit der vertrauten mild-undurchdringlichen Miene lauschte.

Wie sich bei größeren Zusammenkünften die Leute über einen längeren Zeitraum hinweg gruppieren, das wäre ein reizvolles physikalisches Problem. Immer gibt es Zusammenballungen, die aber wechselnde Anziehungskraft entwikkeln, kleinere konkurrierende Gruppen, aber auch Gäste, die jeder sozialen Anziehungskraft widerstehen und bindungslos frei flottieren oder sich eifersüchtig der Aufmerksamkeit eines kleinen Kreises oder auch nur einer einzelnen Person vergewissern. Wenn der alte Schmidt-Flex nicht sicher war, daß die ganze Gesellschaft ihm lauschte, konnte er sich ohne weiteres einem ganz Unwürdigen, einem unbeschriebenen Blatt zuwenden und seinen Informationsvorsprung nutzen, um in unübertroffen überlegener Distanz Einblick in die Verhältnisse zu gewähren. Daß ich ein solcher Niemand war, hatte sich für ihn zweifelsfrei schon bei meiner Vorstellung ergeben, denn mein Name sagte ihm nichts, und sein Namensreservoir war unerschöpflich, und sein Alter kam diesem Fundus sogar noch zugute, der nichts verlor, aber ständig anwuchs. Mit seinem edlen, adlerartigen Profil und seinem silberfarbenen in großzügigen Wellen den Kopf schmückenden Haar war er der natürliche König jeder Umgebung, wenngleich seine mittelmäßig erfolgreiche Zeit als Minister den Jüngeren nun allmählich schon eigens dargestellt werden mußte. Auch die spätere Zeit großen Einflusses als Verbandssprecher lag schon zurück, aber in einem Wirtschaftsblatt hatte aus Anlaß seines achtzigsten Geburtstags gestanden: Wenn man sich frage, ob es in der Bundesrepublik wohl so etwas wie eine senatorische Klasse geben könne, dann komme wohl jedermann als erstes auf den Namen Schmidt-Flex als möglichen Repräsentanten einer solchen Korporation.

»Sie sehen ein bißchen aus, als hätte jemand sie hierher mitgebracht«, so leitete er unser Gespräch ein, bequem in seinen Liegestuhl gelehnt, der eben noch Zentrum der Gesellschaft gewesen war, nun aber mit meinem Eisenstühlchen eine einsame Insel bildete, denn der Schwerpunkt der Versammlung hatte sich auf die Terrasse verlagert, wo etwas zum Essen aufgestellt worden war.

»Machen Sie sich nichts daraus«, fügte er ungerührt hinzu, »viele Leute hier sind mitgebracht, das gehört zum Stil des Hauses. So lernt man Menschen kennen, denen man sonst nie begegnet wäre, was natürlich auch ein zweifelhaftes Vergnügen sein kann – die gesellschaftlichen Auswahlmechanismen erfüllen schließlich auch eine Funktion.« Ich wisse aber sicher schon, welches Vermögen hinter den hiesigen Umständen stehe? Er wartete meine Antwort nicht ab, sondern entwarf, den Kopf mit der herrlichen Haarkrone zurückgelegt, den Blick auf die sanft dahinziehenden Kumuluswolken gerichtet, denen die sinkende Sonne durch tiefere Schatten eine deutlichere Plastik verlieh, die Geschichte eines Vermögens, dem allgemeines öffentliches Unglück nicht nur keinen Schaden zu tun vermochte, sondern zu nur noch kräftigerer Blüte und zu nahrhafteren Früchten beitrug. Er sprach den Namen der schlesischen Chemiefabrik, die aus Kohle Benzin herstellte und die von Rosemaries Großvater in den zwanziger Jahren schon an einen englischen Konzern verkauft worden war, mit genau dem Respekt aus, der einem wirklichen Machtfaktor gebührt.

»Und hat sich natürlich« – natürlich war beim alten Schmidt-Flex ein anderes Wort für genialerweise, in der Welt der großen Wirtschaftsdenker gehörte die Genialität zur Natur – »nicht auszahlen lassen, sondern hat den Gegenwert in englischen Aktien erhalten…« Nun schloß er genießerisch die Augen, und ich stellte mir vor, daß er den Weltbrand vor sich sah – zerstörte Fabriken, eine Waberlohe über den Benzintanks, schwarzen Rauch, Vernichtung –, und nichts davon berührte das Aktiendepot, als stehe es überhaupt nicht mit realen, gefährdeten Werten in Verbindung. Zauberei war das nicht, und an das Depot nach dem Krieg wieder heranzukommen war auch ein Stück Arbeit gewesen, jetzt vergessen, nur nicht vom älteren Schmidt-Flex, der die Restitutionsverhandlungen damals verfolgt hatte.

»Sehen Sie, unser Hausherr hier, Bernward Hopsten, hochanständiger Mann, hochanständige Familie…« – das war ein kleiner preußischer Einschub in Schmidt-Flex sonst vollständig dialektfreier Rede, ein Zitat aus längst untergegangenen Offizierscasinos, in denen er gar nicht gesessen hatte – »aber in diesem Kontext hier fällt ihm natürlich die Rolle des Prinzgemahls zu, ist ja auch völlig in Ordnung. Und er hat auch gar nichts vom Prinzgemahl, kein Beau, wahrlich nicht, keineswegs ein Streber, nein, nein, hat er gar nicht nötig, grundsolide eben…« Seine Gedanken schweiften ab, sie blätterten in einem imaginären Photoalbum, »glänzende junge Männer haben sich um Rosemarie beworben, sie hatte die Auswahl, aber eben auch Instinkt: Sie hat instinktsicher gewählt.« Dies Wort betonte er, und nun sah er mich zum ersten Mal scharf an. Verstand dieser nichtssagende junge Mann schon, was Instinkt ist? Der ältere Schmidt-Flex beherrschte die Kunst, angelegentliche Mitteilungen mit der

Miene des äußersten Desinteresses zu machen. Strenggenommen lag von seiten eines derart würdigen alten Herrn etwas unerwartet Indiskretes in solchen Informationen, die zwar nichts Ehrenrühriges oder Heikles enthielten, aber, während wir den Wein der Hopstens tranken, einen Abstand zu ihnen verrieten, der etwas Illoyales hatte. Und außerdem, was ging mich das Ganze an? Daß die Hopstens ihr Geld nicht mit Straßenräuberei verdienten, lag nahe, und darüber hinaus zeigten sie sich mir als Fremdem großzügig und gastfreundlich; sich hier über den Hintergrund des Hauses unterrichten zu lassen, roch etwas nach der Neugier von Leuten, die bei Essenseinladungen die Teller umdrehen, um die Manufaktur festzustellen. Aber dann dämmerte mir plötzlich, was diese Initiation in das Haus Hopsten zum Ziel haben mochte. Er war sich wohl darüber im Klaren, daß der Mitgebrachte angesichts seines Alters wahrscheinlich aus dem Kreis der Kinder Hopsten stammen mußte, und dann war es leicht, darauf zu schließen, daß es wohl Phoebe war, die mich hier heraus gelockt hatte. Vielleicht fühlte er sich als Lordsiegelbewahrer von Rosemarie Hopstens Geld, das einstmals Phoebes Geld sein würde? Ja, es lag auf der Hand: Er wollte mich mit dem Wissen belasten, daß die kindliche, tänzerische, nervös fahrige Phoebe mit ihrer Haarpracht und den taufrischen Lippen das duftende Schaumkrönchen auf einem Meer von Geld war. Ich sollte das Geld nicht vergessen, wenn ich sie ansah oder mit ihr sprach, wenn ich mit ihr tanzte oder versuchte, sie zum Lachen zu bringen – ich merkte schnell, daß sie hinter ihrem Ernst lachlustig war, es war freilich ein flirrendes, schnelles Lachen, das ganz oben auf der Haut ihres Bewußtseins saß und sich dort kräuselte, um sofort wieder zu verschwinden, kein Karl Valentin und kein Groucho Marx hätten sie die Fassung verlieren lassen. Daß mir Schmidt-Flex senior über Phoebes Verhältnisse nichts grundsätzlich Neues sagen konnte, ahnte er nicht – um so mehr bewunderte ich das Pflichtgefühl des alten Politikers, der sich auch in der Entspannung des friedlichen Ruhestands keinen Augenblick gestattet, in dem er die Interessenlage der Anwesenden aus den Augen verlöre, das gehörte regelrecht zu seiner zweiten Natur, er war eben nicht umsonst der geworden, der er war. Seine Frau verriet mit keiner Miene, ob sie unserer Unterhaltung lauschte. In ihrem wohlerhaltenen Damengesicht meinte ich unter den Spuren einstiger Hübschheit etwas Unharmonisches zu entdecken, ich nannte es »etwas Gezacktes«, als sei aus dem Gesicht etwas herausgebrochen worden, und ihr Mund war verzogen, als habe sie mit einem empfindlichen Zahn etwas Süßes berührt. Wie war es wohl mit ihrem Instinkt bestellt gewesen, als sie den älteren Schmidt-Flex zum Mann nahm, um nun schon mehr als vierzig Jahre an seiner Seite zu bleiben? Rührte er sich noch, der Instinkt, oder hatte er, nachdem er sie in ihre Ehe geführt hatte, den Geist aufgegeben?

*»Und jetzt sag mir endlich, wie du Helga kennengelernt hast? Auf Helga kommt es doch schließlich an! War sie bei deinem ersten Tag am Hopsten-Schwimmbad schon dabei?«*

Sie war dabei, sie war eigentlich immer dabei, aber sie schenkte mir kaum mehr als ein freundliches Lächeln – das bei ihr allerdings eindrucksvoll genug aussah –, ihr Gesicht war eine Bühne für den großen Auftritt der flüchtigsten Seelenbewegung. Und es wunderte mich überhaupt nicht, daß sie mich nicht erkannte, obwohl wir uns vorher schon einmal gesehen hatten, denn ihre Aufmerksamkeit galt einer einzigen Person: Rosemarie Hopsten, die sie bei jeder Bewegung mit Blicken verfolgte, ja, überwachte, wie ein Trainer eine Schlittschuhläuferin überprüft und sich Notizen macht für die spätere Kritik. Der Zufall brachte es mit sich, daß Helgas Laden in meiner nächsten Nähe lag; wenn ich einsam durch die sommerlich-abendlichen Straßen schlenderte, kam ich meist an diesem exquisiten Etablissement vorbei, das man wohl wirklich nicht einfach Laden nennen durfte. Und wenn es die Kunden sind, die einen Laden machen, dann war das hier erst recht kein Laden. Die Räume waren immer leer, hinter den stets frisch geputzten Scheiben offenbarte sich eine schweigende Innenwelt. Schwarz lackiert war alles darin, eine Blackbox, in der jedes hineingeratene Detail zum Ereignis wurde. Aber es waren von diesen Details so wenige – und es fehlte jedes Preisschild, es ging hier offenbar nicht um etwas so Banales wie das Verkaufen –, daß ich in meiner Unschuld tatsächlich zunächst daran zweifelte, ob hinter diesen Glasscheiben irgendeine kommerzielle Absicht waltete. Auf einem Piedestal lag eine Kette aus gelben Riesenkugeln – Bernstein? Plastik? Rhinozeroshorn? Versteinerte Butter?, ein Häuptling mochte sie einst auf der breiten nackten Brust getragen haben, aber hier war sie gleichsam zu sich selbst gekommen und würde zu keinem Dienst der Welt mehr taugen müssen – einfach ewig in dieser feierlichen Schwärze liegen wie in einem beinahe vollständig erloschenen Gedächtnis. Und nun tauchte vor dem dämmernden Hintergrund Helga Stolziers breites weißes Gesicht auf, es war wirklich, wie wenn ein großer schöner Fisch unter geschlossener Eisdecke ans Licht steigt, mit sanften Flossenschlägen, von einer im Eis versiegelten Strömung getragen, dies gesunde milchweiße Gesicht mit dem breiten schwarzrot gemalten Mund und den brennenden Augen. Den langen weißblonden Zopf einer slawischen Amme – ich habe nie eine slawische Amme gesehen, aber so stellte ich sie mir vor – konnte ich jetzt noch gar nicht erkennen. Und in ihren kräftigen weißen Händen, die gewiß nach feiner Seife dufteten, mit den krallenartigen, schwarzrot lackierten Fingernägeln trug sie ein Straußenei. Es war, als halte sie es nur mit diesen gefährlichen Fingernägeln, die das prächtige Ei ringsum fein pieksten, und legte es neben das unförmige Collier mit einer Sicherheit, als sei die Wahl genau dieses Plätzchens in langer Entwurfsarbeit gereift. Jetzt hob sie den Kopf, entdeckte, daß ich sie beobachtete, und blickte mich an wie eine Zauberin, die ein feierliches unheimliches Werk verrichtet hat. War nicht wirklich eine staunenerregende Verwandlung gelungen? Dies Straußenei, das sie für vielleicht drei Euro bei einem Großhändler erworben hatte, sah nun aus, als habe Marco Polo es unter äußerster Entbehrung aus China nach Venedig gebracht.

Wann Helga Stolzier sich endgültig als Geschmacksrichterin und Schönheitsberaterin bei Rosemarie Hopsten unentbehrlich gemacht hat, habe ich zunächst falsch vermutet; ich glaubte erst, schon die edlen Namen der Hopsten-Kinder folgten einer Inspiration durch Helga Stolzier; daß Rosemarie und Bernward mit ihren in ihrer Generation und Herkunft fest verankerten Vornamen bei ihren Kindern nun in eine vage Antike schweiften, lag gerade, wenn man an Bernward dachte, nicht nahe; er hatte denn auch bei seinem Sohn zunächst an Hubert gedacht, bei Phoebe allerdings schon jedes eigene Kopfzerbrechen aufgegeben. War es nicht erfreulich, daß Rosemarie sich geistig so anstrengte, aus eingefahrenen Gleisen herauszukommen? Man hätte aber, wenn man den Namen der Tochter mit Bernwards sogenannten englischen Karos zusammenhielt, erkennen können, daß Rosemarie in Geschmacksfragen eine Suchende war, die sich von den unterschiedlichsten Idealen leiten ließ. In die Karos mischte Helga sich nie ein, sie hatte eine Art zu schweigen, die geheimnisvoll und zugleich vollkommen befriedigend auf die meisten Menschen wirkte. Mit dem Zeug aus ihrem Laden ließ sie Rosemarie übrigens meist in Frieden, sie erschloß dem Sammeltrieb der Freundin andere Quellen. Die beiden reisten zu Auktionen nach London und Wien, wenn Helga in den Katalogen etwas Reizvolles gefunden hatte, und sie brachte die Hopstens auch zu Händlern, mit denen sie lange befreundet war; vor allem ein Name fiel häufig und wurde von Rosemarie mit besonderer Freude und rheinischem Nachdruck ausgesprochen: Pattitucci, der sein Geschäft in der Nähe des Rialto hatte. Wenn Rosemarie rheinisch »Pattitucci« sagte, klatschte und platschte es akustisch wie bei einem Wolkenbruch, der die venezianischen Gassen unter Wasser setzte und die Wellen in den Kanälen an die Kais schlagen ließ. Pattitucci hatte feine Sachen – »Schätze!«, rief Rosemarie und blickte lustvoll in die Runde, denn es handelte sich für sie ja um nichts Unerschwingliches. Aber Helga mit ihrem Kennerblick hätte solche Objekte für ihren Laden niemals einkaufen können. »She can't afford it«, sagte Rosemarie mit einer gewissen sachlichen Strenge, die bei aller Sympathie auf Ordnung hält. Daß sie diese Diagnose auf Englisch aussprach, sollte ihr etwas Diskreteres geben. Wenn sie über Geschäftliches sprach, spürte man, daß ihr das Ökonomische wirklich ins Blut übergegangen war. Sie hätte Bernward als eines verwaltenden Gehilfen nicht bedurft, da gab es keine Zahlenphobie, keinen Abscheu vor dem Nachrechnen, keine provozierende Sorglosigkeit, wie sie mit gewissen reichen Erbinnen verbunden werden. Wenn von kleineren Beträgen die Rede war, konnte sie empört ausrufen: »Dreißig Euro – das ist viel Geld! Achtzehn Euro fünfzig, das ist viel Geld!« Und wer hätte da, wo die Ökonomie moralisch wurde, schon widersprechen wollen. Am liebsten hörte ich sie von Einkaufsreisen mit Helga erzählen. Sie sprach das für diese Berichte zentrale Wort »kaufen« in rheinischer Tönung aus, als werde die au-Silbe englisch »*aw*« geschrieben und auch ausgesprochen wie in »awful« oder »awkward«: »Gek*aw*ft« und »verk*aw*ft« wurde in diesen Erzählungen unablässig, und durch das schwingende englische *aw* war nichts mehr von ordinärem Shopkeepertum in diesem Wort, es wurde etwas zum Grund des Lebens Gehörendes, ein Ein- und Ausatmen der Seele war das K*aw*fen und Verk*aw*fen, da ging es nie um Notwendigkeiten, Preise, Erschwinglichkeit und Liquidität, sondern um ein gleichsam seelisch-körperliches Wohlbefinden in einem Grundvollzug des Daseins. Eine kraftvolle, nicht kleinliche Rechtschaffenheit drückte sich im K*aw*fen aus, durchaus einschüchternd mochte das auf diejenigen wirken, die nicht mit ebensolcher Leichtigkeit k*aw*ften und verk*aw*ften.

»Gucken Sie mal, was wir bei Pattitucci gerade gek*aw*ft haben«, sagte sie verschwörerisch nach ihrer jüngsten Rückkehr aus Venedig. Aus einem Samtsäckchen ließ sie einen kleinen elfenbeinernen Christuskörper gleiten, spätromanisch, mit dicken, schweren Barlach-Augenlidern und ganz glatt geschliffener Oberfläche, ein Torso, die Arme waren abgebrochen. »Ein Handschmeichler ist das. Das Stück hat eine Sinnlichkeit!«, sie war bei dem Anblick der kleinen Statuette aufrichtig hingerissen. Hätte sie sie gekauft, wenn die Arme noch dran gewesen wären? So fragte ich mich, aber eine Antwort darauf hätte wohl nur Pattitucci gewußt.

Zu dem Verhalten von Damen, die sich bei Einrichtungen und Anschaffungen beraten lassen, gehört häufig, daß die Ratgeber im Dunkeln bleiben müssen. Es sind immer die eigenen Impulse gewesen, die Schönheit haben entstehen lassen. Auf Rosemaries Verhältnis zu Helga traf dies Muster überhaupt nicht zu. Ich entdeckte Helga in der Menge der Gäste und erkannte sie sofort. Als sei sie allein in ihrem Laden, blickte sie rätselhaft und in Gedanken versunken um sich, sie sprach immer nur mit der einen Person, die ihr am Herzen lag, und das war hier Rosemarie, sie machte mit niemandem einfach nur Konversation.

»Alles, was Sie hier sehen, alles: Das ist Helga«, sagte Rosemarie, als sie mich vorstellte, und dabei mochte nur ein winziges Kalkül sein, man werde »alles« als gehörige Übertreibung nehmen. Helga trug einen orientalisch gemusterten Kaftan, sie war eine prunkvoll-winterliche Erscheinung unter Menschen in Sommerkleidern und Badeanzügen.

»Sie ist eine unglückliche Person, ein Genie«, raunte Rosemarie mir zu, »und das holt sie alles aus sich heraus, da ist gar kein Hintergrund. Sie hat mir gerade ein seltenes russisches Tafelsilber besorgt – aber meinen Sie, sie könnte damit umgehen?« Tatsächlich, ich achtete jetzt darauf, und ich hatte deutlich den Eindruck, daß Helga, als es später etwas zu essen gab, mit einer gewissen Beklommenheit und unter raschen Seitenblicken Messer und Gabel nicht recht zu handhaben wußte. Hätte Rosemarie mich nicht darauf gestoßen, ich hätte nichts bemerkt. Außerdem aß Helga so gut wie nichts.

*»Mir gefällt das eigentlich nicht, wie du hier die Leute beschreibst. Was haben Helgas Eßmanieren denn in der Geschichte zu suchen? Sie ist eine tapfere Frau, die es nie leicht gehabt hat und die sich durchschlägt.«*

*»Verzeih mir, das war die Stimmung dieser ersten Begegnung. Es war ein herrlicher Sommertag, aber ich kam an Phoebe nicht heran, und da wanderte ich denn also allein herum und fand, daß in dieser heiteren Großzügigkeit etwas unbestimmt Intrigantes mitschwang, etwas Ungutes lag in der Luft ... Du verstehst doch: Helga mit ihrem vieldeutigen wissenden Schweigen, ihren dämonischen Blicken, mit den Straußeneiern, Federn, Muscheln ...«*

*»Mein Gott, Helga dämonisch! Sie ist der harmloseste Mensch der Welt. Sie muß eben nur das Ökonomische im Blick behalten, und das tut sie auch.«*

## 7.

## *Brrrasilien*

Das Schöne an den Hopstenschen Sonntagen war, daß sich bei ihnen die Generationen mischten. Es gab viele junge Leute und ein paar alte, dann Leute im Alter von Bernward und Rosemarie und solche zwischen ihnen und ihren Kindern, so wie mich oder wie die jungen Schmidt-Flex. Es stellte sich für mich jetzt heraus, daß Phoebe mich angeheizt hatte, aber ohne meine Aufmerksamkeit restlos zu absorbieren – dann wäre ich wahrscheinlich bald ziemlich verdrossen gewesen vor Vergeblichkeit –, sondern indem sie meine Sinne weckte für das, was es sonst zu betrachten gab. Dennoch waren es zunächst nicht meine Augen, die von Silvi Schmidt-Flex angezogen waren, obwohl es da genug zu bewundern gegeben hätte, sondern die Ohren. Ich saß in ihrer Nähe und lauschte ihrer Stimme, und das war kein schwieriges Unternehmen, denn sie sprach unablässig, indem sie sich an ihre Nachbarn wandte, aber auch einfach so vor sich hin, wie mir schien, Denken war für sie offenbar notwendig mit Sprechen verbunden. Und daß ihr Mann ihr oft genug ärgerlich oder gar grob in die Parade fuhr, das beeindruckte und behinderte sie überhaupt nicht, sie empfand diese Grobheit wohl gar nicht als verletzend, sondern als ebenso natürliche Lebensäußerung wie den eigenen Monolog. Sie hatte eine bräunliche Haut, vielleicht sogar ohne regelmäßige Sonnenbäder, eine klare große Stirn und die ernsthaften Augen eines Kindes, das sich die Welt auf seine Weise zurechtlegt. In der Hand hielt sie ihr Weißweinglas, aus dem sie regelmäßig einen kleinen Schluck nahm – es war Bernward, der ein Auge darauf hatte, daß es nie länger leer blieb. Aber das sah ich alles nur von der Seite, mich bemerkte sie nicht. Ihre Stimme war hell und doch weich und rund, und sie war von einem eigentümlichen Gurren unterlegt, das Vokale, aber auch Konsonanten wundervoll warm einfärbte; das Stimm- und Tonlose, für das moderne Deutsch so bezeichnend, es fehlte hier, jeder Laut von ihren Lippen war eine volltönend akustische Miniaturexplosion. Zunächst fielen mir die ge- rollten Rs auf, ein zierliches Rollen, als drehten sich feinsil- berne Kugellager mit blitzenden Kügelchen in ihrer Kehle, ein Geräusch, das ich sofort wiederhören wollte, sowie es verklungen war. Zum Glück ist das R im Deutschen nicht gar so selten, aber jetzt wollten mir Wörter ohne R geradezu knochen- und seelenlos zugleich erscheinen, da hatte es ein Barockartist sich doch tatsächlich zum unbegreiflichen Ziel gesetzt, ein langes Gedicht ohne R zu schreiben, eine Gespen- stersprache war dabei herausgekommen, von linder Lahm- heit. Später erfuhr ich dann, daß dieses ihr R auf die histo- risch seltsamste Art zustande gekommen sei. Sie war in Brasilien geboren – mein Gott, wie sie dies Wort Brasilien aussprach, wie das funkelte und wie das S schnitt, ein frivo- les Spratzeln von Öl in der Pfanne, und dahinter die köst- liche Glätte metallischer Fischleiber – aber von deutschen Eltern, genauer von Balten, die dort in der Isolation ihren baltischen Akzent mit dem berühmten R viel reiner bewahrt und vor allem weitergegeben hatten, als das in Westdeutsch- land möglich gewesen wäre. Und dieses eher harte R hatte sich nun mit dem portugiesischen R vermählt, in Silvis zur Hervorbringung von Klangschönheit prädestinierter Kehle, und hatte den Buchstaben, der in der toten Schrift nichts von dem Leben verriet, das in ihm steckte, der ein bloßes Schar- nier zwischen zwei Vokalen zu sein scheint, zu seinem ei-

gentlichen Leben erweckt. Jetzt sagte Silvi: »Porrrtugal« –
daß sie nie in Portugal gewesen sei? Nie wieder nach Portugal
fahren werde? Ich weiß es nicht mehr, ich habe mir nur gemerkt, daß nun ausdauernd und pedantisch immer nur wieder von Portugal gesprochen wurde, so blühte dies Wort und
wurde zum Zauberwort und zur Gedichtzeile, so portugal-
haft würden schwere faltenreiche Purpurstoffe von einem
nackten Körper herunterrutschen und zu Boden sinken.

»Haben Sie einmal gesungen?«, fragte ich sie unvermittelt, aus ihrem Rücken heraus, als sie einen Augenblick ver-
stummte, um einen Schluck Wein zu nehmen. Sie wandte
nicht den Kopf, es war ihr wohl ganz gleichgültig, wer da
gesprochen hatte, aber sie antwortete mit Wärme, als schulde
sie solche Wärme der ganzen Welt: »Niemals habe ich gesungen, ich bin vollkommen unmusikalisch.«

Das klang, als zitiere sie das wohlerwogene Urteil der
Musiklehrer in ihrer Nonnenschule, als verlöre das Urteil
»unmusikalisch« nicht jeden Sinn, wenn es über sie gesprochen würde. Daß sie heute zunächst lange geschwiegen
hatte, lag vor allem daran, daß sie inmitten der großen Gesellschaft, im Pingpong der Reden, die über ihren von der
Sonne beschienenen knabenhaft festen Bauch hinwegflogen,
ein wenig eingeschlafen war. Die große Sonnenbrille, die
eine prahlerische Allerweltsschwärze vor ihren wachen, klaren Blick schob, verbarg das. Aber jetzt war es die Sonne,
die sich hinter einer Wolke verbarg, ein Schatten glitt über
die Gesellschaft, und da war es, als verwandle sich die Menge
sich und gerate in ein neues Stadium, und Silvi bedeckte sich
mit einem bunten Schal, obwohl die Hitze gar nicht nach-
ließ, und nahm die Sonnenbrille ab. Ständig mußte sie etwas
an- und etwas ausziehen, mir kam das weniger wie Über-
empfindlichkeit vor als wie eine den Temperaturschwan-
kungen geschuldete Aufmerksamkeit, als stehe sie in anima-

lischer Feinfühligkeit mit dem Wetter im Bunde und blase zum kühleren Hauch ihr Gefieder auf.

»Ich würde dir helfen«, sagte sie zu Phoebe, die soeben herbeikam, um zwei frische Weinflaschen in den großen Kühler zu legen, »aber ich tue es nicht, und ich bin nicht zu faul dazu, aber mir rutscht alles aus den Händen.« Wieder ihr einzigartiges R – was konnte es Schöneres für eine betaute Flasche geben, als Silvi aus der Hand zu rutschen? Ihre Bemerkung lenkte die Aufmerksamkeit auf ihre Hände, sie waren wirklich zu klein, um etwas Schweres festzuhalten, aber von einem vollkommenen Oval, und die polierten Fingernägel wiederholten die ovale Form noch einmal im Kleinen. In ihrem Rücken war Rosemaries Stimme zu hören, die gleichfalls im Liegestuhl lag und den Kopf beim Sprechen nicht aufrichtete.

»Das stimmt«, sagte sie ohne einen Ton der Anklage, »ich denke nur an die blaue chinesische Glasschüssel, die Helga für mich ersteigert hatte: Sie hat zweihundertfünfzig Jahre auf dem Meeresgrund in einer gesunkenen Dschunke gelegen, ist von Tauchern geborgen und nach Deutschland gebracht worden, und dann hast du sie fallen lassen.«

»O weh, die schöne Schale«, rief Silvi, aber es war eine unernste Klage, und sie lieferte den Beweis, daß Silvi auch ohne R unvergleichliche Klangschönheiten hervorbrachte; etwas Vergebliches lag im Schicksal dieser Schale, aber nichts Trostloses, nachdem sie so melodisch betrauert, ja geradezu besungen worden war. Dafür bewege sie sich in vollständiger Dunkelheit selbst in fremden Zimmern, ohne anzustoßen. Es müsse nur das Licht ausgehen, schon mache sie nichts mehr kaputt. Eine herausgeflogene Sicherung in einem ihr unbekannten Haus – ihr könne das nichts anhaben. Nein, nein, auch sie könne im Dunkeln nicht sehen, das sei etwas anderes. Die Gegenwart der Möbel, der Türen – auch der irgendwo aufgestellten Schalen – das war nach hinten, zu Rosemarie hin gesprochen – teile sich ihr mit, es komme leider nur zu selten vor, aber verlernt habe sie diese Fähigkeit, die sie seit jüngster Kindheit besitze, nie. Ihr Vater habe gesagt, daß sie Fledermausblut haben müsse, und sie frage sich, ob das wohl möglich sei?

»Du glaubst auch alles«, diese ärgerliche, grämliche Stimme gehörte ihrem Mann, der bis jetzt geschwiegen hatte.

»Ja, ich glaube alles.«

Das sprach sie mit großem Ernst aus, und jetzt richtete sie sich auch auf, ernst wie ein Täufling, der vom Priester im rituellen Scrutinium gefragt wird, ob er an Gott und die Kirche glaube. »Alles glaube ich.«

Mit seinem eigentümlich zänkischen, an das Petzen eines von den Spielen der anderen ausgeschlossenen Kindes gemahnenden Einwurf war es Hans-Jörg Schmidt-Flex, Silvis Mann, gelungen, sich in meine Aufmerksamkeit zu drängen, aus der ich ihn bis dahin herausgehalten hatte. Er stieß mich auf eine unbestimmte Weise ab, ich mochte gar nicht zu ihm hinübersehen, und es kam mir vor, als gehe das den anderen Gästen so ähnlich. Schultern schoben sich zusammen, wenn er sich einer Runde näherte. Man machte nicht den Versuch, ihn in ein Gespräch hineinzuziehen, sondern gab der Unterhaltung, so meinte ich mehrfach erkannt zu haben, vielleicht ganz unbewußt und jedenfalls ohne Verabredung eine Wendung, die sie für den Hinzutretenden unverständlich machen mußte. Die Leute kannten ihn, aber ich kannte ihn nicht und verhielt mich schon genauso, jedenfalls im Wegsehen, denn zugewendet hatte er sich mir noch nicht, vielleicht in feiner Ahnung der Antipathie. Die aber doch rätselhaft war gegen jemanden, der noch kaum ein Wort gesprochen hatte. Wie er seinem Vater glich, das gleiche Profil und der gleiche Haarschopf, allerdings jetzt noch nicht ergraut, sondern in fahler Farblosigkeit. Die Imposanz des Alten, die für den öffentlichen Auftritt, für die Festrede, für die Fernsehdiskussion, für die Kranzniederlegung so einzigartig disponierte, die fehlte freilich seinem Sohn, der eine Taschenausgabe seines Vaters war, und erst recht, wenn man seine durchsichtigen, spinnenhaften Hände ansah, die dann natürlich auch noch feucht sein mußten. Einem Schönheitsideal, vielleicht der dreißiger Jahre, hätte Hans-Jörg wohl entsprechen können, wäre nicht das Material, aus dem er gebacken war, so kümmerlich gewesen. Seine Haut war talgig und unfrisch, etwas Luftloses war um den Mann. Ich bildete mir ein zu wissen, wie es in dem Arbeitszimmer seiner Studentenzeit nach nächtelangem Pauken gerochen habe. Kannte man nicht damals solche wenig begabten, bienenfleißigen Burschen, um die herum stets solch ein ziehender ungesunder Geruch stand? Gut, Schmidt-Flex senior war monarchisch, vermutlich eine schwere Last als Vater, aber sein Sohn war kein Kronprinz, hatte es ja auch nicht annähernd so weit gebracht in seinen Jahren wie der Vater, der selten darauf hinzuweisen versäumte, daß er seinen Dr. rer. pol. schon mit einundzwanzig Jahren gemacht habe – und wie viele Ehrendoktortitel waren inzwischen dazugekommen? Für mich als Außenstehenden war bald klar: Wahrscheinlich gab es wenige Menschen, die Hans-Jörg so kritisch und enttäuscht sahen wie sein Vater, das mußte einfach so sein, der väterlichen Superiorität hatte er nie und nimmer genügt, aber zugleich ließ der Alte den traurigen Sohn nicht aus den Augen und befahl für die Sonntagnachmittage ein gemeinsames Programm. Und Hans-Jörg gehorchte und ordnete sich unter und begab sich mit seiner Frau – dieser Frau! –, ich fragte mich, wie er sie für sich hatte gewinnen können – ins Schlepptau des hohen Elternpaares. Daß er das nicht gern tat, daran erlaubte er jedoch keinen Zweifel. Jedes Wort, das der Vater vernehmlich in der Runde erschallen ließ, schien ihn zu quälen. Seine Züge verzerrten sich, wenn ihn sein Vater ansprach. Die Unterwerfung befreite ihn von jeder Pflicht zur Wahrung des Dekorums. Ich meinte ihn während des Nachmittags immer schmallippiger werden zu sehen. Etwas Dräuendes war in ihm, aufziehendes Unwetter. Leider gab es eine einzige Person, die es auslösen würde: Die es am allerwenigsten verdiente, seine Frau, deren Anmut, für jeden offensichtlich, jedes Herz, ob das eines Mannes oder einer Frau, gleichermaßen erfreuen mußte. Merkte sie, was ihr drohte? Silvi war nicht dazu gemacht, soviel wollte ich jetzt schon über sie wissen, einer gefährlichen Kräftezusammenballung auszuweichen, schon gar nicht, um sich selbst in Sicherheit zu bringen. Sie sah die Stimmung ihres Mannes in unablässigem Verfall, aber sie fand wohl keinen Anlaß, daran etwas zu ändern.

Diesmal hielt ich die Weinflasche in der Hand, ich war schnell genug gewesen, sie Phoebe wegzuschnappen, die ihrer Aufgabe als Mundschenk der »Erwachsenen«, wie auch sie unschuldsvoll sagte, mit pünktlicher Lässigkeit nachkam und ohne die Gespräche mit ihren Altersgenossen deshalb ruhen zu lassen. Und so erhaschte ich denn in einem einzigen Augenblick die Aufmerksamkeit von gleich zwei Frauen, die mich bis dahin kaum eines Blickes gewürdigt hatten: Phoebe sah mich überrascht und amüsiert an, es war Wohlgefallen dabei, ich war selbständig und nicht jemand, um den man sich eigentlich hätte kümmern müssen, und Silvi, deren Augen leuchteten, als ich mich mit der Flasche näherte, ich spürte regelrecht, daß ihr der letzte Schluck warm gewordenen Weins im Glas ein wenig zuwider geworden war, nun würde es kalt wie aus einer Felsenquelle hinzufließen.

»Das kommt richtig«, sagte sie aus der tiefsten Heiterkeit heraus, das R gluckste wie ein platzendes Champagnerbläschen, und ich fühlte, daß sich diese belebende, beglückende Zustimmung nicht nur auf den frischen Wein, sondern auch auf seinen Spender, auf mich, bezog. Ich konnte nicht anders als ihr Lächeln erwidern, ich strahlte ihr, ich fürchte, man würde das beseligt nennen, ins helle, klare Angesicht und war gerade dabei, den Flaschenhals zu senken, als ich mich samt Flasche unsanft, ja geradezu grob weggeschubst fühlte.

»Nein«, sagte Hans-Jörg mit lärmender Schärfe, das brach jetzt nach der stummen Einübung des Verdrusses aus ihm heraus, »meine Frau kriegt keinen Wein mehr. Nein, es ist jetzt Schluß.« Er habe nicht die geringste Lust, sie in Frankfurt dann nur mit Mühe und Not die Treppe hinauf zu bekommen. Dieses gewohnheitsmäßige Gesüffel müsse jetzt einmal ein Ende haben. Er machte einen wirklichen Auftritt. Die Gespräche ringsum verstummten, man sah zu uns herüber. Hans-Jörg hatte die verärgert-rechtschaffene Miene eines Mannes angenommen, dessen Aufgabe es ist, »gebeten oder ungebeten« für ein Mindestmaß an Ordnung zu sorgen, auch wenn ihm das niemand dankt. Einer mußte es ja tun.

Das fand freilich niemand außer ihm, bestimmt auch nicht sein Vater, der zwar groß darin war, andere Leute, gerade auch seinen Sohn, in der Öffentlichkeit zu tadeln, der sich aber viel darauf zugute tat, solche »Zurückstufungen«, wie er das nannte, so beiläufig anzubringen, daß sie außer vom Betroffenen schon kaum mehr als verletzend wahrgenommen wurden. Das Abstoßende, das von Hans-Jörg ausging, ohne daß jeder einzelne es hatte benennen können, war jetzt auf den Begriff gebracht: Unritterlichkeit, Mangel an einer Männlichkeit, die sich instinktiv verboten hätte, eine Frau vor anderen zu demütigen. Es war Bernward, der die Peinlichkeit auflöste, in gutmütiger und harmloser Wohlgelauntheit, als habe er die übelwollende Angriffslust Hans-

Jörgs gar nicht begriffen. Er nahm mir die Flasche aus der Hand und wandte sich mit seinem ganzen westfälisch-soliden Behagen an den Jüngeren.

»Die Silvi freut sich, daß du so schön auf sie aufpaßt, aber hier habe ich zu sagen«, das war so wohlwollend und geradezu liebevoll gesprochen, daß nicht einmal Hans-Jörg es als Zurechtweisung verstehen konnte, und es war geradezu sichtbar, daß sich in der ganzen Gesellschaft augenblicklich die Stimmung verbreitete, so schlimm sei Hans-Jörgs Ausfall doch gar nicht gewesen, im Grunde war er jetzt schon vergessen. Und Bernward goß Silvi das ihm entgegengehaltene Glas in zeremoniöser Behutsamkeit voll, als sei es das erste des Nachmittags.

## 8.

## *Das Geheimnis des Waldviertels*

Ich mache jetzt eine kleine Abschweifung, sie beginnt am Hopstenschen Swimming-Pool, aber sie führt auch wieder dorthin zurück und ist darin bezeichnend für die ersten Monate in Frankfurt, die mich immer fester an Rosemaries Kreis banden. Ich habe festgestellt, daß es im Leben Abschnitte gibt, die unter einem bestimmten Motiv stehen. Alles, was einem zustößt, ordnet sich unter dieses Motiv ein, ihm ist nicht zu entkommen, soweit man sich auch von ihm zu entfernen meint. Der einzige Mann, der die Wolke der Fatalität, die Hans-Jörg umstand, offenbar nicht wahrnahm, war Joseph Salam, der allerdings auch von Hans-Jörg bei den Hopstens eingeführt worden war. Obwohl er die wenigen Male, die ich sonntags herauskam, meist gleichfalls da war, blieb er ein Fremdkörper in diesem Kreis, der so homogen im bürgerlichen Frankfurt ja nun auch wieder nicht sein konnte. Lag es nur daran, daß er meist falsch angezogen war? Er fühlte sich offenbar in halbsportlichen Wochenendkleidern nicht wohl, in dem rosa Polohemd, das er trug, als ich ihn kennenlernte, sah er aus wie ein Preisboxer, die dikken Arme wurden vom Ärmelrand tief eingeschnitten, und die Brustmuskulatur, die von beträchtlichem Fett umgeben war, wirkte wie ein weiblicher Busen. Aber selbst bei den Anzügen schätzte er offenbar den knappen Sitz, es war ganz deutlich, daß er aus den italienischen Hosen und Jacken von dünnem, bei schlanken Männern zum Flattern neigenden Stoffen nicht etwa herausgewachsen war, nein, sie waren nagelneu und hatten alle jene kleinen Besonderheiten, mit denen Modehäuser ihre Jahreskollektion unterscheidbar machen, in diesem Jahr etwa statt drei- zweiknöpfige Jacken, die bei Salam besonders unvorteilhaft aussahen, weil sie den runden, festen Bauch so betonten, als trage er ihn auf einem Tablett vor sich her. Teuer waren die Sachen auf jeden Fall, ich hatte aber immer den Eindruck eines Mannes, dessen gesamtes Gepäck verlorengegangen ist und der sich in Flughafenboutiquen vollständig neu eingekleidet hat. Wenn man es recht bedachte, mußten die Flughafenboutiquen in ihrer niemandslandhaften Sterilität gerade für Leute wie Joseph Salam geschaffen worden sein, sie hatten etwas von der Küche eines sehr teuren Hotels, die so viele unterschiedliche Geschmäcker berücksichtigen muß, daß sie vermeidet, allzu spezifisch zu werden. Salams Akzent war wienerisch, aber war er wirklich Wiener? Nach Istanbul hätte er viel besser gepaßt, auch der Name klang orientalisch. Obwohl er frisch rasiert und wahrscheinlich gut eingecremt und jedenfalls mit reichlich Rasierwasser besprengt war, schimmerten die Wangen bläulich, die runden dunklen Augen mit mädchenhaft langen Wimpern – solche femininen Einsprengsel betonten aber noch die Virilität seiner Erscheinung – blickten neugierig und lebenslustig um sich. Er war wie ein Odysseus, der nackt bei den Phäaken gelandet ist und nun in neuen Kleidern, gepflegt und gebadet am Feuer des Königs Alkinoos sitzt und bereit ist, seine Lebensgeschichte zu erzählen. Nur, daß niemand so recht bereit war, sie anzuhören.

Bewundernswert, wer nie in peinliche Situationen gerät, noch bewundernswerter, wer peinliche Situationen zu beenden und in Vergessenheit geraten zu lassen vermag. Hier stand Bernward nicht allein, Joseph Salam war ihm darin ebenbürtig. Während ich nicht mehr wagte, Silvi anzusehen, weil ich nicht verfolgen wollte, wie der Auftritt auf sie wirkte, wandte sich Salam zu mir, seine kräftig gesunden Falten, seine wuchernden Augenbrauen gaben ihm das Aussehen eines Mannes, der bei besten Kräften ein ordentliches Alter erreicht hat und sich nun lange auf diesem soliden Niveau halten wird.

»Hans-Jörg ist ein bißchen heftig«, sagte er in vertraulichem Ton, »aber unterschätzen Sie ihn nicht als Geschäftsmann.« Er sei außerordentlich zufrieden über die enge Zusammenarbeit mit Hans-Jörg, und das habe wahrlich nichts mit seinem großen Namen zu tun – lag ich so falsch, wenn ich dieser Bemerkung entnahm, daß diese »Zusammenarbeit«, wie Salam jenen Geschäftsplan nannte, in den er Hans-Jörg zu verwickeln gedachte, ausschließlich auf eben diesem großen Namen beruhte? Ich stellte mir das so vor: Allzu lang hatte der alte Schmidt-Flex seinen Sohn an der kurzen Leine geführt und mit dienenden und zuarbeitenden Tätigkeiten beschäftigt, als daß der Sohn noch eine eigene Karriere hätte beginnen können. Es gehören freilich zwei zu solcher Inanspruchnahme. Und so war es vermutlich sogar der Vater, der dem Sohn nahegelegt hatte, endlich auch einmal etwas Eigenes zu versuchen. Daß der daraufhin mit einem Salam als Geschäftspartner auftrat, mochte der Alte sogar mit einem gewissen Triumph verfolgen, er hielt sich jedenfalls bereit einzugreifen. Ich sah, daß er von fern immer wieder einmal einen schnellen Blick auf Salam warf.

»Sehen Sie, er hat den Schwung, und ich habe die Erfahrung«, sagte Salam. Vertrauen, Glaubwürdigkeit, lauter altmodische Begriffe, die sich in die modernen Tabellen, wie sie die Wirtschaftswissenschaftler heute liebten, gar nicht einbauen ließen und die deshalb vernachlässigt würden – das seien die Prinzipien seiner Vorgehensweise. Aber er war kein moralisierender Salbader, er liebte Scherze.

»Apropos Glaubwürdigkeit« – neulich habe er in Athen

einen Straßenhändler beobachtet, der einen Patent-Glas-
schneider vorführte. Dies Messer schnitt Glas so mühelos
wie Käsescheiben – »Der Mann rühmte in einem fort die
Sicherheit seines Glasschneiders und hatte beide Hände dick
verpflastert.« Ein Denkmal der Vergeblichkeit sei der arme
Mann gewesen – Salam wurde von einem, seinen imposan-
ten Körper ergreifenden, aber geräuschlos bleibenden Gelächter ergriffen, und auch ich hatte genug Wein getrunken, um diesen sich selbst so offenkundig widerlegenden
Mann, der inzwischen schon ganz andere Geräte vorführen
mochte – wundenreißende Rasierapparate? explodierende
Kaffeemaschinen? –, rührend komisch zu finden.

»Und wie im kleinen, so im großen«, sagte Joseph Salam,
nachdem er sich gefaßt hatte. Zunächst gehe es mit Hans-
Jörg nach Kairo. In Kairo fühle er sich wie zuhause, und
auch Hans-Jörg werde sich, so geführt, dort bald wie zuhause fühlen. Das klang geradezu väterlich-liebevoll, so
sprachen gewiß nicht viele Menschen über Hans-Jörg. Oder
zielte solche optimistische Herzlichkeit etwa doch vor allem
auf den alten Schmidt-Flex? Glich sie nicht ein wenig der
professionellen Ruhe, mit der Erzieher in Spezialschulen
mißratene Kinder entgegennehmen und dabei den Eltern ver-
sichern, sie würden »den Fall schon wieder hinkriegen«? Ich
muß dennoch sagen: Salam gefiel mir nicht schlecht. Er
kannte die Welt, ein freier abenteuerlicher Hauch umgab
ihn, wie ich ihn mit der alten Levante meiner Phantasie verband. Die Lebenskenntnis hatte ihn nicht zynisch gemacht,
er spielte die Spiele, die ihm die Umstände vorgaben, mit
Freude. Aus allem, was er mir später noch sagte, ging eine
grundsätzlich menschenfreundliche Heiterkeit hervor, eine
philosophisch-demokratische Einstellung zu den Mitmenschen, die nichts Politisches hatte. Die Gleichheit der Men-
schenbrüder war vielmehr eine Tatsache, die für ihn allen

politischen Verhältnissen voranging und keineswegs erst hergestellt werden mußte, im Grunde auch dort am besten gedieh, wo sich die Leute so wenig wie möglich mit abstrakten Vorstellungen und politischen Programmen beschäftigten, sondern einfach ihrer Triebhaftigkeit lebten und wußten, daß alle anderen auch nichts anderes taten. Deshalb nahm er wohl die Sonderrolle, die er hier am Swimming-Pool immer noch zu spielen hatte, nicht weiter wahr. Im Tiefsten und Letzten gab es eben keine Sonderrollen, man hatte in einer neuen Umgebung höchstens einmal nicht den Schlüssel dabei, der ins Schloß paßte und es ohne Anstrengung öffnete – aber daran gab es für ihn keinen Zweifel: Dieser richtige Schlüssel würde sich schon finden.

Die Hausfrau übersah ihn; ihr gutes Recht – eines Tages würde sie ihn schon bemerken.

Nun versetze dich weit weg von dem schwarz funkelnden Wasser des Hopstenschen Swimming-Pools inmitten der smaragdgrünen Wiesen – dies Wasser sah für mich immer schwerer aus als normales Wasser, eine kostbarere, dichtere Substanz –, es geht ins österreichische Waldviertel, in vergessenes Land oberhalb der hier noch schnell fließenden, zu gewalttätigen Überflutungen neigenden Donau. Schwarze Swimming-Pools waren hier nicht zu erwarten und auch kein städtisches lose zusammengewürfeltes Völkchen, das sich um sie herum hätte versammeln können. Die Frau, die ich hier besucht habe, hätte man sich, bei allem Laissez-faire der Hopstens, in deren Haus nicht vorstellen können. Man konnte sie sich in überhaupt keinem fremden Haus vorstellen, und sie selbst vor allem war die erste, die sich strikt geweigert hätte, ein solches zu betreten. Eine alte Dame, eine Bekanntschaft meiner Eltern, die allein in einer Jagdhütte nahe eines Dorfes hauste, »eine Nonne nach eigenem Rhythmus«, sagte meine Mutter. »Nun ja, Nonne«, sagte mein

Vater. Sehr gerne dachten sie nicht an diese Frau Dr. Marguerite Simserl, die sich stets im Zustand der Alarmiertheit meldete, ohne bereit zu sein, einen Rat entgegenzunehmen: »Neun Stunden habe ich hilflos im Wald gelegen, bis der Bauer mich gefunden hat«, solche und ähnliche Nachrichten waren es, mit denen sie ihre Freunde beunruhigte, aber von dem naheliegenden Ratschlag, doch endlich die Jagdhütte aufzugeben und in die Stadt zu ziehen, wo sie eine Wohnung besaß, wollte sie nichts hören; es war, als vereitele sie jeden Versuch, sich die Sorge um ihren Zustand vom Hals zu schaffen, mit ahnungsvoller Einfühlung. Wenn ich meine Mutter richtig verstand, war das Netz von Beziehungen, das diese Marguerite nach allen Seiten geknüpft hatte, vielleicht sogar noch fester und verfänglicher, als wenn sie in Linz oder Wien in unmittelbarer Nachbarschaft zu diesen Leuten gewohnt hätte. Wenige waren es nicht, die sich mit dem Unheil befaßten, das sie soeben und immer aufs neue heimsuchte.

»Wenn du jetzt ohnehin zwei Tage nach Wien fahren mußt, dann könntest du auch die Marguerite besuchen«, sagte meine Mutter am Telephon. Es gebe auch einen Grund: Die alte Freundin habe davon gesprochen, sie wolle mir ihre Jagdhütte vererben, mit immerhin acht Hektar Wald in bestem Zustand, von ihr selbst in nicht abreißender Schufterei in Ordnung gehalten – nur für den Schneebruch hole sie sich männliche Hilfe –, ich müsse halt nur einmal kommen, um mir das Anwesen anzuschauen. Sehr unbehaglich war mir bei dieser Vorstellung. Wie dachte man sich einen solchen Besuch? Belastet mit der Ankündigung eines beträchtlichen Geschenks, sollte ich nun offenbar abschätzend und untersuchend auftreten und erklären, wie ich es mit ihrem schönen Angebot halten wolle. Das war doch eine höchst ungute Grundlage für eine Begegnung. Meine Mutter hatte für meine Bedenken überhaupt kein Verständnis. Und so erklärte ich mich denn bereit, am Sonntag mittag in Passau auszusteigen und mich in den Waldwinkel der Marguerite Simserl fahren zu lassen. Ich würde abgeholt, ließ sie mir ausrichten. Mir wurde auf der Rückfahrt von Wien immer beklommener. Wer jemandem etwas vererben möchte, der soll es tun, so dachte ich mir, aber nicht vorher davon sprechen. Der schöne Augenblick der Testamentseröffnung wird dem dankbaren Bedachten stets in erfreulicher Erinnerung bleiben. Statt dessen mußte das schlechte Gewissen des in seine Einsetzung Eingeweihten jedes entspannte Verhältnis zu dem Erblasser im Keim ersticken – wie war denn zu verhindern, daß man seinen Tod vielleicht nicht geradezu herbeiwünschte, aber bei jeder kleinen Grippe eben doch unwillkürlich überlegte, ob jetzt wohl die abschüssige Bahn ohne Umkehr betreten sei? Und dafür sollte ich einen Sonntagnachmittag im Garten Phoebes opfern.

Die Pracht der heißen Spätsommertage riß nicht ab. Die Smaragdwiesen begannen müde zu werden, nicht geradezu gelb, das verhinderten die Wasserwölkchen im Regenbogenschimmer aus den vielen Sprengern, aber von dumpferem, weniger phosphoreszierendem Grün. Und dann war etwas Überraschendes eingetreten: Da war tatsächlich einmal Phoebe am Telephon, zufällig natürlich, hätte ich nach ihr gefragt, dann hätte allein die Frage sie schon vertrieben, so wollte mir das inzwischen scheinen. Aber als ich ihr jetzt sagte, daß ich am nächsten Sonntag nicht zu ihnen hinauskäme – eine vor allem an ihre Eltern gerichtete Botschaft, daß sie selber sich dafür interessieren könne, hoffte ich nur zaghaft –, verriet ihre Stimme eine solche Enttäuschung, daß ich die gesamte Wien-Unternehmung am liebsten abgesagt hätte. Es war, als sehe sie einen Akt tiefster Treulosigkeit in meiner Reise. Das beschäftigte mich natürlich. Und es war auch darüber hinaus – oder durch die entsprechende Gemütsanwärmung bewirkt – eine neue Haltung zu jener Frankfurter Situation, in der ich mich seit neuestem befand, in mir entstanden. Die Landschaft, in die Frankfurt eingebettet ist, das sanft hügelige, nie schroff, aber doch beträchtlich ansteigende Bergland, das die weite Flußebene begrenzte, das Bergland, das in der Ferne jenseits des Flusses wiederkehrte, dieser satte, fruchtbare Raum mit Wein, Erdbeeren, Kastanien und Äpfeln mußte einmal von einer beglückenden Festlichkeit gewesen sein. Die Stadt mit Kirchtürmen und Befestigungstürmen hielt den Fluß umarmt, dieser Fluß hatte genau die richtige Größe, er zerriß die Stadt nicht durch Überbreite, und er war doch bedeutend genug, um das Erlebnis, in einer Stadt am Fluß zu sein, zu erzeugen. Die Gegend war immer schon dicht besiedelt, alte Dörfer säumten den Flußlauf, an den Hügelhängen standen Burgen und erinnerten an die politische Kleinteiligkeit des übermäßig mit Wohlstand beschenkten Beckens. Die politischen Entitäten hatten sich hier geradezu gedrängelt wie in einem übervölkerten Fischteich die Forellen, auf wenigen Quadratkilometern gab es nicht nur die freie Reichsstadt, sondern die Territorien von Herzogtümern, Landgrafschaften, Fürstentümern, Bistümern, Grafschaften bis hinab zum Freien Reichsdorf Soden, und diese Kleinteiligkeit hatte einen Geist der Freiheit entstehen lassen – eine Bemerkung Joseph Salams fiel mir ein, der von seinen Unternehmungen in den Staaten des Nahen Ostens sprach und von der Freiheit bemerkte: Damit sei es schön und gut, er beglückwünsche jedes Land, das seinen Bürgern Freiheit garantiere, aber am allerwichtigsten sei doch, daß der Arm des Staates kurz sei, dann möge es sich sonst darin verhalten wie es wolle. Das Verblüffende für mich war, daß ich all diese historischen Reminiszenzen, die so gründlich von Autobahnkreuzen, Flughäfen und der lückenlosen Zersiedlung der Ebene und der Berghänge weggedrängt wurden, jetzt plötzlich als immer noch wirkungsvoll und anwesend erlebte. Die Riesenstadt, die sich im Sonnenglast blinkend zu Füßen der Taunuskette ausbreitete, war vom Schwimmbadrand der Hopstens aus gesehen wie von einer Verheißung der in ihr waltenden Energien erfüllt, nicht formlos, sondern trotz der weiten Ausdehnung zusammengeballt erscheinend. Das alles war gewiß einmal sehr viel schöner gewesen, aber kaum so aufgeladen wie heute. Nein, eine Verliebtheit speziell in Phoebe Hopsten kann allein zu dieser schon geradezu berauschten Sicht auf Frankfurt nicht die Grundlage hergegeben haben, die erzeugte mehr eine angeregte Interessiertheit und forderte meine Eitelkeit heraus, die dieses sehr kleine Feuerchen nährte. Es war vielmehr im Angesicht meines kurzen Landaufenthaltes in der zu erbenden Jagdhütte die plötzliche Einsicht, daß mich an einer solch vergessenen Ländlichkeit aber auch gar nichts verlockte, daß ich da regelrecht einen Ausflug ins Schattenreich vor mir sah, mochte auch das Waldviertel ebenso spätsommerlich prangen, mit hochbeladenen Apfel- und Birnbäumen, wie ich es hier in der heißen Mainebene nun schon ganz selbstverständlich fand.

Marguerite Simserl war eine Organisatorin, trotz ihrer Zurückgezogenheit oder gerade in ihr wußte sie zu regieren. Und es war nicht irgendein Taxifahrer, der mich am Bahnhof abholte, sondern ein ernster, etwas gequält erscheinender Mann mit dunkelbraun gefärbtem Haar, so dünn wie im Märchen die Schneider, der mir mit der Miene gekränkten Gehorsams zur Begrüßung seine Visitenkarte überreichte: Hofrat war der Mann sogar, jetzt freilich pensioniert. Mich abzuholen sei ihm eine Selbstverständlichkeit, murmelte er, indem er zu Boden sah. Für Frau Doktor sei er immer zu allem bereit. Das klang, als sei es ebenso selbstverständlich wie unabänderlich, daß auf ihm herumgetrampelt werde, er mache sich längst selber nichts mehr daraus. Meiner Erwartung hätte nicht genauer entsprochen werden können. Das Land, durch das wir fuhren, war von einer grünen Fülle, die durch die Nähe des dunklen Stroms noch an Kraft und Saftigkeit gewann. Die Apfelbäume waren mit roten Äpfeln besteckt, daß die Zweige sie kaum tragen konnten. Im Hof des Bauernhauses, in dem der Hofrat und seine Schwester wohnten, stand geradezu ein Apfelbaumdenkmal, ein ehrwürdiger alter Apfelbaumriese, der von Stangen nach allen Seiten hin abgestützt war, das sah aus wie das Gerüst um eine Arche Noah, die ringsum stützenden Stangen ließen den Baum weniger an seiner Kraft leidend, von seiner Kraft zu Boden gedrückt erscheinen, als von den Vorbereitungen zu einer geheimnisvollen Mobilität umgeben, als ob der Baum sich gleich behutsam und von mächtigen Gewalten durchzittert von dem Boden lösen würde, in dem er verwurzelt war, um sich krachend loszureißen, eine Staubwolke aus feiner Lößerde hinterlassend, und in schwankend unsichere Fahrt zu geraten. »Ein Baumwunder«, sagte ich zu dem Hofrat, der wieder mißmutig beiseite blickte und in sich hinein von der »furchtbaren Arbeit«, die das alles mache, sprach.

Ja, so war es eben: Der Strom und die knirschende Saftfülle des Grüns und die von jeder Zersiedelung und Verbrauchtheit weit entfernte, wohlbewahrte Mildhügeligkeit dieses wie eh und je unter seiner Sonne ausgebreiteten Landes, das half alles nichts, wenn es so ältlich und muffig und lustlos wie von diesem Hofrat ohne Hof bewohnt wurde, vielmehr, einen Hof besaß er ja offenbar, wenn es auch kein monarchischer war, wenn es hier auch keine Bauernwirtschaft mehr gab, soviel verrieten mir zwei neue Naturholzschilder, auf denen in leicht anthroposophisch angeschrägten Buchstaben »Zum Heilmassagezentrum« und »Zur Hildegardis-

Produkt-Ausgabe« gewiesen wurde. Dort hinten stand eine neu herausgeputzte Scheune mit übermäßig blühenden Geranien in der einstigen Viehtränke.

»Ja, so leben wir hier, das haben wir alles aufgebaut«, sagte der Hofrat, dessen tiefe Falten um den Mund ihm das Aussehen eines magenkranken Kettenrauchers gaben, obwohl er wahrscheinlich seit langem keine Zigarette angerührt hatte und in solch heilträchtiger Umgebung eigentlich auch den Magen im Griff hätte haben müssen. Der Mann besaß ein gutes Recht darauf, im Schatten seines erhabenen, atemraubend schönen Apfelbaums den angestammten Dialekt der Gegend zu sprechen, und doch war mir diese verstümmelte, verspätete verbale Bäuerlichkeit jetzt zuwider, es offenbarte sich darin eine Art von auftrumpfender Provinz, als bilde er sich darauf etwas ein, daß hier kein Flugzeug in der Luft zu sehen war.

»Wohnt hier Frau Doktor Simserl?«

Nein, gerade nicht, obwohl man es ihr oft genug angeboten habe. Hier hätte sie alles bequem haben können, Hilfe sei jederzeit zur Hand – der Hofrat wies an seinem mageren Körper hinab, diese nicht stattliche und auch nicht sonderlich rüstige Körperlichkeit jedenfalls stand Frau Doktor Simserl »jederzeit« zu Diensten. »Wir helfen, wo wir können.« So sprach ein Mann, der sein ganzes Leben weggeschenkt hatte im Dienst des Altruismus – Grenzen seiner Ergebenheit fand er nur dort, wo die Natur selbst sie setzte. Aber deshalb gebe es eben, bevor ich zu Frau Doktor Simserl aufbräche, so viel, so unendlich viel zu besprechen.

»Auch die Waltraud«, das war die heilkundige Schwester, habe mir mancherlei zu sagen. Ins Haus gebeten wurde ich nicht, aber im »Hildegardis-Heil-Zentrum« in der ausgebauten Scheune kredenzte er mir ein Glas Apfelmost, naturtrüb, auf einem Tablett aus weißem Birkenholz. Schweigend saß er mir gegenüber, während ich trank. Der Most war recht gut und hätte, wäre er weniger gesund gewesen, nur wenig besser schmecken können. Welches Amt hatte der Hofrat wohl bekleidet? Doch wohl ein höheres, in dem Anweisungen erteilt, Untersuchungen vorgenommen und Entscheidungen gefällt wurden? In solchen Tätigkeiten konnte man sich diesen Mann keinen Augenblick lang vorstellen, er wirkte gebrochen, ein sich demütig und klagend Rechtfertigender war er geworden, nachdem die Amtsluft aus ihm herausgelassen worden war.

»Sehen Sie, die Frau Doktor wäre ohne uns schon lange nicht mehr am Leben.« Das kam wie das Eingeständnis schwerer Schuld, in anderem Ton hätte er auch die eigenhändige Ermordung der Frau Doktor nicht beichten können. Er entwarf jetzt ein Szenario des Zusammenlebens und Zusammenwirkens der Frau Doktor Simserl, seiner Schwester und seiner selbst – »wobei ich bewußt die vielen Persönlichkeiten von zum Teil sehr wenig erfreulichem Charakter, die da zeitweise noch hinzukommen, ausspare«. Frau Doktor sei von Menschen wie von Fliegen umschwirrt, aber wie Fliegen eben so seien: hungrig und auf Nahrungssuche. Seine Schwester und er hätten da oft genug zu den übrigen Aufgaben noch das Amt des Fliegenverscheuchens. Ich möge das recht verstehen: Nicht von mir, dem Herrn Doktor, sei die Rede, sondern von ganz unwürdigen Menschen, zu denen die Frau Doktor sich aber unerklärlich hingezogen fühle – bis ihr dann die Augen geöffnet würden. Daß er auch mich ohne weiteres Herr Doktor nannte, verhinderte ich nicht, obwohl nicht klar war, ob sich in dieser Titulatur Unterwürfigkeit, österreichische Gewohnheit oder eine ebenso österreichische subtile Unverschämtheit verbarg. Gleichviel – mir sollte alles angenehm sein, was einen Abstand zwischen den Herrn Hofrat und mich legte. Frau Doktor esse nun schon seit Jahren nur noch, was seine Schwester gekocht habe. Er zeigte auf etikettierte Glastöpfchen, die auf dem Tisch zu einer appetitanregenden und verkaufsfördernden Pyramide aufgeschichtet worden waren, mit Karottenpüree gefüllt, wohl eigentlich Säuglingsnahrung – »das kann sich die Frau Doktor selber schön heiß machen und herauslöffeln – wenn ich es nicht gleich heiß mache oder die Schwester«, das war wieder im Ton der tiefstempfundenen Vergeblichkeit gesprochen, ein Bankrott tat sich auf.

»Wir sorgen, wir wirken, wir schauen«, sagte der Hofrat. Dann heiße es, »Lieber Herr Hofrat, fahren Sie mich mal geschwind nach Linz« – auch das tue er dann. Seine Schwester habe zum Glück noch anderes zu leisten – das Hildegardis-Heil-Zentrum weiter aufzubauen, und das sei heutzutage auch nicht mehr so leicht. Die zutiefst befriedigende Erklärung, »heute sei vieles nicht mehr so leicht«, war auch ihm unentbehrlich. Er seinerseits gehe im Dienst und der Pflicht, die ihm Frau Doktor auferlege, quasi vollständig auf – »und dann muß man eben immer wieder erleben...« Immer wieder erschienen junge Herren – wo Frau Doktor die bloß alle herhabe – sie habe freilich Telephon dort oben – »das können wir ihr doch nicht nehmen«, sagte er mit der Miene eines Verteidigers der Menschenrechte. Die Leute machten sich völlig falsche Vorstellungen vom Vermögen von Frau Doktor – wenig sei es nicht gerade, aber dieser Lebensstil – allein im Wald scheinbar, aber letztlich doch rund um die Uhr betreut – der koste ja auch etwas! Zumal seine Schwester ihre ganze Kraft eben nicht, wie erforderlich, in den weiteren Aufbau des Hildegardis-Heil-Zentrums stecken könne, wenn allenthalben mit Wünschen und Forderungen der Frau Doktor zu rechnen sei.

»Wir stehen hier Gewehr bei Fuß.« Und wirklich sah er jetzt aus wie ein ausgehungerter, fußlahmer Landsturmmann, der kurz vor dem Zusammenbruch der Armee noch ausgehoben worden ist. Die Lage hier in der Einsamkeit des Waldviertels war sonnenklar, wenn dies Wort nicht die auch hier strahlend, ja sengend und dennoch wohltuend scheinende Sonne beleidigte – aber mit vor sich hin brodelndem Pech kann man die Klarheit schwer vergleichen. Hier in der Windstille der Zivilisation, in der Verlassenheit der Dörfer, in deren Scheunen kein Stroh mehr lagerte, sondern Hildegardis-Heil-Zentren angesiedelt waren, blieben die Gedanken, die sich durch irgendeine dämonische Inspiration in die Seele senkten, ungestört und unirritiert, sie konnten sich ausbreiten und Wurzeln schlagen. Da lebte mitten im Wald eine einsame alte Frau, familiärer Anhang war offenbar seit langem geflohen oder weggebissen, und hatte ein Vermögen, aber keine Erben. Diese Vorstellung hatte von dem Hofrat, den ich mir allerdings als Instrument in den heilkräftigen Händen seiner Schwester vorstellte, vollständig Besitz ergriffen. Hier lehrte die Natur die Geduld des Werdens und Vergehens und des Neuwerdens, und mit ebendieser Geduld starrte das selbst bereits bejahrte, wenngleich durch Pflanzenkost stabil erhaltene Geschwisterpaar auf den herannahenden Tod dieser Frau, die ihr Testament wohl immer noch nicht gemacht hatte – nein, nein, das wußte der Hofrat genau, er war ja bei ihren Fahrten nach Linz zum Notar immer dabei, ohne ihn konnte sie sich zum Glück nicht bewegen. So war noch nichts verloren, aber dieses Vermögen, Grundstücke, Depots – die Jagdhütte war bei weitem nicht das wichtigste, obwohl sie ausschließlich von ihr sprach, von ihrer Ermitage, ihrer Zelle, ihrem irdischen Paradies, mit literarischer Übertreibung, die den Hofrat vermuten ließ, daß sie, wenn sie von der Jagdhütte sprach, eben doch das gesamte Vermögen meinte – das regte kräftig nicht nur die Phantasie der hilfswilligen Geschwister, sondern auch die der eigenwilligen Einsiedlerin an: Es verliehe ihr in ihrer Hilfsbedürftigkeit Flügel.

»Ich überlege doch noch, von hier wegzugehen«, »Ich möchte eigentlich doch noch einmal Rom gesehen haben vor meinem Tod«, »Ich bin hier schließlich nicht festgenagelt«, das waren gelegentliche Reden, die dem Hofrat wie ein scharfes Messer in die Seite stachen, er hatte in all diesen Jahren keine Gelassenheit mehr übrig und schon gar keinen Sinn für Scherze und hielt es täglich für möglich, daß Frau Doktor, wenn er sich mit dem Karottenbreitöpfchen der Jagdhütte näherte, mit irgendeinem ihrer aufgegabelten Günstlinge auf und davon gegangen sei, die Hütte verrammelt, das Geschwisterpaar wie durch hochsommerlichen Hagelschlag um seine Ernte gebracht.

»Ich habe alles vorbereitet«, sagte der Hofrat und öffnete eine Mappe. Ich müsse einfach wissen, daß die Jagdhütte, die Frau Doktor mir da vererben wolle, hoch belastet sei. Am klügsten sei es ohne Zweifel, wenn das Vermögen von Frau Doktor in eine Stiftung eingebracht werde. Unter diesen Umständen sei er, bei dem schließlich alles Lästige und Mühsame hängenbleibe, sogar bereit, das Präsidium dieser Stiftung zu übernehmen – ich sei damit entlastet, kennte ohnehin die Verhältnisse hier nicht und sei überdies kein Österreicher – »oder etwa doch?«

Ich konnte ihn beruhigen, aber ich spürte, daß er am liebsten meinen Ausweis gesehen hätte. Für Ausländer sei das hier alles ganz, ganz schlecht – schon die Frau Doktor, lupenreine Österreicherin immerhin, sei hier nie heimisch geworden, das Dorf habe eine üble Bevölkerung voll von primitivem Fremdenhaß – die Frau Doktor habe freilich das ihre getan, um den anzustacheln, die Leute hier liebten keine neuen Gesichter, und neue Gesichter, das sei seit je die Spezialität der Frau Doktor gewesen.

Das Telephon klingelte. Die Stimme am anderen Ende war so scharf, daß ich es laut aus dem Hörer quäken hörte. »Er ist da«, sagte der Hofrat mit gesenktem Kopf, gleichsam mit gezogenem Hut. »Sofort. Sofort. Sofort.«

Nach längerer Fahrt auf engen, gewundenen Sträßchen sah ich die Jagdhütte denn endlich liegen, am Waldrand, mit Blick auf unendlich sich staffelnde Hügelketten, die immer blasser wurden. Hütte durfte das hübsche altmodische Haus nur genannt werden, weil es aus Holz war. Mit seinem umlaufenden Balkon und großen Hirschgeweihen sah es recht stattlich aus. Die Herrin des Anwesens stand schon am Gartentor, mager, gebräunt, mit kurzgeschnittener, unordentlicher Intellektuellenfrisur, sparsamem, wie weggewaschenem Gesicht, an ihrer blau-weiß gestreiften Bluse mit kleiner Perlenkette als Landfrau der gehobenen Stände erkennbar. Sie war zornig. Der Hofrat hatte sie warten lassen. Nein, er wurde nicht hereingebeten. Er solle im Auto bleiben. Oder nach Hause fahren und auf das Telephonsignal zu meiner Abholung zurückkehren. Jetzt habe sie erst einmal mit mir allein zu reden. Vor allem zeigen müsse sie mir alles, wie sollte ich mir sonst ein Bild machen. Ihre Stimme war fein und hoch, von zittrig gewordener Mädchenhaftigkeit. In ihrem gebrechlichen Greisenkörper steckte ein tyrannisches Kind. Aber die kindisch-herrische Art der Dame tat mir gut nach dem vorangegangenen Gespräch. Auch der Geruch im Haus war nicht schlecht, kein eingewohnter Muff war darin, die reinliche, trockene Luft eines sauber aufgeräumten Holzschobers. Auf den breiten Dielen lagen abgetretene Kelims in schönen Farben, die Ledersessel waren von einem Craquelé mit tausend Sprüngen überzogen. Nichts verriet, daß eine Frau hier wohnte, es gab keine Sächelchen, die herumstanden, spartanisch-behaglich, klerikal könnte man's nennen, sah es aus bei Frau Doktor Simserl. Sie berührte

Wände und Möbel leicht mit den Händen beim Gehen, aber diese Unsicherheit verlor sich schnell und war vielleicht auch nur eine Frucht der Koketterie, als solle ich begreifen, daß ich nicht zu früh gekommen sei. Während dieser ersten Schritte in die Jagdhütte, das Jagdhaus hinein, während ich ihr noch ganz konventionell als zurückhaltender Fremder folgte, ahnte keiner von uns beiden, was uns erwartete und was dem Nachmittag sein unvergeßliches Gepräge verleihen sollte.

Wir hatten kaum die ersten Worte gewechselt – sowie der Hofrat aus ihren Augen war, wurde Frau Doktor Simserl viel freundlicher und bat sogar um Verständnis für den herben Empfang, der Mensch tue einfach nicht, was man ihm sage. Unmittelbar und ohne Säumen hätte er mich zu ihr herauffahren sollen. Da sah ich auf einer Kommode eine Photographie, altarmäßig von zwei Kerzen eingerahmt, in einem winzigen japanischen Väschen blühte vor ihr eine Heckenrose. Der Dargestellte war jung, ohne die gesund ins saftige Fleisch gekerbten Falten, wie ich sie an ihm kannte, aber mit denselben verführungsbereiten, weich-feuchten Augen mit den langen Wimpern, den vollen, sanft lächelnden Lippen, dem dicken Haarschopf. Sie bemerkte meinen Blick.

»Was schauen Sie da?«

»Ich habe nie eine solche Ähnlichkeit gesehen – ein Bekannter von mir, aber das ist ja gar nicht möglich… Ein Geschäftsmann aus Frankfurt…«

»Das ist kein Geschäftsmann aus Frankfurt«, sagte sie mit einer Schärfe, die Stolz verriet. »Er ist – oder er war, wahrscheinlich ist er tot – Libanese, die Mutter vielmehr war Wienerin, Diätköchin in einer großen Kaufmannsfamilie in Beirut… Er war der mir geschickte Mensch, der einzige, ich habe ihm das Leben gerettet – das Schicksal hat uns vereint und getrennt, ich habe hier jahrzehntelang auf ihn gewartet, und ich warte immer noch, obwohl ich weiß, daß er niemals mehr kommen wird.«

Ich wußte von meinen Eltern, daß ihre Freundin Marguerite zu dramatischen Inszenierungen neige, aber da ging es meist um einen gebrochenen Fuß oder Eingeschneitsein oder das skandalöse Betragen der Dorfleute. Ich war nicht darauf vorbereitet, daß unter diesem zu Asche verbrannten Holzstoß noch ein Glutkern lag. Sie sah aus, als habe sie meine Gegenwart vergessen, und legte die braun-magere Hand leicht auf den Bilderrahmen, als wolle sie dem Dargestellten durchs Haar fahren.

»Joseph Salam«, sagte sie leise, »ist das nicht ein wunderschöner Name?«

Ich weiß bis jetzt nicht, was ich von der wilden Geschichte zu halten habe, die sie mir erzählte und darüber das angekündigte Teekochen vergaß. Ich trank nicht einmal einen Schluck Wasser in ihrem Haus und setzte mich auch nicht, für solche Dinge blieb keine Zeit. Marguerite Simserl verjüngte sich. Nichts mehr von tastenden, behutsamen Schrittchen. Sie ging während ihrer Erzählung auf und ab und nötigte mich, ihr zu folgen, um die Örtlichkeiten des erregenden Geschehens in Augenschein zu nehmen. Dort unten habe er gelegen, am Ufer des Mühlbachs, von den Weiden beinahe vollkommen verdeckt. Damals vor dreißig Jahren sei sie nur an den Wochenenden und im Sommer hier heraus gekommen, ein Zufall, daß sie ihn gefunden habe – »Nein, natürlich kein Zufall! Das Schicksal hat mir seinen nackten Körper in den Schoß gelegt.« Nicht ganz nackt nebenbei, eine Unterhose habe er noch angehabt, aber ohnmächtig geschlagen sei er gewesen, am Kopf stark blutend, zum Glück nur aus einer Fleischwunde.

Wie aus diesem von Karottenkost ausgemergelten Kopf die Wörter »nackt« und »Fleisch« hervorkamen, das verwandelte sie; der Wortklang berauschte sie und ließ unversehens ahnen, welch kernig-sportliche Erscheinung sie einmal gewesen war, nicht sehr weiblich, eher eine Skikameradin von etwas geiziger Knabenhübschheit.

Das seien seine Geschäftspartner gewesen, die ihn so zugerichtet hätten, halb totgeschlagen und aus dem Auto geworfen. Ich sah Salams stämmig-muskulöse Rundlichkeit vor mir, die konnte schon Schläge einstecken, ein Punching-Ball war er geradezu, aber es hatte ihn damals doch wohl ernsthaft erwischt. Nachts seien die Leute noch einmal wiedergekommen und hätten Feuer in den alten Kuhstall gelegt, die Funken seien herübergeflogen, sie habe auf dem Dach gestanden mit dem Schlauch, Salam war noch längst nicht soweit, helfen zu können – dort habe der Stall gestanden – sie habe ihn nicht wieder aufgebaut – »oder werden Sie eine Kuh halten wollen?« Das war eine Frage, die verriet, daß sie im Geist bei der Sache war. Sie schweifte eben niemals ab in der großen Erzählung ihres Lebens. Drei Wochen habe Joseph bei ihr gelebt – »ich sage nie drei Wochen – ich sage: einen Sommer lang«. Es war der Sommer ihres Lebens. Bei den Dorfleuten verlor sie jedes Ansehen. Im Dorfladen, der längst eingegangen sei zur Strafe, sie weine ihm nicht hinterher – habe man sie nicht mehr bedient. Aber alles Ungemach, das sie an Joseph Salam erinnere, sei kostbar. Denn von ihm selbst hörte sie nur noch wenig, als er sie wieder verließ. Ein paar Telephonate, eine Ansichtskarte aus Damaskus – »es waren ja gebrauchte Autos, die er nach Iran überführte, das war damals seine Tätigkeit, ich habe ihm auch den Wiederanfang möglich gemacht, man hatte ihm ja alles genommen.« Alles genommen – dies Wort enthielt die Bereitschaft zur Ganzhingabe. Joseph Salam war vielleicht ein Spieler, aber einer, der um den ganzen großen Lebenseinsatz spielte. Alles genommen – alles gegeben – das waren auch die Koordinaten ihrer Natur. »Er ist die Ursache, daß ich dann schließlich ganz hier herausgezogen bin. Ich konnte den Gedanken nicht ertragen, daß er zurückkommt und die Tür verriegelt findet.«

»*Hast du ihr von Salams Leben in Frankfurt erzählt?*«

»*Ja, aber ich fühlte sofort, daß das ein Fehler war. Sie lauschte zerstreut, mit zugekniffenen Augen, als wehre sie sich dagegen, angelogen zu werden. Sie wünschte ihm gewiß nichts Böses, aber hier ging es um sie: Mit einer trivial-erfolgreichen Existenz Salams in Frankfurt wurde ihr eigenes Leben bestohlen.*«

»*Und hältst du diese Iran-Geschichte für wahrscheinlich?*«

»*Warum nicht? Jeder hat klein angefangen, was bei Salam übrigens wohl gar nicht stimmt. Es spricht viel dafür, daß er groß angefangen und dann viel verloren hat, Sláwina hat mir neulich gesagt, Salam habe schon zweimal Geld gehabt.*«

»*Ich sehe deine Marguerite keinen Augenblick mit Salam zusammen – der Mann ist doch viel zu vulgär...*«

»*Vielleicht mochte sie gerade diese Vulgarität? Außerdem hatte er auch Finessen. Du müßtest ihn einmal essen sehen: Wie hübsch er sich kleine Bissen zurechtschneidet – man fragt sich, wie er dabei so rundlich bleiben kann.*«

»*Und was ist jetzt mit der Jagdhütte? Wann fahren wir hin?*«

»*Ich fürchte, überhaupt nicht. Wohl weil ich Salams Bild bei ihr wiedererkannt habe. Da muß jeder Gedanke ans Testament-Machen weit von ihr weggerückt sein.*«

## 9.

## *Brandmarken*

Joseph Salam war bei der Arbeit. Er war wie immer korrekt
gekleidet, mit blitzend geputzten Schuhen und in einem seiner stets etwas zu eng sitzenden Flughafen-Anzüge aus feder-
leichtem Stoff. Es war ein kühler Tag, aber er hatte sich an
einem gelben Holztisch im Garten des volkstümlichen Lo-
kals ausgebreitet, die schöne Ledermappe mit Korrespondenz war aufgeschlagen, und das schwarze Telephon, sein
Gedächtnis, sein Archiv, seine Bibliothek, lag in seiner weich-
gepolsterten Hand. Hier draußen hörte vom Nebentisch so
leicht keiner zu, und außerdem war es möglich, eine Zigarette zu rauchen, eine ägyptische, wie Salam sie liebte. Er war
nicht nikotinsüchtig, eine gelegentliche Zigarette war für ihn
eine Erfrischung wie ein betauter Apfel auf einer Taunus-
wiese im Herbst. Dieser Vergleich lag erst nahe, seitdem er
bei den Hopstens ein und aus ging, davor hatten Äpfel auf
Wiesen in seinem Leben lange keine Rolle mehr gespielt. Salam war sehr ärgerlich. Er nickte nur stumm, als der Kellner
ein kleines Glas Bier brachte, denn er lauschte mit gereizter
Miene weitschweifigen Erklärungen einer Telephonstimme.
»Gewiß«, sagte er schließlich, das alles sehe er ein, aber
es bleibe das Faktum, daß alles unterschriftsreif vereinbart
gewesen sei. »Ich verstehe nicht: In einer Woche können Sie
unterschreiben, aber nicht heute? Was ist anders in einer
Woche?« Das war in strengem Ton gesprochen, aber nun
war da offenbar ein Argument gefallen, das seine Stimmung
umschlagen ließ. Oh nein, er dränge nicht, er dränge über-

haupt nie. »Meine Philosophie ist: vorher gedrängelt, nachher gequengelt – ja, sehr komisch ...« Er hatte diesen kleinen Reim eben gerade erfunden, »quengeln« war ein Lieblingswort von Rosemarie. Er verfiel jetzt unversehens in einen leicht rheinischen Tonfall, und dem entsprach auch die joviale Generosität des Kölner Akzents. Als das längere Gespräch geführt war, wich diese schauspielerische Anspannung aus seinem Gesicht, er nahm gleichsam die Maske ab und faltete sie ebenso nüchtern zur Ablage zusammen wie das Blatt Papier, das ihm für sein Telephonat als Gedächtnisstütze gedient hatte. Windstille der Seele trat ein, er erwog in tiefer Entspannung den nächsten Schritt.

Es war Oktober, aber der hohe Ahorn, der seinen Tisch beschattete, trug noch viel Laub und sandte nur gelegentlich ein großes Blatt in kurvenreichem Segelflug zu Boden. Joseph Salam saß in diesem milden Fallen des Laubes in herbstlichem Frieden, er bot das Bild eines Mannes, der nach vielen Schlachten zur Ruhe gekommen ist und den das Absterben der Natur nicht melancholisch stimmt, sondern mit dem Erlebnis des eigenen Reifwerdens beschenkt. Nicht mehr forschend und taxierend blickte er nun in diesem Gartenhof umher, wie es eigentlich seine Art war, stets war er bereit für die Signale, die das Leben ihm zukommen ließ. Wie selten war ein solcher Augenblick der Versunkenheit. Und welch seltsame Eindrücke bescherte er.

Salam stutzte in seiner Kontemplation. Vor seinen Augen stieg unversehens ein großes schwarzes T auf, ein T aus dikken schwarzen Balken. Es dauerte einen Augenblick, bis er verstand, daß dieses schwarze T nicht vor seinem inneren Auge aufgetaucht war, sondern daß es in der Außenwelt existierte, daß es wirklich und tatsächlich vor ihm stand. An einem Tisch in seiner Blickrichtung hatte sich mit dem Rükken zu ihm eine junge Frau niedergelassen, in schlechter Haltung, mit krummem Rücken, die Ellenbogen aufgestützt – da rutschten die tiefsitzenden Jeans denn noch etwas tiefer und der schwarze Pullover in die Höhe und gab das runde weiße Rückenfleisch preis, und in der Mitte dieses weißen Ausschnitts stand das schwarze T – der breite Gürtel eines Tangas, in den jener Streifen mündete, der den Spalt zwischen den Backen des Hinterteils im Bedecken zugleich kräftig betonen sollte. Blaß war die Frau bis zur Teigigkeit, das gelegentlich sichtbare verlorene Profil sah auch nicht sehr verlockend aus, die gelb gefärbten Haare mit den schwarzen Wurzeln wirkten geradezu ein wenig ungewaschen – aber eben das T, dieses T in ihrem Rücken, das sprach für sie und von Tat, Tanz, Taumel, Tauchen und Tasten. Es war nicht unwahrscheinlich, daß die schwarz unterteilten Hinterbakken frischer waren als die Wangen der Kettenraucherin, es war für diese Partien etwas Natürliches, an der Luft zu sein. Die junge Frau war von einer alten Frau begleitet, um die sie sich mit weicher Stimme bemühte, obwohl die es ihr nicht lohnte, sie jammerte und schimpfte vor sich hin – sie quengelte, da war es wieder, Rosemaries Wort. Ohne Zweifel war das die Tante des Mädchens – wieso gab es da keinen Zweifel? Wohl wegen des schwarzen Ts? Sie bestellte Pflaumenkuchen, da kam Hefeteig zu Hefeteig. Wie sie wohl riechen mochte? Er erinnerte sich an eine Metzgerstochter, die er kannte, als er zwanzigjährig nach Wien gekommen war, er meinte in ihrer Nähe immer frische Wurst zu riechen. Aus solch synästhetisch aufgeladener Erinnerung glitt er mühelos hinüber in eine Phantasie, einen Film, der vorwegnahm, was in der Luft lag.

Den Tanga von den weißen Kugeln herunterstreifen, dachte Salam, das Gummiband dehnen und auf den Kugeln schnalzen lassen, so oft er dazu Lust hatte. Das Mädchen auf einem Bett mit rutschiger, ja glitschiger kalter Nylonsteppdecke ausstrecken. Warum diese Nylonsteppdecke? Doch, doch, die mußte sein. Er dachte da an eine sehr farbenprächtige, ganz bestimmte Steppdecke in einem Hotel in Sofia, stark nach Mottenpulver riechend, nackt auf dieser Decke herumrutschen, das war ein unvergeßliches Erlebnis. Ach, die Zimmer seiner Liebesabenteuer, jedes davon stand ihm vor Augen, vollgesogen mit der Liebesluft, dem Liebesdunst, der nach ein paar Stunden in ihnen lag. In einer Flughafen-Boutique hatte er soeben einen teuren Gürtel gekauft, mit einer prachtvollen Schnalle, geschmückt mit dem Monogramm des Herstellers – brand mark hieß das – Brandzeichen buchstäblich – wie wäre es, der Gelbhaarigen dies Zeichen wie einer Kuh aufzubrennen? Und da sah er sich auch schon, mit dem Gürtel in der Hand, ihn durch die Luft sausen lassend – sie kicherte albern, ihre schwimmenden Brüste waren riesengroß und stießen, wie sie da lag, bis an ihren vollen Hals. Dieser Albernheit wird jetzt ein Ende bereitet, die würde jetzt durchkreuzt, damit der erotische Ernst wiederhergestellt war. Mit ganzer Kraft schlug er sie über die schweren Schenkel. Sie war zu überrascht, um zu schreien, hielt sich die Hände mit den splittrigen Fingernägeln vor den Mund und starrte ihn angstvoll an, aber das Metallmonogramm hatte eine blutrote Spur hinterlassen, ein voller Tropfen rann hellrot über die Haut – die Nylondecke, die war jetzt schon versaut, obwohl sie noch kaum angefangen hatten.

Um Salam gerecht zu werden, ist es wichtig zu wissen, daß er an praktischer Grausamkeit nicht die geringste Freude hatte. Nicht einmal bei Freundinnen, die das mochten, hatte er sich dazu überwinden können. Er war von der Kraft seiner Vorstellung, dem starkfarbigen inneren Bild im Wirtsgarten deshalb wirklich überrascht und sogar überwältigt, das fuhr ihm regelrecht unter die Haut. Dieser Todesschrecken in dem eben noch gickelnden Gesicht.

Ganz still saß er da. Das Mädchen drehte sich um und musterte ihn unverwandt. Hatte sie gemerkt, was sich da hinter ihr zusammenbraute? Instinkt besaß sie also. Salam zahlte und ging langsam, in seinem kugelig rollenden Schritt, auf die beiden Frauen zu. Er beugte sich zu der Jungen hinab und legte vor ihr eine Visitenkarte mit der Mobilnummer auf den Tisch. Zugleich streifte er mit dem Rücken des Zeigefingers die weiche Haut über dem T. Die jammernde Tante gaffte nicht schlecht. Joseph Salam richtete sich wieder auf und sagte zu der Überraschten, schon im Gehen: »Ich würde Sie gern kennenlernen.«

## 10.

### *Unwillkürliche Ausflüge in andere Welten*

Die jungen Schmidt-Flex waren wahrscheinlich als Ehepaar noch niemals so viel unter Leuten gewesen, wie seit diesem Sommer als der alte Schmidt-Flex einen freundschaftlichen Umgang mit den Hopstens dekretierte und sich und die seinen in deren gewohnheitsmäßigen Open-House-Trubel hineinziehen ließ. Jetzt war sogar schon eine gemeinsame Sizilien-Reise geplant, der alte Schmidt-Flex wollte sich auch einmal als Hausherr präsentieren. Silvi hatte keine Schwierigkeiten, in eine Menge einzutauchen, obwohl sie, wie ich vermute, auch allein zurechtkam. Sie sprach so gern, daß man annehmen durfte, sie spreche auch mit sich selbst, wenn kein Gegenüber da war. Aber für Hans-Jörg waren die großen Geselligkeiten ganz deutlich etwas Unbehagliches. Er schwieg viel und musterte die Gesellschaft mit scheelem Blick. Ist es nicht etwas Geheimnisvolles um Leute, die niemand mag? Über die bei ihrem bloßen Anblick ohne Verständigung die allgemeine Einigkeit besteht, sie aus der Gemeinschaft möglichst herauszuhalten? Gibt es wirklich solche unsichtbaren, aber eben wahrnehmbaren Male auf der Stirn, die einen Menschen vom Umgang mit seinesgleichen ausschließen? Welch ein Sinn läge denn in einem solchen Mal? Daß Hans-Jörg dann alles tat, um dieses Zeichen, so er es denn trug, zu rechtfertigen, steht auf einem anderen Blatt. Aber die Reihenfolge ist wichtig: Deutlich bevor er etwas Unpassendes sagte oder sich peinlich aufführte, war die Entscheidung der anderen gegen ihn bereits gefallen.

Und mir ging es ja genauso. Schon seine Vorliebe für Ausrüstungsgegenstände aller Art! Sichtbar war in Gesellschaft hier vor allem eine monströs große Armbanduhr voller Zeiger und Knöpfe, die um sein schmales, von rötlichem Gewölle umwachsenes Handgelenk geschnallt war, als sollten bei ihm die Herzklappengeräusche gemessen werden. Er war sich der Anwesenheit dieser Uhr stets bewußt und schaute oft darauf, ließ die Zeiger spielen und verkündete dann mit ärgerlicher Pedanterie, in ein Gespräch hineinplatzend, Mondaufgang sei heute um neunzehn Uhr achtundfünfzig. Zum Sporthemd trug er stets ein um die Hüften geschnalltes Täschchen, das er nie ablegte – was da wohl Wichtiges drin sein mochte? Traute er einem der Gäste zu, ihm den Führerschein zu klauen? Das Schlimmste aber war für mich sein Gang, denn der war angenommen, eine Schauspielerei so offenkundiger Art, daß man als Beobachter nur das Haupt verhüllen konnte. Irgendwann mochte diesem Leptosom einmal das Ideal des Athletischen eingeleuchtet haben, und zwar in Form eines Bademeisters am Beckenrand, der den Sommer in Shorts verbringt und ganz zu braunem Lebkuchen geworden ist. Dieser breitschultrig wiegende Gang, bei dem man sich die Muskulatur der Hinterbacken angespannt zu denken hatte, dieses ruhige autoritätsgesättigte Ausschreiten inmitten des vielstimmigen Geschreis und Geplatsches im und um das Becken, das hatte er sich zu eigen gemacht. Die Leibesmitte umspannte der Täschchengürtel, das Staatschronometer maß die Schritte, und er ging, um sein Weinglas abzustellen, als komme er vom Bäumeausreißen.

Was sagte Silvi denn dazu? Sie mußte die Verkrampftheit ihres Mannes doch bemerkt haben? Ihrem Vater hatte er sofort mißfallen, als er bei ihnen in dem wackeligen Bungalow am Rand von São Paolo auftrat, mitgebracht von ihrer Freundin, die im deutschen Generalkonsulat arbeitete und immerfort Deutsche mit sich führte. Aber der Vater war solch ein unberechenbarer Mann gewesen. Was er wirklich wollte, war schwer herauszukriegen. Man konnte sagen, daß sein ganzes jugendliches Projekt des Auswanderns nach dem Zusammenbruch des deutschen Reiches gescheitert war. Sie führten dort in Brasilien eine kümmerliche Existenz, viel schlechter hätte es ihm in Deutschland auch nicht gehen können. Auf der anderen Seite kam das Leben, das in den Abmessungen des Bungalows möglich war, dem Vater in einem Maß entgegen, daß sie ihn sich anderswo als auf seiner Veranda im Schaukelstuhl, anders als beim Schachspielen mit dem alten Freund, die kleine Schnapskaraffe in Reichweite, gar nicht vorstellen konnte. Die Brüder gingen, kaum volljährig, eigene Wege, von zweien hatte Silvi nicht einmal eine Adresse – dieser väterliche Bungalow besaß keine Adhäsionskraft, sehr schnell war die Welt der Kindheit zerstoben, und sie saß allein mit dem Vater, fütterte seine Hühner und spürte, daß er darauf wartete, sie gleichfalls scheiden zu sehen. Zum Gehen auffordern, das hätte er nie getan, er griff dem Rad des Schicksals nicht in die Speichen. Aber er rechnete damit und war damit einverstanden und freute sich sogar darauf, irgendwann und vielleicht bald allein zu sein. Er liebte sie, dessen war sie sich sicher, aber das hatte nichts damit zu tun, daß er ungern mit jemandem zusammenlebte. Das durfte früher schon die Mutter erfahren.

»Flex ist keine schlechte Familie, könnte sogar was Importanteres sein«, murmelte der Vater leise, nachdem Hans-Jörg gegangen war. »Kannte ich nicht mal den Sohn von einem General Flex? Hatten die nicht im Badischen einen ganz netten Besitz?« Die Fragen wurden nicht beantwortet und später auch nicht mehr gestellt.

»Die Deutschen sind mir fremd – völlig fremd – ich weiß bei keinem Deutschen, woran ich bin«, das sagte Silvi mit der heitersten Miene, als sei diese Fremdheit, die sie da vorfand, für sie die Quelle eines unerschöpflichen Vergnügens. »Meine Freundin aus Brasilien war gerade zu Besuch bei uns, und wissen Sie, was sie gesagt hat?« Aus den deutschen Männern sei nicht klug zu werden. Man betrete eine Bar oder eine Diskothek voller junger Männer, man stehe dort ein bißchen herum, und schon kämen sie und wollten ein Gespräch anfangen, meist mit ziemlich dummen Sprüchen, aber nicht dümmer als in jedem anderen Land auch. Und dann zeige man ihnen, daß man ungestört zu sein wünsche, weise die kalte Schulter, höre gar nicht hin. Und dann das Verblüffende – »dann hören sie auf. Sie hören sofort auf! Hat man sowas schon gesehen?«

Silvis weich-straffer Bauch bewegte sich im Gelächter. Das Unverständliche war dazu da, das Leben unterhaltsamer zu gestalten. War das auch die Formel ihres Umgangs mit Hans-Jörg?

Bei der Entstehung von Anziehung und Abstoßung spielt oft genug der Geruch eine viel entscheidendere Rolle als Eigenschaften, die nicht mit solchen sinnlichen Signalen verbunden sind. Anständigkeit ist eine geruchsfreie Qualität, und gerade über sie verfügte Hans-Jörg in hohem Maß, das bedarf unbedingt der Erwähnung bei der Betrachtung dieses Mannes, den niemand mochte. Alles, was sein Vater unternahm, um die eigene Person ins rechte Licht zu setzen, jede Form kalkulierten Auftretens und der Beeindruckung, war ihm zutiefst fern. Die Konzentration auf den eigenen Vorteil, das Lügen und Schmeicheln, der Neid und die Habgier waren ihm auf die natürlichste Weise unbekannt. Aber ich brauchte ziemlich lang, um diese Abwesenheiten zu registrieren, weil die Anmut, mit der seine Frau gleichsam im Übermaß beschenkt war, um ihn einen großen Bogen gemacht hatte – ich bin mir aber inzwischen sicher, daß Silvi diese

Eigenschaft ihres Mannes, vielleicht schon sehr früh, erkannt hatte und deshalb das Wagnis eingegangen war, ihm nach Deutschland zu folgen, sie war ein Instinkt-Mensch, wenn man auch sagen müßte, daß der Instinkt sie in die Irre geführt hatte. Im übrigen lieferte Hans-Jörg für sein brütendes, muffig schweigsames, die Umgebung mißgünstig musterndes, aber zugleich zerstreutes Herumsitzen unversehens eine Erklärung, wie immer bei ihm hemmungslos gegenüber der Peinlichkeit, die alle Zuhörer einer beträchtlichen Prüfung aussetzte.

Er hatte schon länger mit Hämorrhoiden zu tun und war schließlich zum Arzt gegangen. Hält man es für möglich, daß ein erwachsener Mensch sich über solche Leiden, die in irgendeiner Form zu jedem Leben gehören, aber mit um so größerem Recht beschwiegen werden, weil es anders gar nicht möglich wäre, den Impertinenzen der Natur eine einigermaßen würdevolle Existenz abzuringen, in größerem Kreis ausführlich verbreitet, anstatt das Naturrecht auf ein Schweigen über solche Pein in Anspruch zu nehmen? Das Stichwort »Operation« wurde ihm freilich von anderer Seite gegeben, in unverfänglichem Zusammenhang, es war von Phoebes Blinddarm die Rede, da stand jedem nur der lieblichste Kinderbauch vor Augen.

»In solchen Fällen würde auch mein Arzt operieren«, sagte Hans-Jörg, »aber nur wenn es nicht anders geht, sonst lehnt er Operationen strikt ab.« Er sah dabei streng um sich, als verkünde er eine unbequeme Maßnahme der Regierung, der sich jedermann »strikt« zu unterwerfen habe, er seinesteils jedenfalls werde es tun. Er hatte einen großen inneren Widerstand überwinden müssen, dem Arzt den Ort seiner Beschwerden zu zeigen, den er selbst naturgemäß nur mit einem Spiegel hatte in Augenschein nehmen können; es mischten sich in seinem Unbehagen die Angst, etwas zu hören, was nicht durch genügende Anschauung vorbereitet war, eine nie überwundene Scham, sich unvorteilhaft entblößen zu müssen, und ein tiefes Gefühl, das alles geschehe ihm nur allzu recht; zuletzt hatte er sich bei der militärischen Musterung derart mit heruntergelassenen Hosen vorbeugen müssen, und dieser Teil der Untersuchung schien ihm schon den zukünftigen unfreien Zustand des Soldatenstandes in einer Nußschale zu enthalten. Daß der Arzt einen Gummifingerling überstreifte, kam Hans-Jörg nur allzu angemessen vor: War er nicht wirklich ein Unberührbarer, im Grunde nur mit spitzen Fingern Anzufassender? Wenn er jetzt, während er da betastet wurde, stürbe, wenn dies der letzte und sein ganzes Leben zusammenfassender Moment wäre, hätte der Tod ihn da nicht im richtigen Augenblick ereilt? Wären die kaum beherrschbare Bangigkeit und der weniger schmerzhafte als unbestimmt bedrohliche Druck der Untersuchung nicht die Summe dessen, was das Leben ihm und er seinem Leben bereitet hatte? Hans-Jörg war ja immer etwas verschwitzt, auf der edlen vom Vater ererbten Stirn lag stets leicht fettiger Talgglanz, jetzt aber war er wie aus dem Wasser gezogen.

»So hat er das aber doch wohl nicht erzählt?«

»Nein, so denke ich mir das, es fließt hier ein, was ich später noch über ihn mitbekommen habe; wenn man keine Vorgriffe macht, kann man überhaupt keine Geschichte erzählen.«

»Aber dies ist doch kein Vorgriff! Es ist einfach ausgedacht.«

»Ausgedacht ist das falsche Wort. Kennst du die Patience, in der man dreizehn Karten offen nebeneinander legt, darüber eine Reihe von verdeckten Karten, darüber dann wieder eine offene Reihe? Ich habe diese Patience eine Weile so oft gespielt, daß ich ein ziemlich untrügliches Gefühl dafür ent-

*wickelt habe, welche Karten die umgedrehten waren. Und so
wie diese Patience ist jede Geschichte im Leben aus offenen
und umgedrehten Karten zusammengesetzt, du wirst schon
selber erkennen, welche Karten verdeckt waren – aber am
Ende ist nur wichtig, daß die Patience aufgeht.«*

*»Stell dir mal vor, ein Historiker würde so vorgehen ...«*

*»Ich fürchte, Historiker gehen so vor, aber wir können ja
aufhören, wenn es dir zu wild wird.«*

*»Im Gegenteil: Jetzt erzähl mir mal ganz genau und Wort
für Wort, was zwischen dem Arzt und Hans-Jörg alles besprochen worden ist.«*

Der Arzt war ein erfahrener Mann, nicht irgendein Arzt,
Hans-Jörg bewegte sich, wenn er krank wurde, auf Fami-
lienspuren, wie man sich denken kann. Der Proktologe war
Chefarzt eines großen Krankenhauses gewesen und unter-
hielt jetzt eine kleine Praxis aurea, nur für Privatpatienten;
der Haarausfall hatte bei ihm einen spitz zulaufenden Schädel freigelegt, dazu ging er krumm, beinahe bucklig und sah
aus wie ein weiser Zwerg, wie eine Vertrauensperson also,
Hans-Jörg hätte sich in seinen Händen entspannen können
und tat das dann übrigens auch, als der penible Teil der Untersuchung abgeschlossen war. Nichts Dramatisches hatte
der Arzt festgestellt, so eröffnete er es seinem Patienten, als
sie sich wieder in der nüchternen Opulenz seines Ordina-
tionszimmers gegenübersaßen, in der nur zwei Stahlstiche
mit großen Operationsszenen aus der Salpetrière zu Charcots
Zeiten an etwas Medizinisches erinnerten. Schreckbilder waren das auch im gebändigten altmodischen Schwarz-weiß,
wer wollte schon gern bei der Vorstellung von an den Ope-
rationstisch festgeschnallten Patienten verweilen, die das
Bauchaufschneiden ohne Narkose zu ertragen hatten? Kam
daher der innere Vorbehalt des Arztes gegen Operationen?

»Viele Kollegen würden Sie heute noch operieren, aber ich bin dagegen«, sagte er in dem sanften Ton der überlegenen Vernunft. Gegen die akuten Beschwerden verschrieb er eine Salbe, aber darüber hinaus könne Hans-Jörg selbst viel zu seiner Heilung beitragen. Sein Sphinkter, der Schließmuskel, sei untrainiert. Er müsse sich angewöhnen, den Sphinkter zu trainieren.

»Kontrahieren, loslassen, kontrahieren, loslassen«, immer ein paar Minuten lang und so oft es gehe, über den Tag verteilt. Wie viele ruhige Momente habe selbst der Tag des vielbeschäftigten Kaufmanns! Im Auto, beim Zeitunglesen, in Erwartung eines Telephongesprächs – es gebe hundert Gelegenheiten am Tag, an denen still trainiert werden könne. »Sehen Sie«, es war, als führe der Arzt ihm das Training vor, vollständig bekleidet, unbewegt hinter dem Schreibtisch sitzend, einen Augenblick lang vielleicht in einer Art ölgötzenhafter Erstarrung – war gerade sein Sphinkter kontrahiert?

»Versuchen Sie es doch bitte mal.«

Hans-Jörg kontrahierte im bequemen Sessel lehnend gehorsam seinen Schließmuskel und hielt dabei ängstlich den Blick auf den weisen, durch den ganzen Körper samt Anzug sondenartig bis zu dem jetzt angespannten Muskel hindurchsehenden Arzt. Der war offenbar zufrieden.

»Sehen Sie, so machen Sie das von jetzt ab täglich.«

Da gebe es eine große Schwierigkeit, das brach aus Hans-Jörg jetzt heraus, nachdem er so vieles schweigend über sich hatte ergehen lassen. Mit diesem Stillsitzen, diesem konzentriert im Schweigen Verharren habe es mit ihm eine sehr unangenehme, ihn längst belastende Bewandtnis, mit der er hier vermutlich an der falschen Adresse sei, deswegen müsse er womöglich doch einen anderen Spezialisten aufsuchen. Keineswegs, antwortete der Arzt. Gerade wegen solcher, die einzelne Disziplin überschreitende Fälle habe er ja den Schritt aus der Maschinerie des Krankenhauses getan: Um sich wieder dem ganzen Menschen widmen zu können. Hans-Jörg solle ruhig aussprechen, was er auf dem Herzen habe.

Er werde ihn wahrscheinlich für verrückt halten, sagte Hans-Jörg, seine Beschwerden seien gar nicht so leicht zu schildern: Es seien Bilder, er leide an Bildern, ziemlich heftig sogar. Und diese Bilder stiegen in ihm eben in jenen kurzen Ruhephasen des Alltags auf, wenn er, wie der Arzt es zutreffend schilderte, unbeschäftigt, müßig herumsitze. Unbeherrschbar und beunruhigend und belastend, er versuche sie schnell wieder wegzuwischen, und wenn er sich jetzt vorstelle, er müsse solche müßigen Augenblicke, die er inzwischen geradezu fürchten gelernt habe, nun noch eigens aufsuchen, dann sei ihm überaus unbehaglich zumute.

Der Arzt beugte den spitzen Schädel über ein Blatt Papier, als schicke er sich an, Notizen zu machen, in Wahrheit wohl aus der professionellen Erfahrung heraus, daß manchen Patienten quälende Geständnisse leichter fielen, wenn sie sie ihm nicht ins Gesicht machen mußten, sondern gleichsam einem Nichtanwesenden zusprachen wie in einem Beichtstuhl.

»Ohne Zweifel sexuelle Bilder«, sagte er mit kunstvoller Beiläufigkeit und notierte sogleich »sexuelle Bilder – Zwangsvorstellungen?«.

Nein, sagte Hans-Jörg voller Eifer, nein, nein, nicht solche unwillkürlich aufsteigenden wollüstigen Motive meine er, die sich wie Fliegen auf einen setzten und gleich auch wieder wegflögen und auch nicht schwer zu deuten seien – ganz andersartige, ihm selbst vollständig undeutbare Bilder, aber von einer Macht, daß sie sich eben nicht verscheuchen ließen, sondern als ernste und bedrückende Botschaften vor ihm stehen blieben und sein Denkvermögen vollständig okkupierten.

»Ich sehe zum Beispiel, nachdem ich gerade ein Telephonat beendet habe und darüber nachdenken will, eine Hand, die langsam ein weißes Blatt aus einem Notizbuch reißt. Oder ich sehe vor mir einen milchigen Punkt, von dem aus sechs Flugzeuge sternförmig sich entfernen – was bedeutet das?« Die Bilder seien stark und flüchtig zugleich: Sie seien der Schrecken seiner ruhigen Momente, später aber erinnere er sich nur schwer an sie, gerade an die schlimmsten nicht. Er holte ein Notizbuch hervor, in dem er unter den verschiedenen Daten seine Erinnerung an das Bild des jeweiligen Tages festgehalten hatte. Hier, 19. 7. Ein hellblau lackierter Bretterpavillon mit zunächst klemmender Tür, die sich dann aber öffnet, und dahinter steht eine Frau ohne Unterhose und striegelt sich mit einer kleinen Haarbürste das Schamhaar.

»Das ist jetzt aber doch eine sexuelle Vorstellung«, sagte der Arzt mild korrigierend.

»Nein, ist es nicht«, sagte Hans-Jörg, etwas gereizt Rechthaberisches lag in seiner Stimme, »dies Bürsten hatte nichts mit mir zu tun!« »22. Juli: Eine Betonwand, rechts und links lappige Vorhänge, helles Holz, ein im Triumph verzerrtes, geradezu nach allen Seiten hin zerfallendes Frauengesicht, durchbohrende Augen, für mich nicht identifizierbar. Oder hier: 26. Juli: Eine hellgrüne Tapete mit schwarzen Sechsecken, Benzolringen vergleichbar, davor ein vor Anstrengung schwitzendes junges schlitzäugiges Gesicht, sehr blaß, dazu etwas helles Holz. Oder gestern: Eine rosa gestrichene Wand, davor ein fettglänzendes Frauengesicht mit farblosen Wimpern, dazu die Gewißheit, daß das eine Kellnerin sei.«

Schluß jetzt, dachte der Arzt, der nichts mehr notierte, sondern Benzolringartiges zeichnete; die Sechsecke, recht unbegabt gestrichelt, füllten schon einen beträchtlichen Teil des Bogens. Hans-Jörg war redselig geworden, das lang beschwiegene Phänomen war jetzt heraus, er fühlte das Bedürfnis, dem Arzt eine umfassende Erklärung seiner Zustände abzugeben. Es sei das schreckliche Gefühl mit diesen Bildern verbunden, aus der eigenen Welt herauszugleiten, geradezu aus ihr herausgezogen zu werden.

»Das geht gar nicht«, sagte der Arzt, jetzt nicht mehr weise, sondern streng. »Ihre eigene Welt können Sie nicht verlassen. Sie sind dazu verurteilt, in ihr auszuharren, wir alle sind es, ein Herausgleiten ist nicht möglich – nehmen Sie Drogen? Trinken Sie viel? Wenig kann auch schon zu viel sein! Zigaretten? Zigarren? Vielleicht bekommen Ihnen die Zigarren nicht – das sind ganz ordentliche Nikotinstöße, die Sie sich da verpassen, die lösen biochemisch in Ihnen allerlei aus – wir sprechen manchmal sogar von einem Adrenalin-Rausch.«

Aber doch nicht von einer Zigarre, dachte Hans-Jörg, sein Gesicht zeigte jetzt unverhohlenen Trotz. Ihm sei vollkommen klar, daß diese Bilder nicht aus ihm selbst stammen könnten. Er sei zu jeder Art Bilderfindung unfähig. Er sei nachgewiesenermaßen, schon im Internat sei das niedergelegt worden, bis zur Stumpfheit phantasielos. Er könne sich nichts, aber auch gar nichts vorstellen; wenn zum Beispiel in irgendwelcher Literatur Gesichter beschrieben würden, noch so eingehend: Da sehe er nichts; wenn da »fliehende Stirn«, »untersetzte Figur«, »fleischiges Kinn« oder ähnliches stehe, sehe er rein gar nichts vor sich. Er wolle deshalb jetzt seinen Verdacht aussprechen – was halte der Herr Doktor denn von Folgendem: Könnte es nicht sein, daß diese Bilder von außen kämen?

»Von außen?« Der Arzt hob die Augenbrauen: natürlich von außen! Hans-Jörg habe das Entsprechende eben irgendwo gesehen, es wegen seiner eingestandenen Bedeutungslosigkeit sofort vergessen, nun seien diese Wahrnehmungssplitter dennoch an irgendeinem abgelegenen Ort seines

Bewußtseins hängengeblieben – vielleicht auch, weil sie mit Wichtigerem, was aber erfolgreich verdrängt werde, in Verbindung stünden, und trieben bei Gelegenheit nun nach oben, als Gedächtnisfettaugen gleichsam –, so etwa müsse Hans-Jörg sich das vorstellen.

Hans-Jörg wollte sich aber etwas anderes vorstellen, stellte es sich tatsächlich auch vor und bekannte sich dazu: Nein, in anderer Weise von außen. Daß der Geist sich zeitweise aus dem Körper verabschiede und in andere Zusammenhänge anderswo, vielleicht weit weg, eintrete, ein anderes Leben in anderen Verhältnissen führe und bei seiner Rückkehr von Erinnerungen willkürlicher Art besprenkelt sei, wie jemand mit Wassertropfen auf dem Regenmantel in seine Wohnung zurückkehre.

»Ich bin Arzt«, sagte der Arzt würdevoll. Hans-Jörg habe soeben noch eindringlich von seiner Phantasielosigkeit gesprochen – nach seiner ärztlichen Auffassung habe er aber soeben glänzende Proben einer wild arbeitenden Phantasie geliefert, um nicht gleich von Phantastik zu sprechen. Strenge Ermahnungen, ernsthafte »Zurückstufungen« war Hans-Jörg von Jugend auf gewöhnt, ebenso, daraufhin zu schweigen und verdrießlich zu gucken und im Geheimen bei seiner Überzeugung zu bleiben, dieser Mangel an Widerspruchsgeist bei gleichzeitiger Intransigenz hatte seinem erziehenden Vater schon immer zu schaffen gemacht – die Siege über Hans-Jörg schienen zunächst leicht, und dann war regelmäßig gar nichts erreicht. Der Arzt schrieb auf das Rezept mit der Salbe noch ein Johanniskrautpräparat und gab seinem Patienten die Parole mit auf den Weg: »Üben, üben, üben – auch wenn's schwerfällt.«

»Armer alter Schmidt-Flex«, dachte er, als sein Patient die vornehme Stille der Praxis verlassen hatte.

Was aber trieb Hans-Jörg dazu, am nächsten Sonntag,

dem letzten vor seiner Ägyptenreise mit Joseph Salam, am Hopstenschen Swimming-Pool auf Bernwards herzliche, ja freundschaftliche Frage, warum er denn so ernst aussehe, lauthals, jedenfalls unüberhörbar zu erklären, er sei gerade mit seinem Schließmuskel-Training beschäftigt? Die Umsitzenden sahen ihn verblüfft an, dann glaubten sie, er habe einen Witz gemacht, obwohl Scherze sonst nicht von ihm zu erwarten waren. Aber er konnte es nicht dabei belassen. Ausführlich mußte er der Gesellschaft erläutern, daß er auf ärztlichen Rat seit einiger Zeit, und so auch eben gerade, seinen Sphinkter übe, um ihn zu kräftigen. Man verstehe doch: Bei jeder Anspannung werde Blut aus den zu reichlich damit gefüllten Gefäßen dort unten herausgedrückt. Silvi trug ihre große Sonnenbrille und wirkte vollständig unbewegt, als gehörten die Reden ihres Mannes zur Natur wie Blätterrauschen und Wasserplätschern. Zum Glück entstand im Lager der jungen Leute gerade ein Getöse: Zwei Jünglinge hatten ein zappelndes Mädchen ergriffen und warfen es in hohem Bogen ins Wasser, um sich augenblicklich hinterherzustürzen. Der Swimming-Pool kochte und brodelte, die »Erwachsenen«, wie Phoebe so rührend sagte, nahmen die Ablenkung dankbar an. Rosemarie neigte ihren Kopf zu Bernward und flüsterte: »Arme Silvi.« Hans-Jörg war sich mit der Hand durchs farblose Haar gefahren, das jetzt wie ein Hahnenkamm hochstand. Er sah tatsächlich aus wie ein irritierter und gereizter Hahn, der soeben laut gekräht hat und den das Schweigen auf diese Leistung zutiefst verstört.

## 11.

## Am Vorabend großer Ereignisse

»Warst du eigentlich schon einmal in Ägypten?«

»Nein, noch nie, aber daran darf meine Erzählung nicht scheitern. Es hilft nichts, ich muß den Schauplatz jetzt nach Ägypten verlegen.«

»Vermutlich ein Ausweich-Manöver.«

»Im Gegenteil – ich bin davon überzeugt, daß in Ägypten Entscheidendes passiert ist; als Hans-Jörg Schmidt-Flex mit Joseph Salam in Ägypten war, hat die Geschichte einen Sprung getan – da war eine neue Ebene erreicht...«

Im Grandhotel in der Nähe der »Straße des Siebenundzwanzigsten Juli« gab es eine große Bar mit laufendem Fernsehapparat, in der sich eine Touristengruppe niedergelassen hatte, mitten in der Großstadt in Khakianzügen mit vieltaschigen Jacken bekleidet, als lauerten draußen auf der von Dauerhupen erfüllten Avenue die Löwen des Tartarin de Tarascon. Die besten Zeiten des Grandhotels lagen weit zurück, das verrieten schon sein Name und seine Adresse, dieses ganze hochlebendige Downtown-Viertel war in Verfall geraten, die neue Zeit mit ihrer Hochhaussiedlung ist längst über den Nil gezogen. Aber es war keine Vorliebe für die ästhetischen Wonnen des Niedergangs, was Joseph Salam und die kleine Abordnung um Hans-Jörg Schmidt-Flex hierhergeführt hatte, sondern Hans-Jörgs Sparsamkeit – obwohl Salam ihm eindringlich vorgeführt hatte, daß im Orient die Sparsamkeit keine Wege zum Erfolg ebne, man müsse gelegentlich den künftigen Geschäftspartnern zu imponieren wissen. Ihm selbst war es freilich seit langem gleichgültig, wo er abstieg, und als er sah, wie unsympathisch Hans-Jörg die Vorstellung war, in Kairo vor Leuten, die noch gar nicht gewonnen waren, Pracht entfalten zu sollen, wich er sofort zurück: Wichtiger als alle Ägypter war es ihm, das beständig spürbare Mißtrauen Hans-Jörgs zu besiegen. Und bei dem waren gewisse von seinem Vater vermittelte Lebensregeln, in denen die Sparsamkeit Ausdruck moralischer und gesellschaftlicher Überlegenheit war, geradezu einzementiert. Zu den Lieblingsanekdoten des Alten gehörte, wie sein Vater, wirklicher preußischer Geheimrat und Exzellenz, auf einem Dorfbahnhof den Schnellzug nach Berlin hatte anhalten lassen, um dann vor dem in Ehrfurcht erstarrten Bahnhofsvorsteher in die Holzklasse einzusteigen. So habe man das seinerzeit gehalten – oder war das am Ende eine Wanderanekdote? Salam befand sich im Zustand des Jagdfiebers, denn am nächsten Vormittag sollten Hans-Jörg, sein Anwalt und ein Dr. Steinbrech, der die Software-Firma vertrat, die sich von Hans-Jörg beraten ließ, mit den ägyptischen Geschäftsleuten zusammentreffen. Salam kannte sie seit langem gut, von einer Reihe in den Sand gesetzter oder im Sand verlaufener Geschäfte her – so nah an der Wüste waren solche Redensarten wohl am Platz; aber waren die Mißerfolge, die ihn mit diesen Leuten verbanden – enger als Erfolge es gekonnt hätten – nicht auch das Ergebnis der Unsicherheit seiner Angebote gewesen? So solide abgesichert wie diesmal war er schon lange nicht mehr aufgetreten. Und deshalb mußte es jetzt auch zu einem lohnenden Abschluß kommen. Und das tat es nur, wenn man sich konzentrierte. Hier allein in der Bar herumzusitzen, die Augen schweifen zu lassen, nachzudenken, aber zugleich auch aufzunehmen – das war genau das Richtige in einem solchen Augenblick. Er würde sich Hans-Jörg ohnehin heute Abend noch einmal vornehmen müssen, und der dafür erforderliche Redefluß war wirklicher Kraftverlust, da strömte Energie aus dem Körper, bewirkte zwar auch etwas, hinterließ aber ein Loch. Um so wichtiger dies stille Akkumulieren in der für ihn immer anregenden Umgebung einer Bar.

Da zog der Khaki-Haufen kerngesunder Bildungsgreise auch schon ab, und dort, wo diese Menschen gesessen hatten, fand sich nun ein jüngeres Paar, das von seiner Erscheinung her viel besser in diese leicht ramponierte Bar paßte. Eine Frau im langen, mit Goldornamenten besetzten Kleid und ein gedrungener Mann im Smoking. Bierflaschen bekamen sie serviert, dieselbe Marke wie er, ein einheimisches Bier, das er bestellt hatte, obwohl ihm dessen Laschheit bekannt war, denn er wollte sich auf die Ägypter einstimmen, und das bedeutete, sich nicht von ihren Geschmacksvorlieben zu entfernen. Im Fernsehen wurde jetzt die Eröffnung eines marokkanischen Krankenhauses gezeigt, das stumme Bild vermählte sich mit dem Gesang der Umm Katum, die nun schon so lange tot war und immer noch gefeiert wurde wie zu ihren Lebzeiten – »Das ist Treue«, dachte Salam, und dieser Gedanke tröstete ihn. Ägypten hatte sich in dreißig Jahren so stark nicht verändert, daß seine Erfahrungen nichts mehr wert gewesen wären – sie waren wie Gold, das er in der Matratze verwahrt hatte und das der Inflation der Gegenwartseindrücke standhielt. Im Fernsehen sah er jetzt einen schwergepanzerten schwarzen amerikanischen Wagen herangleiten, Würdenträger und Militär standen Spalier. Ein Mann eilte herbei, um den Schlag buchstäblich aufzureißen, diese heftige Geste gehörte dazu, um die Außerordentlichkeit des königlichen Auftritts vorzubereiten. Der marokkanische König war kurz und breit gewachsen und bei aller Muskulösität wohl durchaus fett, sein Anzug saß zwar perfekt, aber doch eng, beim Anspannen der Brust- und Schultermuskulatur würde er Falten schlagen. Bei seiner Kurzgeratenheit hatte der Monarch sich etwas einfallen lassen müssen, um zu royaler Importanz der Erscheinung zu gelangen. Er bewegte sich starr mit geraden Schultern wie ein Preisboxer, der sich in den Hüften nur dreht, wenn er die Menge zu Füßen des Ringes begrüßt. Kurzhalsig war der König und militärisch kurzgeschoren. Seine Sonnenbrille war ein Hoheitszeichen, er allein besaß das Recht, seine Augen zu verbergen. Jetzt nahm Mohammed VI. eine kleine Parade ab, der Zivilist war begleitet von Generälen in Galauniform mit gezogenen Säbeln. Die Offiziere, die zum Handkuß zugelassen waren, stürzten ihm entgegen, zum Knicks einknickend, um die tiefgehaltene Hand ergreifen zu können, das ging übrigens blitzschnell, weniger eine Geste der Ehrfurcht als zappelnde Unterwerfung. Die Zeremonie lief ab wie ein Uhrwerk. Salam erinnerte sich an die Photos des Königs ohne Sonnenbrille, ein rundes, weiches Knabengesicht, verwöhnt und gutmütig. Auch Salam hatte sich für die Reise wieder einen neuen Anzug gekauft, und auch dieser Anzug saß knapp über seinem rund-kraftvollen Leib. Er sah gern in den Spiegel. Man konnte wahrlich auch mit kurzen Beinen die Ausstrahlung von Kraft und Macht erzeugen. Wichtig war der Auftritt, die Einstimmung des Publikums. Auf eine Sonnenbrille mußte er leider verzichten. Er kannte die Wirkung seiner von langen Wimpern gesäumten Augen, die von Vertrauen und Arglosigkeit sprachen und das Gegenüber verführten, die Vorsicht zu vergessen und die Waffen zu strecken.

Das Paar gegenüber zog seine Aufmerksamkeit vom Fernsehbild ab. Die Frau schien unglücklich, war vielleicht gar ein wenig betrunken. Sie gefiel Salam. Sie war nicht jung, aber jugendlich, unordentlich blond und rötlich-braun gefärbt, keineswegs mager, obwohl das tunikaartige Goldgewand die Körperformen weitgehend verbarg, aber die Händchen, mit denen sie sich durchs Haar fuhr, mit blitzenden Ringen an den kurzen, dicken Fingern, waren wohlgepolstert. Salam dachte plötzlich, daß es vor allem diese Ringlein waren, die die Hände nicht ganz sauber wirken ließen. Der Mann hatte breite Schultern, sein Smokinghemd war wohl nicht frisch, ein Vieh, ein brutaler Kerl, das dachte Salam mit unwillkürlich befriedigtem Lächeln. Was hatte die beiden wohl hierher geführt? Nun, was wohl. Salam kannte sich schließlich aus – allein kam die Frau doch gar nicht hier herein? Aber daß sie am Rand der Tränen war, das paßte wohl nicht ganz ins Konzept. Er hütete sich, immerfort hinüberzustarren. Zwischendrin schenkte er dem Fernsehen seine Aufmerksamkeit, das einen neuen festlichen Auftritt eines arabischen Führers zeigte. So kurz er sich aber abgewandt hatte – als er wieder zu dem Tisch des Paares hinüberblickte, war es gar kein Paar mehr. Der virile Totschläger war weg. Die Frau hatte sich beruhigt, sie sah vor sich hin, aber nicht verstört oder dumpf, sondern als habe sie etwas ganz genau zu überlegen. Ihre Wangen waren grobporig, die Löchlein mit rosa Schminke zugeschmiert, aber trotzdem noch ahnbar, wie wenn Nagellöcher in der Wand verputzt werden. Saß er denn nah genug für solche Beobachtungen, oder waren das phantasievolle Vermutungen? Jedenfalls trafen sie Salams Geschmack. Er dachte unwillkürlich daran, in diese Wangen zu beißen. Da kam der wüste, der grobmännliche Begleiter der Frau schon zurück. Und seltsam – er war ein anderer geworden. Es war, als hätte der Kerl beim Pinkeln seine ganze Gefährlichkeit mit abgelassen. Auf einmal war der Totschläger nur noch ein kleines armes Männchen – gerade, daß Salam ihn wiedererkannte. Er war wirklich Zeuge eines Schrumpfungsprozesses geworden – was hatte bloß den Eindruck solcher Kraft hervorgerufen? Salam kam zu dem Ergebnis, daß es falsch sei, von menschlichen Körpern in ihren festen meßbaren Dimensionen ausgehen zu wollen wie von einem sicheren Faktum. Menschen nahmen verschiedene Aggregatzustände an wie Wasser: Sie wurden kalt und hart und dehnten sich dabei etwas aus, sie verflüssigten sich und wichen zurück, wenn man nach ihnen griff, und sie verdampften, wenn die geistige Temperatur in unbekömmliche Höhe stieg. Das war eben immer grundsätzlich zu berücksichtigen: Nicht nur, wie einer sei, was einer sei – sondern auch, in welchem Aggregatzustand er sich befinde. In welchem Aggregatzustand befand sich Hans-Jörg? War er splitternd versteinert, knetbar, zerlief er feucht-warm? Das galt es gleich festzustellen. Aber erst das Nächstliegende.

Er winkte dem Kellner. Während der Mann sich näherte, fragte er sich, ob die Frau mit den fetten Händchen wohl gern Sekt trinke? Nein, keinen Sekt, er pflegte eine Ästhetik der Ökonomie bei der Anbahnung von Bekanntschaften – tue nie mehr, als unbedingt notwendig zur Erreichung des Zieles, war seine Devise. Er entschied sich für Bier. Das Paar sah verwundert auf, als die Flaschen vor ihm auf den Tisch gestellt wurden. Er hob sein Glas und grüßte zum anderen Tisch, der Gruß wurde erwidert. Die Frau hatte ihren Kummer abgestreift, sie lächelte sanft und anmutig, Salam war von diesem Lächeln aufrichtig ergriffen. Er legte die Hand aufs Herz, und das schlug wirklich heftiger. Wo war Hans-Jörg jetzt? Diese Frage flog ihm noch einmal kurz durch den Kopf. Morgen war wichtig – unbedingt, daran hielt er fest. Er blieb aber sitzen, als das Paar aufstand und mit gefüllten Gläsern langsam zu ihm herüberkam.

## 12.

## *Vorstoß ins Unbekannte*

Hans-Jörg lag in seinem Zimmer auf dem Bett und lauschte dem Chor der Autohupen, der von dem breiten Boulevard in den sechsten Stock drang, eine gedämpfte, mächtige Musik, als ziehe dort unten eine nicht endende Hörner-Prozession durch Sturm- und Wogengebraus. Störend aber war eigentlich nur das laute Rauschen der Klimaanlage. »Ich liege in einem Maschinenraum«, dachte Hans-Jörg, »ich werde keine Minute schlafen können.« In seinem Schlafzimmer zuhause herrschte eine köstliche Stille. Silvis kindliche Atemzüge wärmten sanft die Luft. Wenn sie im Tiefschlaf die Decke beiseite schob, weil ihr zu heiß war, wehte ein Hauch von ihrem reinlichen Dunst zu ihm herüber. Sie schwitzte so appetitlich wie ein Säugling. Er dachte über ihre Reinlichkeit nach, die ihn immer noch anzog wie etwas Neues, noch nicht bei anderen Menschen Erlebtes, das ihm jetzt zugleich wie etwas Trennendes vorkam, geradezu wie ein Vorwurf gegen die eigene Unfrische, die animalische Dumpfheit, in der er morgens an ihrer Seite erwachte. Er empfand es auf einmal als beunruhigend, daß sie sich niemals vor ihm geekelt zu haben schien. Kostete es sie wirklich nicht die geringste Überwindung, ihn nach dem Aufwachen auf den Mund zu küssen? Noch nach mehreren Ehejahren hatte sie die Fähigkeit bewahrt, sich stets aufs neue in eine Jungfrau zu verwandeln, wahrlich nicht im Sinne von Prüderie oder Kühle, sondern in einer stets erstaunlichen Schamlosigkeit oder besser, einer Schamfreiheit, wie sie nur die Unschuld

109

schenken kann. Aber so begeisternd solche kindliche Frische und solche unverbrauchbare Unschuld in den ersten Monaten seiner Ehe auf Hans-Jörg auch gewirkt hatten, vielleicht doch beinahe ein Jahr lang, wenn er es richtig zusammenrechnete, nun wurden sie etwas Trennendes. Wie ein wunderschöner Eisberg sich aus bleischwerem kraftvoll schwappendem Meer erhebt, so stand ihre Reinheit, ihre sich im Physischen so sinnfällig offenbarende geistige Unbeflecktheit vor ihm. Was einst ein sich unablässig erneuerndes Glück war, dies Zurückdrehen der Zeit, täglich, stündlich, immer wieder bis zum ersten Mal zurück, das wurde nun zu einem unüberwindlichen Hindernis für seine Annäherung. Unversehens wagte er die Frage zu denken, ob sie ihn noch liebe. In diesem Zweifel lagen kein Vorwurf und keine Erbitterung, jedenfalls nicht gegen sie. Mußte Silvi nicht einfach allmählich Anschluß finden an das Erkenntnisniveau aller Menschen, die ihn kannten, und feststellen, daß er nicht liebenswert sei?

Der Muff, den die Matratze verströmte, hatte nichts von Menschenkörpern, aber von taub gewordenen Gewürzen und stinkig gewordenem altem Parfum. Für fünfzig Dollar mehr hätte er in einem appetitlichen amerikanischen Bett liegen können, aber das wären fünfzig noch nicht verdiente Dollars gewesen. Joseph Salams Fügsamkeit in der Hotelfrage, das Fehlen jeden Protestes gegen dies miese Grandhotel, verstimmte ihn jetzt. Wäre es nicht besser gewesen, wenn er das billigere Hotel mit Zank und Schimpfen durchgesetzt hätte? Hätte nicht ein Vorteil darin gelegen, wenn er zu Anfang ihres Zusammenwirkens schon in einer Schlacht Sieger geblieben wäre? Er fühlte in Salams selbstverständlichem Eingehen auf seine gereizte Sparsamkeit das Mitleid, die Nachgiebigkeit, die man gegenüber starrsinnigen Greisen und tobsüchtigen Geisteskranken übt. Daß Salam zu den

Eingeweihten zählte, was Hans-Jörgs Ungeliebtheit anging, war ihm ohnehin klar – ein paar Mal hatte er ihn schließlich in großer Gesellschaft bei den Hopstens erlebt, da mußte auch für den Neuankömmling feststehen, wie es sich mit Hans-Jörg verhielt.

»Jeder findet mich unsympathisch«, dachte Hans-Jörg, »und das müßte mein Trumpf sein. Ich bin von der Pflicht, angenehm zu wirken und die schöne Stimmung nicht zu stören, grundsätzlich dispensiert, weil mir dergleichen ohnehin nicht gelingt. Ich könnte gegenüber Salam aus einer Position der Stärke heraus operieren.« Ein befremdlicher Gedanke war das. Salam sprach mit ihm behutsam belehrend, als sei er der Hofmeister eines jungen Prinzen, der in die Welt geführt werden soll. Da war für Stärkedemonstrationen doch gar kein Raum? Wie der Ägypten-Kenner ihn davor warnte, sich allein auf die Straße zu begeben, das hatte schon geradezu etwas Demütigendes. Im Gedränge der Talaat Harb lauerten Taschendiebe, das taten sie in Rom und Madrid schließlich ebenfalls. Auf den Trottoirs schob sich eine unabsehbare Menschenmenge durch die hell erleuchtete Nacht – entweder hatte sich die Taschendieb-Gefahr bei den Kairinern nicht herumgesprochen, oder die Leute waren einfach alle Taschendiebe. Und er möge zu niemandem Verbindung aufnehmen, sich von niemandem ansprechen lassen – die Prostitution sei hier ein heikles Geschäft, eine kleine frivole Begegnung könne Folgen haben; das klang schon beinahe drohend und enthielt eine gesalzene Unverschämtheit. Woher nahm ein Salam das Recht, bei Hans-Jörg Vertretergewohnheiten mit in die Geschäftsreise fest integrierten Bordellbesuchen vorauszusetzen? Das ließ höchstens Rückschlüsse darauf zu, wie er selber es hielt. Niemals hatte Hans-Jörg die leiseste Versuchung empfunden, sich ein käufliches Mädchen aufzugabeln. Er war davon überzeugt, solche Mädchen sähen ihm schon von weitem an, daß er nicht ihrer Welt angehöre. Gewiß, in solchen Verhältnissen ging es nicht um Sympathie oder gar Anziehung, aber daß da einfach jeder kommen konnte und mit Geldscheinen winken – nein, nein, so einfach war das gewiß auch wieder nicht. War er inzwischen nicht sogar aus seiner eigenen Ehe herausgefallen, oder besser herausgerutscht? – ohne Zweifel, weil Silvi mit allen Frauen der Welt osmotisch verbunden war und das, was alle Frauen über ihn wußten, inzwischen offenbar bei ihr angekommen war. Einen Augenblick erwog er, Silvi zuhause anzurufen und ihre Verbindung mit ihm der Probe dieser weiten Entfernung auszusetzen: Er würde den Hörer in die Nähe des Fensters halten, um die kairinischen Autohupen bis zu ihrem kleinen Ohr im Westend dringen zu lassen, er würde ihr in diesem Augenblick erscheinen, als treibe er allein auf einem weiten Meer, das müßte ihr einen neuen Blick auf ihn eröffnen, für Antipathien und geheime Abgestoßenheit wäre dann kein Raum mehr. Er erinnerte sich, daß es jetzt in Frankfurt erst acht Uhr war, nein, das wäre keine gute Zeit – um acht Uhr abends herrschten noch Wachheit und Gesprächigkeit, dies rauschende Sirenenhupen drang nur im Halbschlaf richtig ins Bewußtsein, es mußte dunkel sein, sollte sie es hören wie er, sie müßte mit dem schönen Kopf in den Kissen liegen und so federleicht, wie sie war, die eigene Schwere spüren. Es fiel ihm auf, wie wenig ihn die Gewißheit, Silvi liebe ihn nicht mehr, beunruhigte, und er fand auch sofort den Grund für diese Gelassenheit: Es änderte sich ja nichts. Niemals würde er mit einer anderen Frau als Silvi leben, es war eine Denkunmöglichkeit für ihn, sie könne eine Nachfolgerin haben, aber bei ihr war das, davon war er zutiefst überzeugt, nicht anders. Er stellte an ihr keine Zeichen des Unbefriedigtseins fest. Er sah ihre vollendete Interesselosigkeit an anderen Männern. Er erinnerte sich an ihre Gleichgültigkeit gegenüber Filmschauspielern, deren Schönheit in der Konversation offen von anderen Frauen gerühmt wurde, da taten sich oft genug Abgründe auf, wenn schon gar nicht mehr geheime Wünsche in Gegenwart von Ehemännern ausführlich ausgesprochen wurden, er dachte an Rosemarie Hopstens wilde Sachkundigkeit, mit der sie einmal während eines Abendessens das kleine feste Hinterteil eines Balletttänzers gepriesen hatte: Wie zwei Fäuste seien die Hinterbacken dieses Russen, und zugleich hielt sie die eigenen Fäuste mit den vielen blitzenden Ringen aneinander, ihre Zuhörer geradezu zum Betasten einladend. Alles bei Silvi unvorstellbar. Er war sich vollkommen sicher, daß sie seine Körperlichkeit nicht mit der anderer Männer verglich. Sie war ihm plötzlich so nahe, als sei etwas von dem verträumten Ewigkeitshauch, den sie in ihrer Jugend geatmet hatte, zu ihm herübergeweht. Einsamkeit tat in diesem Hauch nicht weh, die friedliche Lieblosigkeit eines Limbus strömte in ihm – jedenfalls solang Hans-Jörg nicht allzu viel nachdachte.

Das Rauschen der Klimaanlage wurde ihm unversehens unerträglich. Das war wie ein Tinnitus in seinem Kopf oder das schreckenerregende Rauschen, das angeblich in den Ohren der Tauben dröhnt. Aber die Anlage abzustellen, das war mit einem minütlichen Anschwellen der Hitze verbunden, als steige die Fieberkurve eines Typhuskranken, die Hitze nahm ihm den Atem. An der Decke des Zimmers hing ein kleiner Kronleuchter. Eine seiner Kristallgirlanden war zerrissen, wie war das wohl passiert? Der Leuchter hing zu hoch, als daß man an dieser Girlande hätte zerren können. Ihr Anblick verstimmte ihn. Es erwachte der Wunsch, sie sofort zu reparieren. Mit einer Büroklammer könnte man die im Leeren baumelnde Glasschnur mühelos wieder an ihrem anderen Ende befestigen. Hatte er eine Büroklammer?

Hans-Jörg schloß die Augen, eine Geste der Nachdenklichkeit. Eine Büroklammer, dachte er. Im Aktenkoffer. Er stellte sich den Aktenkoffer vor – verflucht, da glitt das Bild des geöffneten Koffers voller Klarsichthüllen wieder in unerwünschte Bilder hinüber, diese wie aus leichter Trunkenheit aufsteigenden, lästigen und undeutbaren Tagträumereien. Was war denn das für eine Erscheinung – eine Betonwand, an der rechts und links lappiger Vorhangstoff herunterhing, nicht bis zum Boden reichend und wahrscheinlich kein Fenster verhüllend – aber woher wußte er das nun wieder? Nie im Leben hatte er eine solche Betonwand gesehen und die davor aufsteigende Frau, sehr weißhäutig, mit verwaschenem Hennarot im Haar, mit einem stumm gellenden triumphierenden Gelächter schon überhaupt nicht. Die Frau riß beim Lachen den Mund so weit auf, daß ihr Gesicht dahinter beinahe verschwand, das schielte nur so am oberen Lippenrand hervor, alles war nur Zunge und Gaumen. Die Bewegung dieses Lachens hatte etwas Verzweifeltes; es glich dem Zappeln eines großen Fisches, dessen aufgerissener Gaumen von einem Angelhaken durchbohrt ist – ein bedrückendes Bild – die lappigen Vorhänge waren übrigens noch schlimmer als die Frau, irgendwie gefährlicher – weg damit! Er machte die Augen auf, das Bild blieb noch ein Weilchen, verblaßte dann und stahl sich davon.

Was stellte Salam sich eigentlich vor, wenn er davor warnte, die Straße allein zu betreten? Jetzt erst wurde Hans-Jörg klar, wieviel Anmaßung in dieser Warnung lag. Aus der Höhe des sechsten Stocks blickte er auf den Menschenstrom, die Lichter, das Leben in der Nacht. Es war selbstverständlich, hier in der Nacht zu leben, sich im Freien treiben zu lassen und sich von der Hitze abzulenken. Am Ende der Straße lag in Düsterkeit der mächtige Justizpalast, in einem drohend mussolinesken Art déco. Haben Länder mit unsicherer Justiz nicht häufig solche Festungen, in denen das Recht wie ein Minotaurus in seinem Labyrinth gefangengehalten wird – eine Architektur, die für die Bürger die Botschaft aussendet, am klügsten sei es, ohne das Recht auszukommen und auf eigene Faust ihre Streitfälle zu lösen? Der kleine Park vor dem Gericht war eine schwarze Insel, in die das Licht der Neonschriften und der Autoscheinwerfer nicht hineingelangte. Tagsüber hockten hier ländliche Familien, Männer und Frauen dunkelbraungebrannt in langen Jelabahs, in Plastiktüten die Aktenordner ihrer langen, fruchtlosen Prozesse, und hielten gelegentlich Konferenzen mit den zerstreuten, eiligen Richtern und Anwälten, vielleicht auch nur Büroboten, die über die Freitreppe zu ihnen herabstiegen und nach kurzem ein Taxi anhielten, während die Bauernfamilie geduldig im Staub und auf den Mäuerchen hocken blieb. Hans-Jörg hatte sich das Häuflein der Wartenden in diesem Sinne von Salam bei ihrer Ankunft deuten lassen, als Gegenbild zu der eigenen Fahrt auf jener Erfolgsschiene, auf die Salam die gemeinsame Unternehmung gesetzt hatte: Die Fellachen hätten gleichfalls eines Salam bedurft, dann würde nicht auf einer Verkehrsinsel dies bißchen Lebenszeit verwartet, dann wäre es hinauf über die Freitreppe in die schattigen Säle gegangen, einer glücklichen Wendung ihres Schicksals entgegen.

Hans-Jörg stand in seinem leichten Sommeranzug, der schon nach wenigen Schritten aus dem Hotel heraus durchgeschwitzt war, vor einem Kino, aus dem schweigende Scharen quollen, als sei dort drinnen eine dunkle Pflicht erfüllt worden, über die zu sprechen nicht ratsam sei, und sah in das Parkdunkel auf der anderen Straßenseite. Unter den Steineichen gingen Menschen auf und ab, nur als Silhouetten erkennbar; zelteten dort die rechtsuchenden Fellachenfamilien aus dem Nildelta? Wie anders wirkte die Menge, wenn man sie nicht von oben betrachtete, sondern in ihr steckte. Das Festliche, geradezu Pariserische einer endlosen großstädtischen Passeggiata, der üppige Boulevardcharakter, so wie sich das von oben ausnahm, war hier unten einer Bedrückung, ja einer Finsternis gewichen. Viele der jungen Frauen trugen ihr fest um Schläfen und Hals geschlungenes Kopftuch wie einen Helm. Dies war kein Spazierengehen, kein Luftschöpfen in der Hitze der Sommernacht, es war ein Strömen wie aus geöffneten Fabriktoren, müde und ernst, und auch der Lärm kam nur von den Motoren, die Vorüberflutenden teilten sich nur gedämpft etwas mit, ein Murmeln lag über der Menge. An jeder Straßenecke, auch am Kinoausgang, stand ein Grüppchen Soldaten in dicken schwarzen Wollmonturen, ihre Gewehre hatten hölzerne Kolben und sahen wie Spielzeugwaffen aus, verträumte Analphabeten, wer auch nur ein bißchen Geld besaß, kaufte seinen Sohn vom Militärdienst frei. Auch Hans-Jörg hatte nicht Soldat werden müssen, die Verbindungen seines Vaters hatten ihn davor bewahrt, natürlich keine Zahlungen wie in diesem primitiven Ägypten. Warum eigentlich hatte der Vater ihm diesen Gefallen getan? Er fühlte deutlich, daß der Vater das Begehren, um die Wehrpflicht herumzukommen, eigentlich mißbilligte. In der Achtung seines Vaters konnte er auf diese Weise gewiß nicht steigen. Aber war für den Alten ein Tag, an dem es keine Gelegenheit gab, seine Verbindungen zu fühlen und spielen zu lassen, nicht ein verlorener Tag? Und am Ende war der General oder Minister, mit dem Schmidt-Flex gesprochen hatte, ihm einen Gefallen schuldig gewesen? Der Vater war der letzte, der solche Schulden verjähren ließ, aus erzieherischen Gründen selbstverständlich: »Die Leute müssen lernen, daß es keine Geschenke gibt«, wenn er so etwas aussprach, sah er regelrecht bekümmert aus über das Ausmaß an Unreife in der Welt.

Unreif war auch Hans-Jörg, es war ihm deutlich bewußt, als er im hellen Getriebe stand und zu dem düsteren Park auf der anderen Straßenseite sah. Unvorstellbar, daß sein Vater hier nachts am Straßenrand gestanden hätte, vom Gedränge geschubst und ins Dunkel starrend. Es gab unreife Früchte, die nie zur Reife gelangten, sondern vom Hellgrünen in die Fäulnis übergingen. In Sizilien hatte er solche Feigen gesehen, sie waren ungenießbar, man quetschte nur einen Tropfen weiße Milch aus ihnen – daneben stand herausfordernd und selbstgerecht die reif strotzende Frucht mit dem nahrhaften Innenleben. Frauen spürten mit dem ersten Blick, davon war Hans-Jörg überzeugt, ob es sich bei einem Mann um eine solche reife oder eine unreif verkümmerte Frucht handelte. Sogar Silvi hatte das gespürt, als sie ihn zum ersten Mal sah, aber das Ergebnis war ihr nicht wichtig, die Andersheit eines Mannes grundsätzlich war so groß, so unüberwindbar, daß es auf spezielle Eigenschaften gar nicht mehr ankam. Aber nicht einmal diese Ägypterinnen hier, die ihn umdrängten wie Treibgut in einer starken Flußströmung, suchten seinen Blick. Das waren keineswegs nur graue Mäuse, es gab hochelegante Frauen mit puppenhaft stark geschminkten Gesichtern und kunstvoll durch Malerei vergrößerten Augen, das Haar mit durchscheinenden Schals fest umwickelt wie gotische Königinnen, in langen, dünnen Mänteln, die die Linien des Körpers betonten wie bei einem Mensch-ärgere-dich-nicht-Figürchen, aber für diese Frauen war er Luft, er fühlte, wie ihr Blick durch ihn hindurchsank, sein Körper bildete nicht einmal ein optisches Hindernis.

Um so nachdrücklicher berührte ihn das weiche, offene, wie aus schlafenden Schlangen gebildete Lockenhaar einer jungen Frau auf der anderen Straßenseite, die dort im Schatten der Steineichen langsam auf und ab ging, gelegentlich ins Licht trat, dann wieder ins Dunkel tauchte, dann leuchtete nur noch ihr weiter, gerüschter, bis zu den Knöcheln reichender Rock. Sie rauchte, das Lichtpünktchen bezeichnete rosig ihren Mund, wenn sie aus dem Lampenlicht trat, Rauchwölkchen umgaben ihren Kopf, wenn sie sich wieder ins Licht zurücktreiben ließ. Ja, das war kein schwarzes, das war weichbraunes Haar, karamelbonbonfarben, mit hellen Strähnen, die so verfilzt waren, wie – ja, jetzt fiel es ihm ein – wie die kunstvollen Verfilzungen von Phoebes Frisur, und auch bei der in scharfem Helldunkel möglichen Täuschung erschien die Haut der Frau heller als die der sie umgebenden Ägypterinnen, obwohl dies nun womöglich eine wirkliche Ägypterin im altertümlichen Gebrauch des Wortes war, eine Zigeunerin nämlich, eine Frau, die, wie Hans-Jörg auf seine Weise auch, unter einem anderen Gesetz stand als die Mehrzahl der wandernden Scharen auf diesem »Boulevard des Siebenundzwanzigsten Juli« – welche Proklamationen waren verlesen, welche Bomben geworfen worden an jenem erinnerungswürdigen siebenundzwanzigsten Juli? Diese Frage streifte ihn kurz, als müsse er sich ablenken von dem, was er nun tat.

Salam hatte ihm gezeigt, wie man im Kairiner Straßenverkehr auf die andere Seite gelangte: wie mit Scheuklappen stur geradeausgehend, mitten in den Verkehrsfluß hineinhaltend, bloß nicht zaudernd oder stehenbleibend. Hatte die junge Frau ihn bemerkt, wie er da vom Bordstein zu ihr hinüberstarrte? Unmöglich – er ging in der Menge unter, da trat kein Gesicht vor dem anderen hervor. Außerdem war sie auf das Rauchen konzentriert. Mit beiden Augen studierte sie die Spitze der Zigarette, wenn sie daran zog. Sie mußte geradezu schielen bei dieser Übung, es war, als sei diese Zigarette schwer am Brennen zu halten. So rauchten Kinder, so hatte Hans-Jörg selbst seine erste Zigarette geraucht mit neun Jahren und nachher den älteren Cousin, der sie ihm angesteckt hatte, beim Vater verpetzt. Die junge Frau kannte nichts Wichtigeres als das rote Funkenpünktchen. Sie sah nicht, wer da todesmutig durch die hupenden Autos zu ihr hinstrebte, und auch die alles beobachtenden jungen Soldaten rührten sich nicht; was der Europäer tat, war ihnen gleichgültig. Es gehörte zu Hans-Jörgs Aufbruch, daß er in nicht zu steigernder Öffentlichkeit geschah, vor Menschenstrudeln in gleißender Helle, man könnte geradezu sagen aus einem vollbesetzten, lichterfüllten Zuschauerraum heraus auf eine in verheißungsvollem Dunkel liegende Bühne. Oder war die Straße womöglich eine Art optischer Grenze, an der die Blicke abprallten?

Die junge Frau, von nahem ganz eindeutig Zigeunerin, ließ die Zigarette sinken und sah ihn an. Hans-Jörg erschrak, aber er sagte sich sogleich, daß es ihn nicht wirklich überraschte, wie jung sie war. Sie war nicht einfach nur jung, sie war ein Kind, ein Kind mit der Haltung und dem Gang einer jungen Frau, mit einer verblüffenden Souveränität, die nicht nur von fern, auch in der Nähe immer wieder über ihr Alter täuschte. Aber das Gesicht war kindlich mit der hohen geschwungenen Stirn, der kleinen Nase, den großen hellbraunen Augen und dem Mündchen und seinen weichen Lippen. Von nahem war aber auch bei ungewisser Beleuchtung sichtbar, wie schmutzig dies Kind war. Hals und Wangen waren grau, das Haar verklebt. Würde dieses Kind weinen, dann grüben die Tränen reinliche Straßen durch den Staub auf der jungen Marzipanhaut. Und sie war klein, auch das wurde erst deutlich, als Hans-Jörg neben ihr stand. Solche Verkennungen hatte er bei Schauspielern erlebt, die im Privatleben gleichsam zusammenfielen, als seien sie für ihren Bühnenauftritt aufgepumpt worden. Die Kleine war eben eine Bühnenkünstlerin, mit weithin ausstrahlender Wirkung. Ob der Dreck vielleicht ein wenig salzig schmecken würde, wenn man sie küßte? Welch ein Gedanke. Hans-Jörg hatte keine Kinder, Silvi bekam keine – jetzt war außerdem der Zeitpunkt gekommen, darüber froh sein zu dürfen. Er wußte noch genau, mit welcher Befremdung er vor Jahren den beinahe nackten Körper der damals noch kindlichen Phoebe angesehen hatte, die nur mit winzigem Schwimmhöschen bekleidet, unter dem sich deutlich zwei schön schwellende Lippen abzeichneten, vor den Augen der Sonntagsgäste unablässig ins Wasser gesprungen, herausgeklettert, ins Wasser gesprungen war, in einer, wie Hans-Jörg damals schien, idiotischen Motorik – seltsam, daß die erwachsen gewordene Phoebe sich inzwischen gar nicht mehr bewegte, sie war aus einer Zappeligen zu einer ruhig Lagernden geworden. Wie reizlos war ihm dieser Kinderkörper vorgekommen. Wenn sie hoch herausgeputzt gewesen war, sah sie wie eine kleine Frau aus, aber ohne ihre Blusen war da überhaupt nichts, von den vollen Lippchen zwischen den Beinen abgesehen, die er nicht zu beachten versuchte.

Das rauchende Kind sah unter seinen schleppenden Rüschen doch wohl genauso aus. Was bannte ihn in dessen Nähe? Die Kleine wirkte, als denke sie nach, während sie ihn fest im Auge behielt. Sie war ernst. Wie in der Andeutung eines Tanzes wiegte sie sich leicht in den Hüften, heller Staub stieg als Wölkchen um ihre nackten Füße und den Rocksaum. Ihre Blicke bildeten jetzt eine feste Verbindung, beider Augen lösten sich nicht voneinander. Warum fiel das drüben im Licht nicht schon jedermann auf? Wie lange würde es dauern, bis die Militär-Fellachen in den schwarzen Wollmonturen mit geschwungenen Knüppeln über die Straße sprangen, um Hans-Jörg zu ergreifen?

»Hotel?«, fragte das Mädchen unvermittelt, es war, als stiegen schillernde Seifenblasen aus seinem halb geöffneten Mund. Hans-Jörg schüttelte so wild und mit solch ängstlichem Ausdruck den Kopf, als gelte es noch einmal den Zustand der Schuldlosigkeit, der Unbelastetheit auszukosten. Es war so wenig, was ihn vom Verhängnis trennte, das fühlte er deutlich, aber genau jetzt befand er sich noch auf der sicheren Seite.

»Hotel«, sagte das Mädchen ein zweites Mal, aber diesmal war es keine Frage, sondern eine gelassene Feststellung, eine Anordnung womöglich, und damit drehte es sich um und ging ohne zurückzublicken langsam unter den staubbeladenen Steineichen auf das Licht der jenseitigen Straßenseite zu. Und es mußte sich nicht umdrehen, denn Hans-Jörg folgte wie an einem unsichtbaren Seil gezogen, und die Kleine wußte das. Ein zielstrebiges Schlendern war ihr Gang. Wenn sie den Rauch ausblies, wandte sie den Kopf nach rechts und nach links, als müsse sie für eine gleichmäßige Bedampfung der Umgebung Sorge tragen. Ein Mäuerchen stellte sich in ihren Weg, sie sprang darauf wie eine Seiltänzerin, spielte Balancieren und sprang wieder herunter; das war das einzige Mal, daß sie sich umdrehte und überzeugte, daß er noch hinter ihr war. Hans-Jörg besaß aber gar nicht mehr die Freiheit, ihr nicht zu folgen, sein Denken lief gleichsam neben ihm her und redete kopfschüttelnd auf ihn ein, aber seine Beine gehorchten einem anderen Willen. Es wird Geld kosten, hörte er in seinen Ohren, vielleicht sogar viel Geld. Das gab ihm einen Stich, aber seine Schritte wurden nicht langsamer. Wohin liefen sie?

Inzwischen waren sie im Hellen angelangt, das Mädchen wand sich durch die Menge wie ein Fisch durch die Stromschnellen, er folgte ihr in den schmalen Räumen, die sich hinter ihr öffneten. Sie passierten ein großes Teehaus, auf der Terrasse saßen viele Männer mit ihren Wasserpfeifen, jeder Tisch war besetzt. Die Männer blickten auf die Straße und sahen auf das Mädchen mit seinem erhobenen Kopf, es schüttelte das verfilzte Haar – wie faßte sich das an? Phoebe war bei ihren Begrüßungsküßchen stets etwas geziert, er kam kaum mit ihr in Berührung, in das Haar hineinzugreifen, das hätte er sich nie getraut. Was dachten die Männer, die an ihren Wasserpfeifen sogen? Sie waren Kairiner, sie kannten dies Land – kannten sie auch dies Mädchen? Was würde er überhaupt tun mit diesem Kind, wenn sie schließlich irgendwo anhielten? Was sollte er mit diesem schmalen, unfertigen Körper anfangen? Sein eigener Körper war taub, gar nichts rührte sich und kribbelte in ihm beim Laufen, das längst ein Schaulaufen geworden war, denn nun folgte Teehaus auf Teehaus, und Hans-Jörg stellte sich vor, daß die Köpfe der Shisha-Raucher ihnen nachblickten. Aber es gab für dieses Hinter-dem-Mädchen-Herlaufen kein Ausweichen. Er war soweit, daß er über sich selbst lachte, ein häßlich gequetschtes Geräusch kam aus seinem Mund, als sei es den zugekniffenen Lippen seines Vaters entwischt. Da sah das Mädchen sich noch einmal um – ein neuer Schreck war dieser Blick in das schmutzig-schöne Kindergesicht, die salzigen Wangen, die gewiß noch viel salzigere Schenkel verhießen. Dies ist dein Weg ins Unglück, sagte er sich, immer weiter in der Nähe der Locken bleibend, sein Lächeln war schief und beklommen genug. Auf einmal kam ihm ein Einfall, der ihn tröstete und in eine Erwartung versetzte, die seine Angst augenblicksweise überwand. Wie wäre es, wenn ihn dieses Kind jetzt in das Zimmer mit der Betonwand, den lappigen Vorhängen und der triumphierend das Maul aufreißenden Frau führte?

»Die Sachen müssen endlich zusammenkommen, die beiden Ebenen müssen endlich zusammenfallen«, diese Worte sprach er leise aus, während seine Augen an das kleine Hinterteil vor ihm geheftet waren, das den Rock hin und her schwenkte. Das Mädchen hielt inne. Es nahm eine neue Zigarette hinter dem Ohr hervor und steckte sie am Stummel der aufgerauchten an. Er stand unmittelbar hinter ihm, seine Hände hätten sich mühelos um diese zarten Schultern legen können, er meinte schon die hochbeweglichen elastischen Katzenknochen unter ihrer Haut zu spüren. Warum ging sie nicht weiter? Wartete sie auf diese Berührung? Hans-Jörg blickte auf.

Sie waren im Menschenstrom nicht mehr allein. Vor ihm standen drei kräftige, breitschultrige Männer in schwarzen Lederjacken. Es war ein stummer Augenblick. Sie waren am Ziel. Das Kind hatte ihn gleichsam apportiert, seine Arbeit war getan. Die Betonwand, dachte Hans-Jörg, er würde die Betonwand nun unter ganz anderen als vorhin phantasierten Umständen kennenlernen. Es war ihm klar, daß er jetzt unbeschreiblich leer und geistlos guckte, sein Mund stand halb offen. Er würde sich nicht wehren. Er würde nichts erklären. Er würde alles mit sich geschehen lassen. Dies war eine Sekunde, die sich endlos dehnte. Das Kind blickte zu ihm hinauf, friedlich und stumpf, dies war ein Ablauf, der dem kleinen Wesen zutiefst vertraut war, eine Arbeit wie andere auch. Die Passanten blickten gleichmütig auf die Gruppe, eine kleine schwarze Gruppe, in der Mitte zerschwitzt und zerlaufen in seinem Verlust innerlicher Spannung Hans-Jörg. Bis eben war er wenigstens noch gelaufen, wenn auch willenlos, jetzt würde er sich schieben lassen – die Lederjakkenmänner hatten das Recht dazu auf ihrer Seite.

Und da schob sich auch schon eine feste Hand unter seinen Arm und zog ihn zu sich. Er drehte sich herum. Joseph Salam tat, als bemerke er weder die drohenden Männer noch das Kind und redete munter auf ihn ein. Am Bordstein hielt ein Taxi, Joseph Salam gab ihm einen Stoß, Hans-Jörg stolperte in den Wagen, dessen Tür Salam hinter ihm zuwarf. Die drei Ledermänner näherten sich dem abfahrenden

Auto empört, sie legten ihre Hände auf die Scheibe und schimpften. Hans-Jörg betrachtete unverwandt die hellen Handinnenflächen, sauber plattgedrückt auf dem Glas. Er bebte noch, als Salam ihm auf dem Rücksitz wieder die kräftige Hand unter den Arm schob, die dünnen Muskeln drückte und in heiterem, keineswegs belehrendem Ton sagte: »Sie trauen mir nicht, mein Lieber – habe ich Ihnen nicht gesagt, Sie sollten die Talaat Harb meiden?«

Hans-Jörg bekam allmählich wieder ein freudloses Lächeln hin, die Spannung fiel von ihm ab, während das Taxi sich von dem Schreckensort entfernte. Er wandte Salam den Kopf nicht zu, er verzichtete darauf, irgend etwas zu erklären, und Salam stellte keine Frage. Hatte der Welterfahrene die Situation, in der er seinen neuen Geschäftspartner aufgefunden hatte, verstanden? Oder hatte er in der Geschwindigkeit die Details gar nicht mitbekommen? War das kleine Ding nicht schon zwischen den Lederjackenmännern davongewitscht? Und schuldete Hans-Jörg Salam etwa Erklärungen? War es nicht eigentlich ein Zeichen von Respektlosigkeit, daß der Herr da hinter ihm herspionierte und sich in seine Affären drängte? Was ging ihn Hans-Jörgs Abendspaziergang an? Ja, das war das Geschenk der Erlösung aus peinlicher Lage: Der alte Trotz, die alte üble Laune, sie kehrten zurück, als seien sie nie verschwunden gewesen.

Einfach zurück ins Hotel, das ging nicht, Salam empfand die Notwendigkeit, ihn abzulenken. Er repetierte sich gelegentlich seine von ihm als golden empfundenen Lebensregeln: Laß niemanden das Gesicht verlieren, zeige niemandem, daß du ihn in einer Sackgasse gefunden hast, bemerke keine Blamagen. Neben der unbestreitbaren Weisheit dieser Regel war übrigens auch ein abergläubisches Element darin verborgen: die Hoffnung, daß andere mit ihm ebenso gnädig oder geschickt verfahren würden.

»Mein Gott«, dachte Salam, als er drei Stunden später schließlich in seinem Bett lag, und es war weniger ein Gebet als ein starkes Zeichen der Erleichterung. Er fühlte es noch wie vorhin: Unter der Dusche hatte er gestanden, um eigenen und fremden Schweiß abzuspülen, als ihn der Gedanke durchfuhr, er müsse sofort mit Hans-Jörg Verbindung aufnehmen. Triefend war er zum Telephon geeilt – Hans-Jörg war nicht auf seinem Zimmer. Das Mobiltelephon hatte er ausgestellt. »Und da war mir klar«, sagte Salam laut vor sich hin in dem dunklen Zimmer, »ich habe ihn vor der Talaat Harb gewarnt – und deshalb ist er jetzt auf der Talaat Harb.« Salam führte sich alles Erlebte noch einmal vor Augen. »Mein Gott«, so seufzte er erneut, und nun war ein Gebet aus dieser Formel geworden, ein von Bewunderung und Dankbarkeit getragenes Gebet. Salam hielt einen kleinen stillen Gottesdienst zu Ehren seiner Intuition ab. In diesem Augenblick hätte man bei ihm studieren können, wie es einst zu einer Religion des Genius als einer von außen zum Menschen sprechenden Macht gekommen war. Keine Eitelkeit war dabei, wenn Salam sich noch einmal erzählte, aufgrund welch unerwarteter Eingebung er Hans-Jörg im letzten Moment hatte aufstöbern können. Sehr, sehr wenige Menschen gab es, die ihm das nachgemacht hätten – »vielleicht niemanden – höchstens eine Frau«. Seine Gedanken ließen begabte Frauen vorüberziehen, begabt ja, aber genial? Und in all dem lag keine Selbstüberhebung, kein Stolz, im Gegenteil: Demut geradezu, Frömmigkeit.

## 13.

## *Die Kraft der Schminke*

Rosemarie erwachte oft zur selben Stunde wie Bernward, obwohl er in einem anderen Zimmer schlief, die Entfernung aus dem gemeinsamen Schlafzimmer hatte ein ehelich vegetatives Band zwischen ihnen nicht zerrissen, es hatten ja auch ausschließlich praktische Gründe dafür gesprochen. »Sein langes Wachliegen und Lesen – da hat mich schon das Umblättern der Buchseiten verrückt gemacht«, wie sie neuerdings zu Helga sagte. Sie achtete darauf, genau acht Stunden zu schlafen, nicht mehr und nicht weniger; wenn sie um ein Uhr ins Bett ging, dann schlug sie zwar um halb acht, Bernwards Aufstehzeit, die Augen auf, aber es gelang ihr mühelos, sie wieder zu schließen.

»Die Haut braucht Schlaf«, das war die Devise ihrer Kosmetikerin, und diese Formel hatte sich ihr tief eingeprägt. Sie war zum Befehl geworden, dem sie gehorchen konnte, ohne sich anzustrengen. Seitdem sie beim Augenschließen dachte: »Die Haut braucht Schlaf«, sank sie hinweg in tiefe Ohnmacht, als sei sie bei einem Hypnotiseur. Und sie wurde belohnt. Rosemaries Haut war berühmt, geradezu ein Neidobjekt ihrer Freundinnen. Niemand hätte sie für gleichaltrig mit Bernward gehalten. Wenn sie sich Photos ansah, die sie als Fünfundzwanzigjährige zeigten, sagte sie sich mit der leicht feindseligen Sachlichkeit gegenüber dem eigenen Bild, daß sie jetzt besser aussehe als damals. Und nach einer Stunde im Bad würde sie wiederum schöner sein als unmittelbar nach dem Aufstehen. Ihre Wimpern waren farblos, und vom Schlaf war ihr Gesicht verquollen und etwas gequetscht. Das Erwachen jeden Morgen war wirklich einer Geburt vergleichbar, von der die Züge eines Säuglings sich erst einmal erholen müssen. Rosemarie hatte recht: Nie war sie schöner gewesen als jetzt, wo sie die eigene elfenhafte Tochter neben sich blaß aussehen ließ. Ihr Körper strotzte vor Gesundheit, Hals und Arme waren wie aus festem weißem Krebsfleisch gebildet. Ihre Neigung zu einer gewissen Schwere offenbarte den großen Vorteil, daß die Haut gut unterfüttert blieb und sich straff über die freundlichen Rundungen spannte. Perlenglanz lag über der Haut, der mußte auch erhalten bleiben, wenn sie sich schminkte, es war ein sehr zartes, sehr kunstvolles Malen, das sie vor ihrem Schminkspiegel veranstaltete, wie das sanfte Lavieren einer feinen Federzeichnung. Die Wangen fand sie zu breit, dorthin setzte sie dunkle Schatten. Die Nase sollte ein wenig kleiner erscheinen, deshalb kamen auf den Nasenrücken sehr helle Töne – es war, als hätte sie bei einem akademischen Maler gelernt, ein Inkarnat anzulegen, und es war für sie selbst stets aufs neue eine spielerische Freude, die eigenen Augen größer werden zu sehen, ein Leuchten in ihnen zu wecken, das Gesicht weniger rund wirken zu lassen, einen feierlichen strengen Ausdruck, opernsängerinnenhaft, auf ihr Gesicht treten zu sehen, bis sie sich selbst geradezu ein wenig fremd geworden war. Mit einer großen Schwanenflaumquaste, die aussah, wie man sich ein frisch geschlüpftes Schwanenküken vorstellen mag – die echten sahen freilich etwas anders aus –, legte sie eine milde Stumpfheit über manche Partien des Gesichts, bisquitporzellanartig. Im übrigen hatte sie nichts Besonderes vor heute morgen, diese Arbeit an der Maske gehörte zur täglichen Routine, die Fassade sollte niemanden beeindrucken, sie diente der Vervollständigung ihrer Person – so sah sie eben aus, das war sie, ob jemand es bewundernd zur Kenntnis nahm oder nicht, war ganz gleichgültig. Schließlich wurden die Lippen mit Rotstift in den Konturen nachgezeichnet und danach mit hellroter Farbpaste, die Rosemarie in ihrer Nougathaftigkeit gut schmeckte, dick opak eingesalbt. Zum Schluß kam das Parfum, sie nahm viel und sprühte auch in die Haare und in die Kleider. Auch das Parfum war keine Zutat für sie, sondern genuiner Bestandteil ihrer Person. Die wohlduftende Wolke, die sie umgab, erweiterte ihren Körper nach allen Seiten. Dort, wo man sie roch, war schon sie, der artifizielle Duft legte einen Hof um sie, sie wurde größer im Unsichtbaren und doch physisch Erlebbaren. Der Geruch des Menschen war Lebensbekundung, Funktion reinen Lebendigseins; das galt natürlich auch für die Stinker, die in ihrer Ausströmung gesteigert intensiv sie selbst waren. Rosemarie sah das so: Starke Wohlgerüche ausstrahlen hieß Luftraum besitzen, noch über die physische Luftverdrängung hinaus ausgedehnt zu sein und zu pulsieren. Dies alles bin ich, sagte das Duften.

Die Zeit des Schminkens war eine intensive, geistig besonders wache und arbeitsame Zeit. Die Hände taten ihre Arbeit allein, sie schraubten Tiegel auf und zu, griffen zu Pinseln, Wischern, Stiften und Quasten, zu Zellstofftüchern und Watte, während der Geist um so freier schweifte, als die Augen durch die Fixierung auf ihr Spiegelbild meditativ gebannt waren. Eine leichte Unruhe hatte Rosemarie befallen. Sie sah den nie erfreulichen Zeitpunkt vor sich, in die jetzt schon wieder seit einer Weile zwanglos und planlos sich komponierende Gästeschar sortierend einzugreifen. Das war um so unangenehmer, als es sich speziell um jenen Gast handelte, den Hans-Jörg Schmidt-Flex ins Haus gebracht hatte.

»Einmal kann jeder mitgebracht werden«, repetierte Rosemarie streng die bei ihr geltenden Verhaltensmaßregeln.

»Aber dann ist man bekannt und muß auf erneute Einladung warten. Es ist an sich nicht erstaunlich«, fuhr sie in einem sich selbst belehrenden Sarkasmus fort, »daß diejenigen, die man gern wiedergesehen hätte, still verschwinden, und die, die man keinesfalls weiter im Haus haben wollte, unaufgefordert immer weiter erscheinen.« Herr Salam war jetzt drei Sonntage hintereinander bei ihr aufgetreten, zweimal waren die Schmidt-Flex gar nicht erschienen, weder die alten noch die jungen, und er nahm auch gar nicht weiter mehr auf sie Bezug. Rosemarie war ihm vom ersten Augenblick an aus dem Weg gegangen und hatte in jener strahlenden Schroffheit, in der sich ihr Gastgebersein mit Unverbindlichkeit so bezeichnend mischte, ihm jede Gelegenheit verwehrt, mit ihr ins Gespräch zu kommen. Und er hatte solche Gelegenheiten auch kaum gesucht. Joseph Salam war ein Mann für Männer, so schätzte sie ihn ein, der wollte endlos politisieren, Zigarren rauchen und dreckige Witze erzählen – eben ein Vertreter, hurtig mit der Zunge unterwegs, ein Mann, der den Fuß in die nachdrücklich vor ihm zugeschobene Tür zu setzen wußte. Nicht fett – Rosemarie blieb eisern gerecht, aber eben doch etwas zu dick, und wenn er, was er ja durfte, partout etwas zu dick sein wollte, dann sollte er sich lose sitzende Kleider kaufen, nicht diese dünnen italienischen Anzüge, aus denen er nach allen Richtungen herausquoll. Wie der Bauch, die dicken Muskeln, der ganze Unterkörper da in die hauchfeine Wurstpelle gestopft war, das war ja geradezu unanständig. Bernward nahm Salams Erscheinung lässig: Der arme Hans-Jörg könne es sich offenbar nicht aussuchen, mit wem er arbeite. Er blieb in solchen Fällen immer unaufgeregt, amüsiert, und sie fand das auch die durchaus passende Haltung für ihren Ehemann. Die Sorge um die Würde des Hauses lag allein bei ihr, und da lag sie gut.

»Man muß aufpassen«, dachte sie, während sie in den Pinseln suchte, »die schlechte Gesellschaft verdrängt immer die gute.« Ein einzelner Salam mochte als Farbtupfer eines Sonntagnachmittags hingehen. Ein Kreis durfte auch nicht zu steril sein, mußte Überraschungen und Entdeckungen möglich machen, wenn es nur nicht allzu wahrscheinlich gewesen wäre, daß die Entdeckungen bei Salam unerfreulich waren. Dann hieße es: Und wo haben wir den Kerl kennengelernt? Bei den Hopstens. Sie würde vielleicht doch ein Wort mit Hans-Jörg sprechen, etwa in dem Sinne, »man wolle das nächste Mal lieber wieder unter sich sein«. Mit diesem Entschluß, so fühlte sie erleichtert, war die Unruhe, die sie wegen der Anwesenheit Salams empfand, gewichen. Es war nun nicht ein Fünkchen Salam in ihren Gedanken zurückgeblieben. Ihrem entschiedenen Schritt auf der Treppe war anzuhören, daß keine Last ihren Tatendrang beschwerte.

Für den kommenden Sonntag hätte sie sich keine Sorgen machen müssen: Viele Menschen fanden sich ein, aber Salam blieb aus, als hätte er etwas gespürt. Die jungen Schmidt-Flex waren verreist. Der Sonntag war ein reiner Genuß.

Nein, gespürt hatte Salam nichts von den kritischen auf seine Elimination zielenden Gedanken, wie sollte er auch, mit Rosemarie Hopsten hatte er sich bisher noch keinen Augenblick beschäftigt. Das Geschäftliche hatte bei seinen Sonntagsbesuchen derart im Vordergrund gestanden, daß er sich wahrlich keine Seitenblicke auf hochfahrende Gastgeberinnen gestattet hätte. Und so saß er denn an dem bewußten Sonntag nachmittag im Flugzeug aus Kairo, erfüllt von dem tiefen Frieden eines verdienten Erfolges. Diese Zufriedenheit nahm in seinem Innern so viel Raum ein, daß kein Gedanke daneben Platz gefunden hätte. Auch lesen mußte er nicht, um sich abzulenken, einfach so im Engen dasitzen – er brauchte schon beinahe einen Schuhlöffel, um sich auf seinen Sitz zu zwängen – genügte zu seinem Glück. Er paßte sich ohnehin gern den Gegebenheiten an. Ich werde hier festgeschnallt sein, ich werde hier schwitzen, ich werde schweigen und meiner Zufriedenheit nachhängen, so sagte er sich, als er schließlich saß, nichts wird mich stören. Hans-Jörg schlief ein paar Reihen hinter ihm. Mit dem hatte er sich jetzt wahrlich erst einmal genug abgegeben, der Vertrag mit den Bangladeshis stand. Wie schön war das Leben. Es gab die Jagd, die dornenvollen Strecken, das rastlose Kombinieren, und dann gab es die Entspannung, wenn Körper und Geist sich in himmlischer Bedürfnislosigkeit befanden. Wenn Salam seine Muskeln anspannte, und er hatte wahrlich welche, wenngleich vom Fett dionysisch modelliert, dann war er ein harter Bursche, aber jetzt war er weich, ein Stück Butter, jedem Eindruck hingegeben, keine Wächterinstanz hinderte das Eindringen starker Bilder.

Vor ihm, fast zum Greifen nah, stand die Stewardeß, führte in der gewohnt rituellen Weise die Benutzung der Sauerstoffmaske vor und zeigte auf die Notausgänge. Eine hochgewachsene sportliche Frau mit ausdrucksvollem Prachtkörper unter der um sie herum wie festgezurrt sitzenden Uniform, eine Frau, die noch über das Berufstraining hinaus selbstsicher und souverän war, ihr Lächeln sieghaft, ihre Augen strahlten kühl. Als sie frei und hoch aufgerichtet vor den Passagieren stand, um die Notausgänge zu zeigen, stellte sie ihren Körper geradezu aus. Die alberne Vorführung bekam etwas Tänzerisches. Weit breitete sie ihre Arme, die manikürten Fingerspitzen schwebten wie betend in der Luft. Salam wurde unversehens von der Vorstellung übermannt, unbedingt ihre Achselhöhlen sehen zu müssen, die jetzt von weißem, gestärktem Blusenstoff verhüllt waren. Aber er erhielt nicht einmal die Zeit, diesen Wunsch wenigstens in einem einzigen Augenzwinkern auszudrücken. Um sie stand eine

131

Kristallglasaura, an der Blicke abrutschten, das kannte Salam, diese kristallglasbewehrten Damen, die hatten seinen Jagdinstinkt noch aus der tiefsten Verdauungsschläfrigkeit wieder hervorgekitzelt. Aber hier war er aller Mittel beraubt. Mit wiegendem Körper schritt sie auf langen Beinen den Korridor entlang, als sei das bloße Gehen mit einem unerhörten Genuß verbunden. Um sie herum die Festgeschnallten, sie allein die sich frei Bewegende – und wie sie die Bewegung auskostete! Wenn sie sich über die Passagiere beugte, war es, als lasse sie sich zu Kindern herab. Aber es war nichts Mütterliches an ihr, allenfalls eine schwach ahnbare Spur von Mitleid, die Salam, der mit geblähten Nüstern versuchte, einen Hauch von ihr in die Nase zu bekommen, geradezu persönlich kränkte. Er war hier der von vornherein Unterlegene, der eigentlich sogar kastrierte Mann. Und schon beugte sie sich über einen anderen Passagier, der, das war ein gewisser Trost, ebenso wenig Chancen haben würde sie festzuhalten, wie Salam. Wie alt war dies große Mädchen? Wohl doch kein Mädchen, alterslos mit unzerstörbar wirkender Schminke, dem großen herrlich roten Mund.

»Sie ist professionell.« Salam gebrauchte dies Wort eigentlich nur im Zusammenhang mit Huren, aber hier geschah es aus Ehrfurcht. Konnte ein Flugzeug, in dem sie sich befand, abstürzen? Verkörperte sie mit ihrer Sicherheit nicht eben auch Flugsicherheit? Eine solche Frau stieg nicht in ein Flugzeug, an dessen Sicherheit sie Zweifel hatte, aber auch ein unsicheres Flugzeug würde letztlich von ihrer Stärke profitieren. Zum Beispiel jetzt: Kaum war man in der Luft, hieß es, man möge angeschnallt bleiben, es stünden Turbulenzen bevor. Turbulenzen standen insbesondere Joseph Salam bevor, denn die Stewardeß nahm auf einem kleinen Klappsitz Platz, der ihm in geringer Entfernung gegenüberlag. Sie lächelte, als gebe es kein größeres Vergnügen, als sich in Erwartung von Turbulenzen anzuschnallen, und die Gurte saßen bei ihr auch strammer, sie hatten etwas von Hosenträgern und lagen fest auf den unter der Bluse atmenden Brüsten. Sie hielt die Knie geschlossen, legte ihre Hände auf die Oberschenkel und saß kerzengerade. So hatte Salam soeben die ägyptischen Pharaos ewigkeitlich im Museum sitzen sehen, als er Hans-Jörg nicht aus den Augen ließ – dabei bot Kairo doch wirklich andere Attraktionen als tote Steine. Ja, wie ein Pharao, wie eine Königin in ihrem Grab saß die Stewardeß da, Salam stellte sich vor, daß es gerade die Fesselung mit den Gurten und ihren satt schnappenden Schlössern war, was ihre innere Zufriedenheit, ihr Siegesgefühl noch steigerte. Salam spürte, wie sie durch ihn hindurchsah. Zwei aquamarinblaue Schwerter zerschnitten ihn. Noch im Zustand des Angeschnalltseins triumphierte sie, und ihr großer Mund zuckte nicht, als ein Stoß die Maschine erschütterte und ein häßliches Geräusch verriet, daß sich hinter Salam jemand übergab. Ihr Lippenrot, so meinte er jetzt zu wissen, würde selbst eine wilde Nacht überleben, sie war die Unzerstörbare. Der Flug verlief im weiteren ruhig, die Stewardeß hatte viel in Salams Rücken zu tun, aber immer kribbelte es in seinem Nacken, wenn sie sich von hinten näherte. Diese Dauerspannung war nichts für ihn, den Tatmenschen. Hätte er die Gelegenheit gehabt, sie anzusprechen, und wäre er von ihr unmißverständlich abgewiesen worden, das hätte sein Temperament wohl ziemlich unerschüttert ausgehalten, aber nicht dies Wehrlossein, dies zum Säugling degradiert Werden, dies Luftsein. So kam es, daß ein böser Gefühlsknoten in ihm entstand, aus der Hingerissenheit wurde eine Art seelischer Schluckauf, ein lästiger Reiz und schließlich üble Laune. Noch nachts im Bett, als er in tiefer Dunkelheit erwachte, stand das große starke Mädchen mit dem leuchtend roten Mund vor seinen Augen. Und dann war es der Mund

allein, die vollen Lippen voll krebsrot fetter Farbe mit kleinen Glanzpünktchen darauf.

»Rosemarie Hopsten«, sagte Joseph Salam in die stille
Nacht hinein. Da war es, als griffen überirdische Hände
nach den Schnüren, die aus seinem Herzensknoten heraus-
hingen, und zögen sanft daran – siehe da, der Knoten fiel
auseinander.

## 14.

## *Im Auge des Kakadus*

Später hat mir Sláwina über Joseph Salam die wichtigsten Aufschlüsse gegeben. Er kannte ihn ganz gut, sie hatten wohl auch einmal zusammengearbeitet, wenn man dies Herumtelephonieren, in Hotelhallen Besprechungen Abhalten, mit dem Flugzeug Unterwegssein denn arbeiten nennen will. »Lui sa vivere«, sagte Sláwina, der auch gern italienisch sprach, von der Mutter her, wie ich dann erfuhr, und das heiße ins Deutsche übersetzt nicht etwa »sich beim Weinbestellen auskennen« – das auch, aber das verstehe sich eigentlich von selbst, und wenn nicht, sei es auch kein Beinbruch –, das bedeute einzig und vor allem: »Er kennt die Preise der Sachen« – was kostet ein Haus, eine Frau, ein Gefallen. Salam habe den Geruch des Geldes in der Nase, so wie manche Bergführer Schnee riechen könnten, der bekanntlich ja überhaupt keinen Geruch habe. Deswegen erschlage ihn eines Tages dann schließlich doch die Lawine, aber eben nicht als fremde, jähe Katastrophe, sondern wie ein Totschlag in der Familie.

»Ich sage nicht, Salam war reich«, sagte Sláwina, »was heißt schon reich? Reich und reich – ich meine nicht wirklich viel Geld« – er legte immer Wert darauf, daß deutlich war, in welchen Proportionen er dachte, »aber es ist richtig, er hat ein paar Mal größere Fischzüge getan – später aber auch wieder Pech gehabt – er ist ein Spieler – aber auskennen tut sich der Mann.« Er habe vor allem auch einen Blick für Menschen. Sláwina erzählte einen kleinen, wie er sagte, aber typischen Vorfall. Er habe mit Salam gemeinsam auf die Untergrundbahn zum Flughafen gewartet, der Zug verspätete sich, sie schlenderten müßig auf und ab, da zeigte ihm Salam einen jüngeren Mann in einem sehr schönen dunkelbraunen Mantel. »Sehen Sie, wie der andauernd an sich herunterschaut, wie er sich in diesem Mantel bewundert? Sehen Sie, er schaut schon wieder! Er trägt den Mantel zum ersten Mal, wer weiß, wo er den geschnappt hat.« Bei der Fahrscheinkontrolle im Zug habe der junge Mantel-Besitzer dann kein Billett gehabt – »Gern würde ich mit dem arbeiten«, habe Salam nachdenklich gesagt, als der Mann aus dem Zug geführt wurde, »intelligent sieht er aus, mit Anleitung könnte was aus ihm werden.«

Ganz anders als seine geschäftlichen Angelegenheiten, über die er bei allem Instinkt viel nachdachte – die gelegentlich vieldeutigen Botschaften des Instinkts wollen gedeutet und gelesen sein! –, betrieb er seine Liebesaffären. Er selbst hätte vermutlich die Formulierung, »er betreibe« in dieser Hinsicht etwas, entschieden zurückgewiesen, gar nichts sei da geplant und ins Werk gesetzt, er liebe wie er atme und schlafe. Salam sah sich mit Gewißheit nicht als Verführer, wenn man darunter die diplomierten Frauenkenner verstehen will, die ihre Opfer planvoll einkreisen und deren Phantasie zu beherrschen suchen, bevor sie schließlich handgreiflich werden. Die Vorstellung mancher Männer, die die Liebe mit der Jagd verbinden und in der Kategorie von Eroberungen denken, ihre eigene Rolle also militärisch oder räuberisch deuten, war nicht die seine. Einen großen Teil der Schwierigkeiten, die viele Leute mit ihren Geliebten hatten, das ewige Problem der Ungleichzeitigkeit des Begehrens, leuchtete ihm überhaupt nicht ein, die reiche Literatur, die sich aus dieser Quelle nährte, hätte er nur kopfschüttelnd lesen können – nun, er las nicht, er schrieb sich seine Bücher, die seinen täglichen Lebenskampf zum Gegenstand hatten, abends selbst und ließ sie bei jedem Einschlafen wieder im Nichts zerflattern. Hätte man ihn zu einer Theorie über die Liebe zwingen können, dann mochte sie etwa so aussehen: Seine Begierde erwachte, wenn die Frau in sein Gesichtsfeld trat, die sie stillen würde – daß diese Begierde überhaupt entstand, war der Beweis dafür, daß die entsprechende Frau zu allem bereit sei – solche Anziehungen seien grundsätzlich eine Sache der Gegenseitigkeit. Auf diese Erfahrung durfte er sich verlassen, vielleicht auch, weil sich sein Verlangen nur regte, wenn die entsprechende Frau für ihn erreichbar war – ein Troubadour und Anbeter unzugänglicher Schönheiten war er jedenfalls nicht.

Und so waren es denn nüchterne, ganz auf organisatorische Vollzüge gerichtete Maßnahmen, die er am Morgen nach seiner Rückkehr aus Ägypten ergriff. Ihm war klar, daß er nicht viel Zeit hatte. Die sizilianische Reise des erweiterten Schmidt-Flex-Haushalts stand bevor, und auf einer solchen Reise mochte wer weiß was passieren, und auch seine eigene Lebensuhr blieb ja nicht einfach stehen, bloß weil die Hopstens vier Wochen keine Swimming-Pool-Versammlungen einberiefen. Dem Wort »verschieben« hatte er ohnehin den Kampf angesagt: Ein unsinniges Wort, das keine Realität deckte, denn ein Vorhaben ließ sich nun einmal nicht wie ein Sessel »verschieben« – fand es an einem andern Tag statt, dann würde es selbst ein anderes sein – und so hieß »verschieben« in Wahrheit nichts anders als »verzichten« oder »aufgeben«, und daran war grundsätzlich nicht zu denken. So stellte er denn zunächst an diesem frühen Vormittag durch ein kleines freundschaftliches Telephonat mit Bernward fest, daß der brav in seinem Büro sitze und dort auch den ganzen Tag ausharren werde – zwischen eigenen amüsanten Ägypten-Schilderungen, beinahe epigrammatisch gerafft – war denn auch zu erfahren, daß Titus mit einer Freundin in Paris sei und Phoebe ein Praktikum absolviere, genauer gesagt, sie half in Helga Stolziers Laden, heute stand Silberputzen auf dem Programm. Dann rief er ein Taxi, es kam jetzt vor allem auf Geschwindigkeit an. Um zehn klingelte er bei Hopstens, er hatte nichts in Händen, denn er glaubte nicht an Rosensträuße oder Pralinenschachteln, sondern achtete vor allem darauf, die Hände frei zu haben.

Die Haushälterin ließ ihn ein, ein neues Gesicht, die Brasilianerin hatte aufgegeben. Wußte Rosemarie, wer gekommen war? Sie rief aus der geöffneten Tür ihres Schlafzimmers in die Halle herunter, sie komme gleich – »Ich bin noch nicht schön.« Es war gestern abend spät geworden, da hatte sie vernünftigerweise ausgeschlafen. Salam rief zurück: »Sie sind nie so schön, wie wenn Sie noch nicht schön sind.«

Darauf kam keine Antwort. Hatte Rosemarie die Stimme erkannt? Hatte sie den vom Hall etwas verzerrten Zuruf verstanden? Von draußen war Motorengeräusch zu vernehmen. Die Haushälterin fuhr zum Einkaufen.

Registrierte Salam diesen Aufbruch? Begrüßte er ihn? Kam er ihm entgegen? Hatte er ihn gar eingeplant? Wenn der unerbittlichste Seelenforscher mit einem tief durch alle oberflächlichen Motive dringenden Blick Salam jetzt zur Rede gestellt hätte, ich vermute, er wäre über die vollständige Unschuld dieses Mannes erstaunt gewesen. Salam hatte auf der ganzen Fahrt nach Falkenstein, wohlgefällig die sich verändernde Landschaft betrachtend, nicht einen einzigen Gedanken gefaßt. Aber das war nicht Stumpfheit, er lebte während solcher Augenblicke in der reinsten Gegenwart. Es gab keinen Plan, denn es gab keine Vergangenheit, in der er gefaßt, und keine Zukunft, in der er erfüllt worden wäre. Was er da gerade tue – auf diese Frage hätte er keine Auskunft gewußt. Und natürlich hatte er sich keinen Vorwand zurechtgelegt, warum er unangemeldet an einem Werktagmorgen bei Rosemarie vorsprach, da gab es kein Konzept von der Art, er habe etwas bei ihr vergessen, oder er habe sich gerade in der Nähe aufgehalten – nichts davon. An die Möglichkeit, sich elegant zurückzuziehen, wenn die Begegnung stocken sollte, war schon erst recht kein Gedanke verschwendet worden.

Ein präzises Knipsen, als stießen zwei blankgeschliffene Granitkügelchen aneinander, war in seinem Rücken zu hören. Er wandte sich um. Der schneeweiße Kakadu hatte den Kopf vorgebeugt und knackte mit seinem steinernen Schnabel ein hartes Körnchen, das seine Kralle ergriffen hatte. So schräg er seinen Kopf hielt, war das schwarze Auge genau auf Salam gerichtet. Arbeit bedeutete für den Kakadu nicht, in seiner Aufmerksamkeit für die Vorgänge im Zimmer nachzulassen.

Rosemarie vollendete ihr großes Gesichtsmalwerk ohne Eile. Vordergründig entsprach das der Gelassenheit gegenüber einem unerwarteten, unangemeldeten Gast. Aber war es nicht zugleich auch so, daß diese zeitlose Hingabe an das Pinseln und Tupfen und Einreiben ihr Sicherheit schenkte? Solange sie damit beschäftigt war, konnte ihr nichts zustoßen. Und später auch nicht. Sie legte ihre Rüstung an, ja, dies schöne Gesicht, das sie mit solcher Inbrunst jetzt herstellte, war wirklich wie ein Helm oder ein Schild, das ging ihr undeutlich durch den Kopf, und sie fühlte sich stark und vollkommen in sich ruhend, unangreifbar, als sie die Treppe herunterkam und ihre Schritte im ganzen Treppenhaus unbekümmert hallen ließ.

Wenn Joseph Salam einen solchen Angriff ins Werk setzte, verlor er keine Zeit. Sein Vorhaben erfüllte seinen ganzen Körper bis in die letzte Zelle mit einer beinahe unerträglichen berauschenden Spannung. Das wurde auch sichtbar.

Er war in seiner Rundlichkeit wahrlich kein schöner Mann, aber solche Begriffe sind hilflos gegenüber der Ausstrahlung von Überwindungswillen und Zuversicht. In der Antike hätte man gesagt, daß Aphrodite ihren treuesten Anhänger mit dem Leuchten unwiderstehlicher Anmut übergossen habe. Schon beim morgendlichen Rasieren hatte er festgestellt, daß ihm in Erwartung der für den Vormittag angesetzten Ereignisse der Bart heftiger gewachsen war – das kannte er schon. Ein Schimmer von Gesundheit und Wärme lag über ihm. Die Augen waren weich und beinahe weiblich unter langen Wimpern wie in seinen Jünglingsjahren, der Körper steckte fest und kraftvoll in einem nagelneuen Anzug vom Flughafen, eine dünne, zarte Schale, die er mit einem einzigen kräftigen Schulterrucken zum Platzen würde bringen können.

Kakadus haben keine Ohrmuscheln, wieviel sie von entfernt Gesprochenem mitbekommen, ist nicht sicher. Aber sehr viel vernehmlicher Dialog fand auch gar nicht statt. Rosemarie trat ein und sah den Mann vor sich, den sie bei ihren Einladungen nicht mehr dabeihaben wollte und den sie entschlossen war, aus ihren Listen auszujäten. Seine gespannte Gehobenheit, seine Augenblicksschönheit mußten sich ihr sofort mitgeteilt haben. Salam war beredt und ein amüsanter Erzähler, aber dies war nicht die Stunde der Konversation. Die Textbasis, von der aus er bei solchen Gelegenheiten operierte, war außerordentlich schmal. Wienerisch-arabisch getönte, sehr dringliche, halblaut ohne Aufschub gesprochene Worte, die jede Konvention zwischen einer verheirateten Dame und einem Gelegenheitsgast wegfegten. Man kann die wenigen stets aufs neue wiederholten Sätze in ihrer Einfalt kaum wiedergeben, ohne Unglauben zu wecken. »Chmusen« wolle er, er sehne sich danach, mit Rosemarie zu »chmusen«, das blieb ihr im Gedächtnis von dem, was er sagte, während er ihre Hände festhielt wie in einem samtgepolsterten Schraubstock und ihre ungläubige, unsicher abweisende Miene gar nicht wahrzunehmen schien. Es war keineswegs so, daß Rosemarie den Kopf verloren hätte. Das war ja das nie Erlebte, das Unerwartete und Unvorhersehbare: Bei wachem Verstand und unablässig registrierendem Bewußtsein vollständig gelähmt zu sein und geschehen lassen zu müssen, was nach Salams Willen hier, mitten im Salon, keinen Schritt von der ersten Begegnung weg, sofort vollzogen werden sollte. Vor dem Einschlafen noch hatte ihr Bernward so etwas vorgelesen: von einem Eichhörnchen, das magisch in den Rachen einer Schlange gezogen wurde, neben dem Nest mit den Jungen sitzend, gezwungen, schrittweise, zögernd, mit sich selbst kämpfend und wehklagend dem geöffneten Rachen der Schlange entgegenzugehen. Sie klagte freilich nicht. Sie schüttelte den Kopf, den so herausfordernd geschmückten, aber vor allem über sich selbst, sie ließ geschehen, was sie nicht wollte, was sie aber mit ungetrübter Neugier verfolgte. Vor drei Wochen hatte sie gesehen, wie Joseph Salam einen großen Wolfsbarsch, der in ganzer Pracht auf den Tisch gekommen war, zerlegte, in dem offensichtlichen Eifer, sich nützlich zu machen, vielleicht gar mit solchen Maître-d'Hôtel-Künsten ein wenig Eindruck zu schinden. Und nun fühlte sie sich, als sei sie selber solch ein praller, glatter Fisch, der von seinen erfahrenen Händen tranchiert wurde, nach allen Regeln der Kunst, und zwar um verspeist zu werden. Sie sah ihm staunend und hingerissen zu, der er genau wußte, was er wollte. Er war in seiner ganzen Aufmerksamkeit mit ihrem Körper befaßt, ohne sich um ihre Lust im mindesten zu kümmern, hier ging es ausschließlich um ihn, aber dieser Egoismus stieß sie nicht ab. Sie fühlte sich ihm gegenüber recht- und anspruchslos, denn sie behielt ja ihren Kopf, während Salam jetzt unter einem anderen Gesetz stand und ihr flehentliches Flüstern, »Bitte, bitte«, gar nicht aufnehmen konnte. Da täuschte sie sich übrigens: Als sie erschöpft und halb bekleidet auf dem Teppich nebeneinander lagen, wandte Salam sich ihr unversehens zu, wischte ein wenig von der verschmierten Schminke um ihre Augen weg – sie hatte, so vermutete sie, jetzt ein ganz und gar verwüstetes Gesicht, ihre Vorstellung, er verspeise sie, kam nicht von ungefähr – und erteilte ihr die Anweisung: »Sag in der Liebe nie mehr bitte, das will ich nicht mehr hören, bei der Liebe muß man befehlen.«

Und dies ganze Geschehen hat man sich in Anwesenheit des Kakadus vorzustellen? Auf unbestimmte Weise muß der schöne Vogel mit Salam im Bunde gewesen sein. Hätte er in der heftigen, aber auch auf die Erzeugung von Willenlosigkeit gerichteten Anfangsphase der Begegnung einen seiner heftigen Schreie ausgestoßen, die Atmosphäre wäre zerrissen. Vielleicht war der Kakadu das allergefährlichste Risiko für Salams Überrumpelungsplan gewesen. Statt dessen hatte er sich darauf beschränkt, mit seinen runden Teertropfen-Augen zu gucken, in denen sich das ganze Zimmer in gewölbter Verzerrung winzig klein spiegelte. Wenn er zwinkerte, war es, als öffne und schließe sich die Blende eines Photoapparates. Im Kakadu-Kopf war das Bild seiner mit Salam auf dem Teppich herumrollenden Herrin jedenfalls gespeichert. Was dachte sich ein solches Tier, wenn es so etwas sah? Das fragte sich Rosemarie, als Bernward abends den Kakadu auf seiner Schulter sitzen ließ, seinen Schnabel nah am Ohr.

*»Ich finde, hier hast du jetzt mit vielen, eigentlich ausschließlich verdeckten Karten gespielt, wenn nicht du es bist, mit dem der Kakadu sich verbündet hat.«*

*»Ich habe schon meine Gründe, viele kleine Beobachtun-*

*gen, im wesentlichen aber zwei von Gewicht: Rosemarie fuhr fort, schlecht über Joseph Salam zu sprechen. Zum Beispiel nannte sie ihn, wenn er nicht dabei war, ›der Balkan‹; näherte er sich, senkte sie die Stimme und raunte: ›Vorsicht, der Balkan kommt.‹ Wann immer er etwas von ihr als unpassend Empfundenes tat – sitzen zu bleiben, wenn die alte Frau Schmidt-Flex sich näherte zum Beispiel –, machte sie Andeutungen über seine Mutter – ›eine Köchin kriegt man nie wieder raus‹. Aber er war immer da, obwohl die Hausfrau kaum ein Wort mit ihm sprach. Und wenn er zu spät kam, war sie unruhig, bis an ihrer ablehnend ironischen Miene zu erkennen war, daß er sich inzwischen hatte sehen lassen.*

*Das ist die eine Sache – die andere ist viel weniger interessant.*«

Eines sehr frühen Morgens, etwa gegen sechs Uhr, ich hatte Phoebe auf ein Fest begleitet, auf dem sie mich, wie üblich, sofort vergaß – ›ich finde das schöner so‹, sagte sie später, ›man kann sich nach dem Abend etwas erzählen‹ –, ging ich enttäuscht nach Haus und kam an dem Apartmenthaus vorbei, in dem Salam seit neuerem wohnte. Die Tür öffnete sich, und heraus kam Rosemarie, ungeschminkt und kaum zu erkennen, durchaus jugendlich, etwas verquollen, die blonden Wimpern gaben den Augen etwas Schweinsartiges. Ich glaube nicht, daß sie mich bemerkt hat. Und ich glaube vor allem, daß in ihrer Unerkennbarkeit der Schlüssel zu der ganzen Affäre lag. Rosemaries ungeschminktes Gesicht war paradoxerweise nicht ihr eigentliches. Die ungeschminkte Rosemarie war nicht sie selbst, und so war es keine Heuchelei, wenn sie Salam so weit wie möglich von sich wegschob und ihm keinen offiziellen Platz, vielmehr einen sorgfältig verborgenen in ihrem Leben zuwies. Sie war, wenn er sie berührte, hingerissen, und sie fühlte sich in dieser Hingerissenheit nicht wohl, sie war wehrlos dagegen, wie gewisse Völker von Waffen bezwungen wurden, die sie nicht kannten und auf die sie nicht gerüstet waren. Ich vermute, daß sie unendlich erleichtert war, als sie mit Bernward und den Schmidt-Flex abreiste. Das war wie eine Absolution, die jüngste Vergangenheit war dadurch wie ausgewischt. Jedenfalls so lange, bis sie in Sizilien angekommen war und die Unruhe zurückkehrte.

## 15.

### *Kampf, Sieg und Entscheidung*

Die Villa Prisca, in der Nähe von Syrakus über dem Meer gelegen, wurde seit über dreißig Jahren von den alten Schmidt-Flex für den September gemietet, manchmal auch im Mai, wenn Schmidt-Flex im September Vortragstermine hatte. Das Haus war das Werk eines berühmten Archäologen, der auf diesem Gelände vor hundert Jahren eine Tonscherbe gefunden hatte, in die eine Zeile der Sappho geritzt war, er hatte das Grundstück gekauft und dort später Haus und Garten geschaffen. Das Haus war also noch gar nicht so alt, aber es sah uralt aus, ein großer weißer Kubus, dessen Putz, von Moosen und schwärzlichen Sprüngen überzogen, längst der umgebenden Natur angeglichen war, von silbrigen Steineichen umgeben und von einer hohen Pinie beschirmt. Der Garten war trocken und ohne Blumen. Es knisterte bei jedem Schritt über den Teppich aus Piniennadeln; auf abgeschliffenen, verwitterten Säulenkapitellen standen enorme tönerne Ölfässer. Es war ein klassischer, sehr würdiger Aufenthaltsort für den alten Schmidt-Flex, und es gab schöne Fotos von ihm, gebräunt von sizilianischer Sonne, mit leuchtendem Silberhaar, im weißen Leinenanzug neben einer hoch aufgeschossenen Agavenblüte oder einem solchen antiken Ölfaß. Er sah jedenfalls viel vornehmer aus als der längst gestorbene Archäologe, der klein und dick gewesen war und die feuchten Hundeaugen Carusos besessen hatte – auf dem Flügel stand die silbergerahmte Photographie des Hausherrn – Schmidt-Flex hatte ihn noch gekannt, der Mann war gleichfalls einmal in dem kontinenteüberspannenden Beziehungsnetz, an dem Hans-Jörgs Vater immer weiter knüpfte, hängengeblieben. Jetzt gehörte das Anwesen einer Erbengemeinschaft, es war zur *Auberge espagnole* geworden, keiner fühlte sich dafür verantwortlich, immer andere Leute wohnten dort, die Haushälterin, die auf dem Besitz geboren war, ließ ihre Pflichten schleifen. Aber es wurde eben auch nichts neuen Moden oder einem veränderten Geschmack unterworfen, die kühle und steife Feierlichkeit der Räume ging nur sanft in den Zustand der Vernachlässigung über. Im Nebengebäude, einem kleinen Gästehaus, gab es allerdings kaum etwas zu vernachlässigen, so einfach waren die Zimmer möbliert, in jener südlichen Askese, die sich nicht scheut, in Ungemütlichkeit umzuschlagen. Hier sollten Hans-Jörg und Silvi wohnen. Es gab eine Pflicht in der Schmidt-Flex-Familie, die Eltern im September zu begleiten, der Alte brauchte für seinen Auftritt Leute um sich herum, gerade wenn auch weitere Gäste eingeladen waren; es war einfach praktisch, dann auch »die Kinder«, wie es hieß, dabeizuhaben. Und hatte der Alte seinem Sohn gegenüber nicht jenen Gesprächston beibehalten, den er von frühauf geeignet fand, das Kind zu lenken? Wollte er Hans-Jörg zu etwas Unangenehmem zwingen, erklärte er stets, wie liebevoll er an dessen Vorteile denke: So war die Einquartierung ins Nebengebäude, die durchaus deklassierenden Charakter hatte – man konnte dort eigentlich nur sehr junge Leute unterbringen – mit der Überlegung begründet worden, als Vater habe er das Gefühl, der Sohn müsse mit seiner Frau wirklich einmal ungestört und unbelastet zusammensein, was am leichtesten zu bewerkstelligen gewesen wäre, wenn er ihn erst gar nicht nach Sizilien zitiert hätte. Um dieser kostbaren ehelichen Intimität willen waren sie auch schon eine Woche vor Eintreffen der großen Gesellschaft – diesmal würden ja die Hopstens kommen – in die Villa Prisca gefahren, die alten Schmidt-Flex wußten nämlich, daß die bequem und letztlich herrenlos gewordene Haushälterin die Zimmer sonst nicht zum Besten vorbereitet hatte, wenn sie eintrafen. Bis dann alles in Ordnung war, vergingen leicht zwei Tage. Vor allem dachte Rosina nie daran, die Matratzen für den alten Schmidt-Flex auszutauschen. Auf dem singenden und knirschenden alten Sprungfederkasten der Betten lag es sich schlecht.

Eben waren sie angekommen. Hans-Jörg kannte das Nebengebäude noch aus seiner Studentenzeit, aber Silvi sah sich in dem dunklen Zimmer mit den mageren Eisenbetten und der alten Waschkommode mit Marmorplatte verwundert um. Immerhin hatte Rosina eine Rose und eine Glyzinienblüte gepflückt und in einer kleinen Vase auf den Nachttisch gestellt, solche Gesten der Gastfreundschaft saßen wenigstens noch.

Silvi öffnete die Fensterläden, warme Luft drang ein, die weißen Sonnengardinen bewegten sich. Draußen lag das Haupthaus mit seinen hohen, von dunkelgrün lackierten Läden verschlossenen Fenstern, abweisend wie eine Burg. Silvi legte sich auf ihr Bett. Es quietschten die Sprungfedern und es quietschten im angrenzenden Badezimmer auch die Wasserhähne, bevor sie einen Strom rostroten Wassers hervorbrachten. Hans-Jörg entrüstete sich darüber und schimpfte leise vor sich hin. »Die Schlamperei in diesem Land«, während Silvi still dalag und den Flug der Fliegen um die Deckenlampe beobachtete.

Sie war in Gedanken versunken. Hans-Jörgs unruhiges Hin- und Hergehen beim Kofferauspacken und Einräumen, seine Gereiztheit, nachdem er sich den Kopf an der niedrigen Tür zum Bad gestoßen hatte, hinderte sie nicht, ganz in ihre Überlegungen abzutauchen. Jetzt war sie mit der Erkundung einer Frage beschäftigt, die unversehens in ihr aufgestiegen war, als sie dies Nebengebäude betreten hatte: War es eigentlich schön in Sizilien? Sah sie alles richtig, so wie die erfahrenen und gelehrten Leute es taten, wenn sie Sizilien priesen? »Ich beneide Sie«, sagten manche Bekannte, als sie ihnen erzählte, sie reise mit Hans-Jörg nach Sizilien. Beneideten diese Leute sie wirklich? Wußten sie, was sie sagten? Das waren keine rhetorischen Fragen. Sie konnte sie wirklich nicht beantworten. Aber sie fühlte sich nicht wohl in dieser Ratlosigkeit. Die anderen sprachen Urteile aus einem gewissen Fundus heraus, sie lobten und tadelten vor einem bestimmten Hintergrund, den hätten sie freilich kennen müssen. Was meinten die Menschen eigentlich, wenn sie »schön« sagten?

»Sieh mal«, rief sie, nachdem sie zu dieser weite Räume öffnenden Frage gelangt war, sich selbst unterbrechend: »Erst waren es vier Fliegen, und jetzt sind es mindestens zehn.«

Es war ein drückender Tag. Warum scheinen sich Fliegen gerade an solchen feuchten, beklemmenden Tagen zu vermehren? Das war keine Frage, die Silvi sich stellte, ihr war dieser Zusammenhang evident, das Schwitzen und die Fliegen gehörten zusammen, weil beides lästig war. Außerdem mochten die Fliegen offenbar den Schweiß, vielleicht war es das Salzige, das sie anzog, das erinnerte an anderes Nahrhafte. Die Luft hatte anscheinend unsichtbare Mauern, unüberwindliche Grenzen gab es da, denn die Fliegen hielten in ihrem kühnen Flug immer wieder jäh inne und wechselten die Richtung, sie folgten einer richtigen Geometrie, sie zogen Trapeze und Sechsecke um die Lampe, eine Fliege machte Dreiecke, aber hier mochte Silvi sich täuschen, denn es war gar nicht so leicht, mit den Augen fest bei einer bestimmten Fliege zu bleiben, schnapp, war der Blick von der einen zur anderen übergesprungen. Die Fliegen waren wie

Ingenieure ohne Bleistift, die einen Raum stets aufs neue abstecken und abmessen müssen, weil sie die Zahlen der Maße nicht aufschreiben können. Jetzt saß eine Fliege auf Hans-Jörgs hoher, etwas gewölbter Stirn, eine andere flog auf seine Nase zu, er wedelte zornig mit den Händen, es war völlig aussichtslos, die Fliegen zu erwischen, sie waren schnell und sahen jede der groben Menschenbewegungen lange voraus, vielleicht durch die winzigen Luftwallungen, die schon das Anspannen der Muskeln vor dem Schlag hervorbrachte. Aber es war, als wollten ihm die Fliegen zeigen, was sie von seiner Abwehr hielten. Sie hatten sich tatsächlich vermehrt. Brachte etwa doch die schwüle Luft die Fliegen hervor, dick und schwer und materiell wie sie war, Fliegensamen und Fliegeneier in sich tragend?

Es sei das offene Fenster, bemerkte Silvi gelassen. Sie lag weiterhin unbewegt, als hätten die Fliegen sie noch nicht entdeckt. Hans-Jörg war entrüstet. Sollten sie etwa nach Sizilien gereist sein, um bei Hitze im geschlossenen Zimmer auszuharren? Dabei hatte Silvi ihn ja gar nicht zum Schließen des Fensters aufgefordert. Das kannte sie aber schon, eine Analyse nahm er als Angriff. Er stürmte hinaus und kehrte nach einer Weile mit Rosina zurück. Fliegen, überall Fliegen. Rosina hatte eine Erklärung. Unmittelbar hinter dem Haus halte der Gärtner Ziegen und Kaninchen.

»Wir wohnen in einem Ziegenstall«, sagte Hans-Jörg in sehr bitterem Ton, die *Façon de parler* seines Herrn Vaters vom Ungestörtsein des Paars war zu einem Hohn geworden. Er ließ sich nun nicht mehr darauf ein, es war schließlich sonnenklar: Bei dem Einzug in den Gästebau handelte es sich wieder einmal um eine »Zurückstufung«.

Rosina, in blau-weiß gestreifter Kittelschürze über den rundlichen Formen, das Bild einer Köchin – würde sie doch nur kochen, aber damit sollte sie vereinbarungsgemäß erst mit Eintreffen der Gäste des Haupthauses beginnen – wiegte den Kopf mit dem dicken Haar. Sie habe drüben ein Spray. Jetzt lief Hans-Jörg zu ernst belehrendem Hausherrntum auf. Ein Spray komme schon überhaupt nicht in Frage. In Giftwolken sollten sie schlafen. Nicht nur im Ziegenstall hocken, sondern dazu noch vergiftet werden. Rosina zuckte die Achseln. Sie verstand ihn wahrscheinlich nicht ganz, sein Italienisch war lückenhaft. Außerdem war es Zeit für sie, nach Hause zu gehen. Ihr Mann wartete auf sein Mittagessen.

Aber in Hans-Jörg war jetzt der Zorn und die üble Laune in Tatendrang umgeschlagen. Dies Fliegenproblem mußte sofort gelöst werden. Parlierend folgte er Rosina zu ihrem abseits geparkten Kleinwagen. Silvi sah die Zimmerdecke, sah die Fliegen bei ihrer rastlosen Geometrie, atmete die warme Luft und sank in einen tiefen Schlaf.

Als sie erwachte, sah sie in der Mitte des Zimmers einen grauhaarigen Mann im Unterhemd, auch Arme und Brust waren von dichtem stahlgrauen Gewöll bedeckt, auf einem wackligen Stuhl stehen. Er war dabei, ein mit hochklebrigem Sirup getränktes goldgelbes Papierband an der Lampe festzuknoten. Unten stand Hans-Jörg, sah mit gekrauster Stirn dieser technischen Operation zu und sparte nicht mit Ratschlägen, »Mehr nach links« und »Mehr nach rechts«. Das Strohgeflecht des Stuhls war alt und ausgedörrt. Silvis Gewicht hätte es seufzend getragen, aber den schweren Gärtner nicht. Krachend riß es ein, der Gärtner griff, als letzten Halt, in den Fliegenfänger und stürzte in den Stuhl, der ihn einen Augenblick stehend und um die Knie gefesselt hielt, bis der Mann samt Stuhl, vom Fliegenfänger eingewickelt, zu Boden ging. Aber das war nur ein Ritardando. Der Gärtner war mit dem Schrecken davongekommen. Schließlich hing das gelbe Band und funkelte im Sonnenlicht. Der Mann verließ sie, nicht ohne den Rat, das Fenster zu schließen. Der milde Duft künstlich erzeugten Honigs lag in der Luft.

Hans-Jörg wurde von einer neuartigen Stimmung erfüllt. Jäh wechselte die schwarze Galle, die sich seit ihrem Einzug in das Nebengebäude in ihn ergossen hatte, zu Jagdfieber. Eben noch war jede einzelne Fliege ein Grund für seinen Zorn, nun konnten es gar nicht genug sein. Selbst wenn sie sich auf ihn setzten, verscheuchte er sie nicht allzu nachdrücklich, als gelte es, die Fliegen in Sicherheit zu wiegen. Und was war das? Er schloß sogar das Fenster. Dann legte er sich neben Silvi aufs Bett und fixierte die glitzernde Bernsteinlocke, die noch immer schwankte. Lange mußte er nicht warten.

Da – die erste Fliege in kraftvollem Flug haarscharf an dem Sirupband vorbei – es nur mit einem Flügel streifend – aber das war genug, an diesem Flügel hing sie nun fest, wie verzweifelt und stark sie auch strampelte. Die zweite prallte mit dem Rücken gegen den Klebstoff, auch sie strampelte, aber da half kein Strampeln, hinten kam sie nicht los. Die dritte landete vertrauensvoll mit allen sechs Beinchen; sowie sie spürte, daß sie gefangen war, ließ sie die Flügel schwirren wie Propeller. Man meinte es zu hören. Hans-Jörg bekam etwas zu sehen: Binnen kurzem war die Sirupgirlande mit sich windenden, zappelnden Wesen besetzt. Die Körperkraft der Fliegen in ihrem Todeskampf versetzte das Band in leises Beben.

»Das ist nicht schön«, sagte Silvi wie im Traum.

»O doch, das ist sehr schön«, antwortete ihr Hans-Jörg, gar nicht verstimmt über den Widerspruch, mit inspiriertem Eifer. »Stell dir eine Zauberin vor, die solche Fliegenfänger voll lebender Fliegen als Strumpfbänder trägt, eine Shakespeare-Hexe«, belesen war er schließlich, dafür hatte der Herr Papa immerhin gesorgt.

»Nein, jetzt wird es doch zu widerlich.« Silvi stand auf und verließ das Zimmer. Mit Rosinas Sprühdose kehrte sie zurück, unerschrocken hatte sie drüben im Haupthaus in den Speisekammern und Abstellräumen, die sich zahlreich an die verwaiste Küche anschlossen, so lange gesucht, bis sie die erste Rattenfalle fand – dann konnte auch das Insektengift nicht fern sein, für Mücken, Ameisen, Kakerlaken gab es jeweils eine eigene Dose, die Auswahl war beredt. Es war auffällig, daß Hans-Jörg nicht protestierte, als sie nun zu sprühen begann. Er schlich sich lahm vom Bett herunter, als habe sein Exzeß an Schadenfreude ihn erschöpft und in verwirrter Verfassung zurückgelassen. Er sah ihr verwundert zu, aber als der erste Giftschwaden seine Nase erreichte, machte er sich davon. Er wartete vor dem Haus, bis Silvi die ganze große Dose versprüht hatte, selbst völlig unbedenklich das Gift einatmend. Es tat ihr nichts – Hans-Jörg war es, als sei es eine Frage der richtigen Einstellung, ob ein solches Gift einen schädigte oder nicht; um Silvi war etwas so Sachliches, daß sich das Gift neutralisierte.

Sie gingen spazieren, zunächst in Richtung auf das weit weg vom Haus gelegene Gartentor, aber als sie die Autos sahen, die schnell auf der engen Straße am Tor vorbeifuhren, verließ sie die Lust, den Garten zu verlassen. In dem Orangenhain unterhalb der Villa war der Verkehr wieder vergessen. Im dunklen, immergrün ledernen Laub leuchteten die Orangen in ihrer hartschaligen Vollkommenheit, als seien sie ein uralter Schmuck der Bäume, aus der Zeit der gesprungenen Ölkrüge. Auf dem Boden aber lagen angefaulte Orangen, von Bienen umsummt. Silvis schöne runde Stirn war von Schweiß bedeckt, aber bei ihr sah das sehr appetitlich aus, es steigerte ihre Frische. Ihre Augen und Lippen glänzten, ihr Blick war so blank wie polierter Stein. Hans-Jörg fühlte sich klebrig und unsauber. Als sie ihm, um sich auf einer flachen Stufe zu stützen, die Hand auf die Schulter legte, fuhr er zurück, weil sein Hemd ganz durchfeuchtet war. Sollte sie das wirklich nicht anwidern? War sie sich ihrer reinlichen Natur so sicher, daß sie meinte, von ihr springe der Wohlgeruch auf ihn über? Sie pflückte eine Orange. Wie sie ins Laub griff und die goldene Kugel vom Zweig löste mit einer leichten Drehung, das war ein gar zu schönes Bild. Sie grub den opalen schimmernden kleinen Daumennagel in die Schale, leicht war die Orange geschält, aber als sie sie zerteilte, wurde ein strohiges, ausgetrocknetes Inneres sichtbar. Schweigend schlenderten sie zum Nebengebäude zurück. Als sie die Tür öffnete, blieb sie stehen: Wie unvorstellbar viele Fliegen hatten in diesem Zimmer gelebt! Überall lagen sie tot herum, eine geschlagene, aufgeriebene Armee. Hans-Jörg tat an Silvi vorbei einen Schritt hinein; unter seiner Sohle knirschten die zerberstenden Chitinpanzer, er hörte das Geräusch mit geheimer Lust, so wie er als Junge gern auf weiße Beeren trat und sich an ihrem Platzen gefreut hatte.

»Jetzt weiß ich, was wir tun.« Silvi sprach wie zu sich selbst. Auf die vielen Fragen, die sie sich gestellt hatte, gab es jetzt doch keine Antwort, aber dafür war ihr etwas anderes klargeworden. »Wir ziehen jetzt sofort ins große Haus oder gehen in ein Hotel.« Von Rosina und dem Gärtner war keine Spur zu finden. Sie waren ziemlich lange damit beschäftigt, ihre vielen Sachen und Taschen über den Kies in ein neues Schlafzimmer zu tragen und dort die naphthalinduftenden Schubfächer großer Kommoden zu füllen. Der Kleiderschrank war so hoch, daß an den Kleiderbügeln lange Holzgriffe angebracht waren, das waren Spielzeugschwerter. Eine Fliege summte durchs Zimmer, aber sie fand bald einen Weg ins Freie.

# 16.

## *Kleine Ursachen – und Wirkung*

Im großen Salon waren noch alle Sessel und Sophas mit Nessel verhängt, und Silvi dachte nicht daran, die Tücher wegzunehmen, weil sie – hätte sie denn Grundsätze gehabt – gleichsam grundsätzlich nichts an ihrer Umgebung, wie sie sie eben vorfand, änderte. Und Hans-Jörg verzichtete in ihrer Gegenwart auf eigene Konzepte, er beobachtete sie und dachte über sie nach, aber er teilte ihr nur selten ein Ergebnis dieses Nachdenkens mit, wenn es denn überhaupt eins gab. Sie waren wie Leute, die der Zufall in ein verlassenes Haus geführt hat, wo sie sich nun provisorisch einrichten. Für Silvi war das die angemessenste Lebensform, sie würde sich an keinem anderen Ort mehr zuhause fühlen, nachdem sie den baufälligen Bungalow ihres Vaters, die »Pelztierfarm« verlassen hatte, wie seine Freunde das Anwesen damals nannten, obwohl dort wahrlich keine Nerze gezüchtet wurden. Wie mühelos hatten die Bagger dies Haus zusammengeschoben, das war wie das Auswischen einer Kreideschrift auf einer Tafel. Es mochte Eigennutz im Spiel gewesen sein beim alten Schmidt-Flex, als er seinen Sohn und seine Tochter nach Sizilien vorausgeschickt hatte, aber er hätte ihnen eigentlich keinen größeren Gefallen tun können; dies unbewohnte und ein wenig unwirtliche Haus mit dem immergrünen, und das heißt eigentlich immer gleich toten Garten, die in der Sonnenglut schwärzlich versteinerte Welt erzeugte ein Gefühl, als sei man schon seit langem hier gewesen und werde nie mehr aufbrechen. Auf der Terrasse unter den hohen Arkaden im Schatten, umgeben von Laub, das vor dem bedeckten hellgrauen Himmel noch düsterer schien, hätten die beiden in ein Gespräch geraten können, nebeneinander auf alten Korbliegestühlen liegend, ohne sich anzusehen, vom Weintrinken aus der Reserve gelockt. Silvi hatte einen weiteren Vorstoß in den großen Küchentrakt unternommen, der hinter den Kulissen lag und von den jeweiligen Mietern am besten gar nicht wahrgenommen wurde, denn wenn Rosina auch in den Wohnräumen für eine gewisse Ordnung sorgte und regelmäßig abstaubte, ließ sie die Küche jedenfalls in einem lieblosen Zustand. In den Schränken mit den Gläsern klebte es, die zerbeulten Kochtöpfe sahen aus, als sollten sie auf einem Flohmarkt angeboten werden. Auf dem hohen Kühlschrank stand das Bild der Heiligen Agatha, die ihre Brüste auf einem Tablett vor sich hertrug, so wie Rosina ihre Süßspeisen servierte, das Kerzchen vor dem Heiligenbild war beinahe niedergebrannt, aber darinnen fand sich ein großer beschlagener Ballon mit weißem Landwein, den brachte sie auf die Terrasse. Er war quellfrisch und ein wenig harzig und trank sich wie Wasser. Bald hatten sie mehrere Gläser getrunken, die dicke Flasche war nun halbleer und längst nicht mehr beschlagen. Silvi kannte keine Langeweile, sie mußte nicht lesen, und wenn sie mit Hans-Jörg allein war, sprach sie auch nicht, um sich die Zeit zu vertreiben, die Zeit sollte ja gar nicht vertrieben werden, sie sollte wie ein warmes Meer sich ausbreiten und zum In-ihr-Schwimmen einladen. Sie schwiegen, aber es war kein lastendes Schweigen, es war das Schweigen, das sie gewohnt waren, und so leicht geriet man da eben doch nicht heraus.

Er stand auf und ging langsam in Richtung des Nebengebäudes, sie hörte seine Schritte noch auf dem Kies, als er schon längst verschwunden war. Was er dort suchte, wußte sie: Das Kistchen mit Havanna-Zigarren, das er auf dem Flughafen gekauft hatte. Das hatten sie beim Umräumen drüben vergessen, oder vielmehr nicht vergessen, Silvi hatte es, als sie das Zimmer verließ, auf dem Nachttisch liegen sehen, ohne sich weiter darum zu kümmern, aber daß ihr nun sofort klar war, Hans-Jörg suche seine Zigarren, bewies, daß sich unbestreitbar etwas Gemeinsames zwischen ihnen entwickelt hatte. Er ging etwas gebeugt, als er sie verließ, obwohl er gar nicht großgewachsen war, aber es war bei ihm immer, als ziehe er den Kopf vor einer niedrigen Tür ein. Er hielt sich schlecht, es war etwas Trotziges dabei – andere mochten sich gut halten, der alte Schmidt-Flex an der Spitze, kerzengerade mit etwas zurückgeworfenem Kopf: das ging ihn nichts an, er gehörte nicht in eine Welt, die auf Haltung Wert legte. Sah er eigentlich gut aus? Das war eine Frage, die Silvi sich auf dem leise knirschenden Strohstrecksessel zum ersten Mal stellte. Ihre Freundin Ingrid, eine halbe Deutsche, hatte damals in São Paolo, als sie sich kennenlernten, so selbstverständlich und anerkennend davon gesprochen: Hans-Jörg sehe aber gut aus, ein fescher Mann – Ingrids Vater kam aus Wien, so weit weg von der Heimat konservierten sich altmodische Redensarten. Ingrid und alle anderen Menschen schienen das genau zu wissen, was das war, das Gutaussehen. Jedenfalls etwas anderes als schön. Männer waren nicht schön, sondern sahen gut aus. Auch Hans-Jörg war nicht schön, das ergab sich von selbst, denn zur Schönheit gehört auch ein Strahlen, ein Siegen, ein Triumphieren – davon war bei Hans-Jörg keine Spur, sie vermißte das nicht, aber sie war unsicher, was dies »gute Aussehen« betraf, von dem mit solcher unbezweifelten Sicherheit gesprochen wurde. Er hatte in den letzten Tagen etwas Farbe bekommen, in die Talgigkeit seiner Stirn war ein Hauch Frische gefahren, das war ein Gewinn, obwohl Silvi einen unbestimmten Widerwillen hatte, ihn sich braungebrannt vorzustellen, das wäre ihr geradezu als Verkleidung vorgekommen. Da sollte er lieber bleiben, wie er war. Mindestens so verborgen, wie das, was sie von seiner Erscheinung halten sollte, war ihr aber, was er wohl von ihr hielt. War er zufrieden mit ihr? War seine gelegentlich gallige Kritik, sein Jammern und Schweigen Ausdruck zeitweiliger Stimmungsschwankung, oder steckte mehr dahinter? Was glaubte Hans-Jörg, wie seine Frau sein solle? Sollte sie seiner Mutter oder Rosemarie Hopsten gleichen? Dann hätte er mit Silvi gewaltig danebengegriffen. Was war überhaupt eine Ehe? Sie sah das bei anderen Leuten – Rosemarie und Bernward Hopsten etwa, diesem felsenfest institutionshaft verheirateten Paar –, aber daß es zwischen Hans-Jörg und ihr eine Ehe gab, blieb für sie ein bloßes Wort. Sie sah sie einfach nicht, die eigene Ehe, die war unsichtbar für sie. Man schien die Vorstellung zu haben, daß eine Ehe irgendwie mit dem Kinderkriegen verbunden sei. Diese Vorstellung ließ sie erschaudern, denn sie fürchtete sich geradezu, unversehens einem kleinen sprachlosen Wesen ausgeliefert zu sein und für dessen Wohlbefinden Verantwortung zu tragen, wo sie sich doch so deutlich außerstande sah, schon das eigene Wohlbefinden auch nur zu definieren. Es hätte ihr allerdings nicht ähnlich gesehen, sich gegen das Kinderkriegen zur Wehr zu setzen, wie sie sich nur selten gegen etwas Unbehagliches, das ihr zugemutet wurde, zur Wehr setzte. Der Umzug ins Haupthaus war in seiner Entschiedenheit etwas Seltenes bei ihr. Hans-Jörg sei gesund, wie er mit vorwurfsvollem Stolz berichtete; nachdem er sich gewissen Untersuchungen unterzogen hatte, ließ auch sie den Gynäkologen an sich heran und beantwortete seine Fragen mit Überwindung ihres Widerwillens, und mindestens ebenso schwer fiel ihr, Hans-Jörg ihr gleichfalls günstiges Ergebnis mitzuteilen: nein, auch an ihr lag es nicht, daß sie keine Kinder hatten. Daß man in dieser Sachlage derart herumbohrte, war ihr unbegreiflich. Wäre da nun plötzlich ein Kind gekommen, hätte sie den aufrichtigen Versuch unternommen, sich damit zurechtzufinden, aber darüber zu sprechen und dann auch noch den Schwiegereltern Bericht zu erstatten, war ihr eine Qual. Hatte Hans-Jörg ihr das zumuten dürfen? Gab es da Regeln, auf die er sich berufen durfte? Es war schlimm, daß ihr Vater nicht in der Nähe war, obwohl sie wußte, daß mit ihm inzwischen nicht einmal mehr über Schachprobleme zu reden war. Seine bloße körperliche Gegenwart hätte sie an die Jahre vegetativen Wohlbefindens erinnert, die sie mit ihm in dem kleinen Bungalow verlebt hatte: Hier war alles, was man dachte und tat, selbstverständlich gewesen, bedurfte keiner Begründung und schon gar keiner Rechtfertigung. Sie verstand nicht, wie er sie nicht davor hatte warnen können, sich in die Hände eines Fremden zu begeben, eines Menschen, der nicht dasselbe Blut in den Adern hatte wie sie.

Als Hans-Jörg mit seiner Schachtel zurückkehrte, war sie tief in ihre Fragen verfangen; hätte er das Wort an sie gerichtet, sie hätte nicht antworten können. Es gab wirklich Räume im Innern. Man konnte sich auf einer Wanderung durch die eigenen Gedanken räumlich aus der Gegenwart entfernen, so daß es ebenso lang dauerte, bis man in sie zurückkehrte, wie wenn man hundert Meter zu laufen gehabt hätte.

In seiner Vorliebe für Ausrüstungsgegenstände hatte Hans-Jörg stets auch Spezialinstrumente für die Zigarren bei sich. Nicht nur das Spezialfeuerzeug, sondern auch einen Spezialabschneider und einen kleinen goldenen Spezialbohrer, der aus einer Metallhülse herausgedreht werden konnte, legte er sich nun auf der Terrassenbrüstung zurecht. Auch einen Aschenbecher hatte er gefunden. Silvi sah ihm zu, wie er ein

Zigarrenkörperchen aus der Schachtel nahm. Unwillkürlich kam ihr vor, er sei sehr klein, wie durch ein umgedrehtes Fernrohr betrachtet. Wie ernst und fachmännisch er vorging. Die Zigarre war ihm offenbar unendlich wichtig. Sie zu behandeln, sie zuzurichten, war von höchster Bedeutung für ihn. Er befand sich nun in von ihr nie betretenen Regionen, in denen er mit einer Kundigkeit waltete, die ihm eine tiefe Zufriedenheit einflößte. Der Bastler. Mit dem Rauch der saftig angeschmauchten Zigarre entstand ein Zelt um ihn. Dies Zelt hatte sich bewährt, vor allem in Gegenwart seines Vaters, der zu weltmännisch war, sich das Zigarrenrauchen in seiner Gegenwart zu verbitten, aber der es sich nie nehmen ließ, sotto voce als pflichtgemäßer Ratgeber seines Sohnes die Worte »Lippenkrebs, Zungenkrebs, Kehlkopfkrebs« fallen zu lassen. Umhüllt vom Rauch wuchs Hans-Jörg ein bißchen. Er fühlte Unabhängigkeit, und daran war das Präparieren wesentlich beteiligt, es gab Kenntnisse, die den Mann von anderen Menschen trennten und abhoben. Intensiv saugte er an dem dicken Ende. Seine Lippen warfen sich auf und umschlossen die runde braune Stange mit saugendem Druck. Das war Arbeit, die wollte geleistet sein. Zunächst kam nicht viel Rauch, aber dann erwies sich, daß die Zigarre trotz einer gewissen Feuchtigkeit vorzüglich zog. Warme, üppige Wolken quollen aus Hans-Jörgs Mund. Silvi sah ihm von ihrem Streckessel aus zu, wie er versuchte, Ringe zu blasen, es gelang nicht besonders gut, und wie er zugleich die Zigarre wahrhaft konsumierte, regelrecht verzehrte, das war eine Tätigkeit, die ihn vollständig mit Beschlag belegte.

»Es ist gut, daß er die Zigarren gefunden hat«, dachte Silvi, » jetzt hat er, was er braucht.« Sie schlief ein. In zunächst traumlosem Schlummer sank sie auf die Ebene des Vaterhauses in ihr damals so ereignisloses bloßes Dasein, in dem sie wahrscheinlich glücklich gewesen war.

Als sie erwachte, tat Hans-Jörg gerade die letzten Züge seiner Zigarre. Es blubberte in ihr, dunkelbrauner bitterer Tabaksaft rann aus dem Stumpen, so frisch war sie gewesen. Da unterschied Hans-Jörg sich von den landläufigen Kennern, die hörten früher auf zu rauchen, die Zigarre war dann noch zu einem Viertel nicht aufgezehrt. Bei Hans-Jörg siegte die Sparsamkeit über die Kennerschaft, ihn störte die wachsende Bitterkeit weniger als der Gedanke, einen kostbaren Rest nicht aufgeraucht zu haben. Obwohl Handbücher des Zigarrenrauchens, die er sämtlich konsultierte, davor warnten, die Papierbanderole zu entfernen, da das Risiko bestehe, daß sie mit einem Leimtröpfchen am Deckblatt klebte und es beim Abnehmen beschädigte, nahm er diese Banderole immer ab, ging dabei aber so behutsam mit einer rasiermesserscharfen kleinen Klinge zu Werk, daß ein solcher Schaden zu seinem Stolz niemals eintrat. Und so konnte er denn mit diesem Stolz, den der gründlich ausgeschöpfte Genuß ihm schenkte, das letzte glimmende Stückchen in hohem Bogen über die Terrassenbrüstung in die undurchdringlich überwucherten Tiefen werfen.

»Hast du die Zigarre über die Mauer geworfen?« Silvi sprach noch wie aus ihrem Traum heraus.

»Warum?«

»Ist das nicht gefährlich?«

Hans-Jörg richtete sich auf. Ein heißer Schrecken durchfuhr ihn, ihm war, als stehe sein Herz still. Alle Zeitungsnachrichten seines Lebens, in denen von durch weggeworfene Zigarettenstummel verursachten Waldbränden die Rede war, traten ihm auf einmal ins Gedächtnis, auch die beißende Verachtung, die solcher Unachtsamkeit galt. Er sprang auf und blickte über die Brüstung. Es ging dort tief hinunter, aber vom Boden konnte man kaum etwas erkennen, denn die ganze Substruktionsmauer, die die Terrasse trug, war von

einem Riesenwall undurchdringlichen Dornengebüschs be-
wachsen, eine Brombeerhecke, die in Jahrzehnten zum Ur-
wald geworden war. An der Oberfläche hatte sie eine Schup-
penhaut kleiner rot-grüner Blätter, aber im Innern, wohin zu
wenig Licht drang, war es strohtrocken und dicht verfilzt.
In diesen Dämmer hineinstarrend suchte er ein glimmendes
Pünktchen. Das konnte sich schließlich im Dunkel nicht verbergen. So hieß es doch: Das Glimmen einer Zigarette war
in der Nacht weithin zu sehen – auf eine solche Erfahrung
durfte man sich doch verlassen – sonst wäre ja überhaupt
keine Erfahrung von irgendeinem Wert, wenn sie in solcher
Not keinen Leitfaden bot. Und was, wenn die Zigarre unter
das Gestrüpp geraten war und nun im Verborgenen still vor
sich hin kokelte? Wie lange brannte eine Zigarre, wenn man
nicht an ihr zog?

Ohne ein Wort zu Silvi verließ er mit schnellem Schritt die
Arkade, weiter draußen führte ein steiler Pfad auf die tiefere
Ebene. Er rutschte ihn mehr hinab, als er ging. Unten war
eine verwahrloste Wiese, aus der die Dornröschenhecke aufstieg, turmhoch, sie verbarg das Haus oben fast vollständig.
Der Gärtner tat hier unten wohl überhaupt nichts mehr.
Doch, schlimmer, er hatte, wahrscheinlich viele Jahre lang,
das welke Laub der Steineichen einfach in diese Hecke hier
hineingeschoben. Der Brombeerdschungel erhob sich aus
dichten Kissen ausgetrockneten Laubes. Wenn hier hinein
ein Funke flog – Hans-Jörg brauchte den Gedanken nicht zu
Ende zu denken, da sah er vor seinem geistigen Auge schon
das ganze Brombeergebirge in eine einzige Flammenwand
verwandelt.

Er trug ein Polohemd, das seine Arme bloß ließ, die nackten Füße in dünnen Slippern, aber er stürzte sich jetzt ohne
Schonung mitten in die Dornen hinein, ließ sich Stirn, Arme
und Füße zerkratzen und drang in die Hecke vor. Er hielt

inne, um zu schnuppern: Rauch hätte er doch riechen müssen? Das war infam. Der Stummel lag hier irgendwo mucksmäuschenstill und gloste vor sich hin. Wenn die Flamme dann emporschlug, war schon alles zu spät.

Nichts zu sehen, nichts zu riechen. Aber das hieß nichts. Der Wasserschlauch, mit dem der Gärtner oben die Geranien in den Tonvasen goß! Er kämpfte sich auf die Wiese zurück. Auf seinen Füßen, Händen und dem Gesicht mischten sich Blut und Schweiß zu Strömen. Auf dem steilen Pfad stürzte er. Hier jetzt einfach liegenbleiben, einfach auf das Feuer warten, im Feuer untergehen, dann wäre alle Schuld aufgezehrt. Er kam wieder auf die Beine. Er sah erschreckend aus.

Da war der Wasserhahn. Tatsächlich, es lief Wasser, aus dem Schlauch tröpfelte es. Wohin genau hatte er den Stummel geworfen? Er versuchte das zu rekonstruieren. Das Wasser kam in dünnem Strahl, es stammte aus einer Zisterne, die war wohl schon ziemlich leer. Er lief hin und her mit dem Schlauch und ließ es hineinregnen in die Hecke, es klang wie ein zarter, sanfter Regenschauer. Er warf den Schlauch wieder hin und rannte zurück nach unten. Hier war alles staubtrocken. Das Wasser drang durch das Dickicht gar nicht durch. Nein, kein Zweifel, der Schuldige war der Gärtner. Diese elende südliche Schlamperei, diese Faulheit, die Katastrophen erzeugte! Aber ebenso wenig wie von den Wassertropfen war etwas von Rauch zu spüren, und nun hatte die Zigarre mindestens schon eine Viertelstunde Zeit gehabt, sich in das welke Lederlaub hineinzubrennen.

Silvi war während der ganzen Zeit ruhig, ja unbewegt geblieben. Ihre Frage hatte ihn in Panik versetzt, aber sie selbst blieb davon unberührt. Sie sah ihn in seinem zerstörten Zustand, sein Anblick erfüllte sie mit Mitleid. Sie fühlte das Bedürfnis, ihm das Blut aus der nassen Stirn zu streichen, sie wollte das wirklich gern tun, aber sie wußte nicht, ob er das dankbar aufnahm. Hans-Jörg war so verzerrt, daß es gewiß klüger war, ihn in Ruhe zu lassen.

»Wir gehen jetzt essen«, sagte sie so gelassen, als liege keine Gefahr in der Luft. Während er unter der Dusche stand – auch aus dem großen alten Brausekopf kam das Wasser nur mit mäßigem Druck –, sah er das Blut auf seinen Beinen davonrinnen und verdünnt im Ausguß verschwinden. Immerhin gab es Wasser im Haus, allein das Rauschen mußte doch ein anrückendes Feuer fernhalten.

Sie aßen in einem Restaurant in nächster Nähe. War das nicht eine Polizeisirene? Sie entfernte sich aber schnell. Das war wohl ein anderes Unglück, anderen Menschen stieß gerade etwas Böses zu, nicht Hans-Jörg, der durfte seinen Fisch in Ruhe aufessen. Auf dem Rückweg, bevor sie zum Haus einbogen, rechnete er dennoch im Stillen fest damit, im nächsten Augenblick einem Flammenmeer gegenüberzustehen. Die Schwärze, die erschöpfte, Wärme ausatmende Dunkelheit, die sie empfing, empfand er als unwirklich, er lief durch einen Traum. Das Haus brannte nicht, als hätte es niemals in der Gefahr geschwebt abzubrennen, als hätte nichts ferner gelegen. Er tappte noch einmal am Fuß der Terrassenmauer herum, er tat sich noch einmal weh. Die Zigarre war erbärmlich gewesen, kraftlos, ihr bißchen Glut hatte überhaupt nichts vermocht. Es mußte schon gewaltig viel dazukommen, daß eine solche zu Ende geschmauchte Zigarre irgend etwas anzündete: kein Fünkchen, kein rosiges Nest, kein Qualm – nichts war von ihr geblieben. Morgen kamen die Eltern. Wenn das Feuer bis dahin immer noch nicht ausgebrochen war, wenn es so lange brauchte, bis der Vater da war, dann fiel es in dessen Verantwortung. Das dachte Hans-Jörg tatsächlich.

## 17.

## *Eine Wespe, ein Kleid*

Es gab keine Reise, bei der Silvi nicht etwas vergessen hatte, zu Hans-Jörgs beträchtlicher Verstimmung, der eigentlich nicht geizig sein wollte, aber Widerstände in sich überwinden mußte, wenn Sachen gekauft werden sollten, die man bereits besaß. Diesmal war die Disposition günstig: Da Silvi und Hans-Jörg Vortrupp und Quartiermeister waren, konnten der nachreisenden Gesellschaft aus der Ferne Aufträge erteilt werden. Das dünne Sommerkleid, in der sizilianischen Hitze mehr als willkommen, war schon aus dem Schrank herausgehängt, es mußte im Schlafzimmer irgendwo sichtbar liegen und war nur durch einen Zufall nicht ins Gepäck gelangt. Bernward Hopsten nahm Silvis Schwiegermutter gern die Sorge ab, sich um dies Kleid zu kümmern, die alten Leute hatten ohnehin zu tun vor der langen Reise. Bernward meinte aus der Stimme der Frau Schmidt-Flex eine leicht verärgerte Erschöpfung herauszuhören, die sich die gedulderprobte Dame meist nicht gestattete, obwohl ein Seelenkenner sie unmittelbar hinter der teilnahmslosen Freundlichkeit ihrer Miene hätte entdecken können. Es war, als habe sie mit ihrem Schicksal eine Vereinbarung getroffen: Daß sie unter den nun einmal eingetretenen Umständen widerspruchslos und schweigend ausharren wolle, solange ihr nicht noch eine zusätzliche Last daraufgesattelt werde. Und diese Last mochte nun nur noch der berühmte Strohhalm sein, der den Erntewagen zusammenbrechen läßt. Aber für Bernwards Hilfsbereitschaft waren keine Notschreie erforderlich, er kam üblicherweise gern jeder Bitte zuvor. Und in diesem Fall erst recht.

Obwohl er sich seit diesem Sommer durch häufigen Umgang mit den Schmidt-Flex beider Generationen befreundet fühlen durfte – was man in seinem Milieu Freundschaft nannte – und jetzt sogar zusammen gereist werden sollte, hatte er die Wohnung des jungen Paares noch nie betreten. Bei den alten Schmidt-Flex in ihrer sehr konventionellen, mit Erinnerungsstücken an ein Leben in öffentlicher Aufmerksamkeit und mit in offizieller Mission unternommenen Reisen reich ausgestatteten Villa waren Rosemarie und er nun schon gelegentlich gewesen und hatten sich die Photographien auf dem Flügel erklären lassen, die den alten Schmidt-Flex mit zwei Päpsten, drei amerikanischen Präsidenten und dem Kreis der deutschen Nobelpreisträger zeigten. Es müssen sich die Großen dieser Welt ja demselben Ritual unterziehen wie die weißuniformierten Kapitäne von Kreuzfahrtschiffen, die für eine Photographie mit jedem einzelnen Passagier zur Verfügung zu stehen haben. Helga Stolzier war sehr neugierig, wie es denn bei den alten Schmidt-Flex aussehe, und Rosemarie gab herablassend Auskunft: Dicke Polstermöbel, Perserteppiche, Kronleuchter – »alles hart am Rand des Spießigen«, sogar eine Art Riemenschneider-Madonna fehle nicht, das waren Auskünfte, die Helga zugleich beruhigten und enttäuschten, denn ein gefährlicher Einfluß konnte von hier aus auf Rosemarie wohl nicht ausgeübt werden, Kundschaft für den Laden würden solche Leute allerdings auch nicht werden – »Ach woher!« sagte Rosemarie schroff, »da wird nix mehr gekauft! Die Leute kaufen nur noch ihren Sarg!«

Nun also würde Bernward Silvis Wohnung betreten, ohne daß sie darinnen war, ein seltsames Gefühl. Er dachte übrigens tatsächlich nur »Silvis Wohnung«, an Hans-Jörg wandte er keinen Gedanken. Wozu auch? Wohnungen werden doch zumeist von den Frauen gemacht. Wäre Hans-Jörg gefragt worden, wie er wohnen wolle, hätte er vermutlich selbst keine Antwort gewußt. Der eigenen Individualität gestatten, sich in der Wohnung auszubreiten, den Geschmack nicht nur urteilend, sondern gestaltend zu betätigen und sich damit auf ein Bild seiner selbst festzulegen, das lag diesem Mann denkbar fern, und das war wahrscheinlich sogar ein Zeichen seines guten Charakters: dem eigenen Leben nicht zu viel Bedeutung beizumessen.

Bernward war einmal in das Gästezimmer gekommen, das den jungen Schmidt-Flex am Wochenende zur Verfügung stand, als Silvi sich gerade ein Hemd vom Leibe zog, der Kopf war ganz verhüllt, und Bernward tat sofort einen Schritt zurück, da war wirklich nicht viel zu sehen gewesen. Am Swimming-Pool in ihrem winzigen Bikini hätten sich ihre Brüste von aller Welt studieren lassen, und doch, dies Eintreten in ihre verlassene Wohnung war jetzt für ihn etwas, das in dieselbe Kategorie fiel, jedenfalls nichts Unbelastetes. Den Schlüssel holte er bei Leuten im Haus ab, sie händigten ihm den Bund so gleichmütig aus, als sei an der Sache nicht das geringste dran. Diesen Schlüssel steckte er ins Schloß der großen Wohnungstür, einer zweiflügeligen, die das Hereinund Heraustragen riesiger Möbelstücke erleichtern sollte. Daß die jungen Schmidt-Flex in einer solchen geräumigen Altbauetage wohnten, war naheliegend, etwas anderes war im noch halbwegs jugendlichen Geschäftsmannsmilieu der Stadt kaum zu erwarten. Das Schloß war gut geölt, die Tür schwang auf. Bernward trat ein und ließ sie hinter sich zufallen, sie tat das mit sattem Geräusch, die geschliffenen Scheiben in ihr erzitterten. Nun stand er in Silvis Wohnung, auf dem Vorplatz, der sein Licht durch die geöffneten Flügeltüren der auf ihn führenden Zimmer erhielt.

Eine Weile stand er unbeweglich. Die Türen eröffneten mehrere Wege. Bei seinen ersten Schritten hatte er die Bohlen des gelben Parkettbodens knirschen hören. Dieser Boden schwang bei jedem Schritt stark mit, man bewegte sich auf ihm wie auf einer gespannten Trommelhaut. Es war, als würden die Schritte der Eintretenden registriert. Wenn Bernward hier neugierig umherschweifte, würde sich das später feststellen lassen? Bei diesem Gedanken wunderte er sich über sich selbst: Nichts lag ihm ferner, als in fremden Wohnungen Inspektionen vorzunehmen. Hätte er bei einem Besuch in einem fremden Haus gewußt, im Nebenzimmer hänge ein Leonardo, er hätte ohne Aufforderung des Hausherrn keinen Schritt in dessen Richtung unternommen. Die Bauern haben seit jeher die Grenzsteine als göttliche Institutionen angesehen, dort hockte der Gott Terminus, der es nicht mochte, wenn man ihn mißachtete, und Bernward hatte ungemischtes Bauernblut, da staunte man, wie wenig davon an seine Kinder gelangt war. Was war es, das ihn nach zeitlosem Verweilen im Halblicht des Entrées dazu verführte, von seinen eisernen Maßstäben abzugehen und diese verlassene Wohnung zu durchwandern, nicht nur einmal, sondern in mehreren Rundgängen, geradezu wie ein prospektiver Mieter?

Dies also war die Wohnung, durch die Silvi, wie sie sich rühmte, in der Nacht umherwandelte, auch in tiefer Dunkelheit kein Licht anmachen mußte und sich niemals stieß. Viel war freilich nicht darin, woran sie hätte anstoßen können. Die Räume hallten geradezu vor Leere. Natürlich gab es da und dort ein paar Sachen, mit Segeltuch bezogene Sophas, Lampen aus Vasen, die Helga Stolzier niemals in eine menschliche Behausung gelassen hätte, an einer Wand hing sogar ein großes wilhelminisches Porträt, General Ritter von Schmidt-Flex in voller Montur, mit einem beschädigten or-

namentenreichen Gipsrahmen, ein Bild, das einst für vollge-
stopfte Interieurs geschaffen worden war, dort womöglich
auf einer mit Brokatstoff verhängten Staffelei gestanden
hatte und das jetzt eine weite weiße Wand füllen sollte. Ein
Zimmer hatte eine weiße Bücherwand, peinlich geordnet
wie in einer städtischen Bibliothek, es wurde hier deutlich,
daß Hans-Jörg – es waren ohne Frage seine Bücher – auch
gewisse Buchreihen abonniert hatte, die, geschlossen wie im
Geschäft, ganze Regale für sich einnahmen. Aber wo las er?
In dem Sessel am Fenster? Diese Frage beschäftigte Bernward nicht weiter. Ein anderes Zimmer war vollständig un-
möbliert, dort stand eine Reihe Kartons, unausgepackt, wie
Bernward sah, als er einen Deckel lüftete, Silvis Sachen aus
Brasilien, auf den Etiketten stand noch die Adresse eines
brasilianischen Spediteurs. In diesem Zimmer stieß er auf
die erste Spur von Leben: Eine Wespe, die sich in den un-
fruchtbaren Weiten gefangen hatte, stieg mit mattem Ge-
brumm an der Fensterscheibe auf und ab. Sie sah das Licht
der Sonne, sie bemerkte mit ihren Wespenaugen wohl auch
die Fülle des Kastanienbaums vor dem Fenster, ob sie die
nun als grün einordnete, war gleichgültig, jedenfalls als etwas ihr Wohltuendes und Lebensförderliches. Das Lebens-
fünkchen in diesem eingeschnürten Wespenkörper übertrug
sein zartes Flackern auf die leeren weiten Räume. Er hielt
aber Abstand von dem gefangenen Insekt, denn er wußte,
daß ihm sein Stich gefährlich war; wenn nur der Arm anschwoll, hatte er Glück gehabt.

Nun stand er im Schlafzimmer, da war das Bett, nicht
übermäßig breit, wie er sofort feststellte, die beiden Schläfer
kamen offenbar gut miteinander aus. In diesem Zimmer betrat er eine andere Geruchszone: Während in den übrigen
Räumen ein durch die Ungelüftetheit nur leicht beeinträch-
tigter unspezifischer Gepflegtheits- und Reinlichkeitsgeruch

hing – eine Putzfrau war da mit nicht störenden Reinigungs-
substanzen am Werke gewesen –, war hier im Schlafzimmer
unversehens Silvi gegenwärtig. Die liebliche Substanz, in die
Silvis Körperwärme und Feuchtigkeit den eher herben Zitro-
nen-Lavendel-Vanille-Duft ihres Parfums verwandelte, war
in einer nicht unangenehmen Schlafzimmerdumpfheit geradezu körperlich anwesend. Wäre hier ein Sessel gestanden,
Bernward hätte sich darauf niedergelassen und die Luft genießerisch eingeatmet, aber da gab es nur ein mageres Stühl-
chen, um Kleider darüber zu legen – »sehr gemütlich sind die
Leute grad nicht«, dachte Bernward, auf das Bett hätte er
sich dennoch nicht gesetzt, das kam ja nicht in Frage. Und
da hing auch das Kleid – weißes Leinen – ein paar beinahe
identische hatte Silvi schon dabei – es war wie Zauberei. Ja,
so war Bernward zumute; als sei es keineswegs selbstverständlich, hier im Herzen dieser Wohnung, die er zum ersten Mal
betrat, nun wirklich den gesuchten Gegenstand in bedeutungsvoller Einsamkeit, geradezu ausgestellt vorzufinden. Er ließ
das Kleid aber erst noch einmal hängen und ging weiter auf
und ab. Wie unpersönlich diese Wohnung war. Die beiden
lebten hier wie in einer Hotelsuite, die freilich behaglicher
gewesen wäre – wirklich? Er dachte an Rosemarie und Helga
und deren unablässiges dekoratives Treiben auf der Suche
nach ausgefallenen Schönheiten, die für sein Gefühl auch
von Erfolg gekrönt war, er ließ sich gern vom Jagdfieber an-
stecken, wenn sie da bei Pattitucci oder entsprechenden Herren standen und kleine Auserwähltheiten betrachteten. Aber
wann hatte er in seinem Haus etwas Ähnliches erlebt wie
hier: Aus einem Zimmer durch die halbgeöffnete Tür in das
nächste und von dort aus wieder in das nächste zu blicken?
In dem zweiten Zimmer fiel ein deutlicher Sonnenstrahl auf
den Boden, im Unkörperlichen beinahe blendend, das Zimmer dahinter lag im Dämmer, hatte aber ein Fenster, das auf

den Himmel hinausging, der es blendend weiß ausfüllte. Von hier aus sah man gar keine Möbel, nichts, was darauf hinwies, daß man sich hier in einer Menschenwohnung befand. Es waren Räume zum Durchschreiten – nein, nicht eigentlich zum Durchschreiten, denn wohin führten sie? Dort hinten würde man einfach wieder umkehren müssen. Aber nun wunderte sich Bernward doch, daß im ersten Stock schon so viel freier Himmel ein ganzes Fenster sollte ausfüllen können. Und deshalb tat er ein paar Schritte in die Raumfolge hinein. Siehe da, das Rätsel klärte sich auf: Das Himmelsweiß war eine frisch gekälkte Brandmauer, den Himmel sah man aus diesem Fenster erst, wenn man den Kopf in den Nacken legte.

*»Bernward Hopsten, der Schweigende – nicht daß du ihn wirklich deutlich beschrieben hättest – dem Mann weichst du aus; könnte es sein, daß du ihn für mich harmlos machen willst?«*

*»Kann ein Mann eigentlich so harmlos sein, wenn in seiner Gegenwart die Welt gleich etwas weniger gefährlich erscheint? Die Empfindung, wir alle lebten auf dünnem Eis, die kam nicht auf, wenn er im Zimmer war. Man mußte aber sehr genau hinsehen, um zu merken, daß die Harmonie und Sanftheit eines Zusammenseins von dem einen Mann ausging, der kaum den Mund aufmachte.«*

## 18.

## *Mit anderen Händen*

Schlecht hatte diese Sizilien-Reise angefangen. Wäre es nach Silvi gegangen, hätte sie am liebsten die Ankunft ihrer Schwiegereltern nicht abgewartet, sondern wäre davor wieder nach Hause gefahren, aber sie äußerte nie einen Wunsch, man hätte ihn wohl auch nicht erfüllen können. Hans-Jörg war ihr immer rätselhaft gewesen, aber jetzt meinte sie sicher zu sein, daß er mit ihr nichts anfangen konnte und von ihrer Gegenwart geradezu gepeinigt war. Sie war wie Wasser, quellklares, kristallfunkelndes Wasser allerdings. Wenn man sie zurückstieß, dann wich auch sie sofort zurück, und wenn sie in Ruhe war, glich sie einem Spiegel, der reflektiert, was in ihn hineinsieht. Überraschenderweise wurde mit der Ankunft der alten Schmidt-Flex und der beiden Hopstens samt Tochter diese Reise dennoch ein Erfolg. Bernward strahlte väterlich-liebevoll, als er Silvi sah, Rosemarie war ein wenig gedämpft, nicht ganz die kraftvolle Maschine, die Silvi aus Frankfurt kannte, viel weniger einschüchternd und offenbar ruhebedürftig, lange Stunden des Tages im Liegestuhl verbringend. Die Schwiegereltern lebten in dieser langjährigen Sommerresidenz zeremoniös; man sah sie nur zu den Mahlzeiten, die an einer altmodisch gedeckten Tafel mit großen weißen Fransenservietten in der hohen Loggia serviert wurden. Das Bild war sehr würdig, das Essen ein wenig einfallslos. Nach einer Woche war Rosinas Programm im Grunde ausgeschöpft. Als Präsident seiner Tafel lief der alte Schmidt-Flex zu großer Form auf, aber diesmal tat er mit seinen Monologen den Gästen geradezu einen Gefallen. Die Unterhaltung wäre sonst vielleicht etwas lahm gewesen, denn Bernward war zwar gesellig und heiter, führte aber auf westfälisch-stillvergnügte Weise nie das große Wort, Rosemarie war »gedankenvoll und tatenarm«, wie der Dichter sagt, und Hans-Jörg hing seinen Grübeleien nach, während die alte Frau Schmidt-Flex mit dem eigentümlich zerzackten Gesicht ihre gesamte Seelenkraft darauf wandte, die Anekdoten ihres Mannes ein weiteres Mal anzuhören. Wenn er sagte: »Der Kaukasus, meine lieben Freunde, da muß ich euch alle enttäuschen« – dann hätte sie augenblicklich ergänzen können: »Der Kaukasus wird niemals eine Schweiz sein.« Wenn er sagte: »Soeben ist mein lieber Freund Alfred Cossery gestorben, einer der letzten Vertreter der alten Pariser Boheme«, dann hätte sie augenblicklich fortfahren können: »Der noch Camus und Boris Vian gekannt hat, der in der Dachkammer des Hôtel Louisiane mit einem Tauchsieder gelebt hat…« Warum nur war ihrem Mann dieser Tauchsieder so wichtig? Der Tauchsieder als Szepter alten Pariser Künstlerkönigtums. Wenn er dann, ohnehin schon in Paris angelangt, hinzufügte: »Nebenbei, ich werde im Herbst wahrscheinlich das Kreuz der Ehrenlegion erhalten«, dann hätte seine Frau ihm ohne weiteres abnehmen können hinzuzufügen, es gebe sichere Hinweise, »daß er von drei Ministern dafür eingegeben worden sei – ganz im Ernst: von drei Ministern!« Manchmal sprachen sie dann tatsächlich zu zweit dieselben Worte, denn er ließ es sich natürlich nicht von ihr nehmen, den angefangenen Satz zu Ende zu bringen. Sie schuf sich damit eine winzige Erleichterung, wie sich ein Kranker im heißen Bett wälzt, um irgendein kühles Fleckchen zu finden. Aber sie war an seiner Seite geblieben, als gebe es nichts anderes, heute noch erschienen Photos des alten Schmidt-Flex und seiner Frau in Smoking und Abendkleid, auf dem Bundespresseball, in der steifen Intimität einer Foxtrott-Tanzhaltung mit der Unterschrift: »… ließ Schmidt-Flex es sich nicht nehmen, mit seiner Frau das Tanzbein zu schwingen« oder ähnlich wohlgelaunten Kommentaren, dazu sein schiefes Lächeln mit dem wie eine Spezialzange zusammengekniffenen Mund, das ironisch anzeigte, ein Mann wie er bewähre sich eben nicht nur am Konferenztisch, sondern auch auf dem glatten Parkett. Phoebe lauschte jedem Wort mit gespitzten Ohren, sie war hier ohne ihre gleichaltrige Gefolgschaft und tat, als fehle ihr die auch nicht, sie hielt die ganze erste Woche die Rolle der musterhaften Tochter durch, bis sie dann am Strand Gesellschaft fand, die sie in die örtlichen Diskotheken einführte, danach ward sie nicht mehr in der elterlichen Gesellschaft gesehen, aber bis dahin erhielt ich nachts Telephon-Reportagen. Jetzt auf Abstand hatte sie mich entdeckt und bestand darauf, daß ich sie täglich anrief. Ein bißchen fatal war das schon: Mir war klar, daß ich jetzt in dieser Konstellation unbedingt hätte dabei sein müssen, jetzt wäre sie mir nicht entkommen. Und am sicheren Telephon erklärte sie sogar, daß meine Mitreise eigentlich ganz einfach möglich gewesen wäre, zu dumm, daß sie nicht daran gedacht habe.

Komisch war vor allem, wenn sie erzählte, wie der alte Schmidt-Flex den Weinkonsum zu steuern versuche. Das Haus hatte eigenen Wein, der in etikettenlose Glasflaschen abgefüllt wurde, betaut und golden blinkend kamen diese Flaschen auf den Tisch, es war auch ein Aprikosenton in dem Wein, er war leicht säuerlich, das ließ ihn frisch und leicht erscheinen, obwohl er ziemlich viel Alkohol hatte. Der alte Schmidt-Flex trank ein Glas zum Abendessen, seine Frau das zweite, Hans-Jörg blieb immer beim Wasser. Da hätte eine Flasche leicht ein paar Tage halten mögen. Aber nicht, wenn Bernward und Rosemarie am Tisch saßen. Beide tranken immer viel und beiden bekam es gut, niemand hat jemals Bernward betrunken gesehen, bei Rosemarie rötete sich freilich im Lauf eines Abends das Gesicht, aber das fiel beim Kerzenschein und dem schwachen Licht aus der im Nachtwind schwankenden eisernen Laterne in der Loggia nicht so auf. Beide ließen sich auch am späten Vormittag schon Wein bringen, wenn das Mittagessen noch eine Stunde entfernt lag. Die Flaschen waren einfach zu appetitlich, sie suggerierten, daß man sie in sich hineinstrudeln lassen müsse, wie die Austern das Meerwasser inhalieren, und Rosemarie sagte tatsächlich beim ersten Glas: »Davon kann man viel trinken.«

Der Kneifzangenmund des alten Schmidt-Flex verzog sich. Ihm war das Bedürfnis abzulesen, daß er jetzt gerne ganz schnell etwas abgekniffen hätte. Im Süden trinke man nicht viel, sagte er in belehrendem Ton. Der mediterrane Mensch unterhalte zum Wein ein sehr moderates Verhältnis. Schon in der mittelalterlichen und in der rinascimentalen Literatur trete der trunksüchtige Deutsche auf, ein Fremdkörper in Italien. Bernward lächelte sein diskretes und in sich gekehrtes Lächeln, aber Rosemarie fand diesen Unterricht hochinteressant, ein weiterer kulturhistorischer Ausflug, wie sie an diesem Tisch selbstverständlich waren und keineswegs eine Schmidt-Flexsche »Zurückstufung« – sie durfte für ausgeschlossen halten, daß er sich ihr gegenüber so etwas erlaubte. Dann erwachte sie aus ihrer träumerischen Faszination, mit der sie ihm gelauscht hatte, und fragte rheinisch-munter, ob es denn keinen Wein mehr gebe.

»Wir können auch gern ein paar Flaschen kaufen – wollten wir ohnehin.« Dazu ließ es der alte Schmidt-Flex dann doch nicht kommen. Rosina wurde in geläufigem Italienisch für alle hörbar angewiesen, für »i signori« stets Wein im Kühlschrank zu halten, auf diese letzte Demonstration wollte der Gastgeber denn doch nicht verzichten. Aber in seinem Schlafzimmer, den silberweißen Kopf in das süditalienische monogrammbestickte Riesenkissen gelehnt, bemerkte er zu seiner Frau, es sei doch seltsam, daß die Hopstens, so reizend sie seien, irgendwo etwas Neureiches hätten – und hier richtete er sich im Triumph des entdeckten Paradoxons aus dem Kissen auf: obwohl sie das nachgewiesenermaßen doch gar nicht seien! Wie sie das finde?

Sie habe das von Anfang an gesagt. Wenn Frau Schmidt-Flex einen solchen Satz aus dem Steinbruch ihres Schweigens unversehens und unmißverständlich formuliert hervorbrachte, hatte das etwas selbst ihren Mann unheimlich Berührendes.

»Die alten Schmidt-Flex mögen Silvi nicht«, sagte Phoebe am Telephon. Ich stellte mir vor, daß sie in die heiße Nacht hinein sprach, umschwirrt von Fledermäusen und von einem Gecko beobachtet. »Man merkt es in jedem Augenblick, aber sie hat es Mami auch gesagt.« Durch Silvi werde die Erfolgslosigkeit Hans-Jörgs gleichsam endgültig. Sie sei nicht die Frau, ihn da herauszuholen. Hans-Jörg brauche eine Frau, die »etwas aus ihm mache«.

»Was soll das denn sein – etwas aus einem Mann machen?« fragte Phoebe geradezu empört. »Was soll denn dabei herauskommen? Träumst du von einer Frau, die etwas aus dir macht?«

»Dann müßte doch alles zum Besten stehen zwischen den beiden.« Aber so sei es nicht. Anstatt daß Hans-Jörg Silvi dankbar sei, daß sie nicht versuchte, »etwas aus ihm zu machen«, erziehe er auf die peinlichste Weise an ihr herum, versuche ihr das Weinglas wegzunehmen und Papi am Nachschenken zu hindern. »Mein Gott, was für ein Mann.«

Ein Kreis von Menschen ist mehr als eine Summe von Individuen; dies Gesetz bewährte sich jetzt von neuem. Die kleinen Disharmonien, die Vorbehalte und die geheime Kritik, die die im Landhaus der Schmidt-Flex Versammelten aneinander und gegeneinander übten, störten nicht nur nicht den großen Zusammenhalt, sie bildeten sogar seinen verborgenen Kitt. Man freute sich allgemein auf die Mahlzeiten, so sehr man sich auch zuvor über die andern belustigt hatte.

Und es gab dann ja auch etwas zu erzählen mit der Zeit. Der Bann der allgemeinen Sprachlosigkeit wich. Morgens hatte der alte Schmidt-Flex ein großes Taxi bestellt, das die ganze Gesellschaft nach Catania fuhr. In seiner Gegenwart stand freilich alles im Zeichen gezielter Besichtigungen, ein zielloses Schweifen durch die Straßen dieser vernachlässigten und verarmten, im Königreich Sizilien einst glanzvollen Provinzstadt kam nicht in Frage. Aus schwarzem Tuffstein und weißem Marmor war die Stadt, oder doch ihre wichtigsten Straßen, Paläste und Kirchen, nach einer Erdbebenkatastrophe wieder aufgebaut worden; die breiten Boulevards sollten bei einer immer möglichen Wiederholung des Vulkanausbruchs mit allen feurigen Folgen den Bürgern die Flucht aus den zusammenstürzenden Häusern möglich machen – alles war bereits auf eine zukünftige Zerstörung ausgerichtet, die architektonische Pracht war anders als in anderen Städten nicht für die Ewigkeit gebaut, sondern schon vorbereitet als kostbarer Rahmen eines erneuten Untergangsszenarios. Die schwarzen Palazzi waren für Trauerprunk gerüstet, der weiße Marmor von Fenstersimsen und Portalen war wie Knochen in das Schwarz eingefügt. Hopstens luden in ein Restaurant ein, das Schmidt-Flex als »zu teuer« tadelte – es sei allerdings nicht schlecht, stehe eben nur einfach in seinen Leistungen nicht in der richtigen Proportion zum Preis. Aber Rosemarie war dankbar, einmal etwas anderes zu bekommen als Rosinas Hühnchen mit Reis.

Sie war in der Stimmung, etwas zu sich zu nehmen, der Druck auf den Magen und die Zuschnürung der Kehle, die sie seit dem Aufstehen begleitet hatten, waren verschwunden. Sie hatte etwas getan, um sich zu befreien, etwas, das ihr gestern noch unmöglich gewesen war. Das Denken an Salam hatte sich als eine solche Last auf sie gelegt, daß es ihr kaum mehr möglich war, einer harmlosen Unterhaltung zu folgen. Es war keine Freude in diesen Gedanken, aber auch keine Reue, es waren keine Pläne darin und keine Hoffnungen oder Ängste. Es war, als sei sie auch hier, weit weg von Frankfurt, seiner physischen Gegenwart ausgesetzt. Er hatte sich ihrer so bemächtigt, daß es kein Entkommen gab. Bernward bemerkte ihre Abgelenktheit und Teilnahmslosigkeit, die sich auf die Mechanik der gesamten Gesellschaft so günstig auswirkte, mit neuartigen Empfindungen. War da am Ende etwas grundsätzlich Unerwartetes, Andersartiges in ihr gemeinsames Leben getreten? An die Stelle ihrer Jugendliebe – sie hatten sich schon auf der Universität kennengelernt – war recht früh die von vielen bewunderte loyale Freundschaft in ihrer unaufgeregten Unverbrüchlichkeit getreten. Aber warum sollte dies nicht auch nur eine Phase gewesen sein, die eines Tages einer Ermüdung, einer Gleichgültigkeit und einer Neugierde auf andere Menschen Platz machte? Und würde dieser Phase womöglich eine weitere folgen, in der man einander lästig wurde? Rosemarie hatte, so kannten ihre Freunde sie, eine kraftvolle, gelegentlich geradezu lärmende Natur, aber er wußte, daß sie sich auf ihn stützte und oft genug nach seiner Hilfe Ausschau hielt. In diesem Bedürfnis war eine Störung eingetreten, sie schien, so meinte er gewiß sein zu dürfen, unversehens weniger auf ihn angewiesen zu sein. Dies Gefühl wuchs in dem ungewohnten engeren Zusammenleben. Das gemeinsame Schlafzimmer war sehr groß, das mächtige Messing-Ehebett, ein wahrer Ehe-Altar, verlor sich beinahe darin, und doch war es eben nur ein Raum für zwei, die sich an eine separate Bequemlichkeit gewöhnt hatten und nun auf einmal wieder jeden Atemzug miteinander teilen sollten. Es entging ihm nicht, daß Rosemarie nachts wach lag, eigentlich immer, wenn er einmal kurz erwachte, daß sie sich die Zeit aber auch nicht mit Lesen verkürzte, sondern still ins Dunkel starrte, mit den eigenen Gedanken offenbar hinreichend beschäftigt.

Es war während der Besichtigung der Kathedrale unter Anleitung des alten Schmidt-Flex – er hatte das Buch »Southern Baroque« von Sacheverell Sitwell dabei, den er in seiner Jugend noch von Cambridge aus mehrmals auf Renishaw besucht habe – hätte er ein zeitgenössisches Buch in die Hand genommen, dessen Autor er nicht persönlich kannte? Da kam Rosemarie unversehens der erlösende Einfall. Die Gruppe bewegte sich langsam durch das dämmernde Kirchenschiff – Schmidt-Flex wies auf die beständige Wiederkehr von Schwarz und Weiß –, als Rosemarie einen schnellen Schritt zur Seite tat und sich in einen leeren Beichtstuhl kniete. Dunkelheit umgab sie. Sie atmete auf, als das Display ihres Telephons aufleuchtete. Und da war schon Salams Stimme, weich-wienerisch-libanesisch, in schmelzendem Ton. Welchen Anruf hatte er erwartet? Rosemarie wußte nicht, was sie sagen sollte. Sie murmelte Belangloses, aber hörbar unter Druck. Ihre wichtigste Mitteilung war, daß sie nicht lange sprechen könne, auch später sei es schwierig. Freute er sich, unverhofft ihre Stimme zu hören? Sie meinte, seinem Tonfall etwas wie Freude entnehmen zu können. Sagen tat er freilich nichts dergleichen. Das Gespräch glich einer ersten Kontaktaufnahme von Gefangenen in benachbarten Zellen, obwohl Salam sich gewiß nicht in einem Beichtstuhl aufhielt. Aber so inhaltslos diese knappe Unterhaltung auch war – Rosemarie spähte derweil einmal nach draußen, aber die Gruppe war verschwunden, auf den alten Schmidt-Flex war Verlaß, er las mit perfektem Cambridge-Akzent, wonnevoll ein Bad in seinem Englisch nehmend, ein Kapitel aus »Southern Baroque« vor, und Rosemarie hätte ausführlich plaudern können, wenn ihr nur etwas eingefallen wäre –, dies wenige Sprechen wirkte doch erlösend. Salam sagen zu hören, es sei wieder heiß in Frankfurt, er arbeite viel, er erwarte ihre Rückkehr, ließ einen Ballon platzen, der unerträglich in ihr angewachsen war. Auf einmal war alles nicht mehr so schlimm. Sie würde das alles irgendwie in den Griff bekommen. Es war beherrschbar. Sie hatte ja ihr Telephon. Und auch Raum für kleine Bedenken gab es plötzlich wieder: War es klug, Salam hinterherzutelephonieren? Hätte sie ihn nicht besser etwas braten lassen sollen? Nein, so schnell riefe sie nicht wieder an. Wie ein frommes Beichtkind verließ sie den Beichtstuhl mit einem guten Vorsatz, der sie gleich auch ein wenig stärkte.

Zum Mittagessen gab es einen köstlichen Wein. Silvi trank schnell hintereinander drei Gläser und sagte dann: »Man trinkt so schnell ein Glas zuviel, man weiß immer nur vorher nicht, welches zuviel war.« Sie ließ ihre Rs rollen und breitete die Früchte ihres Catania-Besuches aus, mit Sitwells Einsichten in das Wesen des »Southern Baroque« hatten sie nicht viel zu tun, aber sie bewiesen, daß Silvi nicht blind war.

»Es ist wirklich die schwarz-weiße Stadt, kaum zu fassen. Erst rannten vor der Kirche zwei Dalmatiner hin und her, so schnell, daß die schwarz-weißen Flecken sich beinahe vermischten, dann kam ein alter Schwarzer mit weißem Haar, der Lutscher verkaufte, dann fuhr ein weißes Auto mit schwarzen Reifen vor, und dann lagen da noch die weißen Zuckersäcke aus Brasilien, gefüllt mit Holzkohle neben dem Bratrost auf dem Markt...«

Bernward fragte ungläubig, wann sie das alles gesehen habe, er tat, als habe Silvi wer weiß was Ungewöhnliches gesagt, aber er saß nicht nahe genug, um sie aufzufangen, als sie beim Aufstehen stolperte.

»Das geht doch nicht«, sagte Hans-Jörg in unterdrücktem Zorn, und Rosemarie in der Erleichterung nach ihrer Wiedergeburt im Beichtstuhl gab ihm recht, ohne es auszusprechen. Sie hatte einen tiefen Widerwillen gegen stürzende oder stolpernde Frauen, die ganze Ehre ihres Geschlechts schienen sie zu kränken, die harmlose Silvi war unversehens von stiller Antipathie umgeben, da darf man die würdigen Schwiegereltern einbeziehen.

Am Abend hatte sie die Gelegenheit, die Scharte auszuwetzen, da war sie ausgeschlafen und trank ihr erstes Glas Wein erst nach dem Essen. Es war auch nicht so, daß der alte Schmidt-Flex niemals etwas sagte, was die Aufmerksamkeit seiner Schwiegertochter hätte finden können. Da er unablässig sprach, war es allein von der Menge her nicht unwahrscheinlich, daß er irgendwann einmal auch Silvis Geschmack traf, ebensowenig wie jedes Wort, das er an andere richtete, mit der Formel begann: »Sie müssen lernen...«, manchmal hieß es eben auch: »Ich habe gelernt, daß...« Und beim Essen unter der schwankenden Laterne, die gut in den Torweg einer alten Burg gepaßt hätte, von Nachtfaltern umflogen, kam er auch auf seinen Onkel, den General von Schmidt-Flex, der den persönlichen Adel erhalten hatte –, »Hans-Jörg und Silvi besitzen das Porträt, eine mittelmäßige Arbeit aus schlechter Zeit, wir sagten immer ›Mauvais-goût-Zeit‹«, der eine schwachsinnige Tochter gehabt habe, Tante Frieda, »meine Tante Frieda«. Unvergessen sei, was diese Frieda ihrer Freundin ins Poesiealbum geschrieben habe: »Auf einer Insel im Meere / da lebten der Hirten zwei / der eine hieß Malone, / der andere hieß Malai.

Dies wünscht Dir Deine treue Freundin Frieda Schmidt-Flex.« In das Gelächter seines Publikums hinein fuhr der alte Schmidt-Flex fort: »Ohne Zweifel bezieht sich dies Gedicht auf die Äußeren Hebriden – Malone ist ja wohl ein keltischer Name. Aber warum erzähle ich das?« Im Grunde gehe es ihm vor allem um das Institut des persönlichen Adels – das sei doch etwas sehr Sinnvolles gewesen. Verdienste vererbten sich eben nicht ohne weiteres – der geniale Vater habe häufig einen weniger genialen Sohn – »im Fall meines Onkels hätten wir dann eine schwachsinnige Aristokratin gehabt, davon gibt es doch ohnehin genug«. Auch er glaube nicht an das Vererben. Der Beste müsse die Leitungsgewalt erhalten – das sei für ihn Demokratie auf Unternehmerseite. Nachdem er alles bedacht habe, sei er zu dem Schluß gekommen, sein Vermögen in eine Stiftung einzubringen, die seinem Sohn gewisse Einkünfte, nicht aber die Verfügung über das Kapital überließ. Es war dem alten Schmidt-Flex häufig gegeben, in seinen Reden Zöpfe zu flechten: eine lustige Strähne, eine belehrende und eine unangenehme. Hans-Jörg sah auf seinen Teller. Das Stiftungsvorhaben seines Vaters war nichts Neues für ihn, er stimmte der Sache auch zu, sein Vater hatte ihn überzeugt, aber er fühlte Rosemaries und Phoebes mitleidige Blicke und wußte nicht, wie er ihnen begegnen sollte. Vielleicht am besten, indem er die gesamte Zigarrenaffäre jetzt offen ausbreitete? Allen zu vermitteln, wie knapp es war, daß sie hier am Tisch saßen und aßen und zuviel tranken?

Silvi verhinderte das. Sie war von den Versen so entzückt, daß sie die Nachsätze gar nicht mehr mitbekommen hatte. Nonsenskobolde waren in sie gefahren, sie lachte in sich hinein, als werde sie inwendig gekitzelt. Es gab nie etwas, das häßlich aussah bei Silvi; auch wenn sie sich ausschütten wollte vor lachen, verzerrte sie sich nicht. Sie verzerrte sich nie. Warum hatte sie an einen Mann geraten müssen, dessen Grundzustand die Verzerrtheit war?

»Dieses wundervolle, schöne Gedicht – damit machen wir ein Spiel – ein sehr schönes Spiel!«

Sie winkte Bernward zu sich und flüsterte mit ihm, offenbar nicht sehr Deutliches zunächst, von ihrem Kichern unterbrochen, aber dann war er eingewiesen. In der Loggia gab es eine hohe Nische für eine große Vase oder eine Statue, sie war aber leer, bis Bernward sich dort hineinstellte, beide Hände auf den Rücken gelegt. Er füllte die Nische bequem aus, aber hinter ihn drängte sich Silvi, und so zierlich sie war, verschwand sie ganz hinter ihm, obwohl Bernward kein massiger Mann war. Und nun steckte sie ihre beiden Hände unter seine Arme, den Betrachtern schien es, als habe dieser ausgewachsene Mann eigenartig verkürzte Ärmchen und überraschend zierliche, oval geformte Hände, und das sah schon komisch genug aus, aber als Bernward die kleinen Verse von des alten Schmidt-Flex schwachsinniger Tante zu rezitieren anhob, feierlich und unbestimmt drohend, als sei er der steinerne Gast, da begannen sich seine fremden Händchen dirigierend und in unterrichtender Rhetorik, mit erhobenen Zeigefingern zu regen und die Verse zu untermalen, und in dem schwankend schattenreichen Licht waren sie nun wirklich ein einziger Körper geworden. Es sah so überzeugend aus, daß man stutzte, bevor man lachte. Bernward mußte den Hebriden-Spruch mehrfach wiederholen, denn er kannte darüber hinaus nicht ein einziges Gedicht auswendig – schade eigentlich, dachte er unwillkürlich, es lernt sich so leicht, aber dazu hatte sich bisher nie die Gelegenheit ergeben. Und er fuhr gern in der ungewohnt komödiantischen Darbietung fort, denn Silvis Körper an seinem eigenen zu spüren und ihre beweglichen kindlichen Arme fest unter die eigenen geklemmt zu haben, das war ein Zustand, der gern andauern mochte. Rosemarie und Phoebe hatten ihn nie zuvor in solcher Art Gäste unterhalten sehen. Er war sogar unfähig gewesen, einen glaubwürdigen Nikolaus abzugeben, als die Kinder klein und zu jeder Täuschung bereit gewesen waren. Und jetzt sahen sie ihn mit stierem Blick von Malone und Malai berichten, als kündige sich im hohen Norden ein Gemetzel nach Art isländischer Sagas an. Sogar der alte Schmidt-Flex schmunzelte gnädig; mehr Zustimmung war bei ihm für die Darbietung anderer Leute nicht drin, er sann auch sofort über Verbesserungsvorschläge nach. Immerhin hatte man ein von ihm aufgebrachtes Gedicht benutzt.

Auf seine Frau aber hatte diese Miniaturtheateraufführung eine überraschende Wirkung. Die mit Anstrengung bewahrte Selbstbeherrschung sprang buchstäblich in Stücke, ihr Gesicht zerfiel und rekomponierte sich in einem unbeherrschbaren Lachanfall. Ihre Augen standen voll Tränen, als sie sich schließlich beruhigt hatte und in geradezu tragischem Ernst vor sich hin sagte: »Das ist wirklich komisch gewesen.« Wer genau hinsah – das tat bei ihr freilich niemand mehr, sie hatte sogar die wohlerzogenste Aufmerksamkeit ihrer Mitmenschen derart entmutigt, daß ein Gespräch mit ihr sinnlos schien –, hätte bemerkt, daß sie sich seit diesem sie tief erschütternden und durchschüttelnden Gelächter etwas entspannte. Die steinerne Qual der Langeweile ließ nach. Sie brachte diese Wohltat sogar mit Silvi in Verbindung und sah sie in den folgenden Tagen gelegentlich unverwandt an, nicht unfreundlich jedenfalls, mit dem leichten Kopfschütteln eines Erstaunens, was alles in bis zum Überdruß bekannten Menschen dennoch steckte.

Nachdem die Gesellschaft sich allmählich zurückzog, ergab es sich, daß Bernward und Silvi draußen noch sitzen blieben, es war, als wolle man die Protagonisten des Abends noch ein wenig miteinander allein lassen. Sie saßen nicht nah zusammen, Bernward erreichte aber mit der Flasche Silvis Glas, wenn er den Arm ausstreckte. Sie schwiegen eine Weile. Aus der Richtung der Hühnerställe drang ein verschlafener Hahnenschrei, es war spät, aber noch nicht so früh, die Hühner zu wecken, der Hahn mußte geträumt haben.

»Ja, sie träumen wirklich, die Hühner«, sagte Silvi, »als wir noch Hühner hatten, da war solch ein stilles geheimes Glucksen und Knistern im Hühnerstall. Mein Vater glaubte eine Weile an eigene Hühner. Das ersetzte ihm wahrscheinlich den Gutshof.« Wie sehr habe sie die Hühner geliebt, jedes einzelne sehe sie noch vor sich: Ein Huhn war schlank wie eine Taube; ein anderes hatte ein Gefieder, das eigentlich gar nicht an Federn, sondern an Fell, ein braunes Hasenfell, erinnert habe, und wenn dies Huhn so in sich zusammengesunken kauerte, meinte sie sogar Hasenohren ausmachen zu können. Dann gab es ein blasses, das war hellbraun und schlank wie ein Rebhuhn, ein wilder Vogel im Grunde, auch ein Außenseiter, ein anderes Huhn hing mit einem Riesenhintern auf der Stange, daß sie sich fragte, wie es das Gleichgewicht hielt. Ein Junghuhn sah aus wie eine schwarze Krähe, war auch zänkisch, ein anderes behielt einen nackten, mit wenig Flaum besetzten Geierhals. Sehr liebte sie das hellgraue Angora-Huhn, durch dessen weichen delikat gefärbten Leib sanfte Wellen liefen, es war in sich lieblich bewegt. Und der Löwenkragen des Hahnes, wie aus langen, fettigen gelben Haaren genäht. Sie habe dort drüben eine Tante gehabt, Cousine ihres Vaters, die manchmal zum Essen kam und sich die Gabelbissen nervös auf dem Teller zurecht gescharrt habe, da sei immer dieses zusammenscharrende Geräusch um sie gewesen beim Essen – und dann das Zustechen – »genau wie die Hühner, dieser scharfe Blick nach dem umständlichen Zurechtlegen des Körnchens. Ach«, sagte Silvi, »und wenn sie dann alt wurden, hat unsere Köchin sie blitzschnell geschlachtet, die anderen sahen dabei zu, ich fragte mich immer, was sie sich jetzt denken. Wir haben sie dann gegessen, und das hat mich immer getröstet. Ach, das war schön.«

Sie klang ein wenig traurig. Bernward lauschte ihr atemlos.

Beim Ausziehen später in dem kleinen Ankleidezimmer fiel sein Blick in den hohen Kippspiegel, der in der Ecke stand. Zum ersten Mal seit vielen Jahren sah er sich in Ruhe und allein nackt und studierte, was sich ihm da präsentierte. Sein nackter Körper existierte für ihn sonst eigentlich nicht, vor Rosemarie bewegte er sich in ehegattenhafter Sorglosigkeit, auch an ihr waren die Jahre nicht folgenlos vorübergegangen, aber dem galt seine Aufmerksamkeit nicht, es war eher, daß die gesamte Frage, wie der Körper denn nun aussah, als etwas grundsätzlich gleichgültig Gewordenes betrachtet wurde. Sein Körper war außer Konkurrenz, die Frage, wie er auf irgendwen anders wirken mochte, stellte sich nicht. Und er war keineswegs aus dem Leim gegangen, darauf achtete er ganz diskret, ohne schreckliche Gewaltmaßnahmen, rigide Diäten oder Kuren. Aber wie zutiefst unerfreulich war doch diese von Kleidern bedeckt noch ganz anständig aussehende Magerkeit! Wie sehnig und knotig die Beine, wie knochig und verdreht die Füße, geradezu wie von Dürer gezeichnet, wie schlaff und zitzig hing die Brust herab, wie müde und uneben und, bei gewissen Drehungen, wie faltig war die Haut, an Knien und Ellenbogen von roter schauriger Runzligkeit, vom Hals zum Kinn zogen sich zähe Hautstränge wie bei einem alten Huhn – apropos Hühner, von denen Silvi ihm in ihrem gesprächigen Ausbruch so bewegend berichtet hatte. Bernward war eine gelassene Natur, der Anblick im Spiegel verletzte ihn nicht in seiner Eitelkeit; wie sollte er schon aussehen in seinen Jahren, als Schreibtischmensch, der allenfalls morgens früh seine Runden schwamm? Irgendwann sah man nicht mehr so aus, daß der eigene Körper die Sehnsucht eines anderen Menschen erregte, daß man ihn umarmen und an sich pressen wollte, nicht wahr?

Doch als er im Dunkel neben Rosemarie lag, die heute tatsächlich einmal fest schlief, da wollte der Schlaf nicht kommen. Das Herz, es war das Herz. Ganz schwach krampfte sich da etwas. Er spürte sein Herz ganz einfach, und das Herz soll man nicht spüren. War das ein Grund zur Beunruhigung? Befand er sich nicht in jenen Jahren, in denen die Ärzte zur Aufmerksamkeit rieten? Aber es war kein eigentlich unangenehmer Schmerz. Es war ein Druck, aber ein süßer Druck, vor allem wenn er ihn beantwortete, indem er die Hände aufs Herz preßte und sich gestattete, ganz leise, um Rosemarie nicht zu wecken, zu seufzen.

## 19

## *Eine geschäftliche Beratung unter Daheim-Gebliebenen*

Salam hatte nie einen Blick für Helga Stolzier übriggehabt, bei der Begrüßung schaute er ihr kaum in die Augen, daß es schon geradezu die Grenze zur Unhöflichkeit streifte. Er wußte ganz genau, welche Art Frau für ihn in Frage kam. Die anderen bemerkte er gar nicht; für die beträchtliche Schönheit Phoebes oder für Silvi hatte er ebenso keine Bewunderung, und so übersah er sie. Was er mit einer Frau hätte besprechen sollen, die er nicht in der bekannten Art zu überwältigen hoffen durfte, wäre ihm beim besten Willen nicht eingefallen. Es ist nicht selten, daß wohlmeinende, zum Verkuppeln neigende Freunde solche grundsätzlichen Dispositionen ihrer unwissenden Opfer nicht wahrhaben wollen; als Salam zum ersten Mal ins Haus kam und, wie Rosemarie mit einem Seitenblick feststellte, sofort in ein großes Gespräch mit dem alten Schmidt-Flex über den Balkan geriet– also doch irgendwie »satisfaktionsfähig« sein mußte, wie Bernward das nannte –, sagte sie abends, als das Haus wieder leer war, zu ihrem Mann: »Wäre der nicht etwas für Helga?«

»Ist Helga für den denn nicht zu germanisch?« Bernward war von der Vorstellung belustigt, die breitschultrige, weizenblonde Helga könnte in die Hände des rundlichen Orientalen mit den seelenvollen Augen geraten. Aber Rosemarie verfolgte ihren Einfall und brachte schon am nächsten Tag im Telephongespräch mit Helga – die saß in der lackschimmernden Höhle ihres Ladens – Salam ins Spiel. Der sei ihr doch gewiß aufgefallen? Ganz ehrlich war Rosemarie bei dieser Frage nicht. Sie hatte das deutliche Gefühl, daß Helga gar keinen Mann haben wollte, tat aber beständig so, als merke sie das nicht, und machte ihrer Freundin immer wieder arglose Vorschläge, sich doch diesen oder jenen Herrn einmal genauer anzuschauen. Ganz abgesehen von Helgas Wünschen waren das aber stets Männer, die, das war leicht zu erkennen, bei Rosemarie eher unten rangierten und in verschiedenster Hinsicht nicht ernst genommen werden konnten; soviel hatte Helga begriffen, die Rosemarie zu ihrem Studienobjekt gemacht hatte. Sie dachte viel über ihre Freundin nach und war auch bei turbulenten Gesellschaften ganz in deren Betrachtung versunken, wenn sie nicht, auf winzige Winke hin, aufsprang und helfend eingriff. Es häuften sich dann auch kleinere Mißfallenskundgebungen Rosemaries, die an Salam allerhand auszusetzen fand, nie sehr bestimmte Vorwürfe waren das, und Helga entnahm ihnen, so wie sie das bei Rosemarie zu verstehen gelernt hatte, daß es ihr in Wahrheit um Unaussprechliches ging: Daß Salam eben gesellschaftlich »unmöglich« sei, eigentlich nicht vorzeigbar, »a misfit« in Rosemaries englischer Terminologie – warum er dann dennoch zuverlässig und beständig hinzugezogen wurde, erklärte sich Helga, indem sie ihrem mondänen Vorbild eine eigene gesellschaftliche Philosophie unterstellte. Die hätte etwa so gelautet, daß es in einer Societas perfecta eben alles und alle geben müsse, daß Vortrefflichkeit sich erst anhand fehlerhafter Gegenfiguren offenbare und an einen wirklichen Hof auch die Zwerge und Narren gehörten.

Als Rosemarie und Bernward mit den Schmidt-Flex dann nach Sizilien fuhren, hatten die Kuppelversuche, wenn man die gelegentlich tastenden, lauernden Hinweise Rosemaries auf Salam so grob benennen will, freilich aufgehört. Eine Weile war sogar beraten worden, ob Helga nicht mitkommen könne in das offenbar sehr geräumige Schmidt-Flexsche Landhaus. Helga hatte den Eindruck, daß Rosemarie ihre Gegenwart wirklich wünsche; es erhob sich nur die ernste Frage, was solange mit dem Kakadu zu geschehen habe. Bernward mißfiel die Vorstellung, den edlen Vogel, seinen innigen Freund in den Händen der neuen, nicht sehr zuverlässigen Hausgehilfin zurückzulassen, die schon mehrmals versäumt hatte, den Wassernapf aufzufüllen. Beschweren konnte sich der Kakadu ja nicht. Es war für Bernward eine peinigende Vorstellung, die stumme, wehrlose Kreatur stumpfer Mißachtung ausgesetzt zu sehen. Helga hatte den Kakadu ins Haus gebracht, Helga würde ihn in ihren Laden nehmen, wo das Schneeweiß des Gefieders vor dem Lackschwarz wie eine Phantasmagorie aller irdischen Kakadus wirken würde, im Grunde war er ohnehin für diesen Laden bestimmt, wenn er nun auch aus dem Hopstenschen Leben nicht mehr wegzudenken war. Und außerdem hätte Helga ihren Laden kaum so lange schließen können; da war Rosemaries Diagnose »*She can't afford it*« ein weiteres Mal zutreffend.

Rosemarie wußte zu diesem Zeitpunkt schon längst nicht mehr, was sie wünschen sollte. Das Argument, einer müsse schließlich den Kakadu hüten, war unschlagbar; die Sorge, Helga allein in Frankfurt zurückzulassen, war groß, aber unaussprechlich, so ließ sie die Dinge denn treiben.

Es war Bernward, der ihren wunden Punkt immer wieder einmal berührte und sie daran hinderte, ihn eine Weile einfach zu vergessen. Es sei eben doch schnöde, Helga allein in Frankfurt zurückgelassen zu haben, sagte er in einer drückend heißen sizilianischen Frühherbst-Nacht, während die weißen Sommergardinen sich leider nicht blähten, weil nicht der leiseste Luftzug sich regte. Die Einsamkeit, die Helga ausstrahlte, bedrücke ihn. Sie sei wie eine Norne in der ewigen Nacht ihres Ladens.

»Es ist um sie solch eine unheilvolle Stimmung des Wartens – für mich ist das eine im Warten allmählich versteinernde Frau.«

So einsam sei Helga gar nicht, sagte Rosemarie, nur mit einem Leintuch bedeckt, die stark vergrößerten Schatten der Nachtschmetterlinge verfolgend, da gebe es doch Familie, irgendeine Nichte – spreche sie nicht manchmal von einer bewundernswerten Nichte, die irgendwas beim japanischen Fernsehen mache – Wirtschaftsnachrichten oder so was Ähnliches…?

»Das einzige, was ich hoffe, ist, daß Salam sich ihrer ein wenig annimmt«, sagte Bernward. Salam sei ihnen das im Grunde schuldig. Eigentlich hätte er Salam vor der Abreise auch darum bitten wollen.

»Das hast du gemacht?« Rosemarie erhob sich im Bett, ihr Gesicht war zornig. Das wäre doch wirklich eine unerhörte Taktlosigkeit gewesen. Wie die Nachtfalter schwirrten ihre Gedanken umher. Wenn Helga sich überhaupt für einen Menschen interessiere, sei es Silvi. Sie durchbohre Silvi mit Blicken aus ihren blauen nordischen Augen. Als sie neulich die Katze von Freunden gehütet habe – so etwas übernehme Helga nämlich gern, sie hüte mit Vergnügen die Haustiere anderer Leute, das mache ihr nicht das mindeste aus –, sei sie mit Silvi in den Laden gekommen, um dort Tee zu trinken. Und während der ganzen Teetrinkerei habe Helga die Katze auf ihrem Schoß ausdrucksvoll gestreichelt, geradezu massiert – und dabei Silvi bedeutungsvoll angesehen. Aber Silvi sei ein solches Schaf, sie merke so etwas gar nicht. Unbegreiflich sei ihr der inzwischen entstandene Silvi-Bewunderungsverein. Silvi sei süß, das sei das richtige Wort, aber harmlos wie ein Glas Milch. Ihr, Rosemarie, sei durchaus nicht entgangen, daß Bernward sich auf onkelhafte Weise diesem Silvi-Bewunderungsverein nun gleichfalls angeschlos-

190

sen habe; sie gönne ihm ja seinen Spaß, aber dieser platonische Verehrungsgestus, die Harmlosigkeit dieser Bewunderung, die von Silvi auf ihre Bewunderer überspringe, die habe für den unbefangenen Betrachter schon auch etwas Peinliches. Es war eine richtige kleine Schimpfkanonade, die da zu später Stunde aus ihrem Mund hervorkam, aber die Nachtfalter ihrer Rede flatterten hierhin und dorthin und nicht dahin, wo sie es wollte und auch wieder nicht wollte, jedenfalls rang sie sich schließlich mit einer gewissen Gewaltsamkeit zu einem Schlußwort durch, das wieder am Anfang anknüpfte: »Untersteh dich, Salam solche Hinweise zu geben.«

Inzwischen war Helga tatsächlich ihren Gedanken überlassen, und da gab es viel, was zu bedenken war. Wenn sie in einem ihrer gestickten Kaftane bei den Treffen am Hopstenschen Swimming-Pool erschien, sah sie mit ihren dichten weißblonden Haaren, den kräftigen, strahlenden Zähnen und den großen Händen mit den dicken Ringen aus wie ein Kreuzritter, der am Hof eines Sultans die Kunst der Falkenjagd erlernt, der Schach spielt oder Türken spaltet, der aber niemals arbeitet. Dabei war Helga Stolzier eine leidenschaftliche Arbeiterin, sie begriff das Leben als einzige Arbeit und sah auch die Besuche bei Rosemarie – völlig zu Recht – als Arbeit an. Sie fühlte in sich die Arbeitskraft eines Pferdes. Ihre Fatalität sah sie darin, daß ihr Unternehmen noch zu klein war, als daß sie gewisse Aufgaben hätte delegieren können. Sie entwarf Kleider und beriet bei Einrichtungen, aber ihr fiel auch zu, den Kundinnen den Stil ihres Hauses vorzuführen. Sie mußte schönheits- und modeversessenen Frauen die Schönheits- und Modeversessene vorspielen, sie mußte so tun, als seien die Kleider und Entwürfe und Accessoires, die sie verkaufte, für die Verkäuferin gleichfalls mit Träumen von einem anderen Leben, von Liebe und Leidenschaft verbunden, obwohl sie sich solche Empfindungen weitgehend abgewöhnt hatte, ja auch gar nicht leisten konnte. In ihrer gegenwärtigen Lage sollte sie gleichsam hinter der Bühne die Dekorationen und Kostüme herstellen, um sie dann durch Ariengesang prunkvoll kostümiert auf der Bühne stehend zu verkaufen – weil ihr das Ariensingen nicht lag, schwieg sie ausdrucks- und geheimnisvoll statt dessen. Das war kein schlechter Ersatz. Bei Rosemarie fand sie keinerlei Verständnis für ihre Sorgen; sie war nun auch nicht mehr die Allerjüngste, und sie konnte in ihrem luxuriösen Plunder sitzen und warten, bis sie so schwarz war wie ihr Laden, wenn ihr nicht ein Schritt heraus aus diesem Von-der-Hand-in-den-Mund-Leben gelang. Von Einzelstücken konnte niemand mehr reich werden, und ihre Kaftane wurden zwar ziemlich billig in Indien genäht, waren aber nicht etwas für jede Frau. Das sah Silvi schon richtig, die freilich von Mode leider nicht den blassesten Schimmer hatte. Winters in Jeans und Kaschmir-Rollkragenpullover, sommers in weißen Leinenhemden, ohne Schmuck, mit flachen Schuhen – was hätte man aus dieser Frau für eine Erscheinung machen können, dachte Helga wehmütig, aber natürlich nicht mit ihren Kaftanen: »Die sind für reiche dicke Frauen«, sagte Silvi und umarmte sie nach diesen Worten so herzlich, daß Helga nicht böse sein konnte.

»In Produktion gehen«, »in Serie gehen«, so hießen die Zauberworte, über die Helga Stolzier meditierte. Sie solle von so was die Finger lassen, wurde sie von Rosemarie belehrt, und Helga hatte das deutliche Gefühl, daß die Freundin eine Ausweitung ihrer geschäftlichen Aktivitäten nicht wünsche, sie wolle Helga allein für sich haben, so sah Helga das, die das Besitzdenken Rosemaries kannte, aber es war diesmal einfacher: Rosemarie traute ihr einfach keine Geschäftsbegabung zu und dachte nicht daran, mit Helga Geld zu verlieren.

»Lieber schenke ich es ihr«, sagte sie zu sich, das war natürlich nicht wörtlich zu verstehen, es tat der Freundschaft der beiden Frauen keinen Abbruch, wenn zwischen ihnen auch um kleinere Beträge zäh verhandelt wurde.

Es war Sláwina, bei dem sie sich den ersten Rat holte. Sie kannte ihn aus ihren Shopkeeper-Kreisen und bat ihn als Bankmann, sich einmal ihre Pläne anzusehen, wie sie sich das vorstellte, die Planung einer eigenen Marke, im zweiten Schritt dann die Eröffnung mehrerer Läden, schließlich einer Kette, über ganz Deutschland hinweg. Man kann nicht sagen, daß er sich allzu liebevoll in jene Exposés versenkte, die Rosemarie kannte und über die sie nur lächelte, aber anders als Rosemarie wußte er, daß sehr viele fleißige Hervorbringer einer funktionierenden Geschäftsidee sich nicht ausdrücken konnten, er sah die Sache schon weniger hoffnungslos.

»Aber auf das hier gibt dir niemand einen Euro«, sagte er, indem er mit den Fingernägeln auf die Papiere klopfte. Und er war es auch, der den Namen Salam fallen ließ – der wisse, wie man solches Zeug so verfasse, daß man an Geld komme; mit Abstand betrachtet war dieser Rat wahrscheinlich eine kleine Infamie, die Sláwina erlaubte auszudrücken, was er von Helgas Plänen hielt. Aber immerhin war damit der Anlaß geschaffen, daß Helga Salam anrief, auf einem Umweg, den weder Rosemarie noch Bernward sich je hätten träumen lassen. Die Stadt war eben nicht besonders groß. Allerdings kommt es zu solchen Kombinationen auch in größeren Städten, und um Salam herum verwandelte sich alles ohnehin in Kombinationen.

Gerade das, was jedes Interesse Helgas an einer ihr von Rosemarie nahegelegten Allianz mit Salam aber ausschloß, brachte sie jetzt mit ihm zusammen. Sie war wirklich Verkäuferin mit ganzer Seele und hatte einen sie nur selten trügenden Blick dafür entwickelt, auf welcher Seite der Barrikade – oder des Ladentischs – ein Mensch stand, ob er zu jenen gehörte, die kommen, um zu holen, oder die kommen, um zu bringen. Warum sie selbst bei den Hopstens zu finden war, das wußte sie: Sie wollte und mußte dort verkaufen, und daß sich dies Vorhaben nun mit Freundschaft und gar Leidenschaft verband, das sprach weder gegen die Liebesempfindungen noch gegen das Geschäft. Freunde sind oder werden jene Menschen, mit denen man gute Geschäfte macht, hätte Helga vermutlich gesagt, und bestand nicht jede innige Verbindung schließlich in einem Austausch, und hieß Austausch auf lateinisch nicht commercium? Wenn sie sich nun aber bei den geselligen Nachmittagen im Hause Hopsten diskret umsah – eigentlich tat sie nichts anderes als sich umsehen, um nur gelegentlich, wenn ihr ein freundlicher Blick begegnete, ihre dunkelblauen Augen verschwörerisch aufleuchten zu lassen –, dann fand sie unter den Heerscharen von älteren und jüngeren Leuten nur noch einen einzigen Mann, der ihrer eigenen Kategorie zuzuordnen war, einen einzigen Mann, der hier mit Sicherheit vor allem anwesend war, um etwas zu verkaufen. Nach anfänglicher Unruhe war ihr aber bald klargeworden, daß es nicht die Hopstens im weiteren und Rosemarie im engeren Sinne waren, denen etwas angedreht oder verkitscht werden sollte – so despektierlich drückte sie sich über die händlerischen Bemühungen der Konkurrenz aus –, sondern die Helga gleichgültigen Schmidt-Flex. Bei aller parteilichen Schwäche für Silvi hatte sie eben längst verstanden, daß aus der niemals eine richtige Kundin zu machen sei. Salam und Helga entstammten, so sah sie es, demselben Geschlecht, und diese Form der Gleichgeschlechtlichkeit verhinderte bei ihr das Entstehen jeglicher Spannung. Der vor Virilität dampfende Salam mit den schmelzenden Mädchen-Knaben-Augen wurde dadurch neutralisiert, und das war der günstige Fall, der eintrat, weil sich ihre Jagdgebiete nicht berührten, andernfalls wäre Helga gefährlich geworden. Aber da bei gleicher Artung eine Konkurrenz eben nicht bestand, konnte man sich vielleicht ja beraten?

Salam machte denn auch keine Schwierigkeiten.

»Sie brauchen doch keine Empfehlung von Sláwina, Helga«, sagte er warm-volltönend ins Telephon, die Vibration seiner Stimme war noch im Hörer zu spüren und hatte schon andere Frauen als Helga wie ein streichelnder Sommerwind überweht, »wir haben doch gemeinsame liebe Freunde.«

Sie empfing ihn in ihrem Laden, nachdem sie die Gitter heruntergelassen hatte, das Hinterzimmer war eine magisch beleuchtete kleine Zelle mit einem unter vielen Kissen verschwindenden Sopha. Dort breitete sie ihre Pläne vor ihm aus, ihre Kalkulationen und ihre Entwürfe. Und Salam sah das Papier sorgfältig, leise schnaufend durch, seine Hände, runde Pratzen mit viel schwarzem Haar auf dem Rücken, gingen verblüffend zart mit den Blättern um, zum Lesen setzte er eine kleine Lesebrille auf, die ihm unversehens das Aussehen eines Schriftgelehrten gab. Unnötig zu sagen, daß Helga sich nach dem Arbeitstag für seinen Empfang noch einmal schöngemacht hatte, ihr teures Parfum lag als heilige Wolke in diesem zauberischen Büro und kündete von der Anwesenheit höherer Weiblichkeit, aber Salam konnte auch deshalb so konzentriert das alles prüfen und erwägen, weil da gar nichts, nicht das Geringste, auf ihn übersprang; in sechs Wochen allein mit Helga in einem Wüstenzelt hätte sich, wie er dachte, nichts bei ihm für sie geregt. Er gab ihr gute Ratschläge, in geradezu kameradschaftlicher Offenheit, erklärte ihr, daß er, was sie nicht überraschen konnte, von diesen Modesachen nichts verstehe, auch nicht wisse, wie der Markt für Klamotten – pardon, diese kunstvolle Gespinste aussehe, wies aber zugleich darauf hin, daß man schließlich alles verkaufen könne, wenn die Kalkulation stimme. Das war ein Glaubenssatz, in dem sich die beiden einig waren, aber wie es eben ist mit Glaubenssätzen, sie sind meist so formuliert, daß sie den Schriftgelehrten ein weites Feld der Auslegung überlassen, und was das in Helgas Fall bedeutete, vermochte er ihr trotz der Weisheit suggerierenden Lesebrille nicht zu sagen. Helga fühlte sich wohl bei dem Gespräch, das in vollendeter Sachlichkeit verlief. Obwohl es ihr wenig Nahrhaftes brachte, meinte sie, sich ihrem Vorhaben zum ersten Mal einen wirklichen Schritt genähert zu haben, einfach weil jeder Aspekt der Sache von einem klugen Gegenüber prüfend hin und her gewandt worden war. Wer das Geld zu alledem geben sollte, blieb gleich ganz unbesprochen. Das sei heute schwierig, meinte Salam, auch diese Diagnose verriet seine Kompetenz. Für ihn habe Helgas Projekt auch einen Liebhaberaspekt, sagte er mit dem Ausdruck nackter Ehrlichkeit, er sehe hier keine Bank als Partner, sondern entweder ein größeres Unternehmen, das sich eine Helga als Orchidee leiste, oder eine Privatperson, der ein solches Engagement einfach Spaß mache und die nicht allzu sehr hinter der Rendite her sei. Diese Bemerkung fiel ihm um so leichter, als er von Rosemarie wußte, daß sie nicht daran dachte, Helga ein Anfangsdarlehen zur Verfügung zu stellen. Auch Helga erinnerte sich daran, nicht ohne Bitterkeit, obwohl sie zu sehr Geschäftsfrau war, um damit zu hadern. Wenn sie nahm, was Rosemarie ihr freiwillig gab, fuhr sie schließlich auch nicht schlecht.

Ein angeregter Abend war das, obwohl kein Wort Konversation gewechselt wurde. Nur im Aufbruch machte Salam eine private Bemerkung.

»Auch Sie haben ja einen weißen Kakadu – oder hüten Sie Rosemaries und Bernwards?«

Schweigend hatte der Kakadu die ganze Zeit auf seiner

Stange gesessen, nur ein gelegentliches Augenblinken verriet, daß er nicht ausgestopft war. Erkannte er Salam?

»Ich liebe diesen Kakadu«, sagte Helga, und ihre Stimme wurde dunkel, wie immer, wenn sie das Wort Liebe aussprach, das war ein allzu schönes Wort. Der Kakadu legte den Kopf auf die Seite, eine Geste, die, menschlich gedeutet, von einer gewissen Skepsis gesprochen hätte, aber hier mochte er einfach nur genauer wissen wollen, wer sich ihm näherte. Wie von einem inneren Faden gezogen richtete sich seine weiß-gelbe Irokesenkrone auf. Es knurrte in ihm, auch ein Knipsen war zu hören.

»Und er liebt mich.« Als sei sie Bernward, hob sie ihre Hand, vermutlich um den Vogel im Nacken zu kraulen.

Können Tiere etwas mißverstehen? Ist das Mißverständnis nicht ein Reservat des Menschen mit seinen geheimen Vorbehalten, Deutungen und seiner vieldeutigen Sprache? Kaum war Helgas große kraftvolle Hand mit den dunkelroten Fingernägeln in seiner Reichweite, fuhr der Kakadu auf sie zu und hackte mit dem steinernen Schnabel nach ihr – es mußte teuflisch weh getan haben, denn Helga, der Indianerin, traten vor Schmerz die Schweißtropfen auf die Oberlippe. Ihr Zeigefinger blutete heftig, das quoll hellrot und rann herab wie ein Brünnchen. Salam handelte ohne Nachdenken. Er packte Helgas Handgelenk, das breite, aber duftende, und steckte sich den rot überströmten Finger in den Mund, um alsbald heftig daran zu saugen, ohne Zweifel auch in anästhesierender Absicht, tatsächlich ließen die Schmerzen deutlich nach.

»Danke«, sagte Helga, sie zitterte leicht, während Salam fleißig und unabgelenkt weiter saugte. Und es kann nicht anders gewesen sein: Der Geschmack von Helgas Blut, das reichlich aus der sauberen Dreieckswunde des Kakaduschnabels hervorpulste, änderte mit einem Schlag seine Auffas-

sung von ihrer Person. Auf einmal war Helgas Geschlechts-
losigkeit dahin. Es war ein schieres Wunder. Vor ihm stand,
in nächster Nähe, eine Frau, die eben noch gar nicht dagewesen war, und er hatte bereits ihren Finger im Mund.

Helga war so verdutzt, daß sie nicht gleich verstand, warum er ihren Finger aus den Lippen flutschen ließ: Um sie
zu küssen, da hatte sie schon seine Zunge im Mund, mit dem
deutlichen Geschmack des eigenen Blutes. Aber diese Phase
der Verdutztheit währte nur einen Augenblick. Es kam zu
einem regelrechten Ringkampf zwischen den beiden. Helga
war stark wie ein Mann, und Salam wurde durch diese
Stärke provoziert und antwortete mit der ganzen Kraft, die
sein beträchtliches Gewicht ihm verlieh; was die Muskeln
nicht leisteten, tat die Masse. In einer Sekunde der Schwäche,
in der Helga glaubte aufgeben zu müssen, atmete sie eine
kräftige Prise seines überaus eigentümlichen, nicht eigentlich
unangenehmen Geruchs, das half ihr durchzuhalten. Der
Ständer mit dem Kakadu fiel um, der Vogel flatterte rasend
wie ein ganzer verzweifelter Hühnerhof im Anblick des Ha-
bichts, und Salam schlug schließlich mit dem Kopf gegen das
Bein einer Vitrine. Das ließ ihn aus seinem Furor erwachen.

Zerrauft und blutverschmiert – das war alles noch der
Zeigefinger, der sich aber jetzt eben auch auf Salams Hemdkragen abgedrückt hatte –, saßen sie sich auf dem Boden
gegenüber. Helga sah besser aus als ihr gewalttätiger Kava-
lier, der Zopf hielt eisern, sie blickte streng, nicht unbedingt
böse, sie war ja die Siegerin. Salams Blutrausch – so darf
man dies Außersichgeraten vielleicht einmal nennen – war
verflogen. Es ist sicher gesünder so, dachte er, als er sich
aufrappelte, und nicht ohne Mühe auf die Beine kam. Helga
schenkte er ein ironisches Lächeln, das aber auf ihn selbst
bezogen sein sollte: »Sie haben recht, wir lassen das, wollen
wir das einfach vergessen?«

Aber wie es so ist mit den unerledigten Fällen: Sie spuken noch länger im Kopf herum. Bei Salam bewirkte der Vorfall etwas in seinem Leben geradezu Einzigartiges. Er begann mit Helga zu flirten, wenn er ihr begegnete. Er widmete ihr ein geheimes Lächeln, suchte ihren Blick und tat so, als bestehe zwischen ihnen ein Einverständnis. Und Helga verhielt sich nicht ablehnend, wenngleich hoheitsvoll-unnahbar. Sie war zu der Überzeugung gelangt, daß Salam sie liebe, und wenngleich sie dies Gefühl nicht zu erwidern gedachte, kannte sie sich mit den Vergeblichkeiten einer Liebe zu gut aus, um einen solchen Liebenden nicht mit einem gewissen Respekt zu betrachten.

*»Da war er ja endlich wieder – der Baron Sláwina. Wirst du jetzt seine Konservendose öffnen?«*

*»Es ist noch nicht so weit. Der Name flog natürlich durchaus hin und wieder durch die Luft, Frankfurt ist eine kleine Stadt; aber es ist seltsam: die verschiedenen Milieus haben oft wenig Berührung. Immerhin, es gibt auch noch den Zufall…«*

*»Den Zufall strapazierst du manchmal…«*

*»Dann nennen wir den Gegenstand unserer Geschichte doch einfach: der notwendige Zufall.«*

*»Die Überschrift machen wir am Schluß…«*

## 20.

## *Die Zeit hält den Atem an*

Schnee bleibt in der Region um Frankfurt nie lange liegen, denn das Klima ist mild, die ganze überbevölkerte Mainebene scheint von sich aus so aufgeheizt zu sein, daß der Frost sich nur selten durchsetzen kann. Seitdem die Hopstens das Haus in Falkenstein gekauft hatten, gehörten im Winter Rodelpartien zu den Ritualen der Familie, angefangen hatten damit die Kinder, die Eltern mit ihren Freunden nahmen den Brauch dann auf. Vom Feldberg herunter ging es ein paar Kilometer abschüssig durch den Wald, man kam unten beinahe vor der Hopstenschen Haustür an. Ein gewisser logistischer Aufwand war bei der Planung solcher Rodelpartien notwendig, eine größere Gesellschaft mußte mit ihren Schlitten auf den Berg gefahren werden; oben ließ man die Autos stehen, und wenn alle unten angekommen waren, fuhren ein paar Leute mit weiteren Autos den Berg wieder hinauf und holten die dort abgestellten Wagen zurück; diese Organisation übernahm Titus mit dem ihm eigenen gereizten Ernst. Er hatte vorher alles durchdacht und ganz genau eingeteilt, für zwanzig Personen war das eine Leistung. Die Fahrt hinauf war man dichtgedrängt, wer auf die Rückbank kam, mußte meist noch einen Rodelschlitten auf die Knie nehmen. Das geschah mit großem allgemeinem Lärmen, es war erstaunlich, daß schließlich dann jeder irgendwo saß oder besser: eingeklemmt war, und dann ging es bergan auf immer stilleren Straßen, die, je höher man gelangte, desto dichter mit Schnee bedeckt und durch von Schnee weich gerundete Tannenreihen eingerahmt waren. Die Einladung zu diesen Partien kam von einem Tag auf den anderen oder gar am Nachmittag erst. Wenn es einmal kalt genug und der Schnee frisch gefallen war, mußte die Gelegenheit sofort ergriffen werden, das war wie ein Diktat.

Es war keine Vollmondnacht, aber der Mond hätte eben erst abnehmend noch kräftig scheinen müssen, wenn nicht ein leichter Nebel ihn verborgen hätte. Das überall ausgebreitete Weiß besaß eine eigene schwache Leuchtkraft, ein Unterweltlicht, das alle Farben wegnahm, auch die der bunten Winterjacken, und in die gleichen fahlen Grautöne verwandelte. Auf dem Feldberg war es wie am Nordpol, der Parkplatz war spiegelglatt, und der düstere Funkturm aus den dreißiger Jahren glich einer Art wissenschaftlicher Festung, als seien hier oben Physiker eingekerkert, die an geheimen hochgefährlichen Projekten arbeiteten. Aus den großen Autos kamen so viele Menschen hervor wie aus einem Taxi in Indien, der bitterkalte Wind fuhr in sie hinein, man trampelte und lachte, und Rosemarie, die einen theatralischen Wolfspelz trug, rief, daß sie am liebsten sofort umkehre, bei der Kälte falle ihr die Nase ab. Aber schon kreisten die Flaschen, lauwarm benetzte der Schnaps die Lippen, obwohl die Kälte noch gar nicht bis zu den Knochen gelangt war. Aus der Ebene, wo Frankfurt lag, drang ein rosiges warmes Licht von den Autobahnlampen, das wie der Widerschein einer Feuersbrunst aussah, so mußte das brennende Frankfurt in den Bombennächten des Krieges von ferne gewirkt haben. Der zu anderen Jahreszeiten so häßliche Wald dieses Berggipfels, trostlose Stangenfichten, die in staubigem Boden steckten, hatte sich in eine lange Reihe monumentaler Skulpturen verwandelt, Schneekapuzen, Schneebärte, über geschlossene Augen gesunkene Schneeaugenbrauen ließen die Bäume als in Erstarrung versunkene Vorzeit-Helden erscheinen, Schneehäupter aus Ossians Traum. Die Freunde von Titus und Phoebe stürzten sich mit Geschrei auf ihre Schlitten und fuhren den ersten steileren Abhang hinab ins Dunkel, schnell waren ihre Stimmen fern, schnell hatte sich die um die Autos eben noch gedrängte Gesellschaft aufgelöst. Jeder hockte auf einem kleinen Schlitten und versuchte, der Avantgarde zu folgen, im Nu war alles zerstreut und auseinandergezogen. Phoebe sah ich hinter einem fuchsgesichtigen Jüngling mit langer Haartolle davonrutschen, der Mann war mir schon bekannt, er hatte bisher mein Schicksal geteilt und sich am Rand von Phoebes Kreis aufhalten müssen, und jetzt plötzlich schoß er allein mit ihr in die Nacht. Joseph Salam war falsch angezogen in seinem italienischen Anzug, mit schwarzen lederbesohlten Schuhen glitt er beständig aus, aber er fiel weich und lachte leise bei jedem Sturz, als liege das Vergnügen dieser Nacht gerade im Dahinschliddern und Durch-den-Schnee-Kugeln, und daß die Kälte ihm zusetzen könne, glaubte man schon gar nicht, ein inneres Feuer machte seinen kraftvoll gerundeten Körper zu einem Ofen, auch wenn sein Gewicht ihn mit dem Schlitten immer wieder in Schneewehen geraten ließ. Helga erschien in ihrem Pelz wie eine von Kirgisen verschleppte Gotin, sie beherrschte ihren Rodelschlitten, als sei er ein gehorsames Reittier, und glitt in stetem Tempo, ohne irgendwo hängenzubleiben, durch die Nacht. Hans-Jörg hatte das Schlittenfahren bald aufgegeben, er zog seinen Schlitten hinter sich her. Wo andere vorbeisausten, stockte es bei ihm einfach immer, der Schnee, der für andere glatt war, wurde für ihn rauh. So wanderte er durch die Nacht und ließ Bernward und Silvi vorausfahren. Er hörte ihr kindliches Jauchzen. Sie fuhr zum ersten Mal in ihrem Leben Schlitten und war außer sich, daß es etwas so Schönes gebe. Dann war auch sie verschwunden. Jeder von uns tauchte in das Schattenreich ein, das ein grau-leuchtender Himmel überwölbte. Die Lautlosigkeit nahm uns auf. Was an Geschrei noch zu hören war – manche glaubten offenbar, eine Abfahrt mit dem Schlitten müßte mit Freuden- und Alarmschreien unterlegt werden –, lag wie akustische Krümel auf der unbewegten, unbewegbaren Glocke dieser Winternacht. Tagsüber führte hier ein Trampelpfad für Ausflügler durch diesen trostlosen Nutzwald mit seinen plantagehaften Schonungen, aber jetzt versetzte das nächtliche Schneelicht den Berghang in eine Entrückung.

Anfänglich war der Weg vereist und nach beiden Seiten abschüssig, da war es nicht leicht, die Mitte zu halten. Aber als der dichte Wald erreicht war, wo die Sonne tagsüber den Schnee nicht schmelzen konnte, wurde die Strecke weich, und die Fahrt verlangsamte sich. Dafür wurde die abschüssige Strecke von den vom Schnee verwandelten und aufgeblasenen Tannen wie in ein Kissen gehüllt. Da und dort kreuzten Wildspuren die Bahn. Hier hatte einst Courbet gejagt, aber seine flammendroten Füchse, die sich angeschossen im Pappschnee wälzten, wären bei diesem Licht nur dunkelgraue Köter gewesen. Die Stimmen der anderen fielen ab von dem Raum, in dem ich mich befand. Eine milchgraue Himmelsdecke deckte mich zu, die Schneeplumeaus der Tannen drängten von beiden Seiten heran. Die Fahrt ging glatt; das war ein Schnitt durch Butter, sie hatte etwas Anfangs- und Zielloses, konnte sie nicht in eine Eschersche Kreisbahn übergehen, in der Abfahrten immer zugleich auch Auffahrten waren? Und blieb in dem vom Schnee voluminös umkleideten Unterholz, dem jede spitzige Dornigkeit genommen war, nicht während dieses Hinabsausens fortwährend etwas von der eigenen Person hängen, Erinnerungen, Eigenschaften, Wünsche und Befürchtungen, die ich wie eine Mütze oder einen Schal hinter mir ließ? Diese bewegte Einsamkeit in Weiß offenbarte unversehens, welchen Druck die Anwesenheit anderer Menschen auf mich ausübte – im einsamen Nichtsein war dieser Druck jetzt dahin und ließ die Person anwachsen und sich aufblähen, bis sie zersprang und nach allen Seiten in hauchdünnen Fetzen davonflog. An ihre Stelle war ein reinlicher Luftstrom getreten und füllte die Lücke vollends und höchst befriedigend aus. So lang diese Strecke auch schien in ihrer ein störungsfrei-sausendes Gleiten gewährenden Glätte, mehr als zwei oder drei Kilometer können es nicht gewesen sein, dann änderte sich die Landschaft, die Strecke war weniger abschüssig, Ausblicke taten sich auf und stellten Beziehungen zu den Landstrichen her, in die dies Waldstück eingebettet war. Und doch sehr stark blieb das Erlebnis zurück, unerwartet in einer kurzen Ewigkeit von allem befreit gewesen zu sein, was sich als notwendig an mein eigenes Bild von mir heftete. Und wenn es dem einen oder anderen – Silvi mit ihrem Jauchzen, Bernward, Rosemarie in ihrer Willensstärke, Salam mit den vielen Eisen in den vielen kleinen Feuern – auch so oder so ähnlich ergangen wäre wie mir – dieser Gedanke beschäftigt mich noch heute –, dann wäre vielleicht alles nicht so gekommen, wie es kam, weil gar keine Notwendigkeit dazu bestand? Wäre nicht jedem nachhaltig klargeworden: man müsse in Wahrheit gar nicht sein, wie man glaubte, sein zu müssen? Alles sei vielleicht gar nicht so festgeschrieben in jenem großen Buch dort oben, von dem die Fatalisten reden. Hatte dies Buch nicht vielmehr viele leere Seiten, die sich erst nachträglich, nach den Ereignissen unseres Lebens langsam mit Schrift zu bedecken begännen?

Der Blick öffnete sich auf den schwarzen Altkönig, die Keltenfestung. Vor mir lag eine weit ausgebreitete unverletzte Winterwelt. Da war kein Tuch herabgesunken und hatte die Berghänge bedeckt, es war vielmehr diese ganze

Landschaft vorher nicht dagewesen und in dieser Nacht erst vom Himmel herabgeschwebt. Das tagsüber geschändete und gezähmte Land erhielt in der Nacht seine Fremdheit zurück. War die Stadt Frankfurt vielleicht in Wahrheit von unabsehbaren sibirischen Wäldern umgeben? Und deren Einsamkeit sprang auf die Stadt über: Wenn eine Wegbiegung den Blick in die Ferne eröffnete – je tiefer man kam, desto klarer wurde es –, sahen die Lichtermeere der Ebene aus, als leuchteten sie gleichfalls in Verlassenheit, wie große Raffinerien oder von Scheinwerfern erhellte Fabrikanlagen, die nur von ein paar Nachtwächtern auf dem Fahrrad durchstreift werden.

Es gab auch unheimliche Augenblicke. Da stand ein schwarzer Mann in völliger Stille, beim Näherkommen glomm das rosafarbene Pünktchen einer Zigarette. Ich erkannte ihn erst, als ich vor ihm stand, es war Bernward, Silvi war allein ein Stück vorausgefahren. Die Gruppen waren in beständiger Veränderung. Sie bewegten sich den Regentropfen auf dem Fenster eines fahrenden Zugs vergleichbar: Manche blieben ein wenig hängen, andere flossen zielstrebig und vereinigten sich zu einem dickeren Strang, der sich alsbald wieder auflöste. Gelegentlich fuhr ich in lautes Schwatzen hinein. Die Leute ignorierten die Nacht und taten unbefangen, als sei es heller Mittag, oder war das jenes Singen der Furchtsamen im dunklen Keller? Der Mond kam hervor, er überglänzte die weißen Wipfel. Nicht weit von mir sah ich zwei dick vermummte Menschen, nur als Silhouetten. Küßten sie sich? Ich vermied genauer hinzusehen, und glitt schnell vorbei.

Plötzlich war Phoebe neben mir, ganz allein, ohne Fuchs. Unsere Schlitten gerieten aneinander, sie lenkte nach rechts, ich nach links, sehr sanft kippten wir um, in die Schneekissen hinein. Die Kälte nahm jeden Duft weg, so nah war ich mit meiner Nase ihrem Hals noch nie gewesen, aber was sonst als süße Wolke um sie lag, war eingefroren. Nie war sie so wenig hübsch wie eben, das Gesicht grau vor Kälte, die gerötete Nase lief etwas.

»Ach, du bist das«, sagte sie, aber anscheinend erfreut, nicht enttäuscht jedenfalls. Ihre Stimme war laut und zugleich resonanzlos, als hörte ich sie im Schlaf. Es war ganz leicht, in einen langen Kuß hineinzugeraten, das ergab sich wie von selbst, aber unser warmer Speichel wurde schnell kalt um die Münder herum, und Phoebe wich zurück und sagte: »Wenn wir weitermachen, frieren wir fest.«

Und schon umgaben uns andere Schattengestalten, die im Nahen die Züge von Salam und Rosemarie annahmen. Rosemarie schimpfte amüsiert über Salams glatte Schuhe – solch eine Idiotie, in den Winterwald mit diesen Schuhen! –, und er unterbrach sie lächelnd: »Ich beklage mich nicht, ich bin spezialisiert im Mich-Anpassen«, man müsse sich nur eine andere Technik aneignen: Er führte sie vor, mit weit nach außen gedrehten Füßen, ein chaplineskes Watscheln. Bernward und Silvi kamen etwas später, da hatte es offenbar einen kleinen Unfall gegeben, als sie beide mit hoher Geschwindigkeit auf einen Baum zurasten; Bernward hatte mit ausgestrecktem Arm den Aufprall abfangen wollen, jetzt war seine Hand verstaucht.

»Wie unsympathisch sind Leute mit Unfällen«, sagte Rosemarie, untersuchte dann aber geschickt tastend und drückend das Handgelenk ihres Mannes. Ist er in dieser Nacht noch ins Krankenhaus gefahren? Wenn ja, dann so diskret wie alles, was er anfing. Bernward Hopstens einzige Ambition war, so wenig Platz einzunehmen wie möglich. Später jedenfalls, als die große Pullover-Schar bei Hopstens Glühwein trank, war er schon wieder da, mit einer elastischen Binde ums Gelenk, den Gästen mit der Linken eingießend.

Ein Niemandsland hatten wir mit den Rodelschlitten durchfahren, aber im Niemandsland herrscht auch eine Niemandszeit. In einem großen weißen Sack hatten wir uns bewegt, als seien wir noch im Reich der Ungeborenen. Der nächtliche Winterwald hatte alles erscheinen lassen, als sei es noch nicht zwangsläufig, als seien viele Kombinationen möglich, und jede davon bestimmt, alsbald wieder zu verfallen. Im Licht gerieten wir wieder in die Gleise, in denen wir uns längst bewegten. Muß ich hinzufügen, daß Phoebe in dieser hochalkoholisierten Nacht keinen Blick mehr für mich übrig hatte?

# 21.

## *Mayonnaise, ganz einfach*

Silvi konnte nicht kochen, das gestand sie selbst freimütig ein. Sie vergab sich nichts damit. Sie beneidete niemanden um seine Fähigkeiten, das waren andere Menschen, unbegreiflich anders konstruiert, mit unübersehbaren Voraussetzungen. Wenn sie sich mit sehnsuchtsvollem Bedauern in andere Wesen hineinträumte, dann noch am ehesten in Vögel: Umherzufliegen, ohne Ziel, den Raum in seiner ganzen Höhe auszukosten, das wäre ein himmlisches Vergnügen, dafür wäre sie, die Federleichte, leider mit immer noch viel zu schwerem Menschenkörper Ausgestattete, am ehesten begabt und geschaffen gewesen. Gegenüber ihren Schwiegereltern war diese grundsätzliche Kapitulation im Grunde das Vernünftigste. Ein Wettstreit mit der Vollkommenheit des Haushaltes von Adelheid Schmidt-Flex war ohnehin aussichtslos. Neuerdings kam als Vergleichsgröße und Maßstab noch Rosemarie Hopsten dazu; mit beträchtlichem Ehrgeiz und zugleich wie mit der linken Hand richtete sie ihre Abendessen aus, exotischer und moderner als die korrekten, aber auch etwas kühlen Gastmähler im Hause der alten Schmidt-Flex, die deutlich den Botschafter-Stil der frühen Bundesrepublik konservierten. Wo andere aus dem Bewundern und Genießen aber gar nicht herausgekommen wären, blieb Silvi unbeeindruckt. Auch darin fühlte sie sich den Vögeln verwandt: Sie pickte gern ein wenig, am liebsten Salzmandeln oder Schokoladenpastillen, und war dann schon nicht mehr hungrig – das Wort »satt« war in ihrem Zusammenhang viel zu plump, die winzigkleine Lust, etwas zu sich zu nehmen, verging ihr eben in Windeseile. Ihre Schwiegermutter und Rosemarie Hopsten beobachteten sie aus den Augenwinkeln beim Essen, und bei beiden stiegen Ärger und Abneigung auf, wenn Silvi Schüsseln passieren ließ, ohne sich etwas zu nehmen. Beide Frauen wurden den Verdacht nicht los, Silvi sei unerhört anspruchsvoll. Aber wo hätte sie Ansprüche erwerben sollen? Die schwarze Köchin im Haus ihres Vaters, jenem schäbigen Bungalow am Stadtrand von São Paolo – inzwischen stand dort ein Supermarkt, die wachsende Stadt hatte diesen halbländlichen Vorort längst aufgefressen – ernährte Vater und Tochter hauptsächlich mit Bohnensuppen, sonntags gab es ein Hähnchen, von dem Silvi die Flügel bekam. Es gehörte zur Lebensart ihres Vaters, die eigenen Lebensumstände niemals Vergleichen auszusetzen. Wie er lebte, war es richtig, ein Gefühl des Mangels konnte sich in seiner Umgebung nicht einstellen. Nach dem Essen brachte die Köchin das Schachbrett auf die Veranda, und dann traf auch schon einer der Freunde des Hauses ein, die Herren bekamen Rum serviert und schwarzen Kaffee, ein warmer Regen rauschte auf das großblättrige Unkraut rund um das Haus, die Männer sprachen wenig und leise und schoben die Schachfiguren auf ihren Filzfüßen über das Brett. Von drinnen drang warmes gelbes Licht in die Dämmerung. Das Leben hielt den Atem an, aber eben nicht für einen magischen Augenblick, wie ihn jeder hin und wieder erlebt, sondern für Jahre, die sich, je nach Silvis Verfassung, in ihrer Erinnerung zu ewigkeitlichen Zeitmassen ausdehnten oder in einem hochprägnanten Stecknadelkopf zusammendrängten. In diesem Haus wäre es unvorstellbar gewesen, auf etwas so Selbstverständlich-Notwendiges wie die Nahrungsaufnahme Zeit und Gedanken zu verschwenden. In Silvis Küche gab es ein Regal mit Kochbüchern, Hans-

Jörg brachte so etwas manchmal an, »Russische Fischküche« und »Kochen im Wok« und »Mit Tomaten und Parmesan«, er las darin und suchte nach Rezepten, die ihm einfach vorkamen: »So etwas müßte man doch hinkriegen«, sagte er und reichte das Buch Silvi, die sich so freundlich, wie mit allem, was ihr vor die Nase kam, mit den Prachtphotographien dieser Bände beschäftigte, aber ihr war auf wortlose Weise klar, daß solche Bücher das eigentliche Kochen nicht berührten. Wenn Maria da Gloria mit ihrem auseinandergelaufenen Körper in der engen schmuddeligen Küche zuhause Kartoffeln schälte, dabei leise sang und durch die eigenen Töne in sich selbst summte und bebte wie ein Kessel mit sprudelndem Wasser – das war kochen; in dem Schreibzimmer des Vaters lag Zigarrenrauch in der Luft, es wurde dunkel, und damit verband sich das Klappern der dicken Suppenteller, die Silvi auf den Eßtisch stellte, in den Lichtkegel der Lampe, die diesen Tisch wie einen Billardtisch beleuchtete und den Rest des Raums noch dunkler erscheinen ließ. In ihrer Vorstellung sah dies Eßzimmer noch genauso aus, wie sie es verlassen hatte, obwohl doch inzwischen Riesenschaufeln das alte Geraffel vom Erdboden, in dem es nur leicht verankert war, weggeschoben hatten. Und der Vater war nicht in ein Altersheim gegangen, wo er seine Schachpartien vermutlich fortsetzte, sondern wartete immer noch auf der Veranda, daß ihn Maria da Gloria, während sie sich die feuchten Hände an der Schürze abwischte, zur Bohnensuppe rief. Dies war der Unterstrom ihres Lebens, alles, was oben geschah in seiner abwechslungsreichen Vielgestaltigkeit, stand wie eine kleine läppische Melodie über diesem dunklen Rauschen. War es nicht immer noch möglich, daß dies Rauschen anschwoll und allmählich die hüpfenden Obertöne aufschluckte und schließlich, wie einst, allein da wäre?

Hans-Jörg machte ihr keine Vorwürfe, daß sie nicht versuchte, selber etwas zu kochen, und immer nur bei den verschiedenen asiatischen und südeuropäischen Garküchen anrief, wenn sie Hunger hatten. Er gehörte auch nicht zum Typ des kochenden Mannes, briet höchstens Spiegeleier oder Steaks und hatte gleichfalls keine wirkliche Freude am Essen. In den bunten »kulinarisch« geschriebenen Kochbüchern war immerfort von Schmausens- und Schwelgenslüsten die Rede – was da in den Leuten vorging, die sich mit solcher Spannung über ihre Teller beugten? Er hätte Silvi eben nur gern in einer ihm nachzuvollziehenden Weise beschäftigt gesehen. Vor anderen Leuten breitete er den tristen Zustand der häuslichen Tafel aber redselig aus: gar nichts auf dem Tisch. Silvi sei auf diesem Gebiet zu nichts bereit. Silvi sei verwöhnt, obwohl doch wahrlich nicht vermögend, auf eine verwöhnte Weise genügsam, so müsse man das genauer sagen, und in dieser Haltung entspreche sie einer Hauptdisposition der Dritte-Welt-Länder, diese verwöhnte Genügsamkeit sei einer der Hauptgründe, warum es dort ums Verplatzen nicht vorangehen wollte, auch wenn sich in Brasilien anscheinend etwas tue – aber ihn täusche das nicht, er kenne die Verhältnisse und habe eine Frau aus diesem Land an seiner Seite.

Manchmal war Silvi dabei, wenn er diese Analysen anstellte. Sie lächelte dann und sah ihn fast bewundernd an: Was dieser Mann alles dachte und dachte, das war doch allzu sonderbar. Er sah gequält zurück und kniff die Lippen genauso schief zusammen wie sein Vater, aber bei ihm hatte das nichts kraftvoll Kneifendes, es war ein Ausdruck der Angewidertheit, als habe er etwas sehr Bitteres im Mund.

»Wir werden ein Abendessen geben«, sagte Silvi unversehens, »wir wollen Rosemarie und Bernward einladen und für sie etwas Gutes kochen.«

Hans-Jörg war geradezu empört. Das gehe doch überhaupt nicht, dafür seien sie doch keinesfalls gerüstet. Ob Silvi die Hopstens zu Pizzas vom Pizzaservice einzuladen gedenke? Sehr oft hatten sie inzwischen in Rosemaries prächtigem Eßzimmer gesessen, aber man muß zu Ehren Rosemaries sagen, daß damit nicht der leiseste Druck verbunden war, selber eingeladen werden zu wollen, Rosemarie war generös in diesen Dingen, und über die Unfähigkeit und den Unwillen Silvis zu kochen war schon allzu oft und ausführlich gesprochen worden, als daß hier Unklarheit hätte herrschen können. Eine Notwendigkeit bestand also nicht für Silvis Vorhaben. Oder doch? Widerstand es ihr etwa, sich derart auf eine Eigenschaft festlegen zu lassen? Wollte sie nicht mehr einfach nur die Frau sein, die nicht kocht? Auf jeden Fall hatte der Stimmungsumschwung auch mit Helga Stolziers neuem Einfluß zu tun. Wenn Helga sprach, sprach sie eindringlich. Die Redensart »sich jemanden vorknöpfen« hätte für Helgas Intimität geprägt sein können. Wie Helga Silvi während ihrer Rede berührte, wie sie sie zu sich heranzog und mit dunklem Blick, den sie in die Augen der anderen senkte, eine feste Verbindung zu ihrer Zuhörerin schuf, das konnte man schon als ein »Sie-an-sich-Knöpfen«, ein »Sie-vor-sich-Knöpfen« bezeichnen, und wenn sie dann wieder von ihrem Gegenüber abließ, dann war es tatsächlich, als rutschten Knöpfe aus Knopflöchern und als falle ein schwerer Mantel von einem ab.

»Es ist leicht«, flüsterte Helga beschwörend, »und du mußt es tun – es wäre schädlich für dich, es nicht zu tun.« Welcher Schaden da entstehen mochte, mußte gar nicht benannt werden.

»Du stellst fest, was Bernward mag – und wenn ich das hinbekommen könnte, mit deiner Hilfe natürlich – dann will ich es versuchen.« Das war eine plötzliche Eingebung

Silvis; wenn sie sich gefragt hätte, warum nun alles an Bernward hängen sollte, hätte sie sich vielleicht gesagt, Bernward sei »immer nett« zu ihr gewesen. Er sah aus, als freue er sich, wenn sie eintrat – war das nicht so? In einem Zimmer voller Menschen würde sie zuerst zu Bernward gehen. Bei ihm kam es nicht darauf an, was sie sagte, denn er stand selbst oft da, ohne etwas zu sagen, war dabei aber offensichtlich entspannt und zufrieden, keinesfalls beklommen oder gelangweilt. Aber sich so weit in ihn hineinzudenken, daß sie sich fragte, was sie sich selbst oder Hans-Jörg noch nie gefragt hatte – was ihm wohl schmeckte? Das war etwas Neues.

Nun stand Silvi in ihrer Küche, diesem durch Unbenutztheit etwas unwirklichen Raum. Sie wußte selber nicht, wo die Geräte lagen – ein Schneebesen – was war das –, bisher hätte sie gedacht, ein Ding, mit dem der Hausmeister im Winter das Pflaster vor dem Haus freikehrte. Helga wollte zum Tischdecken kommen. Es war wohl etwas Erzieherisches in ihrer Anweisung, wie Silvi eine Mayonnaise rühren sollte. Silvi hatte mit dieser Mayonnaise allein fertig zu werden, um durch das Gelingen Mut für weitere Kocherei zu gewinnen. Das Kochbuch lag aufgeschlagen auf dem Küchentisch, daneben stand eine Schüssel mit zwölf Eiern. Silvi mit Küchenschürze – ein unprofessioneller Gegenstand, mit klassizistischen Säulen bedruckt, aus einem Londoner Museumsladen, wie war die nur ins Haus gekommen? – sah aus, als stehe sie in einem Fernsehkochstudio als Gast des Fernsehkochs, aber der Fernsehkoch war nicht da, sie war mit dem Buch allein. Aufschlagen sollte sie die schönen schweren bräunlichen Eier, die so gut in der Hand lagen, diese schönste aller Naturformen, aber es war zugleich auch lustvoll, diese Vollendung zu zerstören. Mit den beiden Hälften des Eis in den Händen gab es nun ein behutsames Hin- und Hergießen, um den unzerstörten leuchtenden Dotter vom Eiweiß zu trennen, glibbrige Schlieren flossen in eine andere Schüssel, schade, mit diesem schönen dickflüssigen Eiweiß sollte nun gar nichts passieren, das würde einfach weggegossen werden. Silvi überkam eine unvermutete Anwandlung von Sparsamkeit – könnte man nicht auch aus diesem Eiweiß irgend etwas machen?

Ja, sagte Helga am Telephon, aber das sei jetzt zu schwierig, das zeige sie ihr beim nächsten Mal. Jedes Ei war für Silvi eine Überraschung. Was mochte drinnen sein? Tatsächlich immer wieder ein schwimmender Dotter, nie ein Küken, wie verblüffend, daß man sich darauf verlassen konnte. Es gab tatsächlich Gesetze, denen die Wirklichkeit gehorchte und mit denen offenbar jedermann mühelos zurechtkam. Dicht an dicht schmiegten sich die prallen Dotter auf dem Boden der Rührschüssel aneinander, ein appetitliches Bild. Und nun galt es, auch diese Vollkommenheit zu zerstören und mit dem Druck des Schneebesens die Dotter zum Zerplatzen zu bringen. Kochen war schön.

Der nächste Schritt war schon schwieriger: Mit der einen Hand einen nicht abreißenden Ölfaden in die verrührten Dotter rinnen zu lassen und mit der anderen Hand die gelbe Masse mit dem Schneebesen zu schlagen. Hielt sie den Besen besser in der Rechten und die Flasche in der Linken oder umgekehrt? Sie versuchte beides, aber beides fiel ihr nicht leicht. Immerhin, der Ölfaden rann, das Eigelb wurde geschlagen, irgendwie gelang auch das. Plötzlich fiel ihr ein, daß Helga ihr eingeschärft hatte, die Eier dürften nicht unmittelbar aus dem Kühlschrank kommen. Sie müßten angewärmt sein. Das hatte sie vergessen, weil alles, auch ganz Nebensächliches von Helga so dramatisch ausgesprochen wurde, daß Silvi schnell nicht mehr richtig zuhörte. Solches Spezialwissen gehörte zu Helgas Meisterschaft; um die konnte es hier nicht gehen, wenn es zugleich hieß, eine Mayonnaise sei »das einfachste von der Welt«. Im Kochbuch stand nichts von angewärmten Eiern, das Kochbuch war ja doch die für Silvi angemessene Instanz. Überhaupt schwankte jetzt Helgas Autorität. Die Freundin hatte ihr vor Augen gestellt, wie geschwind sich eine verblüffende Umwandlung der Eier- und Ölflüssigkeit ereignen werde. Etwas Magisches werde geschehen: Öl und Ei zu einer Suppe verrührt würden sich unter fortwährendem Schlagen unversehens verdicken und zäher und substanzhafter werden, schon bald sei mit dem Schneebesen gar nicht mehr durchzukommen und alsbald sei die Masse so fest und steif wie eine dicke Creme. Aber Silvi schlug und schlug das Gelbe – die Ölflasche war inzwischen leer, und nichts tat sich. Plötzlich werde sich die Verfestigung ereignen, gut, aber auch Plötzliches bereitet sich vor. Silvi wartete gespannt auf den Zauberaugenblick, das Handgelenk tat ihr weh, und sie schlug und schlug, aber anstatt dick zu werden, verflüssigte sich das Gelb immer mehr. Ihr wurde klar, daß diese Flüssigkeit ein Endzustand war. Niemals würde sie fest werden, ebensowenig wie wenn sie Wasser mit dem Schneebesen traktierte.

Da brach ihr der Schweiß aus. Es war halb sieben. Um acht würden die Gäste eintreffen. Sie würde mit leeren Händen dastehen. So wie Hans-Jörg es erwartete. Die Schwiegereltern würden auch nicht staunen, sondern in ihrer beredten Art gar nichts sagen und an ihr vorbeisehen.

Wieder ein Anruf bei Helga. Helga war in ihrer Eindringlichkeit jetzt streng. Sie fragte wie ein Staatsanwalt. Waren die Eier angewärmt? Silvi wurde trotzig. Im Kochbuch stehe nichts von angewärmten Eiern. Woher wußte Helga, daß die Eier nicht angewärmt waren? Stand sie mit den Eiern im Bunde? Wieso war das Kochbuch so heimtückisch, die wichtigste Information zu verschweigen? Silvis Verzweiflung wuchs über den Anlaß der mißglückten Mayonnaise weit hinaus. Die Außenwelt war undurchschaubar. Sie wußte es und hatte es immer gewußt: Sie verstand die Signale der Dinge nicht zu lesen. Sie war von den Kenntnissen und der Fähigkeit, sich in der Welt zu bewegen, ausgeschlossen. Wo nur hatten die anderen das Wichtigste, das Unausgesprochene nämlich, erfahren? Ihre Gedanken verloren sich. Hätte es nicht ebenso sein können, daß die Eier sich nach dem Kochbuch gerichtet hätten und aus Sympathie mit ihr und in Übereinstimmung mit ihrem Kenntnisstand fest geworden wären? Selbst die leblosen Eier mußten ihr ihre Ahnungslosigkeit unter die Nase reiben. Ihre Augen füllten sich mit Tränen.

So traf Helga sie an, in einer Mischung aus Zorn und Selbstaufgabe. Für Helga war diese Verfassung der neuen Freundin ein Geschenk. Sie waltete still und souverän, mit priesterlicher Würde, in der Küche, fand auch alles sofort. Die Dinge gehorchten ihr, kein Kochlöffel konnte sich vor ihr verstecken. Neue Eier kaufen, dafür war es zu spät, aber Helga hatte das vorhergesehen und brachte Kräuterbutter mit: »Wir sagen, die hättest du gemacht«, und bei dieser Version blieb sie während des Essens mit auffälligem Nachdruck, obwohl niemand darauf einging. Aber das Roastbeef war unter Helgas Aufsicht vorzüglich gelungen, ganz herbeigerufene gute Fee überwachte sie mit wissender Miene seine Prüfung im Ofen bis zu dem zartesten Rosa.

So blieb der einzige Mißton des Abends das Wort, das Schmidt-Flex senior zum Rotwein seines Sohnes sagte.

»Der Wein ist – gut«, sagte er mit solcher Güte, wie er nach einem Schulkonzert gesagt hätte: »Es war – schön.«

»Im Vertrauen«, fuhr er fort, nur an Hans-Jörg gerichtet, mit einer gedämpften Stimme, die allerdings am ganzen Tisch gut hörbar blieb, »der Siebenundachtziger ist ein erheblich schwächerer Jahrgang als der Achtundachtziger und Neunundachtziger; ich verstehe, daß du bei einem solchen eher familiären Essen sparsam bist, die Preise sind ja völlig verrückt, das muß man nicht mitmachen, ich würde dann aber eben nicht die zweitbeste Lösung wählen, sondern einen einfachen, sauberen Wein auf den Tisch stellen.« Immer, wenn er Einfaches und Sauberes empfahl, wurde Schmidt-Flex mit besonderer Zufriedenheit erfüllt, dazu kam, daß er die heute vorgenommene »Zurückstufung« seines Sohnes als besonders gelungen empfand. Bernward sagte beinahe gar nichts an diesem Abend, die Führung des Gesprächs lag bei Rosemarie und dem alten Schmidt-Flex. Aber beim Aufbruch, als er einen Augenblick mit Silvi allein stand, sagte er sanft und höflich: »Sie sehen so traurig aus, Silvi.«

»Ach, wie dumm«, Silvi lächelte verlegen, »ich will gar nicht, daß man das merkt.« Draußen in der Nacht schien es Bernward, als sei sie ihm dankbar gewesen.

## 22.

## *Die Schlüssel zu einer Welt*

Bei dem großen Cocktail für den ausscheidenden Senior einer Wirtschaftsprüfersozietät – ich kannte außer ein paar Kollegen und Titus Hopsten keinen Menschen – sah ich einen sehr hochgewachsenen Mann am Rand der Gesellschaft stehen, der mit ungehaltener Miene um sich blickte und jemanden zu suchen schien. Wenn der Gesuchte im Saal war, hatte er gute Chancen, ihn zu finden, denn er überragte die meisten Anwesenden um Haupteslänge, er blickte, durchaus im doppelten Sinne des Wortes, auf uns herab. Der Inder, mit dem ich das Büro teilte und der schon länger in Frankfurt war, nannte mir die Namen von Leuten in der Nähe, die ich sofort wieder vergaß, bis er, betont unauffällig, mit einer Wendung des Kopfes und augenblicklich darauf folgendem Wegblicken auf den irritierten Riesen zeigte und sagte: »Und das ist ein Mister Sláwina, neuerdings hier für Sheera and Wasserstein, vorher in London.«

So, so, das also war der Freiherr von Sláwina; aber warum erfüllte mich dies Wissen mit einer Befriedigung, als sei ich soeben in die eleusischen Mysterien eingeweiht worden? Es erheiterte mich geradezu, hier zu stehen und aus den Augenwinkeln zu ihm hinüberzuschauen und zu wissen, was er nicht wußte, daß wir nämlich Nachbarn waren und daß ich, wie mir vorkam, eine Menge sonderbarer Details aus seinem Leben kannte, die sich noch nicht zum Bild fügten, aber Stoff zur Spekulation boten; ich hatte inzwischen zwar aufgegeben, mich weiter damit zu beschäftigen, aber jetzt endlich den Mann zu sehen, der diese Spuren hinterlassen hatte, das war ein unverhofftes und reines Forscherglück. Ich gedachte nicht, mit meinem Wissen etwas anzufangen, meine Neugier stand auf dem höchsten moralischen Niveau vollendeter Zweckfreiheit. Ich dachte vor allem nicht daran, mich ihm nun als Mitbewohner und Nachbar vorzustellen, und hütete mich davor, in seine Nähe zu kommen, damit seine unruhig umherschweifenden Augen mich nicht erfaßten und er mich womöglich zuhause auf der Treppe wiedererkannte. Sláwina hatte sich schon umgezogen, er trug nicht mehr den Geschäftsmannsanzug, sondern eine grüne Grasleinenjacke, als sei er auf dem Weg zu seinem Landsitz, sein dickes Haar war auf englische Art ziemlich lang und gescheitelt. Er war auf den ersten Blick ein hübscher Mann mit ebenmäßigen Zügen, aber er verzerrte sein Gesicht, kniff die Augen zusammen und zog die Winkel seines schmallippigen Mundes nach unten, was ihm einen höhnischen Ausdruck gab, der überhaupt nicht zu diesem belanglosen Anlaß und seiner Spannungslosigkeit paßte; ein Kierkegaard, der dem selbstzufriedenen Kaufmannstreiben das Brandmal der Verworfenheit angesehen hätte, war er doch ganz offensichtlich nicht. Aber ein Ungeduldsteufel saß in ihm, ein unbeherrschbarer Kobold, der ihn innerlich derart zwirbelte, daß er sich nach außen hin irgendwie Entlastung verschaffen mußte. Dazu verhalf ihm sein großer Schlüsselbund. Den hielt er in der Hand, er spielte damit, steckte den Finger durch den Ring und ließ ihn kreiseln, klingeln und klappern, als dürften die Schlüssel um keinen Preis zur Ruhe kommen. Dies Schlüsselturnen fand etwa in Höhe seiner Leibesmitte statt, es war die geschickte, aber isolierte Bewegung einer Taschenspielerperfektion, als wisse der Kopf in seiner luftigen Höhe nichts davon, das lief in ausdauernder Motorik für sich allein ab. War Sláwina am Rande des Cocktails, ihn freilich überragend, vielleicht doch keine Randfigur? Kurbelte er mit dem kreiselnden Schlüsselbund in Nabelhöhe am Ende gar diese ganze Gesellschaft an und hielt sie am Leben? Ließ sich seine verdrossene und gar bittere Miene durch Gedanken etwa dieser Art erklären: »Gut, hier trinkt ihr Champagner und Gin Tonic und schwätzt dummes Zeug, aber was tätet ihr, wenn ich diesen Cocktail nicht unablässig am Leben hielte? Wenn ich die Schlüssel nicht mehr kreisen ließe, sondern in die Hosentasche steckte? Einer muß es doch tun für euch alle, und der bin ich, obwohl ihr davon keine Ahnung habt. Unbedankt bleibe ich, bitte sehr – Dank vom Hause Habsburg – haha!« Das letzte Wort war durch den Grasleinenjanker in den inneren Monolog geraten, den ich von Sláwina zu hören meinte. Ich ließ mich ein wenig in seine Richtung treiben, jetzt sprach er tatsächlich auch ein paar Sätze mit einem Gast, oder besser: über ihn hinweg den Wolken zugewandt, die sich hinter der Glasfassade üppig häuften und rosig aufglühten in verheißungsvoller Sonnenuntergangspracht wie zu den Zeiten, als die Stadt nur aus ein paar Hütten an einem weitverzweigten flachen Flußgeflecht bestand; damals wie heute blieben solche Schönheiten unbeachtet, denn auch die Flußfischer und Fährleute des frühesten Frankfurt waren keine pantheistischen Naturphilosophen gewesen.

»Ich sehe gar nicht ein«, sagte Sláwina im Ton eines tiefverletzten Ehrenmannes, der aber nicht so blöd ist, seine Interessen aus den Augen zu verlieren, »ich sehe einfach nicht ein – wieso auch?« Drang das, was der südländische kleine Mann zu Sláwinas Füßen antwortete, bis hinauf zu dessen Ohren? Was sich ihm wohl hauptsächlich mitteilte, war nicht die Meinung Sláwinas zur Erbschaftssteuer – darüber, glaube ich, hatten sie gesprochen –, sondern daß der große Mann nicht einsah, warum er sich mit dem kleinen unterhalten sollte. Falsch war dieser Eindruck nicht, denn kaum hatte der kleine, sehr elegante Südländer ihm den Rücken zugekehrt, begannen die Schlüssel wieder zu kreisen, heftiger und schneller als zuvor, um den Aufschub aufzuholen. Wie wäre es nur, wenn dieser gewichtige Schlüsselbund ihm unversehens vom Finger rutschte, durch den Saal flog und gegen die Porzellanschläfe einer der wenigen Damen knallte? Aber ich hatte ihn sprechen hören, hatte ihn laut und empört und, nach Wiener oder besser Hietzinger Art gedehnt, seine Weigerung, irgend etwas einsehen zu sollen, bekunden hören. Die Schlüssel und diese entrüstete Weigerung, sich durch bereitwilliges Einsehen über den Tisch ziehen zu lassen, verschmolzen miteinander und gaben dem Baron Sláwina, auf dessen Auftritt ich so lange und zum Schluß schon gar nicht mehr gewartet hatte, eine feste und unverwechselbare Persönlichkeit. Ich war ihm jetzt gefährlich nahe gerückt, wenn es mir weiter darauf ankam, auch in Zukunft für ihn inkognito zu bleiben, aber ich fühlte mich in Sicherheit, denn mir kam vor, als ob die zornigen, von Langeweile gequälten Blicke Sláwinas die Gesellschaft nicht wirklich musterten, sie waren eher eine Maske. Er sah okkupiert aus von wichtigsten Gedanken und vielleicht doch vom Warten auf jemanden, und das ließ den Eindruck nicht aufkommen, er sei fremd in diesem Kreis und finde keinen Anschluß. Ich habe diese Technik selbst gelegentlich angewandt, wenn eine gewisse Schüchternheit mich daran hinderte, mit den Leuten eines fremden Milieus ins Gespräch zu kommen.

Wir standen recht nahe an der hohen Glaswand, die diesen über mehrere Stockwerke des Hochhauses gehenden Empfangssaal begrenzte, und da wurde meine Vermutung, Sláwinas geistige Verfassung betreffend, unversehens bestätigt: Sein Auge verengte sich mit einem Mal, sein Blick bekam etwas Zupackendes. Er hatte etwas gesehen, was ihn fesselte, und so war die ungehaltene Miene weggewischt. Er wurde ganz Aufmerksamkeit. Er selbst war es, der ihm vor das Objektiv seiner Augen geraten war, sein Spiegelbild auf der Glaswand, nicht sehr deutlich, aber der Körperumriß, stattlich genug, war unzweifelhaft zu erkennen. Wie viele hochgewachsene Menschen hielt er sich nicht gut, in dem Herumstehen hatte er die Kontrolle über seine Haltung vernachlässigt. Die Schultern waren herabgesunken, ein Hohlkreuz hatte sich gebildet, und über dem Gürtel der leicht herabgesunkenen Hose wölbte sich ein Bäuchlein. Und genau das knipste Sláwinas Auge jetzt. Er straffte sich, nahm die Schultern zurück und zog den Bauch ein, das ließ die Hose freilich noch tiefer rutschen; mit sicherem Griff zog er sie wieder bis zum Nabel und stopfte das Hemd fester hinein, nun würde sie ein paar Minuten brauchen, bis sie aufs neue heruntergerutscht war. Noch nicht einmal den Schlüssel mußte er dafür aus der Hand legen. Ich sah vor mir, wie er das Bäuchlein bekämpfte, in das seine Eingeweide allmählich hineinsackten. Da half keine Diät. Ich sah die Gymnastik, die er allmorgendlich trieb, die Selbstbeobachtung, in der sich Bangigkeit, Selbsthaß und Täuschungsbereitschaft mischten. Wenn er die Muskeln anspannte, war der Bauch bretthart – woher kam denn dann diese abscheuliche Vorwölbung? Bei der Gymnastik hatte man oft einen ganz anderen Körper als nachher im Alltag – war das möglich? Betrog ihn der Körper wissentlich? Wiegte er den asketisch Strampelnden in falscher Gewißheit, um ihn dann in der Öffentlichkeit zu blamieren? Ich konnte mir den mageren, nackten Sláwina unter der Grasleinenjacke genau vorstellen, seinen Nabel, diesen Schmerzenspunkt bei aller Unempfindlichkeit, sah ich von Fältchen eingerahmt wie das ausdruckslose Auge eines Asiaten.

# 23.

## Die Dienste einer alten Schreibmaschine

»Gut, Sláwina hast du also schließlich entdeckt, um nicht zu sagen: mit den Augen verschlungen; das hat hoffentlich nicht allzu peinlich ausgesehen. Mitten in all dem Ausgedachten endlich einmal wieder eine reale Situation. Wie findest du das eigentlich? Sich etwas ausdenken, um jemanden zu entschuldigen, das geht noch an – aber um jemanden anzuschwärzen? Wäre es da nicht anständiger, einzugestehen, was man nicht weiß?«

»Meine Erfindungen sind eine Art Notwehr. Stell dir vor, du siehst ein prachtvolles Bergmassiv in der Schweiz, das vor deinen Augen plötzlich Risse zeigt und in sich zusammenstürzt – darf man sich da nicht ausmalen, was im Inneren des Berges, so granithart er vor dir stand, an Erschütterungen und Explosionen vor sich gegangen ist?«

»Aber wo ist bei dir ein solches Bergmassiv? Der Taunus besteht doch aus sanften Hügelketten ...«

Sehr zärtlich kann man die verliebten Zusammenkünfte von Rosemarie mit Joseph Salam nicht nennen, sie behielten die Raschheit und jene gewisse Brutalität des ersten Ereignisses, wie es eben Salams Geschmack entsprach, der Rosemarie aber entgegenkam: Das Verhältnis erhielt dadurch den Charakter unbedingter Dringlichkeit, die keine Überlegung zuläßt, diesem Diktat mußte man sich wortlos beugen. Die Bewirtung in Salams Appartement war ohnehin mager, im Kühlschrank lag eine angebrochene Flasche Gin, von der Salam niemals einen Tropfen trank – wer hatte die wohl dort gelassen?, und darüber hinaus gab es ein Glas Wasser aus dem Hahn. Salam mochte das dauernde Weintrinken nicht, es warf ihn zu schnell aus dem Rennen, und seine Devise war: Bereit sein ist alles. Daß Rosemaries Besuche nun eine gewisse Regelmäßigkeit annahmen – meist über Tag, was ihm eigentlich nicht paßte –, hatte nicht zu seinen Plänen gehört. Er war für Liebesgewitter, und bekanntlich schlägt der Blitz nicht häufig an derselben Stelle ein. Aber gegen die Wiederholung hatte er fürs erste auch nichts. Es war schon recht, daß sie kam. Sie war in ihren häuslichen und gesellschaftlichen Betrieb so eingebunden, daß die Zeit für Besuche sorgfältig geplant werden mußte. Bei Rosemarie war nicht zu erwarten, daß sie plötzlich vor der Tür stand. So blieb die Beziehung erfreulich beherrschbar. Und der Zeitdruck zwischen seinen Liebesrasereien, diesen Bekundungen eines von Rosemarie immer noch bestaunten und als Naturereignis erlebten Liebesegoismus, verhinderte auch, daß die Pausen für die Gespräche zu lang wurden. Die Unterhaltung mit Salam gab für eine Frau, die nicht gemeinsame Geschäftsunternehmungen mit ihm aushecken wollte, nicht viel her. Im Geschäftlichen erwachte seine Phantasie zu dichterischer Größe mit wirklichen Einsichten. Eine konkrete Geschäftsbeziehung, aber auch eine ganze Volkswirtschaft, ja, selbst die ehrfurchtsvoll »makroökonomisch« genannten Zusammenhänge waren für ihn mit blutvollem Leben erfüllt, er erlebte sie fern von abstrakten Zahlenspielen als einen Organismus, an dem er selbst Anteil hatte und den er auf ähnliche Weise verstand, wie sich ein erfahrener Mensch in seinem eigenen Körper zurechtfindet und besser als die Ärzte erkennt, was ihm fehlt und was er braucht. Rosemarie war geschäftlich, wie du weißt, nicht unbegabt, aber gerade Geschäfte wollte sie mit Salam niemals besprechen, und das keineswegs, weil er sie in romantischere Stimmungen versetzen sollte. Sie tat mit ihm etwas, das sie nicht wollte, so sagte sie sich jedes Mal, wenn sie ihn verließ und wieder im Auto saß. Er hatte sie zu höchster Unvernunft verführt – gut oder auch schlecht –, aber das bedeutete nicht, daß sich ihre Einschätzung seines Status' als Geschäftsmann im geringsten änderte. Hier war ihre Vernunft vollkommen intakt geblieben, und er spürte das auch. Wenn sie neben ihm lag und seinen weißen dichtbehaarten Körper betrachtete – »ein Waldmensch«, dachte sie, »ein Faun«, ausgerechnet bei Salam, dem städtischsten Charakter, den man sich vorstellen kann –, fürchtete sie geradezu, er könne von Geschäften anfangen, aber auch er hatte seine Hemmungen. Sie blieb für ihn die prinzipiell unerreichbare Frau –, nicht was diese passageren Bettereignisse anging, sondern was ihre gesellschaftliche Position betraf, die er schärfer für sich zu definieren vermochte, als sie selbst es getan hätte. So verlief das Gespräch denn in den alleruninteressantesten Bahnen: Gemeinsame Bekanntschaften, vorzugsweise die Schmidt-Flex, wurden durchgesprochen. Die Mühsal, die das Zusammenwirken mit dem jungen Schmidt-Flex bedeutete, wurde beklagt, Rosemarie zeigte dafür Verständnis, etwas schadenfroh im Verborgenen. Mit Hans-Jörg zu arbeiten stellte sie sich als quälendes Unterfangen vor, der alte Schmidt-Flex hatte sich schonungslos genug über seinen Sohn geäußert. Er gehörte zu der Sorte falscher Patriarchen, die Genugtuung über das Versagen ihrer Nachkommenschaft empfindet und sich in der Tragik gefällt, der Letzte seines Geschlechts zu sein. Die Zähigkeit am falschen Ort, die Ungeschmeidigkeit Hans-Jörgs, seine Unfähigkeit, sich auf die ägyptische Mentalität einzustellen, hatte die Verhandlungen in Kairo auf das empfindlichste gestört und störte immer noch, auch nach dem durch Salam erreichten erfolgreichen Abschluß. Ein kleines

Schmiergeld war da nur noch zu zahlen, eine im Gesamt-volumen des Geschäfts lächerliche Summe an einen der Ver-mittler, nicht mehr als zehntausend Euro sollten da noch schnell überwiesen werden, aber Hans-Jörg bleibe hart wie Stein, die Taschen zugeknöpft und spreche noch hoheitsvoll, auf solche Unseriositäten lasse er sich nicht ein. Sei er, Sa-lam, etwa unseriös? Diese Frage stand für sich, Rosemarie, in die Betrachtung des weichen, kräusellockig bewachse-nen Bauchs vertieft, mußte sie nicht beantworten. Salam ki-cherte in der Erinnerung. Sogar vom Kinderstrich habe er Hans-Jörg herunterholen müssen. Das sei nicht unriskant gewesen, er habe sich bei Hans-Jörg aber schon so etwas gedacht.

»Arme Silvi, das dumme Huhn«, sagte Rosemarie träu-merisch. Glaube oder wisse Salam gar, ob sie inzwischen ir-gend jemanden habe, einen Verehrer, der sie ein wenig ab-lenke?

»Bei solchen Fragen gelten die beiden großen Regeln.« Salam offenbarte das Arkanum seiner Menschenkenntnis. »Erstens: Es geschieht mehr, als man glaubt, und zweitens: Es geschieht weniger, als man glaubt.« Dann stand ihm wie-der nach »chmusen« der Sinn.

Sicher ruhte unterdessen das Geheimnis von Salams Bera-tungskunst bei Helga Stolzier, deshalb fiel auch kein Wort über die Intervention des Kakadus, der Helgas Liebe so heimtückisch belohnt hatte, und den gewaltsam-unentschie-denen Schluß. Helga entschied für sich zunächst, daß dies alles niemanden etwas angehe. Sie war nicht rachsüchtig und hatte vielleicht nicht unberechtigt Sorge, wie die Erzählung des Vorfalls bei Rosemarie – um die ging es vor allem – wohl ankomme. Sie wäre nicht die erste gewesen, die nach Schil-derung einer versuchten Vergewaltigung mißtrauisch ange-sehen worden ist. Mit Recht beklagt man, daß die Opfer solcher Gewalttaten es schwer haben, Mitgefühl oder auch nur Glauben zu finden. Und Helga war von ihrer ganzen körperlichen Erscheinung her schwer als hilfloses Opfer vorzustellen, und war es zum Glück auch nicht gewesen. Sie fühlte aber deutlich, daß allein die Exposition der Geschichte, ihre Einladung an Salam, sie zu besuchen und beim Tee geschäftlich in ihren Überlegungen voranzubringen – Überlegungen, von denen sie wußte, daß Rosemarie sie nicht fördern wollte –, schwierig darzustellen gewesen wäre. Salam zerbrach sich über die Frage, ob Helga reden oder schweigen werde, übrigens keinen Augenblick den Kopf. Er hatte getan, was er tun mußte, sie hatte getan, was sie tun wollte – damit war der Fall erledigt, da gab es eigentlich gar nichts zu berichten, worin lag denn die Pointe dieser Geschichte? Sie war einfach ein Mißverständnis, und wenn Helga sich dennoch veranlaßt gesehen hätte, das Ganze bei Rosemarie auszubreiten – bitte sehr –, er war den Umgang mit den Entrüstungen seiner Geliebten gewohnt, die bekam er schnell in den Griff, dabei dachte er tatsächlich zunächst an seine Hände. Er hatte Rosemarie wahrlich keine Treueschwüre abgelegt, er hatte ihr überhaupt keine Perspektiven für die Zukunft entwickelt, so weit gediehen ihre Gespräche gar nicht, und er war überzeugt, daß sie dergleichen auch nicht zu hören wünschte.

Während er den gesamten Vorfall beinahe schon vergessen hatte und schon kaum mehr wußte, warum er ausgerechnet der nornenhaften Helga gelegentlich anspielungsreiche Blicke zuwarf, war sie aber weit davon entfernt, irgend etwas vergessen zu haben. Sie hatte seinen physischen Angriff abgewehrt, aber dabei war doch etwas in sie hineingelegt worden, das lebte und anwuchs und sie ausfüllte. Ein erfreuliches Erlebnis war das gewiß nicht, sondern ein zutiefst bedrohliches. Immerhin, sie hatte es mit Körperkraft und Willensstärke überstanden, und so mischten sich das Unerfreuliche und das in höchstem Maße Bestätigende. Durch ihre entschiedene Intervention war freilich auch eine Entwicklung abgebrochen worden; sie hatte abgebrochen werden müssen, da war kein Zweifel erlaubt, aber sie war nun tatsächlich rumpfhaft und hielt in dieser Verstümmelung verborgen, was in ihr gesteckt hätte, wenn sie sich organisch hätte auswachsen dürfen. Dies Unerledigte war es, was immer mehr Raum in Helga einnahm, manchmal konnte sie in frischer Empörung aufwallen – so wie sie es an jenem Spätnachmittag nicht getan hatte, da war sie ganz Selbstbeherrschung –, dann verfiel sie wieder in Grübeleien befremdlichster Art, vor allem wenn Salam ihr gerade wieder einmal einen Blick verschworenen Einverständnisses zugeworfen hatte.

Dann war der Winter gekommen, und die Kraft ihres Geheimnisses ließ nicht nach. Es stand nun fest, daß sie damit gleichsam schwanger ging, und das hieß, daß sie es eines Tages auch gebären mußte, was nichts anderes bedeuten konnte, als es Rosemarie zu erzählen. Als diese Sicherheit da war, dauerte es immer noch eine Weile, bis der richtige Augenblick gefunden war. Der kam erst im neuen Jahr. Rosemarie besuchte sie in ihrem Laden und nahm dort Platz, wo an dem verhängnisvollen Abend Salam gesessen hatte.

Die Damen waren in nüchterne Planungen versunken. Helga hatte zwar schon im November Geburtstag gehabt und nun war es bald März, aber Rosemarie hatte ihr versprochen, ein Essen für sie zu geben, der runde Jahrestag sollte doch irgendwie nachdrücklicher markiert werden, und da galt es nun, eine Einladungsliste zusammenzustellen – »mit deinen Leuten«, sagte Rosemarie, sie bestand darauf, daß Helga dies Essen auch ein wenig unter dem Gesichtspunkt der Promotion ihrer Geschäfte ansah. Da gab es als wichtige Menschen ja nicht nur Rosemarie, sondern auch andere Frauen, die Rosemarie sonst nicht einmal von ferne sehen wollte, solche Abneigungen würde sie als Geschenk an die Freundin für diesmal indes zurückstellen. Jetzt war die Liste besprochen, und Rosemarie verfiel unversehens in ihre alte Laune – wie unvorstellbar weit lag das zurück, daß sie solche Scherze gemacht hatte, unbeschwerten Herzens und ganz unschuldig –, Helga zu fragen, warum sie eigentlich nicht auch Joseph Salam bei dem Essen dabeihaben wolle. Es hatte eben nur noch dieser kleinen Stichelei bedurft, um die ohnehin dünn gewordene Schale der Zurückhaltung Helgas platzen zu lassen.

Sie habe dafür ihre Gründe, antwortete sie würdevoll. Sie ersparte Rosemarie kein Detail. Und sie hatte, als sie Rosemaries einen Augenblick lang fassungslose Miene sah – die sie für eine Bekundung des Unglaubens hielt –, auch den handgreiflichen Beweis parat. Da war ihr Finger, weiß und fest wie ein Krebsschwanz mit dem harten schwarzroten Nagel an der Spitze, und da war sie, die gut verheilte, aber noch deutlich sichtbare Narbe der Kakadu-Verwundung, der Schnabel hatte tief geschnitten, als habe es gegolten, sich einen ordentlichen Bissen aus dem Finger herauszulösen. Die Schilderung, wie Salam an diesem Finger saugte, wäre durch das ihr innewohnende Element einer gewissen Komik für die Aufrechterhaltung der Entrüstung in anderem Zusammenhang vielleicht gefährlich gewesen, nicht aber hier, denn Rosemarie war nach dem Aufspüren von Situationskomik nicht zumute.

»Und dann?«

Bei der Dringlichkeit dieser Frage achtete sie überhaupt nicht mehr auf die notwendige Reserve. Sie mußte alles wissen, alles aus Helga herauspressen, mochte die sich auch noch so sehr darüber wundern. Aber sie wunderte sich nicht.

Die hoheitsvolle Strenge, die sie auf den Hopstenschen Festen umgab, war jetzt angefüllt mit edlem Feuer. So verfahre man nicht mit ihr. So komme man bei ihr keinen Millimeter voran. So schon überhaupt nicht. Was sie nicht wolle, das geschehe auch nicht, so sei sie eben. Daß Helga gern Erklärungen abgab, wie sie sei, und daß sie das bei jeder Gelegenheit, vor allem auch bei geschäftlichen Verhandlungen, tat, reizte Rosemarie sonst zu überlegenem Lächeln; jeder mußte halt irgend etwas haben, und da war das arme Ding eben stolz auf seine Grundsätze. Aber heute war sie voll des Lobes, das seine bewegende Inbrunst aus einer geheimen Erleichterung empfing.

Genauso müsse es eben sein, sagte Rosemarie, genauso erwarte sie es auch von Helga. Sie hätte ihre Einstellung zu Helga grundlegend geändert, wenn die Freundin sich hätte gehenlassen und einem solchen Kerl erlaubt hätte, seine abstoßende Brünftigkeit zu befriedigen. Da sei Helga wie sie, Rosemarie, selbst. Lieber sterben, als diesen abscheulichen Mann an sich heranlassen! Daß dieser leidenschaftliche Ausruf zu manchem in Widerspruch stand, was sie zu Helga früher über Salam geäußert hatte, zählte jetzt nicht. Helga kam auch nicht darauf zurück. Es war, als habe Rosemarie sie einer Prüfung auf Herz und Nieren unterziehen wollen und als habe sie diese Prüfung glänzend bestanden. Und Rosemarie kam sich selbst in diesen erregten Pausen des Gesprächs nicht als Heuchlerin oder Verräterin vor. Was sie zwei bis drei Mal in der Woche mit Salam tat, daß sie überhaupt jemals etwas mit ihm angestellt hatte, das war jetzt wie ausgelöscht. Nein, dieser Mann gehörte nicht zu ihrem Leben. Daß die Frau, die Rosemarie hieß und bei jeder Gelegenheit im Aufzug des Salamschen Apartmenthauses zu ihm in den sechsten Stock fuhr, nicht dieselbe war wie sie, das war jetzt eben in dieser Stunde offensichtlich. In Helgas

Hinterkabinett war der Ort, wo Rosemarie in allen absto-
ßenden Eigenschaften Joseph Salams geradezu schwelgte. So
schlimm fand Helga Salam aber gar nicht. Sie fühlte, daß sie
in Gestalt von Rosemaries Erregung zwar etwas Erwünsch-
tes erreicht hatte, aber nicht alles damit ausgedrückt war,
was sie beim Nachdenken über den Fall empfand. Sie habe
bewußt davon abgesehen, Salam zu bestrafen, sagte sie, als
Rosemarie endlich schwieg. Nein, nein, auch Rosemarie
fand, daß Bestrafungen in einem solchen Fall keinen Sinn
hätten. Aber als sie im Auto saß und wieder in den Taunus
fuhr, da eröffnete sich ihr in ruhigerem Nachdenken das
ganze Panorama der Gefahr, in der sie geschwebt hatte.

Sie brauchte sich nur vorzustellen, Helga hätte Salams
Flehen – wenn man den gewalttätigen Überrumpelungsver-
such einmal so zart bezeichnen wollte – erhört und sei jetzt
gleichfalls die Geliebte Salams. Inzwischen sah Rosemarie
auch die eigene Rolle wieder klarer. Um ein Haar wäre sie
mit Helga in höchst unwürdiger Schwägerschaft verbunden
gewesen. Von da ab wäre es aus gewesen mit dem Trachten,
Salam aus ihrem Leben herauszuhalten. Wo sie hingeschaut
hätte, hätte sie einen behaglich plaudernden, solide einge-
führten Joseph Salam gesehen. Sie bemühte sich um eine
kühle Analyse des Handlungsspielraums, der ihr geblieben
war. Sich von Joseph Salam augenblicklich zu trennen, das
wäre das Klügste, aber leider undurchführbar. Da mußte
Rosemarie nicht lange in sich hineinhorchen. Wäre sie eine
Königin Christine gewesen, dann hätte sie ihn schnell erdol-
chen lassen, gern auch in ihrem Beisein: Töten war möglich;
einfach verzichten, einfach unsichtbar werden, die Zug-
brücke hochziehen, das war unmöglich. Was tat ein ihrer
Aufsicht entronnener Salam? Sie meinte deutlich zu spüren,
daß von Helgas Seite immer noch oder eigentlich jetzt erst
eine gewisse Neugier auf Salam bestand. Sie selbst mit Salam

verfeindet, Helga mit ihm liiert, das war ein neues Schrek-kensszenario. Es war klar, was jetzt zu geschehen hatte, in mühsamer Kleinarbeit womöglich: Salam mußte aus dem Gewebe ihrer Welt kunstvoll und nachhaltig herausoperiert werden.

Als sie zuhause ankam, befand sie sich in einem solchen Tumult der Empfindungen, daß sie ihr Heil in konzentrierter Tätigkeit suchte. Sie mußte sofort etwas tun, etwas mit den Händen herbeiführen, ein Werk verrichten, wenn sie nicht verrückt werden wollte.

Sie war allein im Haus, zum Glück, das war ihre Rettung oder besser: deren erster Teil, die Voraussetzung zu ihrem großen Rettungswerk. Das bestand in einem Tun, mit wenig Denken dabei, nachdem der Hauptentschluß erst einmal gefaßt war. Alles hatte auch eine handwerkliche Seite, und diesem Aspekt gab Rosemarie sich jetzt mit ganzem Herzen hin. Im Keller mußte irgendwo noch ihre alte Reiseschreibmaschine stehen, auf der sie vor dreißig Jahren ihre Magisterarbeit und die ersten Zeitungsartikel geschrieben hatte. Rosemarie trieb eigentlich keinen Kult mit alten Gebrauchsgegenständen, sie warf rücksichtslos weg, aber diese Maschine, die gab es noch. Eine halbe Stunde mußte sie in den aufgeräumten, staubfreien Kellerräumen suchen, viele Kartons mußten geöffnet, Schränke aufgeschlossen werden, aber davor schreckte sie nicht zurück, es kam jetzt ausschließlich darauf an, diese Maschine zu finden. Und im letzten Karton war sie dann schließlich auch, sorgfältig weggepackt in einer großen Plastiktüte. Und als sie den Deckel öffnete, präsentierte sich das zierliche hübsche Ding in altmodischer Zuverlässigkeit, das Band war etwas blaß geworden, was sie damit tippte, blieb aber gut lesbar. Im Deckel lag ein Blatt aus ihrer Studentenzeit, als sie für Zeitungen Auktionsartikel schrieb. Ihr Interesse an Auktionen war früh erwacht. Die Schwierigkeit solcher Berichte bestand darin, dreißig Mal von Verkäufen zu berichten und immer ein anderes Wort für »kaufen« zu finden, das doch in seiner Aussagekraft unübertreffbar war; so hatte sie sich denn eine Liste von Synonymen zurechtgemacht, die sie jetzt wiederfand: »legte an«, »war ihm wert«, »betrug«, »wechselte den Besitzer«, »sicherte sich«, »erreichte«, »wurde zugeschlagen«, »beglich«, »kam auf« – und noch viele andere Formeln, sie las es mit Rührung und in reuevoller Erinnerung an eine Zeit der Leidenschaftslosigkeit, aber das war nur eine Augenblicksregung.

Rosemarie trug die Maschine in ihr kleines Schreibzimmer im ersten Stock. Sie suchte sich sehr dünne Handschuhe aus einer Schublade und zog sie an. Sie öffnete mit den behandschuhten Händen ein neues Paket mit Schreibpapier und spannte einen Bogen ein. Sie tippte mit Handschuhfingern einen kurzen Text. Sie beschriftete einen Briefumschlag, den sie aus einem neuen Päckchen nahm. Sie befeuchtete eine Briefmarke mit etwas Wasser aus einer Blumenvase, das sie mit dem Handschuhzeigefinger auftrug.

Rosemarie nahm das angebrochene Paket Papier und das angebrochene Päckchen der Umschläge, den soeben geschriebenen Brief und die Schreibmaschine und verließ das Haus. Sie fuhr mit dem Wagen nach Frankfurt. Unterwegs kam sie an einem großen Müllcontainer vorbei, in den versenkte sie die angebrochenen Papierpakete. Es war dunkel geworden.

In einem Frankfurter Vorort, in dem sie noch nie gewesen war – sie fuhr einfach drauflos, sie wollte eine Gegend erreichen, die weder sie noch sonst jemand mit ihr in Verbindung bringen konnte –, lag am Straßenrand ein Haufen von Brettern, zerbrochenen Möbeln, einem Fernsehgerät und einer Matratze. Die Straße war menschenleer. Sie hielt an, stieg aus und stellte die Maschine zu diesem Haufen. Es war ihr, als plaziere sie eine Bombe. Sie setzte sich in das etwas entfernt parkende Auto und wartete im Dunkeln. Nach einer halben Stunde etwa stellten sich Leute ein, die in dem Haufen nach Brauchbarem herumsuchten. Sie starrte ins ungewisse Licht der Laterne: doch, ganz sicher, einer nahm die Maschine in ihrem kleinen Kunststoffkoffer. Sie wartete, bis die Leute mit ihrer Beute abgezogen waren. Sie stieg noch einmal aus, tatsächlich, die Maschine war weg. Rosemarie war so erleichtert, geradezu berauscht, daß sie drauf und dran war, das Eigentliche zu vergessen.

Der Brief mußte eingeworfen werden. Nach längerer Suche fand sie einen Briefkasten. Sie versenkte den Brief darin und faßte mit der Hand in den Schlitz, um zu fühlen, ob er noch greifbar sei. Das war er tatsächlich, dann sank er hinab. Ihre Finger spielten im Leeren. Sie brauchte ziemlich lange, bis sie zurück auf die Autobahn fand, aber dies Suchen bestätigte sie in dem Gefühl, alles richtig gemacht zu haben. Zuhause verbrannte sie in der Küche noch das Blatt mit den Auktionssynonyma. Leichter Brandgeruch lag im Entrée, als Bernward eintraf. Bemerkte er das überhaupt?

Das war die Möglichkeit, die Salam in seiner Überlegung, ob Helga schweigen werde, nicht berücksichtigt hatte: daß Helga redete, er aber nichts davon erfuhr.

## 24.

## *Zwei Briefe und ein Kinobesuch*

Hans-Jörg saß am Schreibtisch in seinem Büro. Hier war der Sitz seiner kleinen Anwaltskanzlei, aber auch jener der Flex-Boden GmbH, die den Immobilienbesitz des Vaters verwaltete, der Wirtschaftsberatungssozietät Schmidt-Flex, die sich sein Vater als Wirkungsinstrument seines Ruhestandes geschaffen hatte, und seit neuestem auch der Ramsesphone GmbH, in deren Interesse er kürzlich mit dem Geschäftsführer Joseph Salam nach Kairo gereist war. Trotz der Häufung der Aktivitäten, die diese Korporationen vermuten ließen, war das Büro ein Ort der Stille. Der alte Schmidt-Flex agierte vom Telephon aus oder ließ sich seine Gesprächspartner nach Hause kommen, und auch Joseph Salam verfügte noch nicht einmal über einen Schlüssel, obwohl der Plan bestand, daß er in das leerstehende Nachbarzimmer einziehen werde, sowie die Geschäfte ins Laufen kamen; die Flex-Boden hinwiederum hatte mit der handfesten Abwicklung der Vermietungen einen Verwalter beauftragt; von Hans-Jörg Schmidt-Flex erwartete selbst sein Vater nicht, daß er sich um Wasserrohrbrüche kümmerte. Die Halbtagssekretärin hatte Hans-Jörg die Postmappe hingelegt. Alle Briefe waren geöffnet bis auf einen, der mit einer mechanischen Schreibmaschine adressiert war und keinen Absender trug: *Herrn Hans-Jörg Schmidt-Flex persönlich, Ramsesphone GmbH* – die Gesellschaft stand noch nicht einmal am Briefkasten, und mit dieser Anschrift hatte noch kein einziges Schreiben ihn erreicht außer dem des Handelsregisters. Hans-Jörg besaß eine Sammlung von Brieföffnern. Er mochte es nicht, wenn die Ränder eines geöffneten Umschlags ausgefranst waren. Rasiermesserscharf sollten seine Papiermesser sein, in sauberem Skalpellschnitt wollte ein Umschlag geöffnet werden. Diesen Schnitt jetzt auszuführen bot ihm eine nicht unbeträchtliche Befriedigung, man hätte sogar von einem Lustgefühl sprechen können, hätte die Vorstellung einer Lust bei Hans-Jörg nicht so ferngelegen.

Der Inhalt dieses Briefes war ein Schlag. Ein anonymer Brief. »Schmidt-Flex, Du pädophiles Schwein, liest Du keine Zeitung? Glaubst Du immer noch, was Du in Ägypten treibst, geht den deutschen Staatsanwalt nichts an? Stell Dir mal die peinliche Untersuchung vor. Wie willst Du Deinem Vater und Deinen Freunden das erklären? Darauf stürzt sich die Presse! Aber Du hast Glück: Mit zehntausend Euro kannst Du Dir die Sorge vom Hals schaffen. Bleib morgen abend in der Nähe Deines Telephons. Und halt den Mund, sonst nimmt die Katastrophe ihren Lauf.«

Man erinnert sich an Rosemaries Erregungszustand, die Besessenheit in ihrem Vorgehen, die Naivität bei den vielfältigen Sicherheitsvorkehrungen, die ihren gesamten Verstand mit Beschlag belegt hatten – war es da nicht erstaunlich, wie klar sie im Kern gedacht hatte, wie einfach und geradezu unschlagbar ihre Lösung war, wenn es ihr darum ging, das Verhältnis zwischen Hans-Jörg und Salam unheilbar zu vergiften? Es war eine wirkliche Eingebung, die sie in ihrer verzweifelten Ohnmacht empfangen hatte. Man muß die Sorgfalt, mit der sie an die Ausführung ging, wohl als Ritual verstehen, das diesen Inspirationsfunken liebevoll schützen und nähren sollte, damit er nicht erlosch, sondern dorthin getragen wurde, wo aus dem Funken ein böser Brand entstehen könne. Und selbst wenn Salam diesen Brief zu sehen bekäme, welcher Genius der Überzeugungskunst würde ihm eine Ausrede eingeben, die den Verdacht, er sei wie auch immer an diesem Brief beteiligt – und sei es als absichtsloser Verbreiter der häßlichen Fakten, als Schwätzer mithin –, aus der Welt schaffte? Allerdings kam jetzt noch eine hübsche Geduldsübung auf sie zu, denn sie hatte nicht die kleinste Möglichkeit, nachzuforschen, wie das Gift, das sie ausgesandt hatte, sich nun entfalten, welche Organe es angreifen, wie es schmerzen und womöglich töten würde. So verharrte sie in einer seltenen Mischung aus Stolz über ihren Einfall und einer bänglichen Taubheit, in der sie bereits den Gestus vollständiger Ahnungslosigkeit einübte, für den Fall, daß der Lauf der Affäre sich ihr unvorhergesehen wieder näherte. Ein Ziel zu haben und zugleich nichts davon zu wissen, es jedenfalls zu vergessen, das war die Aufgabe, die langfristig auch Aussicht hatte, bewältigt zu werden, die jedoch gegenwärtig noch beträchtliche Spannungen in ihr erzeugte.

Aber welches Staunen entging ihr erst, weil sie nicht Zeugin sein durfte, wie Hans-Jörg ihren Brief las und wie er ihn aufnahm.

Nicht jeder Brief wird vom Empfänger verstanden, wie er vom Schreiber beabsichtigt war. Das Mißverständnis gehört zu den Kernkapiteln in der Geschichte der Korrespondenz. Es ist eine Kunst, unmißverständlich zu sein, und was ihre eigentliche Botschaft anging, war Rosemarie unmißverständlich gewesen, und daß in dem Brief auf einen gewissen späten Abend auf der Talaat Harb, von dem nur Salam Kenntnis hatte, und von jenen zehntausend Euro die Rede war, die zwischen ihnen gegenwärtig ein Gegenstand des Hin- und Herzerrens waren, das entging dem Leser Hans-Jörg denn auch nicht. Aber seine Gedanken entfernten sich von diesem Ausgangspunkt auf andere, für Rosemarie unvorsehbare Wege.

Deutlich trat das Erlebnis am späten Abend in Kairo ihm wieder vor Augen. Das Gesicht des Mädchens hatte er kaum richtig gesehen, eigentlich nur, solange er sie aus einem gewissen Abstand betrachtete und beide mit den Blicken Verbindung aufnahmen, denn dann war er ihr gefolgt, das Mädchen neben ihm und doch ihm voran, mit verwirrend erwachsenen Bewegungen, so zart es war. Wie es das kleine Hinterteil in dem schleppenden bunten Rock bewegte, war es eine Frau; keine deutsche Zwölfjährige wäre so fertig gewesen. Er erinnerte sich an die grauen Schmutzspuren auf ihren Wangen, an seine Vorstellung, die Haut müsse salzig schmecken, wenn er sie mit den Lippen berührte, und an die verfilzte, brandige Haarmähne mit den etwas fettigen züngelnden Locken. Das Kind war sein Magnet gewesen. Es zwang ihn, ihm zu folgen. Auch im nachhinein war ihm klar, daß nicht die kleinste Willensregung auf seiner Seite beteiligt war, er spürte wieder, wie die Beine von allein liefen und wie sein Kopf verwundert und ratlos darüber schwebte und sich unablässig fragte, was geschehen würde, wenn sie am Ziel ihres Weges durch die erleuchtete Nacht angelangt waren. Ein Gedanke, geradezu eine Hoffnung war ihm dabei noch besonders gegenwärtig: Daß sich das Rätsel der unwillkommenen, in ihre Bedeutungslosigkeit fest verschlossenen Bilder, die ihn in jedem ruhigen Moment verfolgten, lösen würde. Was der Arzt, der seine Hämorrhoiden untersucht hatte, mit kaum verhüllter Verständnislosigkeit zurückgewiesen hatte, das war für ihn inzwischen Gewißheit – daß sich da kurze wahllose Einblicke in ein anderes Leben, in eine andere Welt auftaten als die, in der er sich bewußt bewegte. Und es war ihm nun auch wieder deutlich, wie überzeugt er gewesen war, daß diese beiden Welten, diese beiden Leben, diese verschiedenen Orte, an denen sich sein Bewußtsein zugleich aufhielt – in der einen Welt denkend, planend, sprechend, in der anderen wie betrunken, aus Betäubungen nur sekundenlang erwachend – daß diese beiden Welten zusammenfallen würden, wenn er und das Mädchen ans Ziel gelangt wären. Er würde mit ihr unfehlbar in einem Zimmer mit einer Betonwand und lappigen Vorhängen landen. Er würde sich unversehens dem schlampigen rosafarbenen Anstrich der Wand, bisher nur unfreiwillig, in aufdringlicher Sinnlosigkeit geschaut, gegenübersehen. Daß das Kind ihn darüber hinaus offenbar doch irgendwie gereizt hatte, wollte er nicht in Abrede stellen; es ging nicht darum, sich zu entschuldigen und offensichtlich schmählichen Wünschen ein geheimnisvolles Motiv unterzuschieben. Solche Wünsche mochte es durchaus gegeben haben – er blieb erstaunlich gleichgültig bei diesem Gedanken –, aber sie waren nicht das, was ihn eigentlich erfüllte und seine Wichtigkeit auch jetzt noch besaß. Denn nun war er wiedergekommen, dieser einzigartige, aber flüchtige Moment, den Salam durch sein entschlossenes Hinzutreten verhinderte – Hans-Jörg war so gerecht, dem Partner dafür auch jetzt noch und trotz allem dankbar zu sein –, der Moment des Ineinanderverschmelzens der beiden Schienen, auf denen sein Geist sich lange so unglücklich und gequält gleichzeitig bewegen mußte. So war es denn auch kein Zufall, daß es gerade Salam war, von dem mit hoher Wahrscheinlichkeit dieser Brief stammte: Er hatte mit seiner Rettung den explosiven Augenblick verhindert, oder besser, hinausgeschoben, und erzeugte ihn nun ein zweites Mal, zu einem Zeitpunkt, an dem Hans-Jörg ihn viel besser nutzen konnte als in den Turbulenzen, die sich in Ägypten an jenem Abend, wäre er ohne Salams Hinzutreten verlaufen, mit Gewißheit noch ergeben hätten. Denn jetzt ging es eben nicht mehr um ein der eigenen Welt nicht zuzuordnendes Bild, jetzt gab es gar kein Bild. Es war vielleicht zu Ende mit den Bildern. Die bedrängenden Bilder von einst verkörperten sich in diesem vulgären, feindseligen Brief, dessen Gemeinheit nur eine dünne äußere Schicht bildete. Dahinter schlief die Wahrheit, ein niemals anzuschauendes Wesen, das sich hinter der Vielfalt der flüchtigen Erscheinungen verbarg, sie zugleich aber ernährte und bunt und unabweisbar werden ließ. Dies war ein Augenblick reinen Glücks, wenn man unter Glück die absichtslose Freude verstehen darf, eine von weit her kommende, durch mannigfaltige Hindernisse hin und her geschleuderte Kugel schließlich in das ihr zugedachte Loch hineinfallen zu sehen; in ein Loch, das genauso ausgedrechselt ist, um gerade diese Kugel aufzunehmen und sie bis zum Ende aller Tage nicht mehr freizugeben. Das Spiel ist aus, das Ziel ist erreicht, eine Notwendigkeit zu Frage und Bewegung besteht nicht mehr.

Verblüffend freilich blieb der Weg, der Hans-Jörg zu dieser Erfüllung führte. Wenn er zurückblickte, kam er sich als lebender Toter vor, der auch Verwesungsgeruch verbreitet haben mußte, so unerträglich war er seiner Umgebung offenbar geworden. Grübeln war sein Normalzustand gewesen, aber dies Grübeln bewegte nichts, es zeigte stets aufs neue die Lückenlosigkeit seiner Gefangenschaft. Überdeutlich sah er, wie nutzlos alle seine Unternehmungen gewesen waren, die eine Annäherung an die Welt, in der die anderen lebten, zum Gegenstand hatten. Wie er stets geglaubt und erhofft hatte, den Anforderungen des Lebens mit einer Fülle von Ausrüstungsgegenständen gerecht werden zu können, in dem vergeblichen Versuch, in Gestalt eines schweren Zigarrenabschneiders oder einer Ebbe und Flut anzeigenden Uhr Zugang zur alltäglichen Sphäre der anderen zu gewinnen. Jetzt sah er seine von einem todbringenden Trieb geleitete Hypergeschäftigkeit, mit der die gefangene Wespe an den Glaswänden auf und ab gleitet und ihre Kräfte immer mehr erschöpft. Es mußte grauenvoll sein, ihm dabei zuge-

sehen zu haben, aber da gab es kein Bedauern: Niemand
hätte ihn befreien können, kein liebender und kein hassender Mensch, wobei Silvi vielleicht keine Liebende und sein
Vater kein Hassender war, es war wohl realistischer, die Ge-
fühlstemperaturen dieser beiden in einer mittleren Zone zu
suchen, jedenfalls was ihn anging. Silvi aus dem verkork-
sten kleinen Bungalow herauszuführen – eine Art Eisenbahn-
waggon ohne Räder mit umlaufender überdachter Veranda,
später durch häßliche Anbauten in dieser simplen, klaren
Form verdorben –, war ihm gewiß nur gelungen, weil sie
das Gefühl hatte, dort nicht länger bleiben zu können. Der
Schwiegervater, dessen Antipathie er vom ersten Besuch an
gefühlt hatte, äußerte sich poetisch über seine Kinder: Der
Älteste, offenbar auf der Universität erfolgreich, sei »sein
Gehirn«, der nächste, ein Sportsmann, »seine Kraft«, Silvis
Schwester »sein Herz« und Silvi »seine Seele«, aber was er
damit ausdrücken wollte, war weniger poetisch: Er wollte
sein Hirn, seine Kraft, Herz und Seele, seine ganze Person
kurzum vergessen, und zu diesem Zweck mußte er allein
sein oder bestenfalls mit einem schweigenden Freund Schach
spielen. Das gesamte Familienwesen hatte für diesen Mann
jeden Sinn verloren, sein Herz und seine Seele mochten sich
in der Welt verteilen, wenn sie ihn bloß nicht weiter beun-
ruhigten.

Jetzt verstand Hans-Jörg diesen Mann. Er spürte einen
Atemzug lang die paradoxe Anwandlung, den Einsiedler zu
besuchen, solchen Besuchen waren die großen Einsiedler der
klassischen Eremiten-Zeiten freilich immer ausgesetzt, wer
wirklich und entschieden ernst machte mit dem Alleinsein,
der brauchte sich über Mangel an Teilnahme seiner Mitmenschen nicht mehr zu beklagen. Arme Silvi! Mancher hatte
dies schon gedacht, aber jetzt war er es, der sich den Gedanken zu eigen machte, in aufrichtigem Mitgefühl, nicht

Reue, denn was so unfreiwillig geschehen war, wie sollte das ehrlicherweise bereut werden? War nicht das Letzte, was sie verband, sein beständiger Versuch, ihr das Weinglas abzunehmen? Obwohl es ihn doch, wenn sie betrunken war, eigentlich nicht das geringste anging, und eigentlich darüber hinaus nicht einmal wirklich störte, es war ein Zustand wie andere auch. Seine Gedanken über die Versuche, Silvi zu korrigieren, leiteten ihn zu Salam, seinem geschmeidigen Geschäftsführer, der es offenbar für vielversprechend gehalten hatte, den toten Punkt seiner Verhandlungen um die bewußten nachzuschießenden schmierenden zehntausend Euro durch einen explosiven Akt überraschender Häßlichkeit zu überwinden. Auch Salam wollte korrigieren, ein in seinen Augen verfehltes Beharren, einen Eigensinn brechen. Es kam Hans-Jörg kein Zweifel, daß Salam diesen Brief geschrieben hatte, höchst ungerechterweise, denn Salams Stil war so etwas nicht, wobei allerdings die Leute auf einen Vorwurf hin häufig würdevoll erklären, »das sei nicht ihr Stil«. Schon wahr, nur lebt selbst der größte Künstler nicht immer auf der Höhe seines Stiles, und außerdem kann ein gezieltes Durchbrechen des gewohnten Stils sehr erfolgversprechend, weil überrumpelnd sein. Und dann ging es hier ja um viel Geld – »zehntausend Euro, das ist viel Geld!«, wie Rosemarie ausgerufen hätte, wenn von kleineren Summen die Rede war –, da machte mancher eine Ausnahme von seinem Stil. Hans-Jörg empfand aber keinerlei Empörung über Salam. Es zeigte sich jetzt, daß das große Wohlgefallen, die stille Erlösung, die mit dem Rollen der Kugel ins Loch verbunden war, selbst zwar eigentümlich inhaltslos blieb, aber ausstrahlte auf Bereiche, die mit Inhalten vollgestopft waren.

Da wurde ihm also gedroht, es wurde ihm angst gemacht, und dabei stellte sich unvermittelt heraus, daß das ein ganz unmögliches, ein wahrhaft aussichtsloses Unterfangen war.

Das Angstmachen gelang nicht. Und zwar nicht etwa deshalb, weil der Erpresser für eine peinliche juristische Aktion doch wenig in Händen hielt. Hans-Jörgs Zweifel an jenem Abend, ob Salam die Situation eigentlich verstanden habe, waren nicht weltfremd. Eindeutiges hatte wahrlich nicht stattgefunden, und im Gedränge auf der Talaat Harb war nicht ohne weiteres auszumachen, wer bewußt nebeneinanderging und wer nur mit anderen zusammengeschoben wurde. Aber solcher Beruhigung bedurfte es jetzt gar nicht, denn die grundsätzliche Beruhigung, oder besser, die Ruhe und Stille, die er in sich wußte, hätte es ungestört auch überlebt, wenn da zweifelsfreie Beweise für eine Umarmung des kleinen Mädchens vorgelegt worden wären. Diese grundsätzliche jäh entstandene Ruhe – da war eine seelische Stachelschale aufgeplatzt und hatte einen mahagonipolierten Kern freigelegt – beruhte auf der unversehens entstandenen Einsicht, daß ihm etwas Schlimmes im Leben nie mehr drohen könne, da das Allerschlimmste, dies Leben selbst, bereits eingetreten sei. Dies aber war keine schwarze Einsicht, sondern eine, die ihn, wie er da an seinem Schreibtisch saß, geradezu mit Vergnügen erfüllte. Was als Bilanz niederziehend hätte klingen können, war ja zugleich mit einem immensen Gewinn an Freiheit verbunden. Da gab es einfach nichts mehr, das hätte befürchtet werden müssen. Anwandlungen zu einer gewissen Schamlosigkeit, wie sie ihn früher befallen hatten, waren immer auf die Frage gerichtet gewesen, wie sie wohl aufgenommen würden, das schienen ihm notwendige Experimente, um sich in der Fremdartigkeit seiner nächsten Menschen zurechtzufinden. Aber deren Urteil über ihn war längst gesprochen. Mit Rührung dachte er an seinen Vater wie an einen entfernten Bekannten, von dem man weiß, daß sein Sohn ihm eine große Enttäuschung bereitet hat. Und Salam! Dieser eigentlich sehr sympathische

Salam, der sich mit ihm solche Mühe gegeben hatte. Der erste Mensch, der sich um Hans-Jörg wirklich kümmerte, ihn zu unterhalten suchte, seine Launen zu enträtseln oder wenigstens aufzulösen trachtete, nicht aus Menschenliebe zwar, aber gehörte nicht doch ein solider Grundstock an Menschenliebe dazu, auf einen anderen selbst um des Vorteils willen derart unerschrocken und unermüdlich einzugehen? Was Salam ihm also jetzt – von der Kehrseite seiner Menschenliebe her – mit solch verletzenden Worten androhte, das war einfach zum Lachen. Der Spieler Salam meinte hoch zu spielen und setzte statt dessen viel zu wenig. Er offenbarte unfreiwillig, daß sein Operationsguthaben aufgezehrt war, daß er gar nichts in Händen hielt, um Hans-Jörg unter Druck zu setzen.

Aber wenn denn gespielt werden sollte, dann war jetzt Hans-Jörg am Zug. Wenn mit Überraschung und Überwältigungen operiert werden sollte, dann war es jetzt an Hans-Jörg, zu überraschen und zu überwältigen, und so entwarf auch er einen Brief und schrieb ihn gleich darauf selbst ins Reine, und das in Heiterkeit, in seiner ihn warm durchströmenden Freude und ohne den leisesten Groll gegen Salam, wie man beim Schachspielen mit einem Freund triumphiert, wenn er in die Enge getrieben ist und sich nicht mehr bewegen kann.

»Sehr geehrter Herr Salam«, hieß es, obwohl er sich mit Salam längst duzte, aber es war der Gebrauch des Du in dem anonymen Brief, was ihm jetzt noch besonders mißfiel, da hatte der Schreiber sich wirklich vergriffen, »als Mehrheitsgesellschafter der Ramsesphone GmbH teile ich Ihnen mit, daß Sie von der Geschäftsführung durch Gesellschafterbeschluß vom... mit sofortiger Wirkung entbunden sind.« Ansprüche aus seiner bisherigen Tätigkeit möge er mit Hans-Jörgs Anwalt klären, der mit der Abwicklung des Vertrages betraut sei. Mit gleicher Post beantragte die Gesellschafter-versammlung die Löschung der Ramsesphone GmbH im Handelsregister. Obwohl sein Brief unterschrieben war, teilte Hans-Jörg das Bedauern der Autorin des anonymen Briefes, nicht Zeuge sein zu können, mit welcher Miene diese Botschaft gelesen würde.

Welch wunderbaren Weg hatte Rosemaries Geschoß zurückgelegt, um genau das ins Auge gefaßte Ziel präziser zu erreichen, als es die kühnste Hoffnung sich hätte ausmalen dürfen!

Die Hochstimmung verließ Hans-Jörg den ganzen Tag nicht. Kein einziger nennenswerter Gedanke hatte Raum darin, obwohl angefangene Gedanken, Ansätze zu Vorstellungen und Ideen in Fülle herumschwammen, aber sie wurden nicht Wort, der Zustand war vergleichbar mit dem Rausch, in den ein Liebhaber von Wagners Musik bei stundenlangem Ausharren auf dem hölzernen Klappsitz im heißen, dunklen Festspielhaus gerät, nur daß in Hans-Jörgs Fall eben kein Riesenorchester die Musik hervorbrachte, die ihn hinwegtrug, sondern er selbst in vollkommener Stille. Die Halbtagskraft, die vor der Mittagspause noch einmal bei ihm hereinsah, nahm nichts wahr als eine etwas zerstreute Freundlichkeit, aber da er auch in übler Laune oft den Eindruck der Zerstreutheit hervorrief, fiel der Frau nichts Bemerkenswertes auf. Er arbeitete sogar noch ein bißchen, diktierte ein paar Briefe, mußte aber immer wieder eine andächtige Pause einlegen, um in dies reine, stumme Hochgefühl zurückzukehren, das treu wartete und nach jedem Brief in unverminderter Stärke wieder zur Stelle war.

Zuhaus war er allein und blieb es, in Dankbarkeit, nicht weil Silvi ihn gestört hätte, sondern weil er gegenwärtig überhaupt keine Gesellschaft brauchte. Wahrlich nicht, weil er keine Zeugen wünschte, wenn der angekündigte Anruf kam; er war gespannt auf ihn, aber im Rahmen des großen Spieles, in das er eingetreten war. Was würde Salam sich einfallen lassen? Das Abfassen und Versenden eines anonymen Briefes ist stets der leichteste Teil der Erpressung, soviel Arbeit und Vorsicht darauf auch verwandt werden mochte. Wie der Erpresser daraufhin für sich selbst gefahrlos mit seinem Opfer in Verbindung trat, das war schon etwas anderes; scheiterte daran nicht manches gut eingefädelte Projekt? Aber man glaube nicht, Hans-Jörg hätte nun neben dem Telephon gesessen. Es gab lange Passagen an diesem einsamen Abend in seiner Wohnung, in denen er das Telephon ganz vergaß. Er wanderte durch die Zimmer, er öffnete und schloß Türen, er stand lange und blickte in die Folge der spärlich möblierten Räume, als müsse er sich die Wirkung der Abfolge verschiedener Beleuchtungen einprägen. Das große Entrée war hell, das nächste Zimmer dunkel, im übernächsten brannte eine kleine, von hier aus nicht sichtbare Lampe, wie vielversprechend und verheißungsvoll war das. Zum ersten Mal empfand er dankbar, daß Silvi und er keinerlei Anstrengung unternommen hatten, die Wohnung im herkömmlichen Sinne einzurichten, obwohl es im Haus seiner Eltern genug Möbel gab, die auf sie warteten. Sie hatten sich die Wohnung nicht anverwandelt, und deshalb war sie eine Bühne geblieben, auf der vielerlei Stücke gespielt werden konnten. Die Spannung der hohen Räume mit ihren schwarzen Fenstern zog ihn an, es war vergessen – oder besser: unwichtig geworden – vergessen werden mußte nichts! –, wie sie bisher darin gelebt hatten, die Sprachlosigkeit, der zänkische, eigensinnige Ton von seiner Seite, Silvis Unzugänglichkeit in ihrer unbeeindruckbaren Kindlichkeit oder in den Launen des Weines – es wäre ihm in Zukunft unmöglich, ihr auch nur ein einziges Mal noch das Glas aus der Hand zu nehmen – das war einer der wenigen genauen

Gedanken, die durch seinen Kopf wanderten, obwohl bei diesem Weintrinken mit ihr etwas nicht in Ordnung war – sie vertrug ihn ebensowenig wie er selbst, nur daß er Kopfschmerzen bekam und sie nicht, aber sie würde es nicht vermissen, wenn er nicht auch ein Glas mit ihr trank, solche Gesten brauchte es nicht zwischen ihnen, er lebte fortan im Reich der Freiheit und sie vielleicht schon längst, und die Mißstimmung hatte sich nur daraus ergeben, daß sie bis jetzt zwar in derselben Wohnung, aber in verschiedenen Reichen zuhause gewesen waren.

Er aß und trank nichts. Für Hunger oder Durst war kein Raum in ihm. Aber als sehr spät das Telephon schließlich klingelte, ließ er es lange läuten, die Spielfreude war sofort wieder da, und er lächelte unwillkürlich, als er den Hörer in die Hand nahm. Leider war es nur Rosemarie, in merkwürdiger Redseligkeit, sich für den späten Anruf entschuldigend, nach seinem Befinden fragend, den freundlichen Bescheid, das sei sehr gut, etwas abwesend entgegennehmend und sich schließlich nach dem Verbleib von Bernward erkundigend, als sei ihr zum Schluß noch eingefallen, warum sie überhaupt noch anrief.

Hans-Jörg vermutete Silvi eigentlich mit beiden Hopstens im Kino – das war Rosemaries Vorschlag gewesen, man müsse unbedingt den alten, selten zu sehenden italienischen Kultfilm anschauen –, aber nicht nur Hans-Jörg hatte heute vormittag abgesagt, auch sie war zuhause geblieben. Sie wollte den Abend allein verbringen – etwa um Hans-Jörg mit verstellter Stimme anzurufen, durch ein Taschentuch hindurchsprechend oder sonst irgendwie verzerrt? Das sagte sich so leicht, dazu gehörten Nerven, und wer wußte, ob man eine solche Verstellung lückenlos durchhielt – und erkannt zu werden, die bloße Möglichkeit wollte sie sich nicht ausmalen. Aber mußte ein Mann wie Hans-Jörg den Brief nicht als einen solchen Schlag empfinden, daß man auch bei einem unschuldigen Telephonat bereits merkte, wie getroffen er war? Das bliebe ihm doch nicht in den Kleidern stecken? So etwas mußte doch den ganzen Menschen erschüttern? An einem Tag wie diesem verbot sich ihr freilich auch der kleinste Hinweis auf Salam. Sein Name durfte aus ihrem Mund nicht zu hören sein, zu schnell wäre ein Zusammenhang hergestellt. Hätte Hans-Jörg gewußt, in welch aufgereizter Verfassung Rosemarie war, es hätte ihn gewiß bekümmert. Andererseits: Was wollten Silvi und er eigentlich mit dieser Frau? Der Mann war ein anderer Fall, aber mit Rosemarie hatte er nichts zu schaffen und sie auch nichts mit ihm.

Hans-Jörg ging ins Bett, keinen Augenblick durch Silvis Ausbleiben beunruhigt, sondern immer noch froh, allein zu sein mit sich und seiner Freudenfülle. Er schlief sofort ein, die beglückende Ruhe des Tages und Abends glitt sanft in die Ohnmacht hinüber. Er träumte starke, bewegende Bilder, aber nur ein Traum blieb ihm im Gedächtnis, er notierte ihn sogar am nächsten Tag in seinem Terminkalender, so eindringlich war das Gesicht gewesen.

Er sah sich mit einem kleinen Kind im Arm, einem nackten kleinen Mädchen von höchstens zwei Jahren, jämmerlich schmutzig, bräunlich verschmiert, auch Blutspuren waren eingetrocknet, aber nicht von einer Wunde. Da stand er hilflos, es war nicht möglich, das Kind abzulegen, er mußte es in den Armen tragen und in seiner Klebrigkeit und Schmierigkeit erdulden. Aber dann war Silvi plötzlich neben ihm und nahm ihm das Kind ab und tauchte es in eine kleine Wanne und wusch es mit einem schönen großen Schwamm, der allen Schmutz mühelos aufnahm, und trocknete es mit weichen Tüchern ab und wickelte es in ein weißes weites Handtuch und legte es ins Bett – war das ihr gemeinsames Bett hier im Schlafzimmer? Und nun lag das lächelnde Köpfchen auf einem großen weißen Kissen, und Hans-Jörg wurde von einem warmen Strom der Dankbarkeit überflutet, diese warme Überflutung blieb ihm lebhaft in Erinnerung. Er war Silvi dankbar. Ja, er war ein Mann für Silvi, heute war er ein Mann für Silvi geworden. Können Träume lügen? Eine falsch gestellte Frage, und zwar von jedem Standpunkt aus, von dem man das Phänomen des Traumes betrachten mag, und doch sollte es Hans-Jörg eines nicht fernen Tages zutiefst verwirren, daß dies Traumbild, das ihm voll innerer Wahrheit zu sein schien, diese Wahrheit in jenem Augenblick, da es ihm im Schlaf vor Augen stand, jedenfalls nicht oder nicht mehr besaß.

Daß Bernward und Silvi allein übrig blieben, als es um das Anschauen des alten italienischen Kultfilms ging – für den beide sich im Grunde nicht interessierten, die gesamte Sparte »Kultfilm« fiel in Rosemaries und Phoebes Bereich –, war nicht die Schuld der beiden. Sie hatten beide nicht nach einer Gelegenheit gesucht, miteinander allein zu sein. Das nächtliche Gespräch in der sizilianischen Loggia war tatsächlich das letzte und bisher wohl einzige, das sie unter vier Augen geführt hatten. Zu Silvis Charakter gehörte es ohnehin nicht, irgend etwas anzusteuern und planvoll ins Werk zu setzen, sie ließ sich auch dort treiben, wo alles für ein Eingreifen und Tätigwerden sprach, und nahm es hin, wenn etwas geschah, das ihr weh tat. Bei Bernward hingegen muß das Vermeiden jeder Gelegenheit, Silvi allein zu begegnen, einem bewußten Entschluß entsprungen sein. Es ist ihm wohl klar gewesen, daß es nur noch eines winzigen Anlasses bedurfte, um seine Beziehung zu Silvi unumkehrbar auf eine andere Ebene zu befördern. Mit platter Nüchternheit hätte man sagen können, er habe sich in Silvi verliebt, und das wäre eigentlich auch kein Kunststück gewesen. Wäre sie nicht aufgewachsen in der eingefrorenen Isolation des väterlichen Bungalows –

ein etwas paradoxaler Ausdruck angesichts der dort beständig herrschenden Hitze – und dann an Hans-Jörg und seine Familie geraten; hätte sie wie Phoebe in einem Schwarm Gleichaltriger gelebt, dann wäre männliche Verliebtheit bei ihrer Hübschheit und ihrer Anmut für sie das allerhäufigste Erlebnis gewesen. Rosemarie hatte Sinn für weibliche Schönheit. Es gefiel ihr, Silvis jugendlichen Körper im Bikini an ihrem Swimming-Pool liegen zu sehen, allein schon aus dekorativen Gründen, aber sie tat auch viel, um den Reiz dieser Schönheit zu entschärfen: Silvi, das Dummchen, kein großes Kirchenlicht, von heilloser Naivität, vollständig ungebildet, ein Wunder an Begabungslosigkeit, das waren die Redewendungen, die sie für das junge Mädchen – »jung«, wie Rosemarie dann streng hinzufügte, »so jung nun auch wieder nicht mehr« – parat hatte, nie scharf tadelnd, eher amüsiert den Kopf schüttelnd. Wenn Silvi wenigstens aus ihren Sprachen etwas gemacht hätte. Da fiel sie nämlich aus dem Kreis von Rosemaries Fertigkeiten heraus, auch Phoebe kam nicht mit, obwohl sie und Titus auf der Internationalen Schule sehr geläufig Englisch gelernt hatten, aber bei Silvi kamen eben noch Portugiesisch und Französisch und Spanisch hinzu, und zwar ganz mühelos. Sie wechselte die Idiome in einem Satz, aber Sprachen sind ein Medium, bemerkte Rosemarie nicht ohne Selbstgefälligkeit, und man müsse in dem jeweiligen Medium freilich auch etwas zu sagen haben, wenn mehr dabei herauskommen solle als bei einer Stewardeß.

»Und wenn sie doch wenigstens Stewardeß wäre!«

Aber dann war irgendwann etwas geschehen, das Bernwards Verhältnis zu ihr ganz und gar umgestaltet hatte, und es hatte gerade mit der von den anderen diagnostizierten Geistlosigkeit Silvis zu tun. Lesen ist eine Technik, die üblicherweise erlernt werden muß, der eine kommt schneller, der andere langsamer in ihren Besitz, Schritt für Schritt erwirbt der Mensch die Fähigkeit, die Buchstaben als Laute zu erkennen und sie darauf in immer größerer Geschwindigkeit in den Zusammenhang der Wörter zu setzen. Auch bei Bernward ging es um ein Lesenlernen, aber nicht durch das Exerzieren eines Alphabets, es geschah in einem großen Sprung. Zuerst war die Einsicht da, daß es etwas zu lesen gebe, wo vorher Aussagelosigkeit, materielle Stummheit gewesen war. Und dieser Text, den er unwillkürlich wie in einer Erleuchtung zu lesen begonnen hatte, war Silvis Körper. Er hatte nichts vom erfahrenen Genießer. Er erhob keinen Anspruch auf erotisches Feinschmeckertum, alles, was er bisher genossen hatte, war ihm im Zustand freudiger Gedankenlosigkeit entgegengekommen. Aber bei Silvis Körper war es etwas anderes: Er sah sie, wie sie sich im Liegestuhl bewegte, wie sie aufstand, um sich etwas zum Trinken zu holen, Weißwein vorzugsweise, in Sizilien mit Eiswürfeln, wie sie sich eincremte, wie sie einen Sonnenhut auf- und absetzte, und alle diese Bewegungen brachten ihren Körper zum Sprechen in einer Sprache, die nicht immer verständlich, aber immer wohllautend war wie ein unentschlüsselbares, zugleich verzauberndes Gedicht. Die Linie dieser Schenkel, die Festigkeit bei gleichzeitiger Weichheit der Form des Bauches, die Fältchen unter den Achseln, die Achselhöhlen, die Wendung des Halses, all das war voll Gedankenreichtum, vieldeutiger seelisch-geistiger Ausdruck, ja, so wollte es Bernward jetzt scheinen, jedenfalls etwas unendlich Geistvolleres als das meiste, das ringsum ausgesprochen wurde. Was hätte das Verlockend-Höhlenhafte, das Warm-Durchpulste, Fein-Hautüberspannte, Duft-Konzentrierende ihrer Achselhöhlen besser zur geistigen Erscheinung bringen können als eben ihre Achselhöhlen selbst? Das ganze allgemein anerkannte Konzept, daß es da einen Geist gebe, der in verschiedenerlei Körpern wie in besseren oder schlechteren Hotelzimmern wohne und mit diesen Körpern nichts weiter zu tun habe, zerfiel in Betrachtung Silvis. Ihr Körper jedenfalls war mit Geist identisch, da gab es nichts abzulösen. Ohne diesen Körper war sie stumm, mit ihm höchst beredt, der Wohlklang ihres Sprechens war nur der Vorbote für das große Konzert, das ihre Haut, ihre Lippen, ihre Schultern und Brüste unablässig madrigalartig sangen und sprachen. Aber Plastik, Duft, Schwere, Feinheit, Tastbarkeit des Körpers – Silvis Körpers –, das alles war ohnehin dem allgemeinen Sprachvermögen überlegen. Hier gab es keine Abstraktionen als Krücken und Prothesen, das Grundsätzliche, das Ideale, das Allgemeine fand seine unübertreffliche Formulierung im Anschaulichen. Es fiel mit ihm lückenlos zusammen. Wie blind mußte man sein, um dies offensichtliche Geheimnis nicht zu sehen, nicht von ihm angezogen zu sein und sich ihm ganz und gar hinzugeben? Nun, so blind wie auch Bernward eben noch gewesen war. Er glaubte sich privilegiert mit seiner Erleuchtung, die so ganz selten nicht war, auch wenn sie sich meist anders aussprach als beim belesenen Bernward.

Einen Mann, der den Geist soeben im Körper der geliebten Frau inkarniert gefunden hat, kränkt man nicht, wenn man auch diese geistige Einsicht mit körperlichen Zuständen verbindet. Er war noch nicht alt, wenn auch die Silhouette des Alters schon am Horizont aufstieg. Man verstehe: Einen Mann mit einem solchen Erlebnis vermag niemand mehr erfolgreich mit moralischen Bedenken zu beeindrucken. Bernward, der Familienvater, in durchaus gelungener Ehe lebend, die ein wenig abgekühlt sein mochte, sich aber gerade als Institution trefflich bewährte – man denke an die vielen gemeinsamen Interessen mit Rosemarie, die Reisen, das Sammeln und Einrichten, die Freude an einem großen Haus mit vielen Gästen, das alles wollte er aufgeben, meinte er wegwerfen zu sollen? Und welche Sprache sprach denn seine eigene körperliche Erscheinung, wenn man seine selbstquälerische Musterung einmal beiseite ließ? Mit seiner westfälischen Viereckigkeit, seiner poesielosen Männlichkeit, mit dieser fein knarrenden Hölzernheit, so kultiviert und solide sie sein mochte, damit begab man sich, wenn man versorgt war, doch nicht mehr auf Freiersfüße. Was war mit der Peinlichkeit, dachte er auch an die Peinlichkeit? Nein, an die dachte er nicht, aber weniger aufgrund seiner neuen Begeisterung, sondern weil ihm diese Kategorie, so bürgerlich er auch auftrat, stets gleichgültig gewesen war.

Und was war mit Rosemarie? Was für ein Leben war ihr zugedacht? Bernward hatte den deutlichen Eindruck empfangen, um Rosemarie müsse er sich keine Sorgen machen. Da war eine Lockerung eingetreten. Das Band zwischen ihnen hatte sich eine Weile gedehnt und in jüngster Zeit, vielleicht durch eine unachtsame Überdehnung, an Spannung verloren, und das war, so sagte sich Bernward, nicht von ihm ausgegangen. Nein, mit Rosemarie würde das gar nicht so schwierig werden. Obwohl das seine Gedanken waren und obwohl er davon überzeugt war, daß Silvi an ihn dachte und liebevoll für ihn empfand – warum nicht auch etwas Töchterliches, die Motive mischten sich eben –, hielt er sich über lange, unerträglich lange Monate zurück und ließ die Dinge schweben, und sie schwebten, für ihn und dann auch für Silvi, sehr deutlich, mindestens eine Handbreit überm Boden, wenn sie beide in einem Zimmer waren. Wenn es denn aber so sein sollte und Rosemarie selbst ihn geradezu ungeduldig und mit unwilligem Nachdruck, als empfinde sie seine Gegenwart im Geheimen als Last, mit Silvi ins Kino schickte, dann war der Punkt erreicht, der kommen sollte und von dem aus die Geschichte sich änderte. War es nicht Rosemaries Art, Entscheidungen herbeizuführen? Er zögerte oft, das Spontane war ihm verdächtig, die Leute, die sich auf ihre Eingebungen verließen, hatten oft ein unzureichendes Bild von den eigenen Möglichkeiten.

Und so saßen Bernward und Silvi denn gemeinsam nebeneinander in Bernwards dunklem Auto. Vom Kino war, seit Silvi eingestiegen war, keine Rede gewesen. Manchmal sahen sie sich an, oft sprachen sie – vor allem Bernward – geradeaus. Ihre Köpfe erschienen hintereinandergestaffelt wie die Profile eines Herrscherpaares auf alten Medaillen, beide waren zum Äußersten bewegt und deshalb beinahe bewegungslos. Sie waren zwei Saiten, die nebeneinander auf ein Instrument gespannt sind und es abwarten können, wann sie zum ersten Mal miteinander klingen, denn schon jetzt ist jede von ihnen nur um der anderen willen da. Diese Stunden waren für sie zu überwältigend, als daß sie in Pläne oder Handlungen mündeten. Silvi hatte bis zu diesem Augenblick, in dem sie sich ins Auto setzte, ihre Lage für vollständig unveränderbar, für endgültig gehalten. Sie hatte sich in ihrer Ehe mit Hans-Jörg gefühlt wie in einem Haus mit vielen Zimmern, um allein darin spazieren zu können, nicht eigentlich beengt also, mit einem Innenhof und dem Blick auf einen fernen Himmel, aber ohne Fenster auf die Straße und ohne Ausgangstür. Nun war die Tür plötzlich da, gerade an einer Stelle, an der sie vielfach vorbeigekommen war, und sie war nicht abgeschlossen, sondern angelehnt. Nichts war natürlicher, als hindurchzugehen.

## 25.

## *Die alten Göttinnen*

Es war vielleicht doch eine kleine Portion Niedertracht von mir dabei, als ich Josef Salam unvermittelt »Schöne Grüße von Frau Doktor Simserl« ausrichtete, ja ich bekenne, daß ich regelrecht auf eine Gelegenheit gewartet hatte, um diese Grüße nebenbei und apropos zu bestellen, um ihn unvorbereitet erwischen und ein wenig belauern zu können. Es gehörte freilich Naivität zu dem Vorhaben, einen Salam in Verlegenheit bringen zu wollen. Seine behagliche Miene war nicht Ausdruck flüchtiger Seelenregung, sondern ruhte auf soliden inneren Fundamenten. Natürlich fragte er nicht, woher ich seine Freundin kannte. Die Welt war seiner Erfahrung nach klein, jeder kannte irgendwie jeden, alle waren durch verborgene oder offenliegende Fäden miteinander verbunden. An manchen dieser Fäden konnte man ziehen, an anderen wurde man selbst gezogen.

»Ja, danke sehr«, sagte er, unversehens in ein reines Wienerisch hinübergleitend, das sonst ja nicht sofort herauszuhören war, das »sehr« mit scharfem S gesprochen, er trat jetzt sprachlich in Frau Doktor Simserls Sphäre, und das geschah doch wohl eher unwillkürlich.

»Eine liebe Person« – wiederum mit scharfem S gesprochen, in feiner Nachdenklichkeit schwang diese Bemerkung aus. »Wie geht es ihr denn so?«

Diese Frage hatte ich meinem Schweigen zu verdanken, mir war, als sei er einen Augenblick unsicher gewesen, ob er auf meinen Gruß weiter eingehen solle oder ob es nicht doch von Interesse sein könne, ein wenig mehr über die Dame zu erfahren. Sie sei gesund, wenngleich nicht sehr stabil, antwortete ich, lebe allein in ihrer Jagdhütte, eine vom Wetter gebräunte Greisin, viel im Garten arbeitend...

»Greisin?« Das Wort ließ ihn aufhorchen. Sie sei keine Greisin, sei doch höchstens zehn Jahre älter als er, obwohl sie mit ihrem Ältersein immer kokettiert habe – »Zia« – Tante habe er sie damals genannt, um sie aufzuziehen, sie sei freilich völlig humorlos gewesen und habe sich die Zia todernst zu Herzen genommen. Sie hätten übrigens miteinander vor allem Italienisch gesprochen. Daß er Italienisch sprach, habe sie wahrscheinlich am meisten an ihm entzückt. Sie sei ja aus ihrer Jagdhütte nie weggekommen, und wenn sie mit ihm Italienisch sprach, sei das für sie wie eine Reise gewesen. Er erwärmte sich jetzt während seiner Reminiszenzen.

»Dreißig Jahre werden's schon her sein, daß ich nichts mehr von ihr gehört habe.« Daraus sprach Zärtlichkeit für die eigene Lebensleistung – was war nicht alles geschehen in diesen dreißig Jahren, die mit Siegen und Niederlagen bis zum Rand angefüllt waren, vor allem aber mit dem täglichen vollsaftigen Glück, ein lebendiger Mann zu sein. Aber von einer »Greisin« zu hören, das gefiel ihm nicht, als habe Frau Doktor Simserl durch ihr Altern eine Pflicht ihm gegenüber verletzt, da er mit seinem dicken, stets leicht fettglänzenden stahlgrauen Haar schließlich auch nicht mehr der Jüngste war. Er habe es damals aber gewußt: Wenn er sie verließe, dann würde sie sich vernachlässigen. Diesen Gedanken habe er aus Respekt nicht zulassen wollen, aber er erinnere sich daran und höre ungern, daß er recht behalten habe. Er behalte oft recht, meist aber ungern. Es war, als schüttele er über sich selber den Kopf. Die Rolle der männlichen Kassandra mißfiel ihm.

»Es war unmöglich geworden.« Er sah mich jetzt gera-

256

dezu treuherzig an, ein Wahrheitsraptus hatte ihn überfallen. »Ganz im Vertrauen – eine liebe Person, aber unmöglich für mich.« Er habe darunter gelitten, daß sie jedem Ereignis etwas Dramatisches mitgeben mußte, alles war außerordentlich und ewig und bedingungslos – »dieses Für Immer!« Sie habe in einem beständigen Beschwörungszustand eines »Für Immer!« gelebt, und dabei wisse man doch als reifer Mensch, der auch sie irgendwo schließlich sei, wenngleich weit von allem »Greisentum« entfernt, daß es dieses Immer und Ewig nun einmal nicht gebe. »Gar nix gibt's für immer! Obwohl –« hier ließ er die Gedanken wieder schweifen, die großen Augen verdunkelten sich, das war nicht mehr der muntere, der dreiste Salam, sondern der träumerische, kindlich versponnene – diese Botschaft beförderten jedenfalls die verdunkelten Augen, die sich so tief in Frau Doktor Simserls Seele eingebrannt hatten. Dachte er daran, daß er vor dreißig Jahren »für immer und ewig« von der Simserlschen Jagdhütte Abschied genommen hatte und nun dennoch wieder in deren Dunstkreis geraten war, sie in seiner Erinnerung aufsuchte und dort offenbar manches fand, das lange fest verschlossen war?

»Immer und ewig – das ist auf der einen Seite schon unerträglich genug, und auf der anderen, wie singt man in Wien, Sie wissen schon: ›Und a bissel a Liab und a bissel a Treu und a bissel a Falschheit ist auch mit dabei!‹ Sie ist eben eine Frau, durch und durch, auch wenn sie nicht mehr auf sich acht haben sollte, und die Frauen« – er richtete sich auf und nahm mich scharf ins Visier. Der langwimprige Blick der Melancholie war verschwunden. Salam machte nun keine Konfidenzen mehr und beriet auch nicht als väterlicher Freund einen hoffnungsvollen jungen Mann, sondern wurde zum Propheten, der eine letzte schreckliche Einsicht verkündet. »Die Frauen – und keineswegs nur die flirtistischen, die hübschen, abenteuerlustigen, die anziehenden, nein auch die blassen, faden, die ehrwürdigen, unnahbaren, Ihre Greisinnen natürlich auch – sie tragen, wo sie gehen und stehen und unablässig und was sie auch tun, ob sie telephonieren oder kochen, in ein Mikrophon sprechen oder Wurst verkaufen, vorn zwischen den Beinen die Pflaume mit sich, oder die Feige oder welches Obst Ihnen am liebsten ist – immer! Ein Mann kann sein Geschlecht tagelang vergessen – denkt einfach nicht daran – eine Frau – jede Frau! – nie. Wenigstens über Stunden denke ich nicht daran, daß ich ein Mann bin – oft genug – eben zum Beispiel – und da ist man gegenüber den Frauen beinah immer im Nachteil.« Er faßte seine Gedanken mit einer Bewegung der festen, weiß gepolsterten, schwarz behaarten Hände zusammen: Wenn es meine Absicht sei, ein Wiedersehen mit Frau Doktor Simserl durch dies Postillon-Spielen einzuleiten, dann müsse er mir jede Hoffnung nehmen. »Wenn sie jetzt um die Ecke biegen würde und wenn sie mich erkennte – ich schwöre Ihnen, ich würde beide Beine in die Hand nehmen und davonlaufen.« Wenn mir freilich am Postillon-Beruf so viel liege, dann verhindere er nicht, die Grüße zu erwidern, »aber knapp, ohne Ausschmückungen, die es erlauben, die Fingernägel hereinzuschlagen und den Versuch zu machen, eine weitere Antwort zu erzwingen, Sie täten ihr keinen Gefallen damit.«

Er gab sich in der Darstellung seiner Entschiedenheit etwas von der muffigen Rechtlichkeit eines Postbeamten, der soeben den Schalter geschlossen hat und sich durch kein Flehen erweichen läßt, ihn noch einmal zu öffnen. Diese wiederum stark österreichisch eingefärbte Subalternität war für mich etwas Neues in seinem Auftreten, ein Charakterzug, der offenbar nur durch Frau Doktor Simserl hervorgelockt werden konnte, bei einem Mann, der sich selbst zu immerwährendem Charme verpflichtet hatte, ein Zeichen echter Verzweiflung.

Du erinnerst dich an das Jagdhäuschen der Frau Doktor Simserl, ›mein‹ Jagdhaus. Ich habe es nie wieder betreten. Mit dem unverhofften, dem vernünftigerweise auszuschließenden Auftauchen von Existenzspuren ihrer alten Liebe allein dadurch, daß ich nach Salams Bild gefragt hatte, war im Leben der Einsiedlerin etwas in Bewegung gekommen. Ein Kreis hatte sich geschlossen. Das Wahrscheinlichkeitsgesetz, daß man Zufallsbekanntschaften im Leben zweimal begegnet, hatte sich bestätigt. Aber in dieser Wiederholung lag auch etwas Finales. Es ist wohl ganz einfach: Wenn ich Frau Doktor Simserl berichtet hätte, Salam sei tot, sei zumindest todkrank, bankrott, im Gefängnis, auf der Flucht, dann hätte ich ihre Erwartungen bestätigt. Sie hätte womöglich einen tiefen Atemzug getan, wahrlich nicht aus Schadenfreude, sondern weil ein großes Unglück sie nur noch fester mit Salam verband. Aber die Vorstellung, ihn als Betreiber eines Mobiltelephonladens in Frankfurt zu wissen, mußte ihrem Herzen einen Stich geben. In gnadenloser Deutlichkeit wurde ihr noch einmal klargemacht, wie überflüssig sie in seinem Leben war, wie blaß und fern und halb wie geträumt die einst so erregenden Ereignisse inzwischen erschienen.

Es war das pure Glück, daß ich in ihrer Jagdhütte jemanden an den Apparat bekam. Das war eine der Frauen, die sie in ihrer Einsamkeit mit Nahrung versorgten, mit jenen Gläsern voll karottenfarbenen Pürees wie für Säuglinge, dem einzigen, was sie zu sich nahm. Frau Doktor sei im »Spital« in St. Pölten. Sie sei gefallen. Da es um Marguerite Simserl ging, bekamen diese Worte etwas bedrohlich Moralisches, die Alltagsbedeutung schloß sich in ihrem Umfeld eigentlich aus. Und als ich bei meiner nächsten Fahrt nach Wien dann

Station bei diesem Spital machte, um sie zu besuchen, da bestätigte sich dieser unheilvolle altertümliche Unterton. Das Spital war weniger ein Krankenhaus als das, was in alten Zeiten »Spittel« genannt worden ist: ein Asyl für Menschen, für die nichts mehr getan werden kann, als sie noch irgendwie am Leben zu halten, und an was für einem Leben. Ein älteres Wohnhaus am Stadtrand, früher wohl von Nonnen geführt. In dem mit Pistaziengrün lackierten Vorraum, der von einer Eisentür abgeschlossen war, erhielten nun unter einer Gipsstatue des Heiligen Joseph jene Landstreicher, die man nicht ins Haus lassen wollte, eine warme Mahlzeit. Ein Mann mit dem braunroten Gesicht eines Lebens im Freien und viel dünnem fellartigen Haar saß dort auf einem Bänkchen und aß Suppe aus seinem Metallnapf. Nur Besucher dürften hineinkommen, sagte er mir ernsthaft, als leiste er einen freiwilligen Portiersdienst. Und das sei auch in Ordnung so, denn manche, die hierherkämen, führten sich schlimm auf. Er schüttelte traurig den Kopf. Der Mann sprach übrigens hochdeutsch und war wohl von weit her gekommen, um schließlich hier die Wacht zu halten. Anständig müsse man sich eben benehmen, das sei schon das mindeste. Schreien und die Suppe ausgießen, was sei das für eine Art. Er zeigte sich ganz und gar mit den Gesetzen bürgerlicher Rechtschaffenheit verbunden. Mit gewissen Gestalten habe er nichts gemein. Er bleibe lieber für sich. Aber wenn er hier klingele, dann sagten die Schwestern: Da kommt der Joseph. Sie kennten ihn schon. Ich möge mich drinnen über ihn erkundigen, nichts liege gegen ihn vor. Er bot mir einen Schluck aus seiner Limonadenflasche an. Ich schämte mich, daß ich mich nicht überwinden konnte, seine Gastfreundschaft anzunehmen, mit der er eine Gleichheit zwischen uns herstellen wollte, aber nun wurde auch geöffnet.

Frau Doktor Simserl – die sei hier, gewiß, sagte die Pflegerin im weißen Arbeitsanzug und bequemen Sandalen mit hohem Fußbett, aber wo sie sich gerade aufhalte, das wisse sie nicht. Auf dem Zimmer? Oder doch beim Essen? Ein Geruch von in Dampfkochtöpfen gegartem Lauch und Zwiebeln lag im Treppenhaus.

Die Kraft dieser Frau mit ihrem breiten Hinterteil und den durch die Riesensandalen vergrößerten Füßen, ihr unbekümmert geräuschvolles Umherstampfen und ihr Rufen mit lauter Stimme in einem Korridor, dessen geöffnete Türen den Blick in totenstille Zimmer eröffneten, ließ die Welt der Jungen und Gesunden so unüberwindlich getrennt von der der Hinfälligen und Kranken erscheinen, als seien Jugend und Altersschwäche nicht zwei Stadien ein und desselben Lebewesens, sondern als handle es sich bei den Jungen und den Alten um zwei verschiedene Rassen, die nur oberflächliche biologische Ähnlichkeiten aufwiesen. In dem Zimmer von Frau Doktor Simserl lagen zwei alte Frauen in ihren Betten, hoch zugedeckt, mit wachsgelben Gesichtern auf die Zimmerdecke starrend, aus der eine Lampe mit drei orangefarbenen Tütenschirmen hervorwuchs. Wie mußte ein Tag beschaffen sein, dessen wesentliches äußeres Ereignis darin bestand, daß nach unendlichen Stunden plötzlich die Glühbirnen in diesen Tüten zu leuchten begannen, um dann nach weiteren Stunden ebenso plötzlich wieder zu verlöschen? Das Radio lief. Gutgelaunte Stimmen sprachen schnell und aufgeregt, aber dies Plappern vertiefte die Stille noch, die die Betten umgab. Unsichtbare Wälle ließen den vielgestaltigen Lärm an sich heranbranden, Lärmschaum lief an ihnen ab, aber vor den Ohren der Frauen hatte sich jedes Geräusch wieder verflüchtigt. Es war, als habe in diesen beiden Frauen die Stille selber Gestalt angenommen. Diese Stille war unantastbar geworden. Die Pflegerin rief einen lauten Gruß ins Zimmer, aber keine Regung antwortete ihr. Ich glaubte, in einer der beiden Frauen Frau Doktor Simserl wiedererkennen zu sollen, und versuchte, mich in diese entfleischten Gesichter hineinzusehen. War es möglich, daß sie in so kurzer Zeit in solchen Verfall geraten war?

Nein, ihre individuelle Erscheinung, wie ich sie in Erinnerung hatte, war ihr noch geblieben. Der Schlaganfall hatte ihr noch nicht das Gesicht geraubt. In einem Eßzimmer, in das die Frauen geschoben wurden, die aufrecht sitzen konnten, fand ich sie mit zerdrücktem Haar in der mir vertrauten blau-weiß gestreiften Bluse unter einem Druck der Sixtinischen Madonna, neben ihr saß ein Teddybär mit rot-weißer Weihnachtsmannmütze. Die vier Frauen saßen vor Plastiktellern mit Brei, die einen betrachteten diesen Brei in tiefer Nachdenklichkeit, die anderen rührten darin herum und befleckten bei dem Versuch, den Löffel an die Lippen zu bringen, ihre Lätzchen. Aber sie blickten auf, als die Pflegerin und ich den Raum betraten, graue Augen richteten sich für einen Augenblick auf mich, bevor sie sich wieder auf den Brei konzentrierten. Frau Doktor Simserl erkannte mich nicht und wurde, so schien mir, sogar ungehalten, als die Pflegerin ihr laut »Frau Doktor, Besuch für Sie!« ins Ohr rief. Bis zum Ende der Mahlzeit hatte ich Zeit, die vier zu betrachten. Die mir zunächst Sitzende bot das Bild einer von finsteren Gedanken Zerrütteten, durch Zorn und Empörung herrisch Gewordenen. Etwas, das sie aufs äußerste verletzte, stand ihr vor Augen, ihre Augenbrauen waren zusammengezogen, die Unterlippe war verachtungsvoll vorgeschoben. War es das Essen, das diesen Ingrimm hervorbrachte? Der Brei war weich über das Tablett gekleckert, aber ihre Entrüstung hatte in dieser Vereisung zu fester Form gefunden. Ihre Tischnachbarin war in ihrem hohen Alter zum Kind geworden, mit glatten Wangen und fettschimmernder Stirn, verlegen und bang wie eine geschändete Jungfrau, die das an

ihr verübte Verbrechen in nagende Schuldgefühle stürzt, ein
sanftes, selbst im Rollstuhl noch gleichsam zurückweichen-
des Gespenst. Die dritte deutlich jüngere Frau mit leerem
Gesicht, zu unbedingter Folgsamkeit entschlossen, vielleicht
niemals besonders hell im Kopf gewesen, war in eine gren-
zenlose Geduld hineingewachsen. Frau Doktor Simserl war
ganz von der Arbeit des Löffelhebens erfüllt: Jede kleinste
Bewegung schien sie grundsätzliche Überlegungen zu kosten,
und oft genug führte die Denkanstrengung ins Leere, und
der Löffel sank als äußeres Zeichen eines tief in ihrem Hirn
verschlossenen Fehlers der physikalischen Berechnung. Ich
zweifelte, ob ich überhaupt in ihr Bewußtsein würde eindringen können. Und doch war es ihre Gegenwart, die mir
einen anderen Blick auf diese beklagenswerten Frauen eröffnete; sie war ja erst vor kurzem in diesen neuen Zustand
geraten, vor Monaten hatte ich sie noch in höchster Mitteil-
samkeit erlebt. Man ist geneigt, die wort- und womöglich
auch gedankenarme Art des Seins, die diese Frauen angenommen hatten, als Verlust zu empfinden – aber vielleicht
waren sie in Wahrheit zu einer höheren Form ihres nun jeder Veränderung entzogenen Selbst gelangt? Die Pflegerin
wandte sich unvermindert laut an die Zerquälte, die ihr,
indem sie wie in ärgerlicher Verwunderung den Kopf hob,
einen unendlich fernen Blick schenkte. Hört Gott so unsere
Gebete? Das Theorem pessimistischer Intellektueller, daß
der Mensch sich stets unverständlich bleibe – hier war es
einmal zu erleben. Hier saßen die Frauen mit dem Teddy-
bären in der geheizten Stube und wurden hin und her geschoben, aber ein anderes Jahrtausend hätte sie vielleicht
in Tempel gesetzt und in ihnen das stumme schiere Leben
verehrt.

Die Plastiktabletts wurden abgeräumt. Ich fand einen
Hocker und setzte mich neben Frau Doktor Simserl. Sie

wandte sich mir nicht zu, sondern hielt das Gesicht von mir weggedreht. Ich zögerte, sie anzusprechen. Ich hielt es für aussichtslos, meinen Namen zu nennen, denn wir kannten uns zu kurz, als daß er in Tiefen gesunken wäre, die ihn auch jetzt noch bewahrt hätten. Aber dann näherte ich mich ihrem Ohr und sagte deutlich und langsam: »Joseph Salam.« Viel hätte ich gegeben, ihr Gesicht sehen zu können, aber sie wandte sich noch weiter weg und neigte den Kopf zugleich. »Joseph Salam?« Sie schwieg immer noch, aber mir war, als sei dies ein verheißungsvolles Schweigen. Dann öffnete sie den Mund und sagte mit einer veränderten, geborstenen Stimme: »Ich kannte ihn nicht.« Und etwas später, wieder nach einer Weile des Schweigens, sah sie mich an, und ein listiges Lächeln lag auf ihren Lippen. Ich verließ sie mit dem Gedanken, solange sie lebe, sei Joseph Salam beschützt.

# 26.

## *Speisezimmer-Stilleben*

In den Wintermonaten gab es eine von der Natur diktierte
Pause der Hopstenschen Swimming-Pool-Nachmittage; weil
aber Rosemarie sich einen Sonntag ohne das Kommen und
Gehen von Gästen nicht vorstellen wollte, veranstaltete sie
gelegentlich große Frühstücke, mit weniger Leuten allerdings als im Sommer, und diese Pause war auch willkommen
und notwendig, um in die Zusammensetzung der Gästeschar korrigierend einzugreifen. Wer da einen Sommer lang
gewohnheitsmäßig angerückt war, ohne einen guten Eindruck zu hinterlassen, konnte schmerzlos im Winter ausgeschieden werden – »*without hard feelings*«, sagte Rosemarie, die wahrlich eine kraftvoll-entschiedene Gastgeberin
war und doch geheime Befürchtungen gegenüber der Ver-
letzung und möglichen Rachsucht nicht eingeladener böser
Feen hegte. Das hellgraue Winterlicht bescherte ihren Räumen einen einzigartigen Glanz. Jetzt sahen die vielen mit
Helga erworbenen und über Tische und Vitrinen verteilten
kostbaren kleinen Sachen, elfenbeinern, bronzen, brokaten,
silbern und golden, ebenhölzern und emailleschimmernd,
erst so erlesen aus, wie sie auch bei Pattitucci in dem von
tanzenden Lichtreflexen des Kanals erfüllten Laden ausgesehen hatten. Der Schnee war so plötzlich verschwunden,
wie er gekommen war. Nur im Schatten lag da und dort
noch ein Restchen schmutziges Weiß, die Rodelpartie hatte
wirklich im allerletzten Moment stattgefunden. Im Kamin
brannte ein großes Feuer, das Titus Hopsten fachmännisch-

schmallippig überwachte. Niemals erschien dies Gehäuse so festlich warm durchglüht wie beim Anblick der braunen Grasflächen und der kahlen Bäume draußen.

Als ich mich umsah, stellte ich fest, daß Rosemarie tatsächlich ein triumphaler Neuanfang gelungen war. Kaum eines der vertrauten Gesichter war noch zu sehen, nur die aus dem allerengsten Kreis, und auch der zeigte Lücken. Hans-Jörg etwa hatte sich entschuldigen lassen, denn er wollte auf keinen Fall Salam begegnen; das sprach er nicht aus, obwohl ihm klar war, daß er es irgendwann einmal würde aussprechen müssen, doch es fiel ihm gegenwärtig kein rechter Grund dafür ein, den er Rosemarie hätte nennen wollen. Es traf sich gut, daß er und Silvi in ihrer großen Wohnung nun nicht mehr allein waren. Vor ein paar Tagen, als Silvi die Wohnungstür öffnete, hatte eine magere Tigerkatze auf dem Treppenabsatz gesessen, in einer statuarischen Strenge, als sei sie in Obsidian gemeißelt. Es war ein Rätsel, wie sie ins Haus gelangt war, den Nachbarn unten und oben gehörte sie jedenfalls nicht. Ein Augenblick des bewegungslosen Fixierens zwischen Frau und Katze, dann war das wilde Leben in das Tier geschossen. Sie sauste zwischen Silvis Beinen hindurch in die Wohnung, mit blitzartiger Orientierung durch sämtliche geöffneten Türen hindurch, verfolgt von Silvi in atemlosem Entzücken. In Hans-Jörgs Bücherzimmer war sie ihrer Verfolgerin im letzten Augenblick entkommen, indem sie sich hinter das die ganze Wand ausfüllende Bücherregal quetschte, oder eben nicht einmal quetschte: Ihre Knochen waren so beweglich, daß sie dort in den dunklen Spalt geradezu hineinglitt, als hätte sie seit langem gewußt, daß sie genau hier hinter den aufgetürmten zentnerschweren Büchermassen in vollständiger Sicherheit sei. Silvi hockte sich auf den Boden, jetzt war sie die Katze und die Katze die Maus im Mauseloch, und ließ die süßesten Locktöne hören. Mit ihren Vogelkräften konnte sie das Regal nicht um einen einzigen Zentimeter verrücken. Abends erschien Hans-Jörg in zerstreuter Stimmung. Seine Gedanken bewegten sich gewiß nicht in Richtung streunender Katzen, er hatte gerade seinen Anwalt angewiesen, die Auflösung seines Gesellschaftsvertrages mit Salam zu übernehmen, eine ganz unproblematische Sache, denn außer der Ägypten-Unternehmung gab es keine gemeinsame Aktivität.

Silvi stand gleichsam in Flammen. Die Katze erfüllte jeden ihrer Gedanken. Helga wurde gerufen. Sie riet, die Katze, die vermutlich Schreckliches erlebt habe, für diese Nacht in Frieden zu lassen, ihr Milch und etwas Hackfleisch hinzustellen, die Tür zu schließen und den Morgen abzuwarten. Silvi verbrachte die Nacht schlaflos. Am nächsten Morgen, es war kaum hell, lief sie auf nackten Füßen zum Bücherzimmer – Milch und Fleisch waren nicht angerührt. Und so ging es noch einen ganzen Tag und eine Nacht, während Hans-Jörg ankündigte, das Bücherregal von der Wand rücken zu lassen, da er keine Lust habe, neben einem Katzenkadaver zu lesen.

Dann kam Silvis Sternstunde, die sie in ihrem ohnehin erhobenen, erwartungsvollen Zustand bestätigte: Das Ende ihrer Eiszeit war da. Sie stellte sich in die Mitte des Bücherzimmers – »Es war eine Eingebung« – und sagte in strengem, kaltem Ton sehr laut: »Wenn du jetzt nicht herauskommst, rufe ich den Hausmeister und lasse dich mit dem Besenstiel verjagen.«

Niemals in ihrem Leben zuvor hatte sie gedroht, niemals befohlen. Es raschelte, es kratzte hinter der Bücherwand. Langsam schob die Katze ihren Kopf heraus, dann setzte sie eine Pfote auf das gleißende Parkett, als sei es dünnes Eis. Silvi blieb stehen, wo sie war. Die Katze prüfte mit der rosa Nase und dem tastenden Spiel der gespreizten Schnurrbarthaare die Milch. Dann trank sie. Silvi verließ – wieder eine Eingebung – langsamen Schrittes den Raum. Sie ging ins Schlafzimmer und legte sich auf das noch ungemachte Bett. Und es dauerte nicht lang, da war ein Schatten an der Tür, und in einem gemessenen knappen Satz sprang die Katze auf das Bett zu der liegenden Frau.

Bald nach diesem Erlebnis, das keinen Schlußpunkt bildete, sondern der Auftakt zu wachsender Vertrautheit und leidenschaftlicher Liebe war, hätte Silvi das Haus freiwillig gar nicht mehr verlassen. Aber jetzt gab es einen Grund, auszugehen, der beinahe ebenso stark war wie die Katze, nein, ganz und gar ebenso stark wie die Katze: Sie wollte ihr Glück mit Bernward teilen. Es war nichts Zufälliges, daß die Katze zu ihr gekommen war und sie erwählt hatte, das hatte mit ihrem neuen Zustand zu tun, in dem das ganze Leben unversehens bedeutungsvoller geworden war. Es war nicht mehr gleichgültig, was ihr zustieß, und sie selbst war gleichfalls nicht mehr unwichtig. Es war vielmehr von höchstem Interesse, den nächsten Tag zu erleben und den übernächsten und noch viele. Etwas war mit ihr geschehen, sie besaß offenbar plötzlich eine Anziehungskraft, einen Magnetismus, der andere, überaus liebenswerte Wesen zu ihr finden ließ, nicht nur eine Helga mit ihren undeutlichen Erwartungen. Gut, Hans-Jörg wollte zuhause bleiben, dann war die Katze nicht allein. Hans-Jörg und die Katze sprachen nicht miteinander, aber ein paar Stunden würde die Tigerkatze auch ohne Unterhaltung auskommen.

Salam hatte sich die Entscheidung, ob er hinausfahre, wo er erwartet wurde, nicht leicht gemacht. Er brütete über dem Brief von Hans-Jörgs Anwalt, der ihn vollkommen unerwartet traf. Sein Drängen um das bißchen Geld für den ägyptischen Mittelsmann Mounir Bey, der wahrhaft etwas geleistet hatte, konnte doch unmöglich eine solche Folge haben: alles hinzuschmeißen, sich auf kein Wort mehr einzulassen, die Brücken abzubrechen, unzugänglich zu sein. Gut, es war ihm klar: Hans-Jörg war ein schwerer Neurotiker, unberechenbar – obwohl eigentlich gerade die Berechenbarkeit der Neurotiker zu ihren Schwächen gehörte –, ein launischer, geprügelter Kronprinz, mit bizarrem sexuellen Geschmack. Salam hatte sich ja geradezu als medizinischer Beschützer, als behutsamer Rehabilitationshelfer sehen dürfen, mußte ihm die ganze hochmögende Familie Schmidt-Flex denn nicht auf Knien danken, wie rührend er Hans-Jörg bei seinen Schritten in die Selbständigkeit begleitete? Das Ärgerliche war, daß diese Leute nicht besonders zur Dankbarkeit tendierten, womöglich gar fanden, in Wahrheit sei es Salam, der Vorteil aus der Verbindung mit dem großen Namen zog. War es etwa der Vater, der hier seinen Einfluß unheilvoll geltend gemacht hatte?

»Wenn ich den schlappen Kerl vor mir habe, dann drehe ich ihn wieder um«, an diesem Satz stärkte er sich. Was aber, wenn der Alte in der Nähe war? Wäre es nicht viel klüger, erst einmal unsichtbar zu sein und Hans-Jörg in falscher Sicherheit zu wiegen? So leicht sollte der ihm nicht entkommen – das war eine Phrase, die er schon vielfach im Lauf einer Lebensgeschichte ausgesprochen hatte. Wie sie aber diesmal ins Werk zu setzen sei, das zeichnete sich noch nicht recht ab.

Salam warf Münzen, wie stets nicht in Erwartung eines Orakels, das seine Schritte lenkte, sondern weil es ihm die Entschlüsse erleichterte. Meist tat er das Gegenteil von dem, wozu die Münzen rieten, ob mit Erfolg, überprüfte er später gar nicht mehr. Er warf heute die Münze so oft, daß er mit dem Zählen durcheinanderkam: Wollte das Schicksal nun, daß er nach Falkenstein fuhr oder nicht? Das Frühstück war schon über seinen Höhepunkt hinausgelangt, als er Rosemarie schließlich anrief. Ihre Stimme war belegt, sie war unfrei, wie oft, wenn sie an den Apparat kam, aber jetzt war ein Stimmengewirr im Hintergrund, als befinde sie sich auf dem Bahnhof.

»Ich erkläre dir alles, ich habe einen dummen Ärger mit den Schmidt-Flex, ich sollte sie lieber heute nicht sehen«, sagte er und kam sich dabei ungewohnt defensiv vor. Hans-Jörgs Brief hatte ihn beeindruckt. Rosemarie wurde von Beklommenheit geradezu überwältigt. Ihr Herz pochte. Da hatte sie die Erfolgsmeldung. Mußte sie nicht zufrieden sein? Zu Salam sagte sie nur kurz, Hans-Jörg sei gar nicht gekommen. Als Salam aufgelegt hatte, versuchte er noch einmal, Klarheit über die Lage zu gewinnen. Wenn er die Indizien zusammenfügte, war es dann nicht, als sei seine Glückssträhne wieder einmal zu Ende?

Phoebe hatte mich herzlicher als früher empfangen, die Nacht im Winterwald war wohl nicht ganz vergessen, aber in dieser Herzlichkeit lag gleichzeitig auch wieder die Unverbindlichkeit älteren Familienfreunden gegenüber, eine Ausstrahlung von erhöht unerotischer Harmlosigkeit. Hatte ich etwas anderes verdient?

Ich muß zugeben, daß meine Verliebtheit nur noch ein sehr schwaches Flämmchen war. An ihre Stelle waren Eitelkeit und Jagdinstinkt getreten; so wie sie mit den jungen Männern umging, mochte sie mit solchen Empfindungen schon Erfahrung haben. Mindestens zwei neue Hunde umlauerten sie. Einem fuhr sie durchs Haar, einem anderen umfaßte sie die Taille, sich eine Sekunde anschmiegend. Aber auch ich lauerte und schweifte durch die Zimmer, ließ mich in kein Gespräch ein und hielt mich bereit, ihr zu folgen, sowie sie einmal hinausging.

Da saß die alte Frau Schmidt-Flex, wie immer in der Nähe ihres geräuschvoll redenhaltenden Mannes, dem nach und nach von Rosemarie die neuen Gäste zugeführt wurden und der deshalb in Hochstimmung war. Und auch seine Frau lächelte; zum ersten Mal sah ich das, es war wirklich eine Veränderung in ihr vorgegangen. Die tödliche Langeweile, die sie bis dahin Tag für Tag in sich hatte niederringen müssen, um nicht laut zu schreien, war verflogen. Oder besser, sie war noch da, aber sie tat nicht mehr weh. Die innere Spannung, die früher von dieser Langeweile erzeugt worden war, gab es nicht mehr. Sie hatte sich in ihrer Langeweile zurechtgefunden. Frau Schmidt-Flex hatte die sonst Mystikern vorbehaltene Erfahrung machen dürfen, daß die Hölle und das Paradies – nun, vielleicht nicht gerade das Paradies, aber ein angenehm temperierter, beruhigender Limbus – nur durch ein hauchdünnes Eihäutchen voneinander getrennt waren; dies Häutchen war in Sizilien geplatzt, und seitdem war die maskenhafte Kälte von ihr gewichen. Sie empfand jetzt, daß Silvi ihr gefalle, und wenn sie auch außerstande war, dieser Empfindung irgendeinen Ausdruck zu verleihen, war doch das dumpf feindselige Brüten von ihr genommen. Man könnte die Vermutung wagen, daß Silvi niemals mit mehr Entgegenkommen von seiten ihrer Schwiegermutter zu rechnen hatte, als gerade jetzt. Der Schwiegervater freilich blieb eine unbesiegbare Bastion.

Auf solchen großen Zusammenkünften scheint sich die Individualität der Gäste, ohne daß sie es merken, aufzulösen. Sie werden eine Masse, die dahin und dorthin rollt, die aufkocht oder davonfließt.

Wie nach einem physikalischen Gesetz war soeben die ganze Gesellschaft dicht gedrängt im großen Salon versammelt, man sprach mit durch den Wein gehobener Stimmung aufeinander ein, es wurde aber bereits eine Tendenz zur Auflösung sichtbar, man fing schon an, in die Halle zu strömen. Phoebe war mir entwischt, der magere Hund mit der von ihr gestreichelten Haartolle gleichfalls. Ich ließ meinen Blick ins Eßzimmer fallen. Es war ganz leer. Nein, es war nicht leer. Dort saßen sich am Tisch gegenüber, die Hände aufs Tischtuch gelegt, Silvi und Bernward.

Sie bemerkten mich nicht. Sie hatten gesprochen und schwiegen jetzt in großer Ruhe. Ein warmer Strahl der schon tiefstehenden Sonne fiel ins Zimmer. Auf dem Tisch lag eine halbe Zitrone, und daneben stand ein Glas Rotwein. Der Sonnenstrahl richtete sich präzis auf dieses Glas und ließ es funkeln, auch die Zitrone wurde durchleuchtet; es war einen Augenblick, als werde sie von einem Glühbirnchen in ihrem Innern erhellt. Geblendet sah ich die Köpfe der Menschen nur als dunkle Umrisse, dann kehrte ein milderes Licht zurück, und nun war es, als seien Rotwein und Zitrone nur die Auslöser einer veränderten Stimmung gewesen. Jetzt waren die beiden Menschen ins Licht gehoben. Auf ihren Handrücken blitzte es, beide waren von Glanz übergossen. In einer stillen Inbrunst flossen ihre Körper in die Gegenstände des Zimmers über und füllten sie mit dem Leben der Worte, die sie soeben gesprochen hatten. Bernwards Kopf hatte das Kastenhafte verloren, seine Züge waren weich gerundet und sanft, sie offenbarten sogar die Ahnung einer eigenartigen Schönheit; Silvi war von Ernst erfüllt, ihr sonst immer bewegliches Gesicht war entspannt und in der Unbeweglichkeit zufrieden. Was war hier besprochen worden? Das war unerheblich. Auch Zitrone und Weinglas hatten sich ja nicht tiefgründig unterhalten müssen, um in Brand zu geraten.

*»Ich nehme an, die eben geschilderte Szene ist eine der wenigen offenen Karten in deiner Patience.«*

*»Ja, sie lag offen. Und noch etwas: Dieser große und erfolgreiche Frühstücksempfang war die letzte Einladung im Hause Hopsten.«*

## 27.

## *So macht man das*

Es gehört zu den reinsten Genüssen, die das Leben für uns bereithält, nach einem langen Tag im Büro im nächsten Bierlokal ein paar Gläser zu trinken, und so scharten sich denn jeden Abend zwischen sechs und acht die Männer in dunklen Anzügen um die Theke eines kleinen Ausschanks, der sich zwischen den gläsernen Türmen wie ein Nürnberger Lebkuchenhäuschen ausnahm, ein dämmriges Lokal mit Kerzen auf den Tischen, durch die halboffene Tür kam hellblaues Abendlicht und ein kühler Windhauch herein. Und mir war immer, als träte ich hier in eine große Gemeinschaft ein, die tagsüber im Büro keineswegs spürbar war, aber hier bei den irgendwie erleichterten und sich zum Studentischen verjüngenden Männern, die ich häufig nur den Gesichtern nach kannte, entstand unversehens eine Art Mannschaftsgeist, womöglich gar Brüderlichkeit. Die meisten von ihnen hatten noch in den unteren Chargen daran teil, daß die großen Räder sich drehten. Man hörte hier vor allem Englisch sprechen, und ich weiß deshalb noch genau, wie sich aus diesem englischen Grundsumpf eine einzelne gereizte Stimme mit deutlich Wiener Akzent hervorschraubte – »Ich sehe gar nicht ein!«, und dabei hatte Sláwina gar nicht die Stimme gehoben, sein Organ hatte Schwingungen, die sich im allgemeinen Gebrabbel mühelos zu mir hindurchwanden.

Ich drängte mich durch die Menge, die Männer hielten ihre goldenen Bierkugeln und waren so gut gelaunt, daß dies

Durchdrängen ihre Stimmung noch steigen ließ, ich wurde von Fremden herzlich gegrüßt, aber ich wollte kein Aufsehen, ich wollte an Sláwina heran, ich wollte jedes seiner Worte hören, die ihren Wert für mich erhielten, weil sie nicht an mich gerichtet waren.

Er saß zusammengesunken, oder besser: zusammengeklappt auf einem Barhocker. Er machte sich klein, um dem Mann neben ihm ins Ohr sprechen zu können. Auch heute trug er einen Grasleinenjanker. Ich vermute, er hatte ihn im Kofferraum liegen und wechselte nach Büroschluß sofort die Jacken, denn die dunkle Anzugsjacke war für ihn echte Uniform, nur zur Arbeit zu tragen, ich vermute, das war ein in London angenommener Rigorismus. Der Mann, zu dem er sprach, war viel kleiner, wenn er auf dem Hocker saß, erreichten seine Beine kaum die Querstange. Obwohl er schon anfing kahl zu werden, war er von jugendlicher Neugier, er hatte Feuer gefangen und lauschte atemlos. Nein, aus Sláwinas Firma »Sheera and Wasserstein« können sie sich nicht gekannt haben, das verrieten die Geständnisse bald, so sorglos war wohl selbst ein Sláwina nicht. Ich zwängte mich neben den kleinen lernbegierigen Mann und bestellte mit abgewandtem Gesicht ein Bier. Ich genoß es, mich unsichtbar, wie von einer Tarnkappe geschützt unmittelbar neben Sláwina aufzuhalten, denn im Haus war er mir immer noch nicht begegnet, neuerdings zeigten überhaupt nur noch Mülltüten vor der Tür, daß die Wohnung bewohnt war, recht indiskreter Müll nebenbei, an der Wand einer der Plastiktüten drückte sich ein Präservativ platt.

»Ich habe überhaupt nicht eingesehen, daß ich auch nur einen Cent für meinen Umzug nach Frankfurt bezahlen soll«, erklärte Sláwina soeben. Frankfurt, eine Scheißstadt – hier werde er ohnehin keine Wurzeln schlagen. Man müsse deswegen aber verdammt aufpassen. Er habe durchgesetzt, daß er von der Firma denselben Mietzuschuß erhalte wie in London – in London habe er für das Geld in einem winzigen Loch gewohnt – erstklassige Adresse allerdings – das sei in London das wichtigste. Der kleine Mann machte runde Augen, daran hatte er noch nie gedacht. Er wohnte wahrscheinlich samt Weib und Kind in einer Vorstadthäuschensiedlung mit Sandkasten auf dem handtuchgroßen Rasenstück und war sich dort wie ein Hans im Glück vorgekommen; es war aufregend, einmal mit einem solchen gerissenen Hund, der nirgends und in der Welt zuhause war, zu sprechen. Mit dem stattlichen Zuschuß – Sláwina ließ im Dunkeln, wie hoch er war – könne er sich hier in Frankfurt eine Riesenwohnung leisten, aber was solle er in dieser Scheißstadt mit einer Riesenwohnung? Wo er doch ohnehin bald schon wieder? Das sehe er nicht ein; noch viel weniger sehe er freilich ein, daß er auf den Zuschuß verzichte, ganz im Gegenteil – aber die seien komisch – die, das war wohl die Personalabteilung –, die wollten den Mietvertrag sehen, sonst zahlten die nicht.

Es hatte sich für den Freiherrn von Sláwina alles vortrefflich gefügt. Ohne große Planung war er aus der mißlichen Lage, womöglich Geld verschenken zu müssen, herausgeraten. Die für seine Frankfurter Zwecke viel zu geräumige Wohnung war angemietet, die Bank zahlte die Miete. Und jetzt kam's. Während er in einem trostlosen Apartmenthaus darauf wartete, dort einzuziehen – zwei Monate waren zu überbrücken –, machte er die Bekanntschaft seiner Nachbarin in dem besagten Apartmenthaus. Nichts Besonderes, versicherte er beruhigend seinem Schüler, was solle in einem solchen Kasten wohl auch Außergewöhnliches herumspringen. Im Vorstandssekretariat einer Großbank beschäftigt, furchtbar viel zu tun, in ihrem Beruf nicht ohne Ehrgeiz aufgehend, in Trennung lebend, aber noch nicht geschieden – die ideale Konstellation also. Er hatte bei ihr geklingelt, um sie zu fragen, ob sie einen Korkenzieher hätte – im Grund eine saudumme Anmache, aber es war von ihm gar nicht so gemeint – »Ich brauchte wirklich einen Korkenzieher«.

Der junge Kahlkopf kannte sich nicht mehr aus vor lauter Wundern. Bemerkte Sláwina überhaupt, wie sehr er seinen Hörer in der Gewalt hatte? Der Rest habe sich völlig selbstverständlich ergeben, sei soweit auch ganz erfreulich gewesen, obwohl vielleicht nicht geradezu vom Stuhl reißend, und so hätte das gelegentlich, in gewissen erforderlichen Abständen durchaus weitergehen können – er melde sich grundsätzlich am nächsten, ja auch am übernächsten Tag erst einmal nicht, damit keine falschen Vorstellungen entstünden. Grundsätzlich solle man in solchen Verhältnissen eigentlich den Vierzehn-Tage-Abstand wahren. Und die Frau sei »insgesamt« schon so gut, daß er, wäre es wie sonst gelaufen, dem jungen Mann gern mal die Telephonnummer gegeben hätte – das wäre an sich nicht das geringste Problem. Der junge Mann wuchs auf seinem Barhocker, seine von wenig Bartwuchs gebläuten Wangen glühten in kindlichem Rosa, ja, man sah ihm an: Eine solche Telephonnummer, hätte er sie denn bekommen, die hätte er tatsächlich dann auch einmal gewählt, nein, so fern lag ihm dies wahllose Herumstreunen gar nicht, in ihm steckte auch solch ein wilder, roher, zynischer Kerl. Die Familie in dem Häuschen hinter dem Jägerzaun, die hätte sich auch einmal einen Abend lang gedulden dürfen. Aber es lag auch eine Entlastung darin, man könnte von einem freudigen Bedauern sprechen, daß von solchem Nummernaustausch leider gar keine Rede mehr sein konnte.

Es hatte sich nämlich in Sláwinas Leben wie von selbst alles aufs schönste geregelt. Ja, die teure neue Riesenwohnung, die hatte er in Besitz genommen und ein von seinen Eltern ererbtes Messingschild draußen drangeschraubt, auch

ein paar sperrige Sachen drinnen abgestellt und ein Hirschgeweih ins Entrée gehängt, von einem ungarischen Hir-
schen, ein Riesending, eigentlich ein Quatsch, so etwas mit
sich zu schleppen. Eingezogen aber war er bei der Nachbarin
in ihre kleine Kitschwohnung mit viel Dritte-Welt-Ramsch
und roten Lichterketten, er greife da nicht ein, so eine Person brauche auch etwas fürs Herz und komme spät und
stehe frühmorgens auf – eine Hingabe! Unglücklich verliebt
in den Abteilungsleiter, ihm sei das alles mehr als recht. Und
für die große Wohnung, von der seine Freundin aber nichts
wisse – »Wir halten unseren Kram schön auseinander« –,
habe er eine Internet-Seite eingerichtet – www.homesweet-
home.de – und vermiete sie tage- und wochenweise. »Wenn
ich vierzehn Tage Mieter habe, bekomme ich meine ganze
Monatsmiete heraus«, und manchmal noch mehr, selten weniger. Eine Philippinin mache die Schlüsselübergabe, bezahlt
werde mit ordentlicher Kaution über Kreditkarte. Sláwina
klatschte in die Hände: »Gar nix habe ich mit der Sache zu
tun.« Das Haus, in dem die Wohnung liege, sei vorzüglich
geeignet für solche Späße, stehe meist leer, kaum jemand
wohne dort ständig. »Es gibt genug Leute, die fühlen sich
besser in einer Wohnung, anstatt im Hotel einen Meldezettel
auszufüllen, und ich hab' Luxus: Flachbildschirm, Internet-
Anschluß, ein Klavier und eine Sauna und was man sich halt
sonst bezahlen lassen kann.«

Er war auf der Gewinnerseite des Lebens geboren, das
war mit Händen zu greifen. Wirklich auskosten konnte man
solche Siege aber nur, wenn man darüber auch sprach. Mit
der Dame von den rötlichen Lichterketten war das aus gu-
tem Grund nicht möglich, das verstand ich – aber gab es
wirklich sonst niemanden als diesen frommen Wichtelmann
aus den Blaubeerwäldern der Frankfurter Bürotürme? War
Sláwina einsam? Eine selbstgewählte Einsamkeit mußte das

sein. Jetzt sah ich, wie er unversehens einen höhnischen, einen geradezu verächtlichen Blick auf seinen kleinen Beichtvater warf – es war, als sei ihm plötzlich klargeworden, wie unwürdig, wie weit entfernt von der eigenen Lebenserfahrung der willige und demütige, der bewundernde Zuhörer doch sei. Er hatte ihn weit an sich herangezogen, mit starkem Gummiseil, aber nun lockerte er die Spannung und ließ den staunenden kleinen Mann gleichsam von sich abfallen. Ja, er schuppte ihn ab, und der Mann merkte das auch und senkte den Blick tief in sein Bier, um nur bloß nicht Sláwinas Augen zu begegnen. Die ganze Bekanntschaft war ein Irrtum. Sláwina stand auf und wuchs turmhoch, bis sein Kopf ein an der Decke befestigtes Regal mit Biergläsern berührte. Der Abstand zwischen ihm und seinem Zuhörer war so groß geworden, daß mehr Verabschiedung als ein knappes »Du lädtst mich ein« nicht mehr erforderlich war. Sláwina strebte ins Freie. Er ging vorgebeugt, das gab ihm Zielbewußtheit und zugleich die Ausstrahlung, jedem Ziel gegenüber gleichgültig zu sein.

## 28.

## *Ein Liebesnest*

Der Tag, an dem Bernward und Silvi zum ersten Mal allein hinter einer verschlossenen Tür zusammenkommen wollten, war zunächst ein Tag wie viele andere, mit grauweißem hellem Licht, einer nicht eindeutigen Stimmung. Bernward war kein erfahrener Ehebrecher, aber er war zu lange Geschäftsmann, um nicht für jede Schwierigkeit schnell nach einer Lösung suchen zu können. Und doch staunte er, wie mühelos es war, an ein diskretes Appartement zu kommen, wenn man ein wenig auf der Tastatur des Rechners herumspielte, und er erinnerte sich an seine Studentenzeit und die logistischen Meisterleistungen, die manchmal gefordert waren, um ein Zimmer für eine verliebte Verabredung ausfindig zu machen. Aber diese Abwicklung über den Bildschirm trug in ihrer Geräuschlosigkeit eben auch dazu bei, daß diesem Teil der Vorbereitungen noch ein sehr geringes Gewicht an Wirklichkeit zukam. Ob dies der Beginn einer längeren Phase von Doppelleben sein sollte, in der Silvi und er ihre Ehegatten nicht nur im generellen Sinn betrügen würden, sondern sie womöglich jeden Tag über die Tagesabläufe belügen müßten, so daß der große Betrug sich schließlich aus tausend kleinen und größeren Lügen zusammensetzen und als Sammelbegriff schon geradezu schonungsvoll eine Glocke über viele einzelne Akte des Verrates stülpte, das war weder Bernward noch Silvi klar. Silvi schon gar nicht, die sich einfach Bernward anvertraute, ihm aber, dem im täglichen Leben stets umsichtig Vorausschauenden, genausowenig. Er erlebte zum ersten Mal, daß er unter dem Gebot, ja dem Diktat einer Stunde stand, die das jetzt unmittelbar Erforderliche befahl und ein Weiterdenken geradezu verbot. Die langen Stunden im dunklen Auto waren später nicht ausschließlich in jenem medaillenartigen Nebeneinander verlaufen, aber es mußte nun eine Fortsetzung geben. Was so lange besprochen und beschwiegen worden war, drängte gebieterisch nach einer Konsequenz. Es war nur möglich, den nächsten Schritt zu bedenken, als gebe es hinter ihm keine Zukunft, weil er der einzige und letzte Schritt des Lebens war.

Und bis dahin regierte der Alltag, und das tat er mit größerer Macht als sonst. Seine Trivialität schob sich als spanische Wand vor den Augenblick der Verabredung, und beide empfanden das auf ihre Weise als wohltuend. Noch hatten sie den vorgezeichneten Weg kaum verlassen, noch war das Gespräch im dunklen Auto imstande, in den Traum abzusinken, in den es sogar irgendwie hineingehörte in seiner Kühnheit und gleichzeitigen zauberischen Ereignisarmut.

Silvi hatte an diesem Vormittag ein ihr besonders am Herzen liegendes Vorhaben, das auch nicht lang aufzuschieben gewesen wäre: Die Katze mußte geimpft werden und eine Injektion gegen Würmer erhalten. Es war ihr gleichgültig, ob sich da womöglich doch noch ein Besitzer meldete. Sie fühlte sich für die Katze verantwortlich wie für noch nichts in ihrem Leben. Hans-Jörg antwortete auf ihren Plan mit einem Satz, den er häufig gebrauchte: »Wenn du das tun willst, dann mußt du das tun«, sie war gewohnt, daß er auf diese Art jede Verantwortung für das, was sie tat, ablehnte, es lag etwas Hämisches darin, als setze der Satz sich fort: »Du wirst schon sehen, was dabei herauskommt«, und deshalb hörte sie nicht und konnte sie auch nicht hören, daß dieser Satz jetzt in ganz anderem Sinn und Geist gesprochen sein wollte, wirklich ermutigend, Zweifel besiegend, voll Vertrauen in ihre Entscheidung. Das war ja gerade der eigentümliche Charakter der innerlichen Erlösung, die Hans-Jörg erfahren hatte: daß sie eben nicht äußerlich in Erscheinung trat, jedenfalls nicht beim ersten Ansehen, daß da überhaupt nichts groß umgeworfen und verändert werden mußte, bis die Notwendigkeit dazu sich abzeichnete, sondern daß eine still beglückende Fähigkeit zum Abwarten erreicht war. Nur daß Silvi sich das, außer durch eine ungewohnte Freundlichkeit, der aber kein Nachdruck anzumerken war, leider nicht mitteilte, sie war jetzt ohnehin ganz der Katze zugewandt.

Für den Transport zum Arzt hatte sie einen verschließbaren Korb gekauft, in den sie listig ein Schüsselchen mit Katzenfutter stellte, denn sie ahnte, daß die Katze sich nicht mit Gewalt in diesen Korb hineindrücken lassen würde. Die Tigerkatze war von beträchtlicher Wildheit und hatte Silvi auch schon gekratzt; liebevoll betrachtete sie die roten Linien auf ihrer Hand, ein Kuß hätte sie nicht mehr entzücken können als dies Zeugnis der Ungebärdigkeit und Freiheit, die durch Abhängigkeit nicht gebrochen worden war. Um zwölf Uhr war sie beim Tierarzt angemeldet, aber kurz vor zwölf hatte die Tigerkatze den Korb immer noch nicht betreten, obwohl sie den Kopf hineingesteckt hatte, die Barthaare spielen ließ und ihr Futter betrachtete. Wer wußte, von welchen Erfahrungen sie sich leiten ließ? Womöglich hatte ein solcher Korb in ihrem Leben schon eine Rolle gespielt, die sie Vorsicht lehrte. Mit Gewalt regte sich Silvis Gewissen, als die Katze sich überwand, die Pfoten in den Korb setzte und die Klappe hinter ihr zufiel. Das Schändliche, über den unmißverständlichen Willen einer Kreatur im Zeichen der Fürsorge und des Besserwissens zu verfügen, offenbarte sich ihr deutlich, als sie sah, wie der geschlossene

Korb erbebte, weil die Gefangene sich in Panik hin und her warf und zu einem einzigen aus Zähnen und Krallen bestehenden Kraftbündel wurde, das bereit war, sich dem ersten, der den Korb öffnete, ins Gesicht zu werfen, um dort blutige Verwüstungen anzurichten. Wie schüchtern und werbend und bang klang Silvis Stimme, mit der sie auch während der Taxifahrt unablässig beruhigend auf die Tigerkatze einsprach, in diesen Augenblicken war ihr Vorhaben für den Nachmittag ins Schattenhafte gerückt, sie war ebenso erregt wie die Katze und ersehnte sich nur, daß diese dramatischen Vorgänge zu einem Ende gelangten, daß die Katze vergessen würde und ihr deshalb vergeben konnte. Aber durch die Verspätung dehnten sich diese Augenblicke der Reue und Sorge und schmerzvollen Liebe. Bei der Ankunft in der Praxis zauderte die Assistentin des Arztes, sie überhaupt noch hereinzulassen. Was wäre geschehen, wenn Silvi am Nachmittag noch einmal hätte wiederkommen müssen?

Zuhause blieb die Katze lange in dem Korb, nachdem Silvi ihn längst geöffnet hatte. Vielleicht schämte sie sich etwas für ihre Aufgeregtheit und wollte vor sich selber ihren Aufenthalt in diesem Korb als Akt eines freien Entschlusses erscheinen lassen, bevor sie sehr würdig und gemächlich daraus hervorkam und in zielbewußtem Gang, ohne Silvi eines Blickes zu würdigen, durch die Raumfolge dem Bücherzimmer zustrebte. Erst da sah Silvi auf die Uhr und erinnerte sich ihrer Verabredung.

Aber Bernward erging es nicht anders. Im Büro ereilte ihn der Anruf seiner Tochter, die vom Flughafen abgeholt werden wollte; sie bat nicht geradezu darum, legte es aber in der bewegten Schilderung ihres großen Gepäcks doch nahe und wußte, daß der Vater solchen Andeutungen kaum widerstehen würde. Die ganze Schulzeit über war er zu Phoebes Chauffeur geworden, vor sich selbst rechtfertigte er diese

Verwöhnung damit, daß sich auf diesen Fahrten zu ihren Freunden und ihren Reitstunden und zu was sonst noch Dringendem die einzige Gelegenheit ergab, in Ruhe mit ihr zu sprechen, sich von ihr erzählen zu lassen und seinen Kommentar dazu abzugeben. Was in früheren Zeiten Erziehung genannt worden wäre und was er in seinem Elternhaus von dem keineswegs despotischen, aber doch bestimmten Vater in dieser Hinsicht erfahren hatte, war seiner ganzen Generation, so vermutete er, zu einer seelischen Unmöglichkeit geworden; ohne den Gedanken der Autorität und der väterlichen Befehlsgewalt abzulehnen, fühlte Bernward, daß er selbst zu dergleichen unfähig sei, und sah bei seinen Zeitgenossen ein sehr ähnliches Ergebnis, und zwar ganz unabhängig davon, ob sie den Traditionen feindselig oder bejahend gegenüberstanden. Er staunte gelegentlich, wie glatt seine Kinder mit den Umständen, in die sie hineingeboren waren, und mit der sie umgebenden Welt zurechtkamen, wo hatten sie das gewandte, formelhafte Sprechen gelernt? Woher kam ihre Sicherheit im Auftreten, ihr nüchternes Kalkül bei Einschätzung der gesellschaftlichen Realitäten, die kühle Unbeirrbarkeit im Verfolg ihrer Interessen? Wer hatte diese Formation vorgenommen, welcher Autorität, die so viel einflußreicher gewesen sein mußte als die seine, hatten sie sich unterworfen? Titus im besonderen hielt er schon für sehr weit von sich weggerückt. Phoebe gegenüber half ihm ein unwillkürlicher Vaterstolz im Anblick der hübschen Tochter, und er war ihr dankbar, daß sie ihn ihrer Reiseerzählungen würdigte und im eifrigen Sprechen noch Spuren vergangener Kindlichkeit zeigte. In die Vorfreude, sie in Empfang zu nehmen, mischte sich freilich Nervosität. Ihr Flug war verspätet, dann wurde eine weitere Verspätung von einer halben Stunde angezeigt, ein Weilchen stand er in innerem Kampf da, ob er sich auf ein verlängertes Warten einlassen wollte oder kurz entschlossen einfach in die Stadt fuhr. Was wäre geschehen, wenn der Flug noch ein wenig später angekommen wäre, und wenn Bernward ganz und gar in eine nicht einzuholende Verspätung hineingeraten wäre ohne eigenes Zutun, einfach nur, indem er von den Umständen getragen wurde? Und auch, wenn das Flugzeug nun doch gerade noch rechtzeitig kam, wenn er sich auf der Fahrt nach Falkenstein ganz dem Geplauder Phoebes überließ und noch einmal tief eintauchte in die angestammte Familiensphäre mit ihrer keinem Außenstehenden begreiflich zu machenden Eigentümlichkeit und beträchtlichen Sogkraft, und wenn er daraufhin, ohne eine Hand zu rühren, in seinem Arbeitszimmer einfach sitzen geblieben wäre, nicht lange, nur die Stunde, in der Silvi ihn an der Straßenecke erwartete, das wäre feige, kümmerlich gewesen – aber wohl doch erlaubt angesichts der Schwere der Entscheidung. Jetzt noch bestand Gelegenheit, einfach wortlos abzutauchen. Unerreichbar sein – auch Silvi besaß ja diese Chance, und er wußte, er würde es ihr nicht verübeln, wenn sie sie nutzte. In diesen Stunden vor dem Eintritt in die höchste Gemeinschaftlichkeit war jeder von ihnen allein und hatte das Recht zu einem einsamen Entschluß. Das war der Atemzug Freiheit, der ihnen gewährt war, eine Freiheit, die in wenigen Leben länger dauert und in vielen niemals eintritt. Und selbst an dieser höchst limitierten Freiheit ließ sich noch ein Fragezeichen anbringen: Wußten die beiden denn, wofür sie sich entschieden? Gegen das Alte und für das Neue. Aber zeichnete sich das Neue nicht gerade dadurch aus, daß es weder benannt noch beschrieben werden konnte, sich zum Gegenstand einer Entscheidung also denkbar schlecht eignete?

Beiden kam es wie ein Wunder vor, daß sie sich pünktlich an der vereinbarten Straßenecke trafen. Noch als Bernward den Wagen um die Ecke lenkte, war er überzeugt, daß Silvi nicht dasein werde. Daß sie da trotzdem stand, in einem weißen Leinenhemd, ohne Handtasche, als sei sie nur eben aus dem Haus gelaufen, enthob ihn jeder Verantwortung für das Weitere.

Er sah sie, und die Tür, hinter der die Zweifel, die Abwägung und die Freiheit zur Entscheidung wohnten, fiel lautlos ins Schloß. Silvi stieg ein, das weiße kurze Hemd rutschte im Sitzen etwas hinauf und ließ die kindlich glatten, bräunlichen Schenkel sehen. Bernward wurde von einem tiefen Gefühl der Dankbarkeit erfüllt.

»Ich habe es kaum geschafft«, sagte Silvi.

»Ich auch nur ganz knapp«, antwortete er.

Sie fuhren los, durch die stillen Straßen des Wohnviertels, mußten an einer großen Straße allerdings noch einmal halten, weil ein Schwarm von Rollschuhfahrern ihnen entgegenkam, Männer und Frauen in hautengen Radfahreranzügen, viele mit Sturzhelmen, es war eine Uniformierung, eine kleine militärische Aufklärungstruppe, die zügig, in äußerster Konzentration voranrollte, in gemeinsamem Auftrag, auf einen empfangenen Befehl hin zu einem Kampfplatz eilend. Doch als dieser Trupp vorbeigesaust war und Bernward anfahren wollte, nahte ein noch viel größerer Haufen. Das war jetzt eine ganze Armee, die nicht im Gleichschritt marschierte, sondern wie ein Insektenschwarm wolkenförmig, in der gemeinsamen Bewegung auf- und abwallend, vorwärts strebte, unaufhaltsam, jedes andere Gefährt, aber auch die Fußgänger zum Halten zwingend. Die Rollen der Schuhe brachten ein zartes, gleichmäßiges Brummen und Rauschen hervor, die Fahrer, bei denen jeder Unterschied der Geschlechter aufgehoben war, blickten nicht nach rechts und nicht nach links, ihr Leitbild war nur der Rücken des Vordermannes, als hätte zu beiden Seiten ihrer Bahn die Stadt abbrennen können, ohne daß sie dem Feuer einen Blick geschenkt hätten. Es wurden immer mehr, der Strom riß nicht ab, er pulste anschwellend und abschwellend wie Wasser, das sich gelegentlich vor einem Hindernis staut, um dann mit größerer Macht und Fülle darüber hinwegzuwallen. Dies war jetzt nicht mehr eine Armee, sondern ein Volk, Invasoren in kraftvoller Bewegung, mit einem Zielbewußtsein, als hätten sie in kürzester Zeit den ganzen Kontinent zu durchmessen.

Bernward wollte zurückstoßen, aber das war unmöglich, hinter ihm stauten sich die Autos in der engen Straße. Die hinteren, die das Hindernis nicht sahen, hupten voll Ungeduld. Es entstand eine tumultuarische Stimmung am Rand des großen Stroms, ohnmächtige Erregung, die auf die Rollschuhfahrer keinen Eindruck machte, weil das Anhalten unmöglich war. Es gab nur das Gesetz, Bein um Bein voranzusetzen. Welches Ereignis, dem dieser Schwarm in schweigendem ernstem Eifer entgegeneilte, konnte solch großer Dynamik angemessen sein? Welches Ziel war dieser Fülle gleichmäßiger Kraft gewachsen?

Silvi sah gelassen in die Scharen. Sie war jung. Wußte sie, was diese Leute antrieb?

»Ich bin nur etwas nervös wegen dem Schlüssel«, sagte Bernward, aber er beherrschte sich. Wenn man ihn im Profil ansah, erschien er ein wenig verändert, das Viereckige, das ihm seine Frisur sonst verlieh, war von ihm gewichen. Er schien runder, weicher geworden, vielleicht lag es auch daran, daß die Haare länger nicht geschnitten waren und sich nun im Nacken kleine Löckchen bildeten.

Sie hielten vor einem großen gründerzeitlichen Mietshaus. Silvi sah sich um. Gegenüber hatte die alte Gartenmauer eine kleine Einbuchtung, in die ein junges Bäumchen gepflanzt war, das fiel ihr auf, diese Aussparung des Raumes für ein offenbar eben erst gepflanztes Bäumchen. Auf der

Straße stand eine Philippinin mit Samthaarreif und pocken-narbigen Wangen und sah auf die Uhr. Bernward trat auf sie zu und sprach mit ihr. Sie übergab ihm einen Schlüssel und ging davon, ihre Miene war verschlossen, war sie über die Verspätung verärgert? Das Treppenhaus war geräumig und kühl, der Geruch von reinlichen Kellergewölben hing dar-in, das hatte etwas geradezu Kirchenhaftes. Bernward ging voran. Er schloß die große zweiflügelige Wohnungstür in der zweiten Etage auf. Der Schlüssel ging etwas schwer aus dem Schloß heraus, er rüttelte daran und stieß mit dem Daumengelenk so hart an das Holz, daß eine kleine Wunde entstand.

In dem geräumigen Vorplatz, der leer war, hing ein großes Hirschgeweih.

»Ich habe das Gefühl, das Haus gehört uns«, sagte Silvi, aber beiläufig, sie war nicht etwa beunruhigt, höchstens etwas belustigt. Die Wohnung war groß. Bernward hatte die erste genommen, auf die er stieß, für den Nachmittag eines Liebespaares hätte es wahrlich auch ein einziges Zim-merchen getan. Silvi wanderte durch die weiten kahlen Räume, es war beinahe wie bei ihr zuhause, nur daß das Nichts sich um sie herum anmutiger geordnet hatte und hier eine gewisse Junggesellentrostlosigkeit unübersehbar war. Ein Zimmer prunkte mit dicken alten Ledersesseln, in einem anderen stand ein Schaukelstuhl aus Mahagoni, wer sollte sich wohl da hineinsetzen, um besinnlich zu schaukeln? Im Schlafzimmer stand ein großes Bett aus einem Möbelabhol-lager, die Philippinin hatte es frisch bezogen, einladend auf-geschlagen und zwei frische Handtücher ans Fußende ge-legt. Überall strömte helles Licht ein. Silvis Fähigkeit, sich in fremden Räumen im Dunkeln zurechtzufinden, mußte nicht auf die Probe gestellt werden. Auffällig war ein leicht muffi-ger Geruch in allen Räumen, wie von Feuchtigkeit, die den

Putz durchdrungen hat, die charakteristische Süße von nassem Gips.

Bernward öffnete das Schlafzimmerfenster. Er hatte in einer Kunststofftüte eine gekühlte Flasche Weißwein mitgebracht, portugiesischen Vinho verde, mit dem Silvi, wie sie irgendwann einmal bemerkt hatte, angenehme Erinnerungen verband. In der karg ausgestatteten Küche fand sich nach längerer Suche tatsächlich ein Korkenzieher. Bernward hatte sich schon darauf eingestellt, den Korken mit einem Teelöffelstiel in die Flasche zu drücken. Er war befangen, aber er bemerkte zugleich, daß Silvi es nicht war. Sie schien wach und klar. Sie war dort, wo Bernward sie hingebracht hatte, und sie war einverstanden damit. Es gab nichts, was zwischen ihnen stand. Beide wußten, worum es jetzt ging, es mußte nur der erste Schritt getan werden. Aber darin lag die Schwierigkeit, gewiß keine unüberwindliche, aber doch eine, deren Lösung sie beide überraschen würde. Alles, was an Wollust, Ergreifen, Überwältigen und Sich-überwältigen-Lassen eben auch zu dem gehört, was jetzt anstand, wollte sich bei Bernward nicht einstellen, es war, bei Silvis Offenheit und Unschuld, auch in ihrem rührenden Vertrauen, ganz unmöglich. Er mußte die Entwicklung ihr überlassen. Sie sollte ihm zeigen, wie es weitergehen sollte. Hatte sie das schon begriffen?

Sie tranken den Wein aus Wassergläsern. Silvi lächelte dankbar, als sie sah, daß es Vinho verde war. Sie setzte sich auf das Bett und entledigte sich mit einem kleinen Kicken ihrer Sandalen. Er setzte sich neben sie.

In diesem Augenblick klingelte es. Beide zuckten zusammen.

»Das ist ein Irrtum«, sagte Bernward, aber da klingelte es schon wieder, es hörte gar nicht auf. Sie wagten nur leise zu sprechen, die Schlafzimmertür zum Entrée stand noch offen.

Aus dem Treppenhaus waren Rumoren und laute Männerstimmen zu vernehmen, man ging dort draußen treppauf, treppab und rief sich über die Absätze etwas zu. Es ging da etwas vor, es war etwas geschehen, das Treppenhaus hallte vor Aufruhr.

»Bleib hier«, sagte Bernward leise, zog seine Jacke an – die hatte er immerhin schon abgelegt – und ging zur Wohnungstür. Draußen stand ein gedrungener Mann mit Backenbart, weiter unten waren Handwerker im blauen Overall sichtbar. Ob der Herr von Sláwina zuhause sei, fragte der Backenbärtige in grobem Ton, dem anzumerken war, daß er sich mit seinem Klingelsturm in vollem Recht fühlte.

»Es ist niemand da, wir sind seine Gäste«, sagte Bernward und wollte die Tür wieder schließen.

»Nein, wir müssen sofort rein«, sagte der Mann. Ausdrücklich und mehrfach habe man dem Herrn von Sláwina schriftlich mitgeteilt, daß die Benutzung der Sauna verboten sei, sie sei falsch eingebaut und müsse ganz neu angelegt werden. Und nun laufe in der Wohnung im ersten Stock schon wieder das Wasser die Wände herunter. So gehe das nicht weiter. Er müsse jetzt sofort mit den Handwerkern nachsehen kommen, der Schaden sei ohnehin schon riesengroß.

In diesem Augenblick trat Silvi aus dem Schlafzimmer. Der Backenbärtige stutzte und sagte dann sehr höflich, der polternde Ton war weggewischt: »Guten Tag, Frau Schmidt-Flex, entschuldigen Sie bitte die Störung...«

Silvi grüßte ihn mit einem Kopfnicken. Wie der Mann hieß, wußte sie nicht mehr, aber daß sie ihn im letzten Advent in den Räumen der Flex-Boden GmbH mit einer Tüte Plätzchen beschenkt hatte, das stand ihr noch vor Augen.

# 29.

## Einsamkeiten

»*Genügend Zeit hast du dir ja genommen, um Sláwina doch noch ins Spiel zu bringen. Was willst du sagen: Wenn Sláwina seine Wohnung nicht untervermietet hätte...? Wenn die Schmidt-Flex nicht so viele Häuser besessen hätten, daß sie sich selber nicht mehr auskannten...? Wenn Sláwinas Gäste die Sauna nicht hätten laufen lassen...? Wenn Bernward und Silvi nicht in den Kultfilm gegangen wären...? Wenn...*«

»*Wenn Silvi in Brasilien den Nachbarsjungen geheiratet hätte... Wenn ihr Vater wie der Rest seiner Familie nach Kanada gegangen wäre... Wenn...*«

Am Telephon konnte Phoebe gut erzählen, sie offenbarte dann manchmal einen Blick für Details, der mich überraschte. Bei dem großen englischen Pferderennen im Sommer etwa waren ihr nicht die schrillen Damenhüte und die hellgrauen Zylinder aufgefallen, sondern ein Jockey »mit einem großen schönen Kopf, braun und wild« auf seinem geradezu übergroß erscheinenden Prachtpferd, jede Bewegung von dessen gelangweiltem Herumstaksen habe sich auf den Reiter übertragen, er sei vollständig mit dem Pferd verwachsen gewesen, »und als er von seiner Höhe in den Sand herunterrotzte, war sein Speichel weiß und dick wie der Schaum, der von den Lefzen der Pferde tropft«. Später sah sie ihn dann abgestiegen, er lief auf sehr kurzen krummen Beinen umher, war beinahe bucklig und hatte jedenfalls etwas Verwachsenes. Es war falsch, ihn vom Pferd getrennt zu erleben, das

Pferd war ein Teil seines eigenen Körpers, dessen Anatomie in allem auf die des Pferdes ausgerichtet war. Mit dem Pferd war er eine übernatürliche Erscheinung, ohne das Pferd ein häßliches Fragment.

Niemand in Rosemaries Umgebung konnte es glauben, daß sie sich mit Bernward in einer ähnlichen Weise verbunden gefühlt hatte wie dieser Jockey und sein Pferd. Anders als der Jockey war sie eben nicht auf kurzen krummen Beinen umhergelaufen. Im Gegenteil, Bernward bildete in solider, geradezu biederer Farblosigkeit für viele, die das Paar nur flüchtig kannten, wenig mehr als einen angenehm hellgrauen Hintergrund für den farbigen Glanz seiner Frau. Wenn jemand ein Beispiel für kühne weibliche Unabhängigkeit suchte, dann kam man schnell auf Rosemarie. Ein starker Wille in einem alterslosen, trainierten, gesunden Körper, der nicht ohne Grund bewundernde Blicke erntete, wenn er sich aus dem Wasser des Schwimmbeckens hob, das war es, was man mit Rosemarie verband.

Auch Bernward sah sie so und wurde durch die stoische Härte, mit der sie sein Geständnis entgegennahm, bestätigt. Er war freilich darauf vorbereitet, daß sie eine Art Übergangslösung wünschen würde, eine Vorläufigkeit der Trennung, eine Wahrung der Dehors, ein konventionelles Nebeneinander, das sich von außen betrachtet nicht sehr von dem vorigen Zustand unterscheiden würde, und er fühlte sich bei dem Gedanken an dergleichen zerrissen. Einerseits glaubte er, es ihr schuldig zu sein, solchen Wünschen entgegenzukommen und sie nicht von einer Stunde zur anderen allein zurückzulassen, andererseits war ihm jeder Gedanke an ein solches Nebeneinander unerträglich. Wie sollten sie einander noch ins Gesicht sehen können unter der Voraussetzung der bevorstehenden endgültigen Auflösung ihrer Verbindung?

Aber er hatte sich umsonst Sorgen gemacht. Rosemarie stellte wenige Fragen, und er antwortete ohne Umschweife, wie er es in den mehr als fünfundzwanzig Jahren ihrer Ehe immer gehalten hatte. Sie hatten einen Ton miteinander, das bewährte sich jetzt noch einmal. Aber hinter ihren Worten war eine frostige Unverbindlichkeit spürbar, und so unterließ er es denn, sie auf die Wange zu küssen, als er das Zimmer verließ, und er wagte es auch nicht, dem Kakadu, der das Gespräch aufmerksam verfolgt und als wolle er besser hören den Kopf schräg gelegt hatte, übers Gefieder zu streicheln. Zwischen Mensch und Tier einen Unterschied zu machen, das wäre doch gar zu häßlich gewesen.

Sie blieb schweigend zurück, lange saß sie reglos. Sie lauschte seinen Schritten, die sich im Haus verloren. Er ging die Treppe hinauf in sein Schlafzimmer, von fern hörte sie Türenklappen. Es dauerte eine halbe Stunde, in der sie sich ein paar Mal die Frage stellte, ob sie ihm folgen solle. Sie blieb sitzen. Sie wollte nicht zuschauen, wie er seine Hemden zusammenpackte, denn das war es doch wohl, was dort oben vor sich ging. Wie lange braucht ein Mensch, um seinen Koffer zu packen? Wenn Bernward allein verreiste, half sie ihm oft. Es fiel ihm nicht leicht, seine Siebensachen zusammenzusuchen, da vergaß er leicht etwas. Nun, er würde nicht lange ohne das Vergessene auskommen müssen. Wenn er jetzt ging, dann würde sie ihm alles Zurückgelassene noch in dieser Woche hinterherschicken.

Er kam die Treppe herab, als schleife er etwas, er hatte offenbar einen größeren Koffer genommen. Die Haustür fiel ins Schloß.

Rosemarie hatte ihn wahrlich nicht ermutigt, noch einmal hereinzukommen, aber sie empfand dieses Geräusch der zufallenden Tür als Ausdruck einer bodenlosen Unverschämtheit. Eben war sie noch gelähmt gewesen, jetzt überfiel sie der Drang, augenblicklich etwas zu tun. Sie mußte sich wappnen, sie mußte die neue Lage beherrschen. Dazu galt es zunächst, alte Lasten abzuwerfen. Eines war unerträglich und mußte sofort beseitigt werden. Sie erlaubte sich nicht einmal, den Namen Joseph Salam auch nur zu denken. Diesen Mann gab es gar nicht. Heute nachmittag wäre sie mit ihm verabredet gewesen, heute hätte sie mehr über Hans-Jörgs seltsam-feindseliges Verhalten erfahren, worauf sie doch eben noch gebrannt hatte. Nun nicht mehr. Salam war nur möglich gewesen – und auch das im Grunde kaum –, solange ihm ein geminderter Grad an Wirklichkeit zukam. Salam war nur als luftdicht abgeschlossene Zyste in ihrem Leben zugelassen, nicht als in das Leben selbst wirklich hineinreichender Mensch. Es schauderte sie bei der Vorstellung, daß sie als von Bernward verlassene Ehefrau nun gleichsam hauptamtlich zu Salams Mätresse geworden sei. Bei diesem Gedanken spielte es nicht die mindeste Rolle, daß sie sich für den bevorstehenden Scheidungsprozeß in eine vorteilhaftere Position zu bringen gedachte, dieses Kalkül verbot sich ohnehin, da es für sie von vornherein ausgeschlossen war, Salam in der Abwicklung ihrer Ehe auch nur die bescheidenste Rolle zuzugestehen. Daß man einen Menschen nicht allein schon durch einen eindringlichen Gedanken auslöschen konnte!

Aber viel mehr als solch ein Mordgedanke sollte für Joseph Salam nicht abfallen. Ihr Ton am Telephon – Bernward war kaum eine Viertelstunde aus dem Haus – war rauh und knapp. Sie sprach mit Salam in Befehlsform. Er kannte diesen Ton, aber nicht von Frauen, sondern von gewissen Geschäftspartnern wie denen damals, für die er Autos in den Iran überführt hatte. Rosemaries Anruf – auf die Kurzformel »Verschwinde! Und wage nicht mehr anzurufen« zu reduzieren – verletzte ihn, denn er war seinen Geliebten meist ein treuer Freund, solange es sich nur machen ließ. War hier vielleicht doch Helga im Spiel? Wie immer, man mußte den Launen der Frauen gehorchen, das war ein Point d'honneur.

Beredt wurde Rosemarie, als sie ihrer Freundin Helga, die auf die alarmierende Nachricht sofort herauskam, die neue Lage darstellte. Helga begegnete einer zwar gefaßten Frau, die aber aus ihrer Empörung kein Hehl machte. Für die Entgegennahme solcher Katastrophen war Helga geschaffen. Ihr dramatischer Ernst, der sonst gelegentlich fehl am Platz wirkte, verlieh ihr die richtige Miene, um Rosemaries Erklärungen entgegenzunehmen. Bernward sei offenkundig verrückt geworden.

»Er will mit einer Trinkerin leben, die achtzehn Jahre jünger ist als er.«

Nun, er müsse wissen, was er tue. Diese Formel wird wirklich meist unfreundlich ausgesprochen, hier sollte sie sagen, daß der Mann sich wahrscheinlich doch noch nicht klargemacht habe, was nun auf ihn zukomme. Sie spreche nicht von dem Vertrauensbruch. Rosemarie ließ hier aus, daß es gerade der Vertrauensbruch war, was sie erschütterte, und zwar in ihrem gesamten Bild von der Welt und ihrem Leben mitten darin. Sie hätte nie zugegeben, Bernwards Anwesenheit sei das Fundament ihres ganzen Tun und Treibens, aber in einer wortlosen Sphäre war es genau das, was sie empfand. Wie hätte sie denn auch zwei gleich starken Empfindungen in gleich angemessener und gleich unmißverständlicher Form Ausdruck verleihen können: Daß sie mit Bernward etwas für sie Lebensnotwendiges verlor, und daß sie ihn schmähen und schädigen wollte?

»Er hat niemals für jemand anderen gearbeitet als für unsere Holding – das hat er nicht schlecht gemacht, oder ich sollte sagen, ich habe aufgepaßt, daß er es nicht schlecht macht – wo wir ohne meine Kontrolle heute stünden, weiß ich nicht.« Und nun sei er bald Ende fünfzig, wie er sich seine Zukunft denn vorstelle? Wer nehme denn einen solchen Mann? Gut, er habe Verbindungen, aber das seien schließlich vor allem ihre, Rosemaries, Verbindungen, durch ihre Holding entstandene Kontakte, die ließen sich nicht so ohne weiteres aus diesem Zusammenhang herauslösen, im Gegenteil, als Ehefrau habe er sie wegwerfen können, aber die geschäftliche Seite sei nicht so leicht abzuwickeln. Er wolle den Scherbenhaufen – gut, den könne er haben, aber er solle sich nicht einbilden, daß das nicht auch sein Scherbenhaufen sei, seine Morgengabe an die süffelnde Braut, sein Grundstock des neuen Glücks. Sie werde jetzt sehr schnell Fakten schaffen. Das Haus hier – sie sah sich mit einer Miene der lustvollen Verachtung um – werde sofort »verkauft« – »Das wird verkauft!«, rief sie mit Leidenschaft, als sei dies von ihr stets mit besonderer Liebe ausgesprochene Wort nun endlich an seiner eigentlichen Bestimmung angelangt, für die alle anderen Käufe und Verkäufe davor nur Proben waren. Sie denke nicht daran, in Frankfurt Zeugin der neuen Familiengründung zu werden.

»Bernward fängt mit Null an«, sagte sie, »mit einer Null als Frau und mit einer Null auf dem Konto.«

»Und du?«, fragte Helga und gab ihrer Stimme eine dunkle, den U-Laut gut unterlegende Farbe.

Sie könne schließlich überall leben, antwortete Rosemarie. Vielleicht gehe sie eine Weile nach New York, vielleicht auch nach München.

»Es stimmt doch immer wieder«, dachte Helga mit Staunen, »man behält einen Kunden für präzise fünf Jahre.« Ob sie nicht einen Tee kochen solle? Rosemarie nickte, sie schien sich schon an ihrem neuen Wohnort einzurichten.

Aber als Helga in der Küche hantierte, wo sie schon so viele Kannen Tee gekocht hatte, hörte sie plötzlich einen

Schrei, der nicht von einem Menschen zu kommen schien, es sei denn von einem grausig Gefolterten, einem, dem gerade bei lebendigem Leibe die Haut abgerissen wird. Sie eilte in den Salon. Da saß Rosemarie wie zu Stein geworden; die Tränen tropften von ihren Wangen, die im Licht glänzten, so naß waren sie, ihre Züge waren verzerrt, die schwarze Schminke um die Augen war so zerlaufen, daß sie kaum mehr zu erkennen war.

Währenddessen streckte sich der Kakadu auf seiner Stange, als wolle er sich von einem erhöhten Punkt einen besseren Überblick verschaffen. Er blähte seine Brust und entfaltete gravitätisch wie ein Wappenadler seine Schwingen, indem er sie langsam hin und her bewegte, es war eher das Wehen eines indischen Fächers als ein Flattern, und sie dabei derart spreizte, daß sich jede einzelne der makellosen Federn geradezu eitel vorzeigte, als wolle sie die anderen übertrumpfen. Eine solche Geste hätte nun eigentlich fortgesetzt werden müssen; der Kakadu hätte sich mit dieser zauberhaft vorgewölbten Brust in die Lüfte werfen, sie mit den Schwingen aufrühren und sich von ihnen tragen lassen müssen, zu Jagd und Kampf, zu Liebe und Eroberung. In Rosemaries Salon hingegen war diesem bestrickend schönen, trotzigen Aufbruch nur wieder ein In-sich-Zusammensinken beschieden, ein Einfalten und Einschnurrenlassen der luxuriösen Federfülle bis auf Taubengröße. Die Federn lagen nun so eng am Leib wie ein Taucheranzug, von der Krone war gar nichts mehr zu ahnen, ihre Zacken waren eingezogen und machten sich, fest in die Nackenfedern hineingeschmiegt, unsichtbar. Bei seiner erstaunlichen Klugheit – Bernward behauptete, der Kakadu lese jeden seiner Gedanken – konnte der schöne Vogel sich mit Gewißheit nicht vorstellen, daß er genau um dieser Ausfaltung der Schwingen willen angeschafft worden war. Helga Stolzier hatte, wie man weiß, etwas Beweglichessich-selbst-Bewegendes als dekoratives Element dieses Salons für notwendig erachtet. Sie dachte zunächst an ein Kunstwerk, einen mechanisch sich öffnenden und schließenden Fächer aus großen Federn, der bei geschickter Anstrahlung Schatten auf die Stucco-lustro-Wand geworfen hätte, und Rosemarie war auch schon für den Kauf gewonnen, das Ding wäre ganz schön teuer gewesen, dann aber zerstritt sich Helga mit der Galeristin und gebar die neue Idee: einen echten Vogel. So kam der Kakadu ins Haus, wo er genährt und getränkt wurde, wo Bernward ihm zärtlich den Nacken kraulte, wo aber kein zweiter Kakadu ihm die langen Stunden des Alleinseins verkürzte. Einsamkeit, Zeugenlosigkeit waren für ihn freilich nicht mit einem Nachlassen der Pflichten verbunden. Obwohl er dazu geschaffen war, der Welt ein Schauspiel zu bieten, führte er dies Schauspiel auch ohne Welt auf, wenn man die Welt auf die Menschen- und Tieraugen reduzieren will. Das Sich-Aufplustern, das milde wie fallender Schnee Die-Federn-zusammensinken-Lassen, das Aufrichten der Krone zu ihrer verblüffenden Pracht und ihr Zusammenfalten, als werde sie nach einem großen Auftritt wohlverwahrt und weggesteckt, die aufwendige Aufschüttelung des Gefieders, die akribische Durchkämmung jedes einzelnen blütenweißen Federchens, die erschreckende Umkehrung des ganzen Federkleides, als seien die Federn der Inhalt eines Plumeaus, der aus dem Bezug geschüttelt wird, um in der Sonne zu trocknen, das Verwandeln der vom Blut genährten Federpracht in einen scheinbar leblosen Balg und die Neuzusammenfügung in den vollkommen schön geformten Körper, auf dem jede Feder an ihrem Ort lag und eine schimmernde geschlossene Skulptur bildete, als sei der ganze Vogel aus Porzellan – das alles mußte unablässig und stets von neuem geleistet werden, mit der ganzen dazu erforderlichen Konzentration und Hingabe. Und dazu trat die Pflicht der

Ernährung, das gewissenhafte und mit den Regeln der Kunst vorzunehmende Knacken einzelner sehr kleiner Körnchen, deren Nahrungsgehalt eine genaue Würdigung verdiente, die studiert werden mußten, bevor der schieferfarbene Schnabel, dies versteinerte Schneckenhaus, sich mit überraschender Geschicklichkeit daranmachte, den süßen Inhalt freizulegen. War dem Kakadu klar, daß er Bernward zum letzten Mal sah, als der Freund grußlos das Zimmer verließ? Oder hatte er jedes vorhergehende Mal, an dem Bernward das Zimmer verlassen hatte, bereits als endgültigen Abschied angesehen, da in dieser Welt Schlüsse auf eine in ihr wohnende Gesetzmäßigkeit nicht möglich waren? Hatte er in seiner Klugheit vielleicht jede Suche nach Gesetzmäßigkeiten grundsätzlich aufgegeben? Jetzt war er anwesend, als über seine Zukunft entschieden wurde, ohne daß er einen anderen Einfluß darauf besessen hätte als zu sterben. Erwog er die Option, einfach tot von der Stange zu fallen? Aber auch die beiden Damen standen vor schwer zu lösenden Fragen.

Wenn der ganze Hausrat in Kisten verpackt würde, um schließlich wer weiß wo wieder ausgepackt zu werden, was geschah dann mit dem Kakadu, der nicht ohne weiteres im Lager einer Spedition auf eine zukünftige Wohnung warten konnte? Dem Schicksal, Helga übergeben zu werden, entging er, das Angebot Rosemaries aber hörte er; sie war entschlossen, ihn schnell aus dem Haus zu schaffen, allein schon, weil er das einzige war, an dem Bernward hing. Die vielen kostbaren Sachen, die er zum Teil mit ausgesucht hatte, galten ihm ausschließlich als Rosemaries Vergnügen.

Helga hatte sich für den Schnabelhieb damals übrigens gerächt. Der Kakadu kam mit einer Decke über dem Käfig in Dunkelhaft. In dieser tagelangen Nacht war sein Weiß ganz auf sich selbst verwiesen und leuchtete nicht einen Millimeter darüber hinaus. Aber er war nicht in Gefahr, noch einmal in ihre Hände zu fallen. Helga hatte sich inzwischen ohnehin von dem Konzept lebender Vögel im Salon verabschiedet. Sie war sehr radikal in ihren Geschmacksumschwüngen, nein, nein, kein Kakadu mehr, den Gefallen würde sie Rosemarie nicht mehr tun können. Wenn ich an die Geduld des Kakadus denke, seine niemals endende Disziplin, mit der er sein So-Sein bis zum Ende seines Lebens verwirklichen würde, dann stelle ich mir vor, sein Herz sei ein Pendant zu seinem grauen Schnabel, ein kleiner harter Kiesel in seiner Brust; denn diese Geduld war dem flatternden Menschenherzen so fern wie ein steinerner Stern.

*»Und wie nahm Hans-Jörg die Eröffnungen Silvis auf?«*

*»Ganz anders, obwohl nicht minder erschüttert. Aber Rosemarie hatte an die Institution der Ehe, vor allem an die der eigenen, geglaubt wie an eine Religion, der die Gläubigen nicht immer zufriedenstellend dienen mögen, an der sie aber dennoch als Grundlage ihres Denkens festhalten. Für sie war das Schlimmstmögliche eingetreten: Nicht sie hatte ihren Glauben verloren, sondern das Objekt dieses Glaubens hatte sich aufgelöst, oder, wenn wir nicht die Religion bemühen wollen, sie glich nun dem krummbeinigen Jockey, der erfährt, daß alle Pferde dieser Welt einer Pest erlegen seien.«*

Hans-Jörg hatte einen solchen Glauben nie besessen. Was genau das war, verheiratet zu sein, war ihm verborgen geblieben. Die Möglichkeit, Silvi zu lieben, war ihm eben erst mit starken goldenen Strahlen am Horizont aufgegangen. Er sah sich unvermutet der Forderung gegenüber, die Kräfte, mit denen er Silvi hatte lieben wollen, statt dessen dazu nutzbar zu machen, den Verzicht auf sie zu ertragen. Silvi erzählte ihm, sowie er nach Hause kam, vor ihm stehend mit einfachen klaren Worten, wie ein kluges aufrichtiges Kind in der Beichte, das gesamte Vorkommnis des Nachmittags, mit Nachdruck auch die Begegnung mit dem Hausverwalter, damit nur ja kein Zweifel an der Öffentlichkeit der Vorgänge entstand. Im Unterschied zur Beichte erbat und erwartete sie allerdings keine Vergebung.

Auch Hans-Jörg dachte nicht an so etwas wie Vergebung, aber nicht aus Verletztheit; er lauschte atemlos und verbarg nicht, daß ihn die Schilderung aufs äußerste beunruhigte, aber er zeigte auch deutlich, daß es hier um einen Fall, der eine Entschuldigung und Vergebung erfordern könnte, gar nicht gehe. Im Leben Silvis war etwas Gewichtiges eingetreten, kurz nachdem dasselbe in seinem eigenen Leben geschehen war. Soviel Neues war da, auch zwischen ihnen, daß es eine Zeit brauchen würde, bis er alles wirklich verstanden hätte. Es gab keine Sprache zwischen ihnen, jetzt zeigte sich ihm dies Fehlen zum ersten Mal schmerzlich. Aber daß das, was ihm als ein Anfang erschienen war und immer noch erschien – dies Anfangsgefühl blieb in allen Krisen unvermindert stark –, in Wahrheit nun für ihn ein Ende sein sollte, das war ihm unbegreiflich. Sicher, unendlich vieles hatte er Silvi gegenüber versäumt, wie er deutlicher denn je, deutlicher vor allem als in der großen Nacht der neuen Einsicht erkannte. Aber damals war zugleich die tröstliche Gewißheit entstanden, daß diese Versäumnisse nicht bestraft würden, daß keine Buße den strahlenden neuen Anfang belastete, und nun zerriß diese Täuschung, und die volle Rechnung für die verfehlte Gemeinsamkeit wurde präsentiert. Große Worte fielen nicht zwischen ihnen, der Gebrauch des Wortes Liebe wäre ohnehin unmöglich gewesen, Hans-Jörg, weil er nicht wagte, sich auf diese Höhe zu schwingen, Silvi, weil es ihr zu abstrakt war: Was hieß das – Liebe? In ihrem Fall hieß es, von jetzt ab in Bernwards Bett schlafen zu wollen, und wenn es so war, dann konnte man das ja auch so sagen. An der Tür bemerkte Hans-Jörg: »Du weißt, daß du jederzeit zurückkommen kannst, als wäre nichts gewesen.«

»Ja«, antwortete Silvi, und sie glaubte ihm das auch. Über Bernward hatte er keine böse oder auch nur unwillige Bemerkung verloren.

## 30.

## *Ein Bote der Zukunft*

In der Nähe von Hans-Jörgs und Silvis Wohnung gab es eine
kleine Parkanlage mit einem Jugendstildenkmal, es war aber
nicht recht deutlich, wessen da gedacht wurde, der Mu-
schelkalk war so grobblasig, daß die Inschrift schwer lesbar
war. Sich in den Schatten dieses Denkmals auf der Bank nie-
derzulassen wäre Hans-Jörg bisher nie in den Sinn gekommen. Meist war sie ohnehin besetzt, von Landstreichern mit
Bierdosen, die sich dort unterhielten und ihre Stimmen oft
rechthaberisch anschwellen ließen, dann machten die Au-
pair-Mädchen mit den Kinderwägen einen Bogen um das
Denkmal, obwohl keine Gefahr bestand; für diese Landstreicher war jedes Lebewesen, das nicht zu ihnen gehörte,
unsichtbar. Sie fühlten sich mitten in der Stadt so allein wie
auf einer stillen Waldlichtung. Aber heute war diese Bank
nicht besetzt, und Hans-Jörg fühlte, als er sich ihr näherte,
unversehens eine große Schwäche in den Beinen. Er konnte
sich plötzlich vorstellen, daß sie ihm bis vor die Haustür und
dann noch die Treppen in den ersten Stock hinauf nicht
gehorchen würden. Ihm war wie einem Kranken, der lange
gelegen hat und nun einen ersten Ausgang wagt.

Gut, da war die Bank. Er setzte sich, das war ein körper-
licher Vorgang, der Wille war daran gar nicht beteiligt. Und
so blieb es auch. Hatte er den ihm bestimmten Hafen erreicht? Nach allem Geschehenen war es dies, was ihm blieb,
was aber auch genügte und wahrscheinlich immer schon genügt hätte: Hier zu sitzen. Die Sonne trat hinter einer dicken

grauen Wolke hervor und richtete einen scharfen, geradezu stechenden Strahl genau auf ihn, als wolle sie ihn an dieser Stelle festnageln. Das Stechende war nicht so angenehm, aber er wehrte sich nicht dagegen. Das Jugendstildenkmal wehrte sich auch nicht. Die Sonne zog sich ohnehin bald wieder zurück. Das Licht wurde wieder hellgrau, ließ die Gegenstände aber weiterhin deutlich erscheinen. Die Schatten vertieften sich. Hans-Jörg hatte das Gefühl, zum ersten Mal zu erkennen, wie es hier in der Gegend, in der er wohnte, eigentlich aussah.

Ein alter Mann näherte sich. Er ging sehr langsam, ja es war schon eher ein Schlurfen. Einen Stock hatte er auch, er stützte sich aber nicht eigentlich auf ihn, sondern setzte ihn, soweit es ging, vor sich, um diesem selbstgesetzten Ziel dann hinterherzuschlurfen. Er war gebeugt und sehr zart, beinahe durchsichtig. Die blauen Adern auf den Handrücken und an Hals und Schläfen hatten sich vorgewölbt, als seien sie kaum mehr von Haut bedeckt. Feines dünnes Haar lag auf dem knochigen Schädel, leicht gesträubt, Hans-Jörg hatte die deutliche Vorstellung, daß der alte Mann sich nicht selbst gekämmt hatte, sondern daß jemand ihn wie einen Schuljungen zum Ausgehen fertig gemacht habe, aber immerhin, begleitet war er nicht, einen gewissen Fußweg allein traute er sich noch zu. Der Anzug umschlotterte den entfleischten Leib. Es war beim genaueren Hinsehen ein nicht uneleganter Anzug, aber wahrscheinlich vor Jahrzehnten gekauft. Erst mochte er zu eng geworden sein, dann hatte er eine Weile im Schrank gehangen, dann hatte er wieder gepaßt, und jetzt verbot die Sparsamkeit, noch einmal einen neuen Anzug für den zusammengeschrumpften Körper zu bestellen. Mit Gürtel und Hosenträger mußte es jetzt irgendwie gehen, auch in den Hemdkragen hätten noch drei Finger hineingepaßt. Da ragte der faltige Hals mit langen weißen Stoppeln unschön aus dem Kragenrund hervor, die einzige Stelle an der Erscheinung des Greises, an dem sein Zustand abstieß. Daß die weißlich gewordenen Augen noch etwas wahrnahmen! Wie gespannt war der Mann bei der Arbeit des Gehens. Seine feine rosa Zunge beleckte die schmalen blutleeren Lippen, so genau galt es aufzupassen, als sei das Gehen als Tätigkeit mit dem Einfädeln einer Nadel vergleichbar. Hans-Jörg hatte ausgiebig Zeit, den Greis zu beobachten. Schneckenlangsam rutschte der an ihm vorbei, aber von unerbittlicher Zielbewußtheit, ein Spaziergehen war das nicht.

Der Greis stockte, etwas hielt ihn auf, schon eine kleine Unebenheit des Bodens genügte, ihn aus dem Vorantasten zu bringen. Hans-Jörg wollte aufstehen und dem alten Mann seine Hilfe anbieten, doch er tat es nicht. Er blieb sitzen, er hätte keinen Muskel regen können.

Dieser Mann, das fühlte er jetzt, war ihm gesandt. Er mußte diesen Mann anschauen, und damit ihm nichts entging, war seine Fortbewegung auf ein Mindestmaß gedrosselt. An einen weiteren Lichtwechsel erinnerte Hans-Jörg sich später nicht. Die Erkenntnis kam ganz undramatisch. Sie war einfach da, mit der ganzen wortlosen Gewalt der Offensichtlichkeit. Hier sah er sich selbst. Dieser alte Mann war er selbst: Nicht in dem Sinn, daß er sich mit ihm verglich, daß er sein Schicksal mit ihm in Beziehung setzte oder daß er den Alten als ein Gleichnis des eigenen Lebens erkannte – nein, wörtlich war das zu verstehen. Er tat einen Blick in die eigene Zukunft und durfte sich selbst erblicken, wie er in vierzig Jahren aussehen würde. Gegenwart und Zukunft und zwei seiner Zustände – als Vierzigjähriger und als Achtzigjähriger – fielen unbegreiflich, aber unabweisbar ineinander. Als ihm das klar wurde, mit einer Gewißheit, die keine Frage zuließ, wie denn so etwas geschehen könne, fuhr das Leben in ihn. Er vergaß seine gleichgültige Mattigkeit und richtete sich auf. Er starrte den Alten an, als wolle er ihn mit den Augen in sich hineinsaugen. Nichts durfte unentdeckt bleiben, was die Erscheinung ihm mitzuteilen hatte. Daß sie nicht miteinander sprechen würden, war klar, hätte er den Alten unversehens angesprochen, wäre der womöglich umgefallen. Sie beide befanden sich in einem Bann, der nicht gebrochen werden durfte. Aber war nicht allein dem Aussehen eines Menschen etwas über sein Leben zu entnehmen?

Viel und wenig zugleich, leider. Wie zeichneten sich vergangene Freuden und Leiden in die Gesichter ein? Die wichtigste Botschaft war hier wohl, daß der Mann allen seinen Erlebnissen zum Trotz alt geworden war, sehr alt sogar, vielleicht schon über das Stadium hinaus, in dem die Erinnerung noch ihre Rolle als zweites Leben spielt. Alles Unerträgliche und Schmerzliche, alle Demütigung und Peinlichkeit, auch die Einsamkeit und die Verachtung so vieler Menschen hatten nicht ausgereicht, ihn umzubringen. Die Pfeile waren abgeschossen worden, sie hatten getroffen, sie hatten ihn stürzen lassen, aber ans Leben waren sie ihm nicht gegangen. Erinnerte sich dieser Alte noch, mit welchen Empfindungen er einst einen gewissen anonymen Brief gelesen hatte? Hätte er noch über die schuldbewußte Leere berichten können, in die Silvis Weggehen ihn versetzt hatte? Was hätte dieser Mann noch über seinen Vater zu erzählen gewußt, war da mehr als ein blasser, mißfarbener Schatten geblieben? Er war offenbar nicht allein, dieser Mann. Es gab jemanden, der seinen Anzug von Flecken befreite und ihm ein zwar zu großes, aber reines Hemd hinlegte. Eine Frau? Hatte er wieder eine Frau, eine, die bei ihm aushielt? Oder nur genug Geld für eine gute Pflegerin? Und so unendlich lang hatte das Leben noch gedauert, nachdem es doch eigentlich zu Ende gewesen war. Aber eines hätte Hans-Jörg doch zu gern erfahren: Waren die zweiten vierzig Jahre ein neues Leben gewesen,

mit einem Neuanfang verbunden, einfach ein zweiter An-
lauf, oder hatten sich die alten Lasten bis zum Schluß mit-
schleppen lassen, waren sie im allmählichen Verblassen, im
Wenigerwerden des alten Lebens doch der beherrschende
Eindruck geblieben?

Er stand auf, als der alte Mann die Bordsteinkante erreicht
hatte. Die Stufe, die es auf die Straße hinabging, gähnte als
Abgrund vor ihm. Ein Taxi fuhr an den Rand. Hans-Jörg tat
einen Schritt auf den Greis zu, der unversehens eine ihm
nicht zuzutrauende Geschicklichkeit entwickelte. Er ließ sich
in den Wagen hineinfallen, geradezu abrollen, wie ein Sport-
ler, der das Fallen geübt hat. Hans-Jörg meinte, es sei seine
eigene Bewegung gewesen, die den Greis von sich weggetrie-
ben habe, wie ein Windstoß, der in Herbstlaub fährt.

## 31.

## *Eine Trennung*

Wie sie gekommen war, so verschwand die Tigerkatze auch wieder. Sie nutzte für die Flucht das Gerüst, das an der Rückwand des Hauses für Dachreparaturen aufgebaut war. Es muß ihr wie ein Wunder vorgekommen sein, daß an einer Stelle, an der ein unüberwindlicher Abgrund gegähnt hatte, auf einmal eine bequeme Treppe hinab in die Tiefen führte. Die Wohnungstür hatte sie ohnehin längst aus ihrem Kalkül ausgeschieden, seitdem Silvi sie dort so nachdrücklich wegscheuchte. Es war, als empfinde sie es als Entwürdigung, sich derart scheuchen zu lassen. Näherte sich Silvis Schritt der Wohnungstür, dann wischte die Tigerkatze in die hinterste Ecke der Wohnung, als wolle sie demonstrieren, daß ihr dieser Weg in die Freiheit unendlich gleichgültig sei. Kein Zweifel, sie wiegte Silvi in Sicherheit.

»Die Tigerkatze hat jedes Interesse an der Straßenwildnis verloren«, sagte sie zu Helga am Telephon, »ich glaube, ich müßte sie geradezu zwingen, das Haus zu verlassen.«

»Sie liebt dich«, sagte Helga mit dunklem Alt, »es ist Liebe.« Es war zu schön, dies Wort auszusprechen.

»Ach, ich weiß nicht.« Silvi hörte das Wort nur mit Verlegenheit, und sie war unwillig, sich in Träumereien zu wiegen. Die Tigerkatze hielt zu viel Abstand, um verliebt zu sein – oder gehörte sie zu den barbarisch-vornehmen Seelen, die sich ihrer Verliebtheit schämen? Immer war sie es, die über das Ausmaß der ausgetauschten Zärtlichkeiten entschied. Wenn sie sich, was nicht oft geschah, in Silvis Nähe begab, dann hieß das nicht, daß sie von ihr berührt werden wollte. Es war wie ein Erziehungsprogramm: Streckte Silvi die Hand nach ihr aus, war die Katze wieder verschwunden. Silvi lernte schnell, daß sie zu warten hatte, bis die Tigerkatze sich an ihre Waden schmiegte. Hans-Jörg durfte die Katze ohnehin niemals streicheln. Nach dem einzigen Versuch hatte sie ihm vier Krallen über seinen Handrücken gezogen, dies blutige Autogramm zeigte er Silvi anklagend, wenngleich er im Herzen nicht wirklich überrascht war. Warum sollte eine Katze sich ihm gegenüber anders verhalten als die Mehrzahl der Menschen, mit denen er zu tun hatte?

»Die Tigerkatze lebt mit dir, wie du mit mir lebst«, hatte er eines Abends gesagt, als er mit Silvi vor dem Fernsehapparat saß und sie beobachtete, wie sie vergeblich versuchte, die Katze zu sich zu locken.

»Das stimmt nicht. Du lockst mich ja nicht« – diese Antwort kam ohne Vorwurf, in Frieden und Freundlichkeit.

Wußte die Tigerkatze, worauf sie sich einließ, als sie sich durch den Spalt des Kippfensters hindurchdrückte, auf das Brett draußen sprang und die Leiter hinunterspazierte wie ein Zirkustier, das eine Nummer vorführt? Sie hatte tüchtig zugenommen in den Monaten bei Silvi. Jeden Knochen hatte man unter ihrem struppigen Fell gefühlt, als sie bei den jungen Schmidt-Flex eingezogen war. Jetzt war sie rund und schwer; nur kurze Zeit war sie wirklich schön gewesen. Als sie die erbärmliche Magerkeit überwunden hatte, wurde sie fett. Das fand sogar Silvi.

»Du bist fett«, hatte sie gesagt, wenn sie eine Dose mit Kutteln öffnete, aber ihr kam vor, als sage das ausdruckslose Gesicht der Katze, die jede Bewegung des Dosenöffnens verfolgte: »Dann gib mir eben weniger zu fressen. Leider liegt die Nahrungszuteilung ja in deiner Hand, wie wir wissen.«

Ihr Revier war groß, und da alle Türen offenstanden oder sofort auf ihren ärgerlich maunzenden Befehl geöffnet wurden, war jedes der sechs Zimmer unter ihrer beständigen Kontrolle. Wie es unter Sophas und Betten aussah oder hinter den Buchreihen der langen Regale, wußte sie gleichfalls. Überall herrschte derselbe dünne Sauberkeitsgeruch, den die Putzfrau dreimal in der Woche erneuerte. Tiere gab es äußerst wenige, manchmal eine Fliege, seltener eine Spinne. Silvi war Zeugin, wie die Tigerkatze mit einem einzigen Pfotenschlag, einen Prankenhieb durfte man das schon nennen, einen betrunken umherflatternden Nachtfalter auf dem Boden zerquetschte. Die Sicherheit dieses Hiebs war bewunderungswürdig. Pianisten müssen täglich stundenlang Etüden spielen, um die Handmuskulatur zu trainieren, aber die Tigerkatze hatte die Sicherheit und Ökonomie ihrer Bewegung auch nach langen Wochen tatenlosen Herumliegens nicht verloren. Und es gab wahrlich beinahe nichts, was in dieser Wohnung ihren Geist beschäftigte. Das war totes Land, Wüste. In dieser Wohnung vibrierte nichts, ein abgeholzter Dschungel war das. Das Leben der Katze war konzipiert als einzelne Stimme in einem riesengroßen Lebensorchester. Feinde hatten darin ihren Part, Beutetiere, Lebewesen, die man ignorierte, und solche, die man biß oder liebte, und hier gab es nichts davon, wenn man von dem leise brummenden weißen Metallschrank absah, den Silvi täglich mehrmals öffnete, aus dem Licht und Kälte herausströmten und in dem jene Dosen aufbewahrt wurden, die nur Silvi aufreißen konnte. Durfte man sich nicht vorstellen, daß es viel beunruhigender war, von dem Fleisch aus einem solchen Schrank, der für die eigene Kraft unbezwingbar war, abhängig zu sein, als auf der Straße und in den Gärten tagelang zu hungern, weil die Jagd ohne Erfolg blieb?

Eines Tages war sie dann verschwunden. Was die früheren

Besitzer der Tigerkatze nicht getan hatten, das unternahm jetzt Silvi: Sie klebte an viele Laternenpfähle einen Zettel, auf dem sie die Tigerkatze beschrieb: »Sie hat keinen Namen und läßt sich nicht streicheln.« Danach hätte jeder, der die Katze von fern sah, sie erkennen müssen, davon war Silvi überzeugt – sah man der Tigerkatze ihre Namenlosigkeit nicht etwa an? »Hohe Belohnung«, diese Verheißung hielt Hans-Jörg für unnötig, aber er half dennoch beim Ankleben der Zettel, stets erneut den Kopf schüttelnd, wenn er las, wozu sie ihn da verpflichtet hatte.

Erinnerte sich die Tigerkatze noch an die Monate ihrer einsamen luxuriösen Haft? Sie war, kaum hatten ihre Pfoten den Erdboden zu Füßen der Leiter berührt, wieder zur Bewohnerin der Straße geworden. Kälte und Hitze, Hunger, Durst und Gefahren würden sie nicht dazu bringen, Schutz in einer Menschenwohnung zu suchen. Sie befand sich in Übereinstimmung mit ihrer Umgebung. Für die Herausforderungen der Straße war sie gemacht. Ihre Eigenschaften sympathisierten mit allem, was ihr hier Böses und Gutes widerfahren mochte. Steinwürfe schreckten sie nicht, sie kroch gleichsam unter ihnen hindurch, und wenn die Autos scharf bremsten, war es, als umgebe sie ein Luftkissen, das einen schnell fahrenden Wagen zum Halten zwang. Es gab im übrigen immer Menschen, die den Katzen tributpflichtig waren und ihnen dienten. Ein kleines Blumengeschäft in einem hölzernen Büdchen, an die Backsteinmauer einer großen alten Villa geklemmt, die längst Bürohaus war, bot ein gutes Standquartier. Zwischen den Blumentöpfen draußen schlief sie. Man stellte ihr auch Wasser hin, manchmal sogar Milch, die sie mit der langen rosa Zunge in den weit geöffneten Rachen schleckte. Die viele Bewegung tat ihr gut. Sie magerte schnell wieder ab, das steigerte ihre Geschwindigkeit. Zugleich trat ihre Unabhängigkeit von den äußeren Lebensumständen hervor. Die Akkuratesse und die akrobatische Eleganz, mit der sie sich das Fell leckte und dabei den Hinterlauf bis hinter ihr Ohr hob, waren dieselbe neben der Mülltonne wie auf Silvis Sopha. Aber was nachts geschah, das wäre in Silvis Salon eben nicht möglich gewesen. Davon hatte Silvi nur eine winzige Andeutung erlebt, jenes Spiel mit dem Nachtfalter, im Grunde auch nur eine Salonepisode wie von einem chinesischen Rollbild.

Tagsüber streunte die Katze herum, keineswegs ziellos, sie unternahm eine genaue Rekognoszierung des Geländes bei Tageslicht, in schnellem Lauf durch Hinterhöfe, Parkplätze, Vorgärten und Einfahrten, nur kurze Strecken auf dem Straßenpflaster, beim Anblick eines Hundes war sie sofort durch Zäune geschlüpft, aber nicht als Flucht; sie drehte sich nicht einmal um nach den angeleinten Todfeinden. Nachts, wenn das letzte Sonnenlicht erloschen war, fuhr eine Unruhe in sie, der letzte Ernst ihrer Existenz. Aus den Lichtkegeln der Laternen schoß sie in das weiche brunnenhafte Dunkel. Jetzt bewährte sich das Tigerfell. Im Gebüsch war sie unsichtbar, ein Mitglied des großen grauen Katzenvolkes, in dem das Gesetz der Jagd lebte.

In der Nähe des Palmengartenrestaurants gab es Ratten, vom Küchengeruch und den Abfalltonnen angezogen. Da hoppelte und wieselte schon eine große Ratte, mit krankem Bein, unbeholfen wie ein Meerschweinchen aus einem Pappkarton heraus. Die Gier hatte sie kopflos gemacht, als lebe sie im Paradies. Aber nun stand wie aus dem Boden gewachsen die Tigerkatze vor ihr. Die Ratte kämpfte nicht, sie gab sich weichlich den Prankenschlägen hin, obwohl sie doch scharfe Zähne hatte und einem Menschen Angst einjagen konnte. Die Rattenpfoten zuckten noch, da knackte es schon leise. Die ausdruckslose Maske mit den übergroßen Augen stand als Medusenhaupt über der Ratte. Todwund wälzte sie sich im Staub, während das Verhängnis über ihr strahlte, ein Licht hatte den Weg ins Finstere mitten in die Katzenaugen hinein gefunden und ließ sie kalt aufglühen. War bei dieser Jagd nicht auch Hunger im Spiel? Oder ekelte sich die Tigerkatze vor dem schlaffen, fiependen Beutetier?

Bernward und Silvi hatten im Restaurant gegessen und gingen jetzt langsam schlendernd die Straße entlang. Sie hatten Zeit, niemand erwartete sie. Das Dunkel und das Nebeneinanderhergehen erlaubte Bernward, etwas zu erzählen, das er im erleuchteten Restaurant in Silvis Gesicht hinein nicht hatte aussprechen wollen.

»Wir fahren zu meinem Geburtstag vielleicht besser weg«, sagte er nachdenklich. »Die Kinder werden nicht kommen.« Silvi sah zu ihm hinüber, aber er blickte nicht zurück. Er war entschlossen, ihr die rüden Worte, mit denen Titus und Phoebe ihm ihre Absage auf das Display seines Mobiltelephons geschickt hatten, nicht wiederzugeben. Das war schließlich auch ein Angriff auf Silvi.

Sie sah wieder vor sich hin. Sie war nicht neugierig, und außerdem begriff sie schnell, eine Folge ihrer Neigung, immer nur das Schlechteste zu erwarten, und ihrer Erfahrung, damit oft recht zu behalten. Ja, was jetzt eintrat, war notwendig. Mit jedem Atemzug zerstörte man mindestens ein kleines Spinnennetz. Alles, was geschah, hatte Konsequenzen, jeder Anstoß pflanzte sich unabsehbar weit fort. Bernwards Kinder waren ihr gleichgültig gewesen, aber sie hatte gehofft, daß diese Gleichgültigkeit sich in Titus und Phoebe spiegeln werde. »Ich bin doch nichts«, dachte Silvi, »was kann man gegen mich haben? Da gibt es doch gar nichts Spezielles.«

Da lief auf der anderen Straßenseite eine Katze vorbei, zielbewußt auf das Pflaster vor sich blickend. War das nicht eine Tigerkatze?

»Sieh mal, mein Kätzchen«, Silvi ergriff Bernwards Arm. Die Katze war hinter parkenden Autos verschwunden. Silvi meinte, die Tigerkatze habe bewußt weggesehen. Sie habe starr vor sich hingeguckt wie jemand, der nicht gegrüßt werden will.

»Das ist sie! Sie muß dort unter dem Auto hocken.« Bernward erlebte, wie Silvis Armmuskeln sich anspannten. Er fühlte, daß sie von ihm erwartete, er werde jetzt etwas tun. Aber die Tigerkatze hatte selbst einen Entschluß gefaßt. Sie würde die Straßenseite wechseln. Sie würde noch einmal Silvis Weg kreuzen und dann für immer verschwinden. Silvi selbst sollte ihre Unabhängigkeit erleben. Für den Fortbestand ihrer Freiheit war es wichtig, daß Silvi und sie sich noch einmal als Fremde begegneten. Die Katze wartete, daß ein Auto sich näherte, das war ihr Lieblingsspiel. Sie bewies ihre Souveränität im exakten Berechnen ihrer erforderlichen Mindestgeschwindigkeit. Im letzten Augenblick aufzubrechen und so zügig, aber nicht eilend zu laufen, daß sie das vorbeifahrende Auto gerade noch mit der Schwanzspitze streifte, das war ihr Stolz. Hatte das Auto etwa plötzlich beschleunigt? Es tat einen harten Schlag. Bernward ergriff Silvis Schultern und drehte sie weg.

»Nicht hingucken.« Er führte sie der großen, hellen Straße zu. Sie sagte kein Wort, ihr Kopf war gesenkt. Aber die Tigerkatze lag mit einer leuchtendroten Wunde am Bauch in der Straßenmitte, das Auto war davongefahren. Ihre Pfoten wanderten sanft durch die Luft. Sie tasteten sich durchs Körperlose, eine neue Art zu gehen übte sie ein in den Minuten, die ihr noch zu leben blieben.

# 32.

## Die Patience geht auf?

*»Und was hat dies alles nun mit uns zu tun?«*
*»Viel. Hab noch ein bißchen Geduld. Wir müssen uns jetzt wieder mit Helga beschäftigen, die sich gleichfalls einer neuen Situation gegenübersah.«*

Sie hatte sich in der Rolle der engsten Spezialfreundin von Rosemarie eingerichtet, und diese Rolle hatte ihr einen unangefochtenen Platz im Hopstenschen Kosmos gesichert. Wollte man es sowohl übertreibend wie auch ein wenig bösartig ausdrücken, kam ihr jener Platz nahe an der Herrscherin zu, den an orientalischen Höfen die Eunuchen einnahmen, denen das Vertrauen des Despoten gehörte. Diese Freundschaft war freilich durch den Umstand gestört, daß Rosemarie zugleich Helgas Kundin war, und ein solches Verhältnis ist auf der Seite des Verkäufers mit einer Kenntnis der Seele verbunden, die sich mit jener erfahrener Beichtväter und Seelenführer wohl vergleichen läßt; es gilt auch hier, die geheimen Nöte und Antriebskräfte des Menschen genau zu studieren und in seine verborgenen Motive einzudringen. Die Unberechenbarkeit des Kunden, seine Launen, seine Vorbehalte müssen erforscht und in Berechenbarkeiten verwandelt werden. Wenn der Kunde einmal durch Überredung dorthin geführt worden ist, wohin er nicht wollte, mochte sich Rachsucht entwickeln; eine offenbarte Schwäche wurde später häufig durch angemaßte Sicherheit ausgeglichen. Das ganze innere Konzert in der Kundenseele, ein

Konzert aus Besitzgier, Sparsamkeit, Mißtrauen, aus dem Traum von der eigenen Persönlichkeit und aus der Herrschsucht mußte harmonisiert und zu dem wohltönenden Akkord des Kaufentschlusses moduliert werden. Rosemarie, die sich selbst als »den gutmütigsten Menschen der Welt« sah, liebte aber auch die Vorstellung, Schrecken zu verbreiten, und hatte Helga lange Zeit das Fürchten gelehrt, bis deren geduldige Forschung diese Schrecken allmählich aufgelöst hatten. Wie verhält sich aber solche erschöpfende Kenntnis des anderen zu Liebe und Freundschaft? Große Naturen, darunter viele Mütter, vermögen Liebe und Illusionslosigkeit zu vereinen, im allgemeinen aber schadet zu viel Hellsichtigkeit der Freundschaft; der kluge Mensch verzichtet womöglich bewußt darauf, den Freund allzu gut kennenzulernen, und hält sich die Möglichkeit, eine Schwäche willentlich zu übersehen, stets offen.

Bei Helga kam nun hinzu, daß das Fundament dieser Freundschaft, das Kundin-Sein Rosemaries, in Auflösung begriffen war. In New York oder München oder sonstwo würden sich schnell neue und Helga leicht übertrumpfende Anreger finden. Es bestand dafür sogar eine innere Notwendigkeit, so urteilte Helga, denn es ging bei Rosemarie schließlich um nichts Geringeres als einen neuartigen, ihr bisheriges Publikum überraschenden Lebensstil, und das, obwohl dies bisherige Publikum daran ja gar nicht teilnehmen würde.

Es bildete sich ein Abstand zwischen Helga und Rosemarie, den Rosemarie, so sagte sich Helga, selbst verschuldet habe. Gewiß, der Freundin war übel mitgespielt worden. Ihre Lage war zu bedauern, aber trug sie daran nicht auch ihren Teil Schuld? War es einem Mann zu verdenken, wenn er sich vor einer derart herrischen Person eines Tages in Sicherheit brachte? »She pays her price«, sagte Helga, wenn über das Auseinandergehen der Hopstenschen Ehe gesprochen wurde, indem sie eine von Rosemarie übernommene Redewendung gebrauchte, mit der ganzen kühlen Überlegenheit, die solche Worte der Sprecherin verliehen.

Demgegenüber entstand zu Silvi eine wirkliche Sympathie, die von jedem Kundinnentum ungetrübt war, und obwohl es Helga enttäuschte, daß das schöne Mädchen sich nichts Besseres wußte, als einen vermögenden jungen Mann gegen einen alten mit ungewisser wirtschaftlicher Zukunft einzutauschen, schlug ihr Herz weiter für Silvi, und sie nahm an den Schmähungen und verächtlichen Bemerkungen Rosemaries nur mit stummem vieldeutigem Wiegen des weißblonden, straff frisierten Kopfes teil. Obwohl sie das Rosemarie nicht auf die Nase band, behielt sie weiter Verbindung zu Silvi und war liebevoll besorgt, wenn die Freundin spätabends noch anrief und dann gelegentlich mit schwerer Zunge sprach, manchmal so undeutlich, daß nur noch das reizende R sich behauptete. Helga war sich aber nicht sicher, ob Silvi jetzt mehr Wein trank als zuvor, oder ob sie früher in diesem Zustand einfach nicht angerufen hätte.

Hans-Jörg hatte darauf bestanden, daß seine Frau die Wohnung behielt, die er auch nach seinem Auszug weiter bezahlte, und da weder Bernward noch Silvi gegenwärtig in der Lage waren, dies ritterliche Angebot auszuschlagen, blieb es dabei, und so wunderte Helga sich denn auch nicht, als Hans-Jörg sie um ein Gespräch bat. Sie hatte so etwas geradezu erwartet und fand sich sofort dazu bereit. Bei den Hopstens hatten sie niemals ein Wort miteinander gewechselt. Hans-Jörg hatte Helga nicht zur Kenntnis genommen, und sie hatte sich an der allgemeinen Antipathie gegen ihn beteiligt, allerdings ohne sie selbst wirklich zu empfinden. So war es nun ganz leicht, miteinander zurechtzukommen.

Die Mauern der wechselseitigen Vorbehalte zerbröselten. Hans-Jörg erkannte in Helga den einzigen Menschen, der weiterhin Silvis Freund war, und deshalb zählte nur diese Eigenschaft. Er suchte jemanden, mit dem er über Silvi sprechen konnte und der ihm Nachrichten von Silvis Ergehen brachte. Mit zerrissenem Herzen ließ er sich bestätigen, daß Silvi wohl »irgendwie« – diese Einschränkung machte Helga immerhin – glücklich sein müsse, aus ihrer Melancholie erwacht jedenfalls, vielleicht eine Spur zu redselig, zu mitteilungsbedürftig, als daß sie ganz in sich ruhte. Aufrichtig wünschte er nichts weiter als Silvis Glück; zum ersten Mal, seitdem er ihr begegnet war, hatte dieser Wunsch in ihm das angemessene Gewicht. Daß dieses Glück nicht mit ihm, sondern mit dem liebenswürdigen, von ihm stets geschätzten Bernward verbunden sein sollte, gab ihm dennoch einen Stich. Wenn er nur einen Weg fände, um Bernward den, nun, brüderlichen Rat zukommen zu lassen, Silvis Weintrinken im Auge zu behalten. Einen solchen Weg gab es gegenwärtig nicht, aber er wollte bereit sein und so dicht wie möglich in Silvis Nähe bleiben, um einzuspringen, wenn es geboten war.

Helga stellte keine hohen Anforderungen an den Abwechslungsreichtum seiner Unterhaltungskunst. Ihr war es um Intensität zu tun, und die kam oft auch dadurch zustande, daß ein und dasselbe Sujet, wie das Stäbchen des Steinzeitmenschen beim Feuermachen, so lange gedreht und gerieben wurde, bis es glühend heiß geworden war und der Funken in das bereitgehaltene Vogelnest übersprang. Sie wäre auch bereit gewesen, sich mit Hans-Jörg an der Gebetsschnur eines orthodoxen Monologions voranzutasten, ihm beim unablässigen Wiederholen des Namens Silvi zu lauschen und ihm, sollte er erlahmen, neuen Antrieb zu geben.

Intensität aber war bei Helga stets mit dem Gedanken an das Geschäft verbunden, davon ging sie aus, und dorthin fand sie zurück. Das war die Bewegung ihres Geistes. Und so blieb es nicht aus, daß schließlich, als die Zusammenkünfte mit Hans-Jörg, meist in dem magischen Hinterzimmer ihres Ladens, zur Gewohnheit geworden waren, in die Erwägung von Silvis Schicksal auch Helgas geschäftliche Pläne mit eingeflochten und dann auch ausführlich dargestellt und gemeinsam erwogen werden konnten. Helga hatte mitbekommen, daß aus Salams Großversuch, die Telephonläden Kairos mit Hilfe der Ramsesphone zu einer einzigen großen Kette zu vereinen, nichts Rechtes geworden war – gab es die Ramsesphone überhaupt noch? War die nicht inzwischen sogar aufgelöst? Deshalb schwieg sie darüber, daß Hans-Jörg nicht der erste Fachmann war, der ihre Exposés musterte. Fachleute hören ohnehin nicht gern, daß sie nicht die einzigen um Rat Gefragten sind, und der Rat eines Hans-Jörg Schmidt-Flex hatte ohnehin eine ganz andere Qualität, denn dort saß jemand, der nicht nur raten, sondern einen Ratschlag auch mit finanziellem Leben erfüllen konnte, zumal die ägyptischen Interessen offenbar ein Vakuum hinterlassen hatten und Salam ganz aus dem Spiel zu sein schien.

Sie spielte ihr Blatt nicht schlecht. Hans-Jörg behielt das Gefühl, daß er, indem er sich mit Helgas Affäre befaßte, mit Silvi Verbindung hielt. Im Textilgeschäft erklärte er sich zwar für unzuständig, aber gab es da nicht seine Vettern, Söhne des Bruders seiner Mutter, die an einer großen Textildruckerei beteiligt waren? Eine Textildruckerei in ihrer nächsten Nähe, mit Händen greifbar, das hatte Rosemarie ihrer Freundin verschwiegen. Die Freundschaftsbilanz fiel immer weniger zu deren Gunsten aus.

Und so kam es dann tatsächlich zu einer Begegnung Helgas mit dem alten Schmidt-Flex, der sich den Fall genauer anzusehen wünschte, bevor die Vermittlung an die Schwägerfamilie ins Auge gefaßt wurde. Auch der alte Schmidt-Flex erklärte sich zu Beginn als im Textilgeschäft inkompetent, aber bei ihm klang aus solchen Worten nicht Bescheidenheit, sondern eine Superiorität, die das kleine Anliegen Helgas auf den ihm gebührenden Platz verwies. Eine lange Unterhaltung begann, eine Prüfung Helgas auf Herz und Nieren, von Helga im Geist der Unterwürfigkeit mitvollzogen, was der alte Schmidt-Flex sichtlich zu schätzen wußte. Auch Persönliches kam zur Sprache. »Wie spricht man Ihren Namen eigentlich aus? Stolzjé sagen die Leute hier, aber das kann doch gar nicht sein…«

»Sie haben recht, in Berlin sagte man Stol-zier«, antwortete Helga, »es ist wohl eigentlich ein slawischer Name.«

Wie falsch dieses Stolzjé doch klinge, wie stark dem Geist der französischen Sprache widersprechend, wie geschmacklos letztlich. Schmidt-Flex war wieder mit der von ihm stets gewissenhaft vorgenommenen »Zurückstufung« befaßt. Helga müsse eines wissen. Jetzt wurde er streng und kalt: Silvi sei in vieler Hinsicht eine unmögliche Person, ein Unglück für die Familie, aber sie stamme aus einem berühmten, man könne sogar sagen, großen Haus, die Heirat Hans-Jörgs habe damals bei weitem nicht so absurd ausgesehen, wie man das im nachhinein finde – »Das ist Ihnen klar?«

»Soviel ich weiß, denkt Hans-Jörg nicht an Scheidung?« Helga sprach sehr behutsam, ins Dunkel der Zukunft hineintastend.

»Die Scheidung kommt ohnehin«, sagte der Vater, »das ist irreparabel, vor allem wohl auch auf der Hopstenschen Seite. Erstaunlich, wie man sich in den Leute irren kann. Ich übrigens habe mich nie geirrt. Ich erinnere mich noch deutlich, daß ich zu meiner Frau gesagt habe, die Hopstens hätten etwas Neureiches – obwohl sie das doch gar nicht seien! In diesem Widerspruch lag der Witz, seinerzeit.«

Danach ging alles sehr schnell. Die Etablierung eines zweiten Ladens in Düsseldorf und die Gründung einer Gesellschaft, deren Geschäftsführer Hans-Jörg wurde, geschahen beinahe gleichzeitig, und dann wurde Helga eine erste eigene Kollektion in der bewußten Textildruckerei anvertraut, und die Arbeit wuchs ihr über den Kopf – da mußte Hilfe herbei, die Nichte! Die Nichte mußte das japanische Fernsehen aufgeben und nun endlich herbeieilen. Schade nur, daß die Leute, die diese Nichte immer für eine sentimentale Erfindung gehalten hatten, ihr Eintreffen nicht mehr erlebten. Es soll Menschen geben, die den Tod ihrer Feinde betrauern, weil die nicht mehr Zeugen der eigenen Erfolge werden. Von Feindschaften kann in Helgas Fall zwar nicht die Rede sein, nur von einer Vergangenheit, die in Nichts zerronnen war, aber schade war es trotzdem.

»Es fällt auf, daß dir bei allem, was Helga betrifft, ein böswilliger Ton unterlaufen muß.«

»Du siehst sie doch genauso.«

»Ja, aber bei mir ist das etwas anderes. Ich darf das. Du hingegen müßtest etwas respektvoller sein.«

»Ich verspreche dir: In dem bißchen, was noch fehlt, kommt Helga beinahe gar nicht mehr vor.«

Denn jetzt war Phoebe an der Reihe. Meine Geschichte mit Phoebe war bis dahin ein sehr langes Decrescendo, wobei in diesem Verhallen und Verklingen durchaus noch Passagen eines anschwellenden Verzitterns des Halls vorkamen, aber die unaufhaltsam scheinende Tendenz war die eines Wenigerwerdens. Dabei hatte es ganz oben auf der Gefühlsskala begonnen: das Mädchen mit dem wehen Finger hatte mich tief beeindruckt, seine Verwandlung als jugendlicher Mittelpunkt des Hauses Hopsten hatte mich geblendet und angezogen. Man sieht, ich spreche über mich wie über eine Motte. Aber dann hatte Phoebe alles getan, um die Glut allmählich erkalten zu lassen. Sie kam mir in ihrer Gesellschaft von hübschen, ehrgeizigen jungen Männern wie eine Taunus-Turandot vor, die ihren Bewerbern Aufgaben stellte, jedem eine andere, keine davon offensichtlich. Im Unterschied zur chinesischen Turandot durften die Versager am Leben bleiben und wurden für spätere Verwendung aufgehoben. Ich beobachtete durchaus, daß manchem dies unbestimmte, richtungslose Treiben zu langweilig wurde, aber ein Kernbestand heiß gemachter Bluthunde blieb ihr dennoch auf den Fersen, fünf oder sechs mochten sich reale Chancen ausrechnen. Ich halte für möglich und wahrscheinlich, daß sie erlahmender Begeisterung durch sehr diskrete Vorausgewährung gewisser Vergünstigungen wieder aufhalf, schließlich war sogar ich in den Genuß eines feuchtkalten Winterwald-Kusses gelangt, den ich gleichsam in Parenthese zugeteilt bekam. Aber wirklich anwärmen konnte er meinen Eifer nicht mehr, als ich sah, daß ich mich auf diesen Fortschritt nicht berufen durfte.

Nachdem Bernward jedoch das Falkensteiner Haus verlassen hatte und dessen Auflösung bevorstand, sah es unverhofft aus, als sollten sich unsere Beziehungen doch noch grundlegend verändern. Phoebe hatte eine nette kleine Studentenwohnung in der Stadt, die jetzt ihr Hauptquartier wurde, der Aufenthalt in Falkenstein war ihr unerträglich geworden. Und nun begann sie, mich wieder anzurufen, meist spätabends, und mir ihr Leid zu klagen, nicht jammernd übrigens, sondern in rührender Offenheit.

»Es ist so schlimm, als ob die Eltern tot wären, aber statt dessen leben sie immer weiter und sind so anders, nicht tot und nicht lebendig.«

Titus war davon abgestoßen, sich seinen Vater auf einmal als von erotischen Leidenschaften bewegten Mann vorstellen zu müssen, das war ihm so peinlich, daß er sich weigerte, ihn zu sehen. Sie finde das zwar nicht so unaussprechlich verboten wie ihr Bruder, aber sie sehe die Fakten. Es gebe eigentlich keinen Platz mehr für sie bei Bernward. Er sei ganz absorbiert von Silvi. Die beiden seien derart in sich versunken, daß sie mit anderen Leuten gar nicht mehr verkehren könnten und es auch nicht mehr täten. Sie fragte mich, ob auch ich glaubte, daß Silvi eine Trinkerin sei, sie sprach das Wort ganz sachlich aus, ohne Entrüstung, mehr in dem Bedürfnis, sich für kommende Belastungen zu wappnen, und ich antwortete, daß ich das nicht glaubte. Silvi sei gegenwärtig noch in dem Stadium, daß sie zuviel trinke, aber erst die Zukunft werde zeigen, ob daraus eine wirkliche Abhängigkeit werde – es sei ja auch möglich, daß das neue Glück das Verhältnis zum Wein allmählich entspanne und lässiger mache, daß der Wein allmählich weniger wichtig für sie werde.

»Ja«, sagte Phoebes Stimme in einer Art trauriger Verständigkeit, das halte auch sie für möglich, obwohl sie gar nicht wisse, ob sie sich das wünschen solle. Noch fremder sei ihr beinahe ihre Mutter geworden; das Unglück habe sie hart gemacht. Sie agiere gegen den Vater wie gegen einen Todfeind. Alles laufe nur noch über Anwälte, sie sei sich in ihrer unzugänglichen Verzweiflung nicht zu schade für die kleinlichste Schikane. Phoebe war behutsam in ihrem Urteil, sie versuchte die entstandene Lage zu verstehen. Es war tatsächlich etwas wie eine böse Verzauberung, was da über die Hopstens gekommen war; die von zahllosen Gästen und auch von mir als festgefügte Burg erlebte Familie mit ihrer Freude an öffentlichem Glanz war jählings verschwunden, als habe es sie nie gegeben. Man rieb sich die Augen und versuchte sich zu erinnern: Hatte es da nicht eben noch diese in ihrer Selbstgewißheit herausfordernde Institution des Hauses Hopsten gegeben, unerschütterlich in ihrer Form, die bei den

Außenstehenden Bewunderung und Neid erregte? Ja, mir war, als sei mit dem Zerfall des stolzen Hauses, seiner Wegzauberung, auch mein eigenes, damit verbundenes Leben, dieses halbe Jahr, das durch die Besuche bei den Hopstens geprägt war, eigentümlich unwirklich geworden.

»Stell dir vor, Mami hat den Kakadu bei ebay versteigern lassen.« Als Phoebe sie fragte, warum sie das getan habe, antwortete Rosemarie: »Hätte ich ihm den Hals umdrehen sollen?« Ich öffnete meine Brieftasche. Da lag immer noch die weiße Feder, aber ich sagte Phoebe nichts davon, denn ich wollte ihr nicht weh tun. Es war peinigend und qualvoll, sie anzuhören. Im Dunkel ihres Schlafzimmers – Phoebe telephonierte gern im Dunkeln – fand sie zu dem Vertrauen, auch das ihr Schmerzlichste auszusprechen. Nur die Erschütterung ihrer eigenen Position sparte sie aus: Natürlich hatte sie ihre Freunde nicht verloren, aber sie stand ihnen nun anders gegenüber. Sie war keine Gastgeberin mehr, die allein entschied, wie zugänglich oder unzugänglich sie sein wollte. Ich war etwas älter als diese jungen Fuchsgesichter. Suchte Phoebe bei mir nach der Basis für eine neue Institution, die die alte zu ersetzen geeignet wäre?

»Ich hatte nie Zeit, dich genauer anzusehen – das ärgert mich jetzt«, sagte sie. Ihre Stimme klang sanft und unschuldig, als verwandle sie sich unversehens wieder in das Mädchen mit dem wehen Finger, das voraussetzungslos in der großen Stadt lebte und frei war, sich dem Spiel des Zufalls zu überlassen.

Als sie mich einlud, ihre Wohnung anzuschauen, machte ich Schwierigkeiten: Lust hätte ich schon, sie zu besuchen, aber nicht die geringste Lust, einen Abend im Kreis ihrer Freunde zu verbringen.

»Ich verspreche dir, es wird niemand dasein, auch ich habe die Freude an solchen Abenden verloren.«

Es war nicht zu fassen: Ich würde sie alleine sehen. Was alles hatte geschehen müssen, damit dies möglich geworden war.

»*Und wie war dieser Abend?*«

»*Er fand nicht statt. Aber das war meine Schuld. Ich stand schon vor ihrem Haus und wollte gerade das eiserne Tor öffnen, da kam Helga Stolzier die Straße entlang. Sie war nicht allein, neben ihr ein junges Mädchen, die Nichte...*«

»*Behaupte jetzt bloß nicht, ich hätte dich ermutigt, mit uns essen zu gehen.*«

»*Dann muß ich mich getäuscht haben. Warum habe ich nur geglaubt, du wärest froh, wenn ich euch begleite?*«

»*Und du Lump hast nicht bei Phoebe geklingelt. Ich hab es dir doch gesagt: Ich mag keine Geschichten mit Liebe auf den ersten Blick – die sind nur ein Vorwand für die gemeinsten Rücksichtslosigkeiten.*«

# 33.

## *Hoffnungsvoller Ausblick*

Herr Slepzak war hochgewachsen, ein verfrorener Mann, viel rauchend, abends viel Bier trinkend, der Teint von rötlicher Totheit, ein Bäuchlein saß auf dem hageren Leib wie ein kleines umgeschnalltes Kissen. Die Branchen, in denen er schon tätig gewesen war, füllten eine lange Liste. Seine Mißerfolge waren nur zum Teil ihm selbst zuzuschreiben, er zog das Unglück an. Wenn man ihm zuhörte, was ihm schon alles zugestoßen war, hätte man durchaus Parallelen zu Joseph Salam ziehen können, dessen geschäftliche Unternehmungen schließlich gleichfalls aus einer Kette von Kämpfen bestanden und der das Erlebnis der Niederlage wahrlich kannte. Und doch sah bei ihm alles anders aus, denn das Leben des Herrn Slepzak war von tristem rauhen Sackleinen hinterlegt, während Joseph Salam vor einem rotlodernden Hintergrund seine Bahn zog; Slepzaks Miseren hatten etwas Gesetzmäßiges, Salams Mißgeschicke hingegen waren gleichsam musikalisch, raffinierte Dissonanzen, die nach Auflösung drängten und den Schwung zu einem hoffnungsgesättigten Neuanfang enthielten. Und so war es denn auch Salam, der Herrn Slepzak in die Pizzeria bestellt hatte, und nicht Slepzak, der Salam hätte kommen lassen. Daß beide vor kurzem noch – Slepzak mit einem Jeansladen, Salam mit vier Outlet-Geschäften – zahlungsunfähig geworden waren, beeinträchtigte die Rangfolge durchaus nicht. Das Geschäft, oder besser, die Beteiligung, die Salam Slepzak nahelegen wollte, stand auch nicht im Zentrum seiner neuen geschäftlichen Pläne, die weit über deutsche Landesgrenzen hinausreichten. Salam strebte wieder in den Orient. »Es ist verrückt«, sagte er gern, »in Deutschland fühle ich mich als Libanese und in Ägypten als Deutscher.« Das tat offenbar gut, sich als Deutscher zu fühlen.

Diese Pizzeria als Ort einer gemeinschaftlichen Geschäftsgründung – es ging um die Übernahme von drei Telephonläden mit Kartenverkauf und Kabinen für Ferngespräche nach Afrika und Asien – zeigte, daß es den beiden Herren erst einmal nicht darum zu tun war, »ein großes Rad zu drehen«, wie Salam sagte – mit jener feinen Ironie, die erkennen ließ, daß ihm durchaus bekannt war, was ein großes Rad sei. Für Herrn Slepzak war Salams Angebot ein Notanker. Ihm ging es, frisch geschieden und blank, wie er war, nicht um große Räder, an deren Drehung er schon längst nicht mehr glaubte, sondern um einen ersten Schritt zur Wiedererlangung seiner Bonität. Es war schon optisch klar: Hier Slepzak, der dünne Dicke, und dort Salam, der in muskulöser Feistheit Prunkende, dem selbst die Kurzbeinigkeit noch prallschenkelig zugute kam. Wer mochte da wohl der Chef sein?

Eben tranken sie einen doppelten Fernet, für Slepzak ein Gift, ein Schlag auf die geschwollene Leber, für Salam eine Erfrischung wie ein Trunk kristallklaren Quellwassers. Slepzak saß mit dem Rücken zur Küche, in die man durch einen langen, dunklen Korridor hineinguckte; der Schalter mit dem Schiebefenster war wie ein kleines Kaspertheater; der Raum dahinter, neonhell erleuchtet, zeigte natürlich keine Puppen, sondern nur die Ausschnitte von den dort hinten arbeitenden Personen. Slepzak hatte viele Bedenken. Er kannte das Telephongeschäft mit allen Risiken, und er hatte sich für dies wichtige Vorstellungsgespräch einen Tonfall von Entschiedenheit, ernster Warnung, überlegener Einsicht zurechtgelegt. Er durfte nicht wie jemand erscheinen, der den Job unbedingt haben wollte; und er wollte ihn eigentlich auch gar nicht. Er ahnte schon jetzt, wie das ausgehen werde. Aber da gab es kein Wollen, nur ein Müssen. Wie sich bewegen, wenn die Kreditkarten weiter gesperrt blieben?

»Ein erstaunlicher Mann«, dachte Salam, dessen Augen zerstreut auf seinem Gegenüber ruhten, »wie kommt er nur darauf, er könne einen einzigen Gedanken aussprechen, den ich selber nicht bereits gründlich erwogen hätte?« Er ließ sich belehren, aber nun waren es bald nicht nur die Gedanken, sondern auch die Blicke, die abschweiften. Die ungesunde Rötlichkeit mit dem etwas strohigen farblosen Haar ihm gegenüber vermochte ihn nicht länger zu fesseln. Es war heiß. Salam lockerte mit geübter, leicht rüttelnder Geste den Krawattenknoten und knöpfte den Kragen auf.

Zunächst hatte es in der Kaspertheaterluke dort hinten ein Hin und Her verschiedener Menschen gegeben, nun aber zeigte sich dort ein beständiges Bild. Eine Frau war bei der Arbeit. Ihr Kopf war immer nur ganz kurz zu sehen, wenn sie sich vorbeugte, aber der weiße Arm, ganz nackt in der Backofenhitze und von schöner Fülle, war wohl dabei, auf einem Tisch etwas zu kneten. Zu einer jungen Frau gehörte er nicht, in aller Rundheit war die Muskulatur schon etwas schlaff, in den kraftvollen Knetbewegungen überlief gelegentlich ein Zittern die Haut, die so fein und weich war, daß sie alle unter ihr verborgene Bewegung nach außen übertrug. Der Ellenbogen war spitz und rötlich-runzlig. Wenn sie den Arm beugte, zog die Runzligkeit sich straff, wenn sie ihn streckte, bildete sich wieder diese kleinwelke Seidenpurpurrosette. Diese Kraft, dachte Salam, dies rhythmische Zupakken, Zugreifen. Der Teig, den sie unter den Händen hatte, wurde regelrecht massiert. Dieser runde, weiche Teigkloß, wie eine Hinterbacke – Salam wischte mit Stirnrunzeln den Gedanken weg, Slepzak vermutete, er sei ärgerlich und wolle widersprechen, und verdoppelte seinen Eifer, wollte aber das geplante Unternehmen gar nicht mehr so gefährlich finden, »wenn man es nur richtig anpackt«! Darauf kam es Slepzak vor allem an: Man mußte die Sache richtig anpacken.

»Freilich«, dachte Joseph Salam. Er versank wieder in den Anblick des Arms. Unversehens war der Arm verschwunden. Salam stellte sich vor, die Frau habe den Arm zur Stirn gehoben – ein Blick in die Achselhöhle tat sich auf –, habe den Handrücken auf die Stirn gelegt und wische sich den Schweiß ab. Der Arm kehrte zurück und walkte erneut. Herr Slepzak hatte plötzlich das Gefühl, der Blick Salams sei ihm entglitten. Er drehte sich um, guckte in den düsteren Küchenkanal – da war nichts – den Arm sah er und sah ihn nicht, er war stumpf für den Arm. Was jede Zelle in Salams Körper in einem Maß erfüllte, daß der Druck ihn unruhig, geradezu zappelig machte, war für Slepzak schon der Vergessenheit anheimgefallen, bevor er es überhaupt richtig wahrnahm.

»Er ist blind«, dachte Salam, haderte aber nicht mit Slepzak, die Biographie dieses Mannes hatte schon ihre Gründe – »und meine auch« –, darin lag keine Selbstzufriedenheit, sondern das geradezu fromme Behagen, in der eigenen Haut zu stecken. Vor allem jetzt. Der Anblick des weißen Arms verwandelte sich im Innern Salams zu Treibstoff für sein Gehirn. Ohne ihn aus den Augen zu verlieren, unterbrach er Herrn Slepzaks Jammerrede und ließ die Wörter über seine dicke Unterlippe sprudeln. Er sprach sehr entschieden und sehr schnell. Dies Gespräch mußte nun abgeschlossen werden. Slepzak sollte mit eindeutigen Direktiven entlassen werden, unmißverständlich, die Klarheit durfte nicht der Eile geopfert werden, aber Eile war geboten.

»Ich gehe jetzt zahlen.« Damit erhob sich Salam, reichte Slepzak die Hand und sagte »Servus«, ganz bewußt nicht »Auf Wiedersehen«, im geheimen hatte er mit dem Mann eigentlich schon abgeschlossen. Salam hörte auch im Bann weißer Arme nicht auf zu denken. Eine Kellnerin lief durch das Lokal, aber an die wandte Salam sich nicht. Sie hatte zum Glück zu tun, und so hinderte ihn nichts am Weg ins Dunkle, wo ganz hinten neonhell das Fensterchen lockte. Die Tür mit dem Schalter machte er kurzerhand auf. Ein Salam näherte sich den Damen nicht mit gebeugtem Rükken, durch ein Loch guckend. Die Besitzerin des weißen Arms, jetzt stand sie vor ihm, mehlbestäubt, etwas außer Atem. Sie war hübsch, mit leichtem Doppelkinn, in den Babyspeckfalten des Halses standen Schweißtropfen, ein Kettchen glitzerte auch, kleine Ohrgehänge schmückten leuchtend rote Ohrläppchen, das Haar war zerdrückt; die Frau kam Salam vor, wie soeben aus den Wolkenplumeaus eines großen Bettes gestiegen. Ihre Kittelschürze stand über der Brust weit offen, ein Perlchen rollte zwischen den Brüsten hin und her. Er sah sie, sie sah ihn. Sofort begann eine leise Unterhaltung, ein beherrschtes Lachen, ein wenig Spott flatterte durch die Küche. Salam sprach italienisch, aber sie antwortete ebenso flüssig, sie sei doch gar keine Italienerin, und woher sie komme, das rate er nie. Plötzlich stand groß und breit der Buffetier neben Salam, der Ehemann womöglich? Es herrschte eine illusionslose Vertraulichkeit zwischen den beiden, eine Art Matrimonial-Resignation. Begriff der Mann, was vor sich ging? Auch er sprach scherzhaft, aber er drängte Salam entschieden aus der engen Küche hinaus. Es war etwas in seinen Scherzen, das ebenso gut ernst hätte werden können.

In der folgenden Woche fand die Frau, mit der Salam gerade lebte, Anlaß, seine Anzugjacke auszuklopfen. »Wie du aussiehst! Du bist ja voller Mehl!« Das sei kein Mehl. Er habe an einer weißen Mauer gelehnt. Salams Miene war gleichgültig. Es war gut möglich, daß er die Wahrheit sagte.

# Inhalt

# Über den Abgrund in einer Ehe und einen Fehltritt mit Folgen – über Liebe, Kunst und Verrat

»Provence, ein altes Landhaus, das uralte Drama des Menschlichen, ein stilistischer Lesegenuss von hohem Rang.«
Iris Radisch. Die Zeit

ALLE LIEFERBAREN TITEL, INFORMATIONEN UND SPECIALS
FINDEN SIE ONLINE

Auch als eBook          www.dtv.de

# Über Glück und Schrecken im Schein des Sommermondes – ein Liebesroman

---

»Etwas Luftiges und Leichtes strahlt dieses Buch aus, (...) wie eine Sonate von Scarlatti.«
Ijoma Mangold, Süddeutsche Zeitung

---